Mord in den Dünen

Christiane Franke, geboren 1963, lebt in Wilhelmshaven an der Nordseeküste. Hier spielt die Serie um ihr Kommissarinnenduo Oda Wagner und Christine Cordes. Die Schauplätze ihrer Kurzkrimis erstrecken sich über den gesamten deutschsprachigen Raum. Sie ist Herausgeberin von Anthologien, Dozentin für Kreatives Schreiben, war 2003 für den Deutschen Kurzkrimipreis nominiert und erhielt für 2011 das Stipendium der Insel Juist »Tatort Töwerland«. www.christianefranke.de

Dieses Buch ist ein Roman. Handlungen und Personen sind frei erfunden. Ähnlichkeiten mit lebenden oder toten Personen sind nicht gewollt und rein zufällig.

CHRISTIANE FRANKE

Mord in den Dünen

INSEL KRIMI

emons:

Bibliografische Information der Deutschen Nationalbibliothek
Die Deutsche Nationalbibliothek verzeichnet diese Publikation in der Deutschen Nationalbibliografie; detaillierte bibliografische Daten sind im Internet über http://dnb.d-nb.de abrufbar.

Umschlagmotiv: photocase.com/läns
Umschlaggestaltung: Tobias Doetsch
Gestaltung Innenteil: César Satz & Grafik GmbH, Köln
Lektorat: Marit Obsen
Druck und Bindung: Pario Print Sp. z o.o, Kraków
Printed in Poland 2024
ISBN 978-3-95451-549-3
Insel Krimi
Originalausgabe

Für Jan und Nils
in Erinnerung an die vielen schönen Stunden auf Wangerooge

Prolog

Er stand im Schatten unter den Bäumen und beobachtete die Reiterin. Wie elegant sie im Sattel saß, den Schwung des Pferdes über die Schenkel in sich aufnehmend. Mit hohem Tempo ritt sie über das Gelände, sprang über den Bach, nahm kurz darauf das zwölfte Hindernis. An diesem Punkt war am Morgen ein anderer Reiter schwer gestürzt. Dessen achtjährige Stute war über der Hecke ins Straucheln gekommen und auf dem Hals gelandet. Während dem Pferd nicht mehr zu helfen gewesen war und es noch an Ort und Stelle eingeschläfert werden musste, hatte man den Reiter mit schweren Verletzungen ins Krankenhaus gebracht. Das Turnier war für eine Stunde unterbrochen worden, dann jedoch hatten sich die Veranstalter entschlossen, es weiterlaufen zu lassen. Der Dreikampf der Vielseitigkeitsreiterei war nun mal mit einem Restrisiko behaftet.

Von seinem Standpunkt aus hatte er eine perfekte Sicht. Sophia Remberg war so lebendig, so voller Lebenslust und selbstsicher.

Vielleicht ein wenig zu selbstsicher.

Ein letzter Spurt, dann hatte sie die zweite Prüfung beendet. Die Dressur hatte sie bereits mit Bravour absolviert. Und so sah jetzt alles danach aus, dass sie bald die begehrte Siegertrophäe entgegennehmen konnte, obwohl es das erste Mal war, dass ihr junger Hengst Marc Aurel an einem Turnier teilnahm. Doch Sophia war eine erfahrene Reiterin, mit ihrer Stute Donatella hatte sie bereits einige nationale und internationale Turniere in Aachen und Luhmühlen gewonnen.

Das Publikum applaudierte. Sophias Vater Walter sprang in der ersten Reihe auf. Klatschte begeistert.

Er hatte ihn beobachtet. Bis eben noch hatte äußerste Anspannung auf Rembergs Gesicht gelegen, bis eben hätte Sophia stürzen und sich schwer verletzen können, wie ihr Konkurrent am Vormittag. Erst letzte Woche war ein Vielseitigkeitsreiter beim Geländeritt tödlich verunglückt. Doch jetzt konnte er aufatmen.

Er lächelte beinahe nachsichtig und entspannte sich ebenfalls.

Walter Remberg ahnte nicht, dass es noch einen anderen, einen weit wichtigeren Grund gab, angespannt zu sein. Ihn. Er hatte etwas weitaus Treffenderes für Sophia geplant als einen tödlichen Sturz. In einem solchen Fall gab es schließlich keine offenen Fragen. Doch Walter Remberg sollte Fragen stellen. Aus diesem Grund hatte auch er selbst erleichtert zur Kenntnis genommen, dass Sophia diese Prüfung bestanden hatte. Sollte sie sich ruhig noch ein paar Tage freuen. Und dann … Alles war vorbereitet. Sie würde sich ihm nicht entziehen können. Nur noch wenige Tage, bis er Walter Remberg die Tochter nehmen würde.

Im Weggehen warf er einen Blick aufs momentane Geschehen. Hübsch sah Sophia aus, als sie sich jetzt mit erhitzten Wangen und offensichtlich überaus zufrieden vor den Punktrichtern verneigte, die gleich die Verfassungsprüfung des Pferdes vornehmen würden: Ruhepuls, Dehydrierung und Unverletztheit. Amüsiert schlenderte er davon. Als er an Sophias Vater vorbeilief, der ihn nicht beachtete, bemerkte er den glücklichen Stolz in dessen Gesicht.

Genießt es, dachte er. Glaubt daran, dass euch die Welt zu Füßen liegt. Ich weiß es besser.

Langsam schlenderte er zu den Pagodenzelten auf dem Gelände des Rasteder Schlossparks hinüber. Hier trafen sich in diesen Tagen des Landesturniers vor malerischer Kulisse die Schönen und Reichen. Tranken Prosecco und Champagner, aßen Scampi, Baguette mit Trüffelbutter und italienische Feinkost, als wüchse das Geld auf Feldern und sie bräuchten es nur regelmäßig zu ernten. Beim Anblick dieser Dekadenz schnürte sich ihm der Hals zu.

Freitag

Es war ein eigenartiges Gefühl gewesen, als Christine heute Morgen den Wecker ausgestellt hatte und aufgestanden war. In den letzten Wochen war ihr Rhythmus vom Zeitplan der Reha bestimmt worden, heute kehrte sie in den Alltag zurück. Und der konnte in der Polizeiinspektion von jetzt auf gleich sehr hektisch werden. Darum hatte sie sich ganz bewusst entschieden, den Dienst an einem Freitag anzutreten und nicht bis Montag zu warten. Sie betrachtete es als einen Voreingewöhnungs-Tag, bevor es in der nächsten Woche wieder voll zur Sache gehen würde und sie leistungsmäßig nicht nur mithalten musste, sondern lieber gleich einhundertzehn Prozent statt achtundneunzig bringen wollte.

Leider war Wilhelmshaven kein ruhiges Pflaster für die Kriminalpolizei, leider gab es immer wieder Delikte, die nicht unter die Rubrik »Kleinkriminalität« fielen. Dennoch würde Christine nicht tauschen wollen. In den Jahren, seit sie von Hannover an den Jadebusen gezogen war, hatte sie im Kollegenkreis gute Bekannte und in ihrer Kollegin Oda Wagner sogar so etwas wie eine Freundin gefunden. Auch wenn Oda von der Art her ganz anders war als Christine, konnte sie sich stets auf sie verlassen, wie sie in der nicht gerade einfachen jüngsten Vergangenheit erfahren durfte.

»Ich bring belegte Brötchen mit«, hatte Christine gestern am Telefon zu Oda gesagt, woraufhin die begeistert rief: »Au prima! Ich nehm eins mit Mett mit ordentlich Zwiebeln und eins mit Käse.«

Da hatte Christine geschmunzelt und sich augenblicklich wieder im Alltag angekommen gefühlt.

Ihre Kollegin beschwerte sich zwar immer, dass sie um die Leibesmitte nicht ab-, sondern eher zunahm, aber auf die Idee, sich mit den Mechanismen des Stoffwechsels und den Regeln der Ernährung auseinanderzusetzen, kam Oda nicht. Sie hatte schon zig Diäten ausprobiert, von Punktezählen bis hin zu Diätshakes, die Mahlzeiten ersetzten, letztlich jedoch hatte keine dauerhaft Erfolg gebracht. Darum stand nun eine Postkarte mit dem Spruch »Ich mache drei Diäten, von einer werde ich nicht satt« gerahmt auf Odas Schreibtisch. Die Karte hatte sie bei einem Stadtbummel in Osnabrück gesehen und den Spruch sofort für sich annektiert.

Christine aß nur wenig Kohlehydrate, dafür viel Gemüse, Geflügel und Fisch. Sie hatte durchaus schon mal überlegt, ihre Kollegin auf einfache Grundkenntnisse zum Thema Stoffwechsel hinzuweisen, sich dann jedoch dagegen entschieden. Sie wollte Oda ihr Wissen nicht aufdrängen.

Mit einem großen Paket belegter Brötchen betrat sie nun die Polizeiinspektion. Auch für sich selbst hatte sie eines gekauft. Hoffentlich war Carsten bei der morgendlichen Besprechung nicht anwesend. Das war der größte Knackpunkt bei ihrer Rückkehr in den Beruf, aber sie würde ihm nicht ständig aus dem Weg gehen können. Oda hatte gestern allerdings nicht davon gesprochen, dass es etwas Außergewöhnliches zu bearbeiten gab, und wäre in der vergangenen Nacht ein Kapitalverbrechen verübt worden, hätte man sie informiert. Also würde Carsten heute in seinem Büro der Staatsanwaltschaft in Oldenburg arbeiten und ihr vermutlich nicht über den Weg laufen.

Der Kollege Herz saß in der Wache.

»Moin, Herr Herz«, sagte Christine und schob die unschönen Gedanken beiseite, »das nehme ich als gutes Omen, Sie heute als Ersten zu sehen.«

»Schön, dass Sie wieder da sind, Frau Cordes«, grüßte Herz zurück, »und wie ich sehe, wird das ganze K1 gleich jubilieren.« Er zeigte auf die Brötchentüten. »Wenn eins übrig bleibt, Sie wissen ja, wo ich bin.« Er plinkerte ihr zu.

Christine nickte lächelnd. »Klar.« Sie lief weiter, durch die Glastür und die Treppen hinauf bis in den Flur, auf dem das K1 beheimatet war.

Als sie die Tür zu dem Büro öffnete, das sie sich mit Oda teilte, staunte sie nicht schlecht, denn auf ihrem Schreibtisch stand ein großer Blumenstrauß, und eine selbst gebastelte Girlande aus bunt beschrifteten Papierdreiecken empfing sie mit einem herzlichen »Willkommen zurück«. Gerührt schluckte sie.

»Na, da biste ja.« Odas burschikose Art nahm ihr den Kloß im Hals. Dankbar sah sie ihre Kollegin an.

»Das ist ja ein toller Empfang. Habt ihr die selbst gemacht, oder habt ihr basteln lassen?« Christine legte die Brötchentüten auf den Tisch, stellte ihre Handtasche auf das Sideboard und schnupperte am Blumenstrauß, der aussah, als habe man wilde Rosen abgeschnitten und sehr gekonnt zusammengebunden.

»Haben wir selbst gebastelt«, antwortete Oda mit leichtem Stolz in der Stimme. »Lemke, Niekstelt und ich. Ich hatte in der Supermarkt-Broschüre 'ne Anleitung dafür gesehen, und es waren ja nur sechzehn Dreiecke. Die Jungs haben jeder fünf gemacht und ich sechs. Sieht gut aus, ne? Trotz Kopierpapier.«

Tatsächlich hatten sie mit dem gearbeitet, was sie in ihren Schubladen vorgefunden hatten, und jeden Buchstaben in einer anderen Farbe geschrieben, also vornehmlich in den büroüblichen Farben Schwarz, Rot, Grün und Blau der dicken Permanentstifte. Grelle Highlights brachten die Buchstaben der Textmarker in Orange, Rosa, Gelb und Giftgrün. Aufgefädelt war alles auf Polizeiabsperrband.

»Das habt ihr wirklich toll gemacht. Ich bin beeindruckt.«

»Ja, wir waren gestern auch ganz hin und weg, als das Ding endlich hing«, gab Oda zu und griente. »Da siehste mal, was für Talente in uns schlummern. Wir haben beschlossen, dass wir uns mit so 'nem Kram selbstständig machen, sollten irgendwann allzu viele Idioten draußen rumlaufen und wir es nur noch mit Mist zu tun haben.«

Christine lachte. »Sicher. Niekstelt, Lemke und du als ›Trio Kreativo‹ oder so. Und sonst?« Sie zog den Blazer aus und hängte ihn über die Lehne ihres Schreibtischstuhles. »Alles okay? Gibt's was Besonderes?« Sie gab sich Mühe, den letzten Satz beiläufig klingen zu lassen.

»Ja, alles okay. Du hast allerdings Berge von Formularkram abzuarbeiten. Aber nix, was große Aufmerksamkeit erregt.« Oda zwinkerte Christine zu. »Und nix, was heute die Anwesenheit eines gewissen Staatsanwaltes erfordert. Du kannst dich also entspannen.«

»Danke.« Christine ließ die Schultern fallen, die sie wohl automatisch angezogen hatte. Sie griff nach den Bäckereitüten. »Ich bring die schon mal rüber und setz Kaffee auf. Und dann guck ich bei den Kollegen rein.«

»Mach das, die freuen sich auch schon aufs leckere Frühstück.

Und natürlich darauf, dich wiederzusehen.« Oda feixte, und Christine fühlte sich wieder angekommen.

***

Sophia Remberg zog die Plastik-Sektkelche aus ihrem rosa geblümten Rucksack, den sie sich aus einer spontanen Laune heraus gekauft hatte und der eigentlich so gar nicht zu ihr passte. Sie war noch nie der Typ rosa geblümt gewesen, eher hanseatisch blau. Die Champagnerflasche war dank der Kühlmanschette genau richtig temperiert.

»Los, jeder kriegt vor dem Abflug einen Schluck, damit spülen wir auch die größte Flugangst hinunter.« Sie lachte, als sie ihren Freunden die Gläser und Stefan die Flasche in die Hand drückte. »Machst du mal eben auf, bitte?«

Geschickt entfernte ihr Verlobter die Metallfolie, drehte den Draht auf und hielt die Flasche in geübter Manier leicht schräg, als er den Korken unter dem Jubel der anderen herausploppen ließ. Schäumend floss das Prickelwasser in die Sektkelche.

»Prost. Auf euch!« Henning hielt seinen Kelch in die Luft, wobei der aufgesteckte Fuß des Plastikglases scheppernd zu Boden fiel.

»Na, erst mal darauf, dass wir drüben heil ankommen.« Inga war sichtlich nervös.

»Keine Angst, es sind alles erfahrene Piloten, und die wollen ja auch heil wieder runterkommen«, gab Sophia fröhlich zurück und setzte ihr Glas an.

Auf dem gemütlichen Flugplatz Harlesiel herrschte an diesem frühen Morgen reges Treiben: Urlauber und Inselbewohner mussten ihr Gepäck zum Check-in auf die in den Boden eingelassene Waage stellen, die Wartebereiche waren gut gefüllt. Ebenso wie die Parkplätze für Fähre und Flugbetrieb. Die Ostfriesischen Inseln waren im Hochsommer nahezu ausgebucht. Doch Schifffahrt und Bimmelbahn mit anschließendem Warten auf das Gepäck war nichts für Sophia. Da konnte am Anleger auf Wangerooge ruhig ein Schild hängen mit der Aufschrift »Gott schuf die Zeit, von Eile hat er nichts gesagt«, für sie selbst kam nur der Flieger in Frage.

Wenn sie irgendwohin wollte, musste es zügig gehen. Zeit war Geld, das erlebte sie in ihrem Job jeden Tag. Sie leitete eine auf

Wirtschaftsdelikte spezialisierte Detektei in Wilhelmshaven und hatte erst vor Kurzem einen Mitarbeiterüberwachungsskandal in der ortsansässigen Filiale eines großen Lebensmittelkonzerns aufgedeckt. Derzeit war sie – in delikater Angelegenheit, wie es bei der Auftragserteilung geheißen hatte – damit beschäftigt, dunkle Flecken auf der unglaublich weißen Weste des Spitzenkandidaten einer politischen Partei zu finden. Sollte sich tatsächlich bewahrheiten, was sie im Moment lediglich bruchstückhaft belegen konnte, dann wäre das Dynamit im Wahlkampf und würde eine vollständige Disqualifikation des Politikers bedeuten. Das zöge einen fast garantierten Wahlsieg für seinen Konkurrenten, ihren Auftraggeber, nach sich. Bizarrerweise kannte Sophia den zu observierenden Politiker seit Jahren. Das erschwerte einerseits den Auftrag, machte ihn andererseits jedoch auch einfacher.

Ja, das Leben meinte es gut mit Sophia. Beruflich, aber auch sportlich. Bei den Prüfungen in der Vielseitigkeit am letzten Wochenende beim Oldenburger Landesturnier hatte sie erneut die begehrten Preise mit nach Hause nehmen können. Ihre Ernennung in den Kader der Olympia-Reiterequipe stand kurz bevor. Auch ihr Privatleben glich einem Höhenflug. Nicht allein, weil sie jeden Moment aufgerufen werden würde, um mit Stefan und ihren Freunden von einem der Inselflieger hinüber nach Wangerooge gebracht zu werden, sondern weil sie und Stefan morgen auf der Insel im alten Leuchtturm, der mitten im Dorf stand, heiraten würden.

»Prost, ihr Süßen, auf dass wir es dieses Wochenende so richtig krachen lassen!« Sie hob das Plastikglas ein zweites Mal – Stefan hatte inzwischen nachgefüllt –, strahlte ihre sieben Freunde an, mit denen der Inselflieger bis auf den letzten Platz besetzt sein würde, und wandte sich ihrem Verlobten zu. »Ich liebe dich«, sagte sie, sah ihm tief in die Augen und gab ihm einen dicken Schmatzer auf den Mund.

Er nahm sie in den Arm. »Und ich liebe dich.«

In diesem Moment kam eine Brünette mit Plastikklemmbrett, rief ihre Namen auf, und wenige Minuten später kletterten sie in die Maschine.

»Ihh, ist das eng hier«, beklagte sich Ilka, eine Freundin von Stefan, die bislang keine der Ostfriesischen Inseln kannte. »Mit so was bin ich ja noch nie geflogen.« Sie streckte ihre Arme aus und berührte problemlos beide Außenwände der Kabine.

»Dann wird's ja langsam mal Zeit.« Sophia lachte. »Und bei neun Personen plus Pilot muss man eben etwas enger zusammenrücken. Hat ja auch was Positives.« Sie kuschelte sich an Stefan, während die kleine Passagiermaschine abhob und übers Wattenmeer Kurs auf Wangerooge nahm.

Als sie die richtige Flughöhe erreicht hatten, küsste sie ihn erneut und flüsterte ihm zu: »In etwas mehr als vierundzwanzig Stunden sind wir verheiratet.«

***

Bereits am Nachmittag sah er sie in der Sonne vor der »Wooge« sitzen. Wie Touristen, die sie ja streng genommen auch waren. Alle zählten sie zu jener Sorte Menschen, die Anteil daran trugen, dass der Wohnraum für die arbeitende Inselbevölkerung immer knapper wurde. Wo es nur ging, wurden Häuser in Ferien- und Eigentumswohnungen zerlegt und verkauft, die Quadratmeterpreise stiegen von Jahr zu Jahr, selbst hier auf Wangerooge. Auf Sylt, Norderney und Langeoog wurde es bereits schwierig, Saisonarbeiter zu bekommen, weil Unterkunft und Leben auf der Insel von deren Gehalt nicht mehr finanzierbar waren.

Sophias Eltern gehörten seit Jahrzehnten zu den Besitzern der »Dunkelfenster«, wie die Wangerooger den einen oder anderen Straßenzug bezeichneten. Straßen oder Abschnitte, in denen sich abseits der Ferienmonate kein Alltag, kein Leben abspielte. Urlaub vorbei, Vorhang zu. Aber darüber hatte Sophia sich garantiert noch nie Gedanken gemacht. Sie war mit Geld aufgewachsen und hatte stets ohne finanzielle Sorgen gelebt. Ein Sonntagskind.

Doch es gab auch andere. Menschen, die sich das, was sie erreicht hatten, hart erarbeiten mussten. So wie er. Und wie Sabine Meyer, mit der er mal eine kurze Affäre gehabt hatte. Sie war plietsch genug gewesen, sich mit einer Reinigungsfirma selbstständig zu machen, die sich um die ausschließlich selbst genutzten Ferienwohnungen der Festländer kümmerte. Mit wirklicher Arbeit hatte Sabine nämlich schon immer auf Kriegsfuß gestanden. Da die Eigentümer ihre

Wohnungen aber überwiegend in einem sehr ordentlichen Zustand hinterließen, musste Sabine lediglich Staub wischen, saugen, die Betten ab- und neu beziehen. Einfache Arbeit. Wenn er daran dachte, wie manch fremde Gäste die Ferienwohnungen hinterließen … Sie hatte ihn mal mitgenommen, als sie noch in Ferienwohnungsanlagen geputzt hatte. Da waren Unordnung und nicht gespültes Geschirr noch das kleinere Übel. Lebensmittel blieben oft einfach in den abgeschalteten Kühlschränken und vergammelten, und auch das eine oder andere kindliche Buntstiftgemälde hatte es schon an den Zimmerwänden gegeben.

Sabine konnte er in der fröhlichen Runde dort drüben, in der Bier und Aperol Spritz schon reichlich geflossen zu sein schienen, jedoch nicht ausmachen. Alle um Sophia und ihren arroganten Verlobten herum waren bestens gelaunt und ausgelassen.

Es hatte ihn keinen großen Aufwand gekostet, herauszufinden, wie sie den Rest des Tages gestalten wollten. Am Abend würden sie im Café »Pudding« essen, mit freiem Blick auf die Nordsee und die am Horizont vorbeiziehenden Containerschiffe, die den Jade-Weser-Port in Wilhelmshaven oder die Häfen in Bremerhaven oder Hamburg anliefen. Danach war Polterabendparty in der »Düne 17« angesagt. Für morgen nach der standesamtlichen Trauung hatte Sophias Vater im Strandhotel »Gerken«, in dem auch das Hochzeitspaar und die auswärtigen Gäste einquartiert waren, eine Tafel für dreißig Personen bestellt und aufwendigen Blumenschmuck in Auftrag gegeben, passend zum Brautstrauß.

Eigentlich schade für das Hotel, dass sie den Umsatz morgen nicht machen würden. Vielleicht musste der alte Remberg das Essen trotzdem bezahlen, weil es ja vorbestellt und die exklusiven Zutaten entsprechend eingekauft worden waren, aber auf die Getränkeeinnahmen, an denen Gastronomen bekanntlich am meisten verdienten, würden sie im »Gerken« verzichten müssen. Sei's drum, er konnte nicht auf alles und jeden Rücksicht nehmen.

Lässig schlenderte er an der feiernden Truppe vorbei. Die Zedeliusstraße, die Hauptgeschäftsstraße der Insel, glich einem Laufsteg. Sehen und gesehen werden war hier das Motto.

»Moin.« Er hob grüßend die Hand, schließlich kannte er die Familie Remberg, seit er dreizehn und Sophia zehn Jahre alt war.

Sophia, die neben ihrem Bruder Konstantin saß, lachte zurück. »Moin! Kommst du heute Abend auch zum Junggesellenabschied? Wird bestimmt 'ne tolle Party.«

»Mal gucken«, gab er vage zurück.

Eine junge vierköpfige Familie lief zwischen ihm und der ausgelassenen Gesellschaft vor der »Wooge« in Richtung »Pudding« vorbei, und er bemerkte, dass Sophia etwas murmelte, was er jedoch nicht verstand. Er zwang sich ein Lächeln auf die Lippen. Dann atmete er ruhig. Das hatte er in der Therapie gelernt, und nach nur wenigen Atemzügen hatte er sich wieder unter Kontrolle.

Er hob noch einmal grüßend die Hand, dann ging er weiter, und ein Lachen stieg in ihm auf.

***

»Es ist so schön, dass es dir wieder gut geht.« Niesteit lief neben Christine die Treppen runter. Feierabend. »Du hast uns echt gefehlt.«

»Stimmt«, ergänzte Lemke, der hinter ihnen hertrabte. »Deine analysierende Art hat uns gefehlt.«

»Aber wir haben in deiner Abwesenheit trotzdem alles hingekriegt«, sagte Oda, die voranschritt, und fügte beinahe entschuldigend hinzu: »Obwohl es natürlich wirklich schön ist, dass du wieder zurück bist.«

»Bist du denn jetzt wieder ganz okay, oder machst du erst so eine Wiedereingliederungsphase? Jeden Tag ein paar Stunden und irgendwann wieder ganz?« Nieksteit war immer schon offen und neugierig gewesen.

Sie hatten den Ausgang erreicht, und er hielt, als könnte er zaubern, mit Verlassen des Gebäudes eine Zigarette in der Hand.

»Schönes Wochenende!« Lemke verabschiedete sich, Christine und Oda blieben bei Nieksteit auf dem großen Hof der Polizeiinspektion stehen.

»Nein, alles okay. Ab Montag bin ich wieder voll dabei.« Christine lächelte verhalten, denn so ganz stimmte nicht, was sie da vorgab. Auch wenn sie nur ein paar Tage im Koma gelegen hatte, war es doch bei Weitem nicht so, als habe sie in diesen Tagen geschlafen und nichts mitbekommen. Was sie für Träume gehalten hatte, hatte sich im Nachhinein als Wahrnehmung herausgestellt, vermischt mit

Träumen, die manchmal angsterfüllt waren. Dieser Umstand und das Wissen, einige Tage ihres Lebens ohne Bewusstsein, ohne aktive Gestaltungsmöglichkeit gewesen zu sein, beschäftigten sie nachhaltig. Wie dankbar war sie ihrer Mutter, die sofort nach Wilhelmshaven an ihr Krankenbett geeilt war. Aber auch Oda hatte sie jeden Tag besucht und mit stoischer Gelassenheit und Zuversicht auf sie eingeredet.

Niecksteit schien die Antwort zu genügen. Er grinste sie und Oda an. »Na denn … kann ja nix mehr schiefgehen.«

***

»Also, meine Lieben, Stefan und ich machen jetzt eine kurze Siesta, damit wir am Abend fit sind.« Lachend verabschiedete Sophia sich von den anderen und zog ihren Verlobten mit sich. Sie schwitzte in der Sonne und wollte noch duschen und sich ein wenig ausruhen, bevor sie sich zum Essen trafen. Etwas Ruhe tat bestimmt gut bei all der Aufregung und dem Adrenalin, das durch ihre Adern jagte.

»Klar. Noch den letzten hemmungslosen Sex als Single, dafür haben wir natürlich Verständnis«, grölte Henning. »Piept eben durch, wenn ihr fertig seid, nicht dass wir zurückkommen und uns fremdschämen müssen wegen der Geräusche, die ihr auf unserem Hotelflur macht.«

Sophia schüttelte den Kopf. »Blödmann.«

Die anderen lachten und winkten, als sie Hand in Hand davonliefen.

»Henning sollte sich mal ein bisschen zusammenreißen«, sagte Sophia missmutig, »nicht dass der uns noch den Abend verdirbt.«

»Ach, du kennst ihn doch«, beruhigte Stefan sie. »Erst dreht er total auf, dann wird er müde, schläft am Tisch ein und wacht zwei Stunden später wieder auf, um fröhlich weiterzufeiern. Du kannst ihn halt nicht ändern.«

»Finde ich aber nicht schön, wenn er beim Abendessen den Kopf auf die Tischplatte fallen lässt und schläft.«

»Nun wart's doch einfach ab«, schlug Stefan vor.

Sie wollte schon die Stufen zum Hoteleingang hinauflaufen, als er sie zurückhielt. »Einen Moment. Bitte.« Er stellte sich an den Rand des Weges und blickte aufs Meer. »Ist es nicht wunderschön hier?«

»Ja«, gab sie leicht genervt zu, »aber das ist doch nichts Neues.

Das kennen wir doch. Lass uns einen Moment ausruhen. Es wird noch ein turbulenter Abend.«

»Ich möchte dir etwas zeigen«, sagte er und hielt ihr seine Hand hin, die sie nur zögernd und mit einem leichten Seufzen ergriff.

»Ist es wichtig?«

»Es ist mein Hochzeitsgeschenk an dich.«

»Oh.«

Er küsste sie auf die Stirn. »Nun mach kein Gesicht wie drei Tage Regenwetter. Es wird dir bestimmt gefallen. Komm.«

Ihre Augen wurden groß, als sie neben ihm herlief. Sie hätte jetzt mit einem netten kleinen Juwelier-Kästchen und einem noch netteren großen Diamantring gerechnet, der zum schlichten Ehering aus Weißgold passte.

»Ist nicht weit.«

In diesem Moment kam eine junge Familie mitsamt Kinderspielzeug, Strand- und Kühltasche auf die Promenade gelaufen. Die beiden kleinen Kinder quengelten, dass sie noch am Wasser spielen und nicht in die Wohnung wollten.

»Es ist bald Abendbrotzeit, und vorher müsst ihr noch in die Badewanne, euch den ganzen Sand abwaschen«, erklärte die Mutter sicher nicht zum ersten Mal. Der dazugehörige Vater machte einen unbeteiligten Eindruck.

Sophia presste die Lippen aufeinander. Warum lief ihr der heute schon zum zweiten Mal über den Weg?

Er schien ihren Blick gespürt zu haben, schaute zu ihr herüber, dann sofort wieder weg und mahnte seine Familie zur Eile.

»Warte bitte kurz.«

Stefan sah sie fragend an.

»Ich hab einen Stein im Schuh«, gab sie vor, bückte sich, zog den Schuh aus, drehte ihn um und zog ihn wieder an. Als sie hochkam, war die Familie verschwunden. »Entschuldige«, sagte sie und gab sich Mühe, ihre Stimme liebevoll klingen zu lassen. »Nun können wir weiter.«

In der Tat waren es nur noch wenige Schritte, bis Stefan vor dem Kaiserhof stehen blieb und einen Schlüssel aus der Tasche zog. Mit gerunzelter Stirn sah Sophia ihn an. Was sollte das denn jetzt?

Stefan strahlte über das ganze Gesicht, als er die Haustür aufschloss und sie in den Flur hineinzog. »Wir müssen in den dritten Stock. Möchtest du laufen oder mit dem Lift fahren?«

Der Lift war noch unterwegs, wie sie am Licht erkannte. Sophia ahnte, wer damit gerade fuhr.

»Lift«, sagte sie einsilbig, obwohl sie normalerweise die Treppenstufen bevorzugte. Schon allein, um ihre Muskeln zu trainieren. Aber wenn sie jetzt die Treppe nahm, könnte es sein, dass sie … Nein, besser auf den Lift warten.

Dennoch blieb Stefan schwer atmend stehen, als hätte er einen Marathonlauf hinter sich oder zumindest das Treppenhaus erklommen, als er den Schlüssel kurz darauf ins Schloss einer Wohnungstür steckte.

Sie schluckte. Weigerte sich zu glauben, was gleich kommen musste.

»Ich müsste dich jetzt über die Schwelle heben«, sagte er, »aber ich weiß nicht, ob ich das hinkriege, ohne dass du mit dem Kopf an den Türrahmen haust. Wollen wir lieber Hand in Hand reingehen?«

Sie nickte, unfähig, etwas zu sagen. Gemeinsam traten sie über die Schwelle.

***

Als sie nach Hause kam, warf Christine ihre Tasche auf den Küchentisch und ließ sich auf einen Stuhl fallen.

Geschafft.

Sie hatte es sich nicht eingestehen wollen, doch jetzt spürte sie, unter welcher Anspannung sie vor diesem ersten Arbeitstag nach der Reha gestanden hatte. Aber alles war prima gelaufen. Sie hoffte, das dumme Herzrumpeln, das sie heute früh auf dem Weg in die Polizeiinspektion so heftig gespürt hatte, würde künftig ausbleiben. Sie stand wieder auf, trat an den Kühlschrank und nahm die Flasche mit dem naturtrüben Apfelsaft heraus, schüttelte ihn und goss sich ein Glas bis obenhin voll. Durstig setzte sie es an die Lippen und trank es in einem Zug aus, was sie normalerweise nie tat. Sie stellte es auf die Abtropffläche der Spüle, ging ins Wohnzimmer und öffnete die Terrassentür.

Die Nachmittagssonne schien mit voller Wucht auf den windgeschützten Bereich, in dem sie die Sitzgruppe stehen hatte. Augenblicklich geriet sie ins Schwitzen. Sie streifte ihre Slingpumps ab, drückte den Schalter, der die Markise herausfuhr, und während sich Schatten über die Terrasse legte, zog sie die Kissenpolster aus der Holzbox und legte sie auf die Stühle. Der Duft von brennender Holzkohle stieg in ihre Nase, und ihr Magen meldete sich. Seit dem Frühstück mit den Kollegen hatte sie nichts mehr gegessen.

Eine halbe Stunde später saß sie mit einer Weißweinschorle und einem Salat aus frischen Blattsalaten, gehobeltem Parmesan, Balsamico-Essig und einem gebratenen Lachs-Filet unter der Markise. In Gedanken ließ sie den Tag erneut Revue passieren. Sie war dankbar, dass es so ruhig gewesen war. Sie würde langsam wieder ins Leben einsteigen müssen. Doch nach und nach würde sich alles finden.

Vom Nachbargrundstück hörte sie das Quietschen der Federn eines überdimensionalen Trampolins, auf dem die drei Kinder der Müllers hüpften. Zu dem Geruch von brennender Holzkohle hatte sich inzwischen der von Bratwürstchen gesellt. Christine schmunzelte, war jedoch froh darüber, dass eine hohe Hecke die Grundstücke trennte. Nach seichtem Small Talk, den sie auf der Straße durchaus gern mit ihren Nachbarn führte, stand ihr jetzt nicht der Sinn.

Etwas piepte. Ihr Handy. Kurz beschleunigte sich ihr Herzschlag, dann entspannte sie sich wieder. Langsam zählte sie bis zwanzig. Dabei überlegte sie, ob sie das Piepen ignorieren sollte. Sie musste nicht sofort jede WhatsApp-Nachricht lesen. Aber Gudrun, ihre Freundin in Hannover, wusste, dass sie heute ihren »Anfangstag für Ängstliche« gehabt hatte, wie Gudrun das nannte, und vielleicht wollte sie nur kurz fragen, wie es gewesen war. Auch Christines Mutter übte sich seit Kurzem begeistert im Versenden von Kurznachrichten, nachdem Christines Bruder ihr zum fünfundsiebzigsten Geburtstag ein Smartphone geschenkt hatte, damit sie in engerem Kontakt zu ihren Kindern und Enkeln stehen konnte.

Dennoch konnte sie das Herzrasen nicht verhindern, das sich gleich wieder einstellte, als sie aufstand. Sie versuchte, sich zu beruhigen. Eigentlich reagierte sie schon eine ganze Weile nicht mehr so heftig auf ein Handyklingeln oder eine SMS. Heute aber war ein besonderer Tag. Heute war sie in den beruflichen Alltag zurückgekehrt. Und zu diesem Alltag gehörte nun mal auch er.

Als sie die Zahlen tippte, die das Display freigaben, und auf den grünen Button drückte, sah sie erleichtert Gudruns Namen. *Na, Süße, alles gut überstanden?*, stand da mit einem Smiley. Erleichtert lächelnd nahm sie das Handy mit auf die Terrasse. *Ja, alles easy*, antwortete sie.

Steh grad noch im Stau, melde mich nachher am Telefon, schrieb Gudrun zurück, und gleich darauf piepte es erneut. Doch jetzt erschien weder Gudruns Name noch das schlichte »Mama« auf dem Display. Stattdessen sah Christine eine Zahlenfolge. Seine Handynummer. Die berufliche. Mit leicht zitternder Hand öffnete sie die Nachricht.

'n Abend. Du hast doch Montag wieder deinen offiziellen Start im Büro. Schlage vor, wir telefonieren am Wochenende. Wäre sicher gut, wenn wir uns in gewissen Bereichen abstimmen. Melde mich Sonntag im Laufe des Tages. Gruß, Carsten.

***

Der Blick vom Café »Pudding« hinaus auf die Nordsee war immer wieder beeindruckend. Sophia zählte zwölf Containerschiffe auf den unterschiedlichen Routen, die auf der Schautafel an der Promenade unterhalb des Cafés erklärt wurden.

Der anscheinend nie abreißende Strom von Schiffen begeisterte sie jedes Mal von Neuem. Auch wenn die Frachter von hier aus geradezu winzig aussahen. Sie hatte bei einer Besichtigung des Jade-Weser-Ports mal ein Containerschiff der Triple-E-Klasse bestaunt, das dort gerade gelöscht worden war. Ob eins von denen am Horizont auch zu diesen Riesenfrachtern gehörte?

Sie riss sich von dem ebenso faszinierenden wie beruhigenden Anblick los und wandte sich wieder ihren Gästen zu. Sie hatten vier Vierertische reserviert, allerdings jeweils mit einem leeren fünften Stuhl an der Stirnseite, sodass sie zwischen den Gängen von einem Tisch zum nächsten gehen und mit ihren Gästen plaudern konnten. Jetzt war es noch ein intimer Kreis, aber sie freute sich auf die anschließende Party in der »Düne 17«, bei der auch viele ihrer Wangerooger Freunde dabei sein würden.

Es war schön, all ihre Freunde wiederzusehen, sie an dem wichtigsten Tag ihres Lebens um sich zu wissen. Es war Sophia durchaus bewusst, dass sie vom Leben privilegiert war, und dafür war sie sehr dankbar. Nur ihr älterer Bruder Konstantin versuchte mal wieder spaßeshalber, ihr die gute Stimmung zu vermiesen. Sie hatten sich schon als Kinder immer liebevoll gekabbelt, seine Übersiedelung nach New York hatte daran nicht viel geändert. Statt sich die wenigen gemeinsamen Stunden, die er hier war, zusammenzureißen, fand er nach wie vor Gefallen daran, sie zu foppen und zu reizen.

»Noch hast du Zeit und kannst es dir überlegen«, sagte er gerade lächelnd und schmiss seine braunen Locken mit einer eleganten Handbewegung nach hinten. »Noch kannst du alles absagen.« Dabei zog er kurz den Mund schräg, wie immer, wenn er sich amüsierte.

»Blödmann.« Sophia ärgerte sich. Musste Konstantin ihr den Abend verderben und die Vorfreude nehmen? Als hätte es nicht gereicht, dass er sich der gemeinschaftlichen Anreise verweigert und provokativ den Flieger zwei Stunden später genommen hatte. Natürlich sah sie ein, dass er nach zwei Jahren Abwesenheit einige seiner alten Freunde wenigstens noch auf einen Kaffee hatte sehen wollen. Er würde nur die nächste Woche noch bleiben und dann zurück nach New York fliegen, wo er an der Börse arbeitete. Und auch wenn zwischen ihm und Stefan die Chemie auf Anhieb nicht gestimmt hatte – er hielt Stefan für einen überheblichen Arroganzling, aber das tat ihr Vater auch, und sie war sicher, die Abneigung hatte mit der typischen Eifersucht von Vater und Bruder zu tun –, war das noch lange kein Grund, ihr die Hochzeit zu vermasseln. Schließlich hatte ihr auch nicht jede seiner zahlreichen Freundinnen gefallen. Doch sie hatte sich immer zurückgehalten und die jeweilige Frau warmherzig im Familienkreis aufgenommen. Reichte ja, wenn ihr Vater an allem, was Konstantin machte, herummeckerte.

Wahrscheinlich war das der Grund gewesen, weshalb er in die USA gegangen war. Dort konnte ihr Vater nicht kontrollieren, was Konstantin tat. Und wie er es tat. Er musste recht erfolgreich sein, wenn man seinen aufwendigen Lebensstil betrachtete. Maßgeschneiderte Anzüge und handgefertigte Schuhe sowie in Sterne-Restaurants zu speisen, zählte für ihren Bruder zum Alltag, und so einen Porsche wie der, den er drüben fuhr, hätte Stefan auch gern. Während ihre Mutter Konstantin bereits in seinem neuen Zuhause besucht hatte, hatte ihr Vater es abgelehnt, hinüberzufliegen, und immer die Arbeit vorgeschoben. Doch darüber wollte sie sich jetzt keine Gedanken machen. Dies war ihr Hochzeitswochenende. Sie wollte sich nicht mit Problemen auseinandersetzen, sondern einfach nur feiern und genießen.

»Er meint es nicht so, du kennst ihn doch.« Daria, seine derzeitige Flamme, von der Sophia vermutete, dass sie sie nicht erkennen würde, wenn sie ungeschminkt und unfrisiert aus der Dusche käme, strahlte sie an. »Natürlich machst du es richtig. Ihr kennt euch doch lange genug.«

Und ob ihr Bruder es so meinte, das wusste Sophia nicht nur, sie sah es an dem Lächeln in seinen Augen. Und lange genug war sicherlich Ansichtssache. Da Daria und Konstantin aber erst seit vier Monaten zusammen waren, galten bei ihr anderthalb Jahre sicher als ausreichend. Obwohl die Zeit, die Sophia und Stefan gemeinsam verbracht hatten, in Wirklichkeit berufsbedingt auf einige Monate zusammenschmolz, denn Sophias Detektei befand sich in Wilhelmshaven, sie reiste für ihre Auftraggeber quer durch Deutschland, und Stefan arbeitete in Hamburg. Oft jedoch hatten sie die freien Wochenenden für Aufenthalte auf Wangerooge genutzt. Hier tickten die Uhren gefühlt langsamer, und die Zeit flog nicht so rasch dahin.

»Ich finde es fairer, sich festzulegen und zu seinem Partner zu stehen, als sich alle halbe Jahre eine neue Bettgespielin zu suchen.« Mit diesen Worten stand sie auf. Darias entgleiste Gesichtszüge waren ihr völlig egal. In spätestens sechs Monaten würde Konstantin die Nächste anschleppen. Sie wollte sich von ihrem großen Bruder einfach nicht mehr alles gefallen lassen.

***

Als er die »Düne 17« betrat, war die Party in vollem Gang. Er war überrascht, wie voll es war. Wo er mit dreißig, maximal vierzig Gästen gerechnet hatte, tummelten sich hier garantiert mehr als sechzig. Das gefiel ihm. Je mehr Gäste, desto unübersichtlicher. Die meisten Anwesenden waren schon ziemlich bedüdelt. Hörnerwhisky – so nannten sie den Jägermeister heute – als Longdrink auf Eis mit Cola, Bier, Schnaps, Wein und Prosecco hatten den feiernden Haufen ausgelassen gemacht.

Sophias Vater Walter wirkte erwartungsgemäß nüchtern, ihre Mutter dagegen hatte wieder einmal zu viel getankt. Das war nichts Neues. Susanne Remberg war nicht nur in der »Düne« Stammgast, sondern auch in sämtlichen anderen Kneipen. Dass ihre Ehe mit Walter nur noch auf dem Papier bestand und wohl lediglich eine rein geschäftliche Verbindung war, wurde nicht zuletzt dadurch deutlich, dass Susanne sich immer wieder gern mit einem Urlauber einließ und dann flirtend und angetrunken mit diesem Arm in Arm gesehen wurde. Jetzt schmachtete sie einen der wesentlich jüngeren Festlandsfreunde ihrer Tochter an. Merkte Susanne eigentlich nicht, wie peinlich sie war?

Er begrüßte Sophias Vater freundlich. Nichts ist so unauffällig wie das Auffällige, hatte er irgendwo mal gelesen. Dennoch war er in der Auswahl seiner Kleidung dezent geblieben, hatte sich ein graues Kapuzensweatshirt angezogen, Jeans und Sneakers. Er gesellte sich zu Sophias Freunden. Viele davon kannte er nicht. Sie gaben sich ihrerseits auch keine Mühe, ihn kennenzulernen. Behandelten ihn, als bestünde er aus Luft. Sie sprachen über den morgigen Tag. Darüber, was für ein Kleid Sophia wohl tragen würde, was es anschließend beim Empfang zu essen gäbe und über das Wetter, die Prognose sei ja optimal: Sonnenschein und blauer Himmel.

»Wie langweilig«, sagte einer. »Hochzeitsfotos am Wasser kommen doch viel besser rüber, wenn es auch Wolkenbildung am Himmel gibt.«

Der Kerl sprach ihm aus der Seele. Diese Menschen waren wirklich langweilig.

»Na, Alter, beschäftigst du dich in deiner Freizeit immer noch mit kleinen Tieren?« Konstantin haute ihm jovial auf den Rücken. »Oder suchst du dir jetzt größere Exemplare für dein besonderes Hobby?«

Einen Moment lang versteifte er sich. Dann drehte er sich mit einem schmalen Lächeln um. »Konstantin. Schön, dich zu sehen«, log er. »Ist lange her, das letzte Mal.«

Er hatte keine angenehme Erinnerung an ihre letzte Begegnung.

Sie hatte dazu geführt, dass er von seinen Eltern abgekanzelt und von der Schulleitung beinahe rausgeschmissen worden wäre. Konstantin war als Kind eine elende Petze gewesen. Nur zwei Jahre jünger als er selbst, hatte der damals Elfjährige fasziniert zugesehen, wie er einem lebendigen Frosch die Hinterbeine ausgerissen hatte. Sophia hatte entsetzt geschrien, Konstantin hingegen hatte gefordert, er solle es noch einmal machen, und still und mit großen Augen zugesehen, wie er drei weitere Frösche auf die gleiche Art gequält hatte. Selbst hatte er sich nicht getraut, das zu tun, auch nicht, als er einem Frosch einen Strohhalm ins Maul gesteckt, das Tier festgehalten und Konstantin aufgefordert hatte, so lange in den Strohhalm zu pusten, bis der Frosch platzte. Als er den Frosch jedoch an einer Schnur an einen Baum gehängt und Konstantin seine Softair in die Hand gedrückt hatte, um das Vieh damit zu beschießen, hatte der den originalgetreuen Waffennachbau begeistert abgefeuert.

Sophia war angeekelt davongerannt, hatte bei ihren Eltern Zuflucht gesucht, und wenn Konstantin bei seiner Rückkehr einfach alles abgestritten und seiner Schwester nicht noch beigepflichtet und die ganze Geschichte gepetzt hätte, wäre der Kelch vielleicht an ihm vorübergegangen. So aber hatte er schwere Repressalien erdulden müssen.

»Also, was ist? Gibt es überhaupt noch Frösche auf der Insel, oder hast du schon allen die Beine ausgerissen?«

»Das war ein dummer Scherz eines pubertierenden Jungen«, gab er lässig zurück. »Natürlich mache ich so etwas nicht mehr.«

Dass er noch immer Gefallen daran fand, kleine und größere Lebewesen zu quälen, würde er Konstantin auf keinen Fall unter die Nase reiben. Zudem übte er die Befriedigung dieser Gelüste schon lange nicht mehr auf der Insel aus. Er hatte sich inzwischen von Carolinensiel bis Osnabrück und rüber nach Hannover manch spannende und erfüllende Stunde verschafft. Da er Tiere der unterschiedlichsten Gattung auswählte – mal waren es Schafe, Ziegen, Hühner, dann Kühe, ein oder zwei Pferde waren auch darunter gewesen –, hatte die Polizei kein strenges Muster, nach dem sie fahnden konnte. Auch die Zeitabstände, in denen er seiner Lust frönte, unterschieden sich. Obwohl es ihm zunehmend schwerer fiel, sich zu zügeln. Dafür aber machte er Fotos seiner Opfer, die ihm über die enthaltsame Phase hinweghalfen. Zudem variierte er, was die Methoden und die Fahrzeuge betraf. Stets mietete er eines, immer bei einem anderen Anbieter.

»Natürlich nicht«, gab Konstantin mit einem Lächeln zurück, das seine Worte Lügen strafte.

***

»Wir sollten endlich ernsthaft darüber reden, zu welchem Termin du deine Wohnung kündigst, jetzt, wo Laura zurück nach Berlin geht«, forderte Jürgen. Oda und er saßen im »Bistro« und aßen jeder einen »Salade Avril« mit geräucherter Putenbrust, Eisbergsalat, Lauchzwiebeln, Äpfeln und Preiselbeeren. Dazu gab es ein ofenfrisches Baguette und für jeden ein Jever Pils.

Oda hatte allerdings keinen Bock auf diese Diskussion. Warum musste Jürgen den Abend durch Beziehungsgespräche ruinieren? Sie stützte ihr Kinn auf Daumen und Zeigefinger der linken Hand und sah ihren Freund mit geübtem Hundeblick an. »Ach bitte, lass uns da ein andermal drüber reden. Es ist ja noch etwas Zeit bis zum Beginn des neuen Schuljahres.« Sie trank einen Schluck Jever und wechselte das Thema. »Christine hatte heute ihren ersten Tag nach der Reha.«

»Ich möchte mit dir über uns und nicht über deine Kollegin sprechen.«

»Sie ist nicht nur meine Kollegin, sie ist inzwischen auch meine Freundin. Das weißt du ganz genau. Und es hat mir wehgetan, zu sehen, was ihr passiert ist. Umso mehr freut es mich, dass es ihr wieder besser geht. Garantiert ist sie noch nicht hundertprozentig wieder die Alte, aber ich glaube, das wird langsam wieder. Sie hat sich gut gehalten heute. Und ich finde es taktisch klug, dass sie heute schon gekommen ist und nicht erst am Montag und dann gleich wieder mit einer kompletten Arbeitswoche einsteigt.«

Jürgen schwieg. Und sah sie an.

Oda sah zurück. Wer zuerst blinzelt, hat verloren, dieses Spiel kannte sie schon aus der Grundschulzeit.

***

»Woll'n wir dann mal los?« Er trat von hinten an Sophia heran. Irritiert drehte sie sich zu ihm um, als sie seine Stimme hörte.

»Wie? Was soll das heißen, woll'n wir los?«

»Na, du weißt schon. Dieses dämliche Spiel. Die Braut wird entführt, und der Bräutigam muss sie suchen.« Er lächelte, als wollte er Sophia um Verzeihung bitten.

Die runzelte ungläubig die Stirn. »Ja, aber … Haben sie dich echt damit beauftragt, mich zu entführen? Davon weiß ich gar nichts.«

»Was kann ich dafür, das ist hier auf der Insel nun mal so Brauch«, gab er schnippisch zurück und zog sich die Kapuze seines Sweatshirts über den Kopf. »Ich würd auch lieber hierbleiben und weiterfeiern, aber mir ist nun mal die ehrenvolle Aufgabe zugeteilt worden, dich zu entführen.«

»Muss das wirklich sein?«

Er lächelte bedauernd.

»Entschuldige, klar komm ich mit, wenn das so geplant ist.« Sie griff nach ihrer Handtasche, die sie auf dem Tresen abgestellt hatte. »Müssen da nicht auch noch irgendwelche Brautjungfern mit?«

Er schüttelte den Kopf. »Stefan sagt, das wird dann zu teuer.«

Sophia verzog verärgert den Mund. »Als ob er das alles bezahlen würde. Da könnte er ruhig die Entführungskosten mit Brautjungfern übernehmen. Aber gut. Ich sag nur schnell meinem Vater Bescheid.«

Er packte sie am Arm, lockerte seinen Griff jedoch schnell wieder. »Nee, Sophia, so geht das nicht. Die müssen da schon von allein draufkommen. Wissen doch sowieso alle: Ist die Braut am Polterabend verschwunden, wurde sie entführt, und der Bräutigam muss los und sie auslösen.« Er lachte. »Es wird auch bestimmt nicht lange dauern. Viele Möglichkeiten, unterzutauchen, haben wir hier ja nicht. Stefan wird uns schnell ausfindig machen.«

Ihrem Gesicht sah er an, dass sie sich nicht wohl bei der Sache fühlte. Dennoch kam sie mit.

***

»Hat einer von euch Sophia gesehen?«, fragte Walter Remberg, als er auf der Suche nach seiner Tochter von einer Gruppe zur nächsten ging. Doch keiner der Anwesenden hatte seit einer guten halben Stunde mit ihr gesprochen. Auch Stefan wusste nicht, wo sie war.

»Vielleicht ist sie entführt worden«, mutmaßte Inga, deren Zunge schon schwer war.

»Entführt?«, rief Walter Remberg alarmiert.

»Klar, entführt. Wie man das beim Polterabend eben so macht … Einer entführt die Braut in andere Lokale, und der Bräutigam muss mit seinen Jungs hinterher und sie auslösen. Manchmal sind auch die Brautjungfern bei der Braut, aber Sophia wollte uns vielleicht nicht dabeihaben.« Inga kiekste. »Warum wohl nicht?« Sie stieß Stefan mit dem Ellenbogen so heftig in die Seite, dass der zusammenzuckte.

Remberg winkte seinen Schwiegersohn in spe zu sich. »Und?«

»Weiß ich nichts von«, sagte Stefan.

Das wiederum überraschte Walter Remberg nicht. In diesem einen Fall – der Wahl seiner Tochter, was ihren Ehemann betraf – war er sich ausnahmsweise mit seinem Sohn einig, obwohl er und Konstantin sonst rein gar nichts gemein hatten. Dass aber Stefan von Oertel trotz seines adeligen Hintergrunds nicht der richtige Mann für Sophia war, das wussten sie beide.

»Und nun?«, fragte Stefan, als wollte er diesen Eindruck seiner mangelnden Kompetenz bekräftigen.

»Nun machst du dich verdammt noch mal auf die Socken und bringst mir meine Tochter zurück!« Remberg wandte sich ab und zückte sein Handy, doch bei Sophia sprang nur die Mailbox an.

***

Sie folgte ihm durch die inzwischen dunklen Straßen. Seltsamerweise war außer ihnen niemand unterwegs – doch selbst wenn, derjenige hätte nur einen Mann und eine Frau gesehen, die friedlich nebeneinander herliefen und sich unterhielten. Niemand hätte bei ihrem Anblick an eine bedrohliche Situation gedacht. Genau das war seine Rückversicherung.

Er hielt ihr die Tür auf und ließ ihr den Vortritt, dann lief er voraus, die Treppe hinunter.

»Ich glaub, die werden ziemlich schnell auf den Gedanken

kommen, uns hier zu suchen«, sagte Sophia amüsiert, als sie ihm in den Keller folgte. »Wenn sie uns in den Kneipen nebenan und gegenüber nicht finden, wird irgendjemandem einfallen, dass du es bist, der mich entführt hat. Und schon werden sie wissen, wo sie mich suchen müssen.« Sie lachte beinahe nachsichtig. »Hast du auch genügend Schnaps und Bier da? Ich glaub, die Mädels wären für Hugo zu begeistern, ich weiß allerdings nicht, aus wie vielen Leuten Stefan den Suchtrupp zusammenstellt. Prosecco tut es zur Not sicher auch.«

Er trat zur Seite, als er die Klinke hinunterdrückte. Kurz sah sie ihn verwundert an, dann hatte er sie in den Raum gestoßen, war ihr nachgegangen und hatte die Tür von innen verschlossen. Bevor sie überhaupt begreifen konnte, wie ihr geschah, fesselte er ihre Handgelenke mit Kabelbinder an ein Heizungsrohr. Derart fixiert konnte sie nicht bequem stehen, sich aber auch nicht locker auf den Fußboden setzen.

»Ey, was soll der Scheiß?«, fragte sie ungehalten und in gebückter Haltung. »Mach mich wieder los. Ich finde, du übertreibst ein bisschen. Eine Brautentführung ist eine lustige Sache, aber … nicht so was …« Ihr fehlten tatsächlich die Worte.

In diesem Moment fiel die Anspannung des Tages von ihm ab. Er hatte seine Rache begonnen. Alles war nach Plan verlaufen. Genau so, wie er es vorhergesehen hatte. Kein Mensch rechnete am Polterabend mit einer echten Entführung der Braut. Dennoch vermutete er, dass Walter Rembergs Blutdruck inzwischen kurz vor der Explosion stand. Im Gegensatz zu seiner Frau trank Walter Remberg nicht, wie jeder hier wusste. Kontrollverlust schien für ihn das Schlimmste zu sein. Tja, in diesem Fall hatte er ihm die Kontrolle genommen. In Rembergs *wichtigstem* Fall, seiner Tochter.

Ein Blick auf die Uhr zeigte, dass Sophia inzwischen fast eine Stunde mit ihm zusammen war. Remberg würde unruhig werden. Im Laufe der Nacht würde sich seine Unruhe zu einer furchtbaren Angst steigern, die mit jeder Minute wuchs. Doch das war erst der Anfang.

***

Es war weit nach Mitternacht. Sophia war seit über vier Stunden verschwunden. Eigentlich wollten sie schon lange in den Hotelbetten liegen, um fit für den morgigen Tag zu sein. Doch wie es schien, würde der Samstag vollkommen anders verlaufen als geplant.

Walter Remberg war zwischenzeitlich ins Hotel gerannt, hatte sich Sophias und Stefans Zimmer öffnen lassen und alles kontrolliert. Nichts, rein gar nichts ließ auf einen übereilten Aufbruch seiner Tochter schließen. Ihre Kulturtasche, die Kosmetiksachen und der Koffer lagen im Zimmer, Sophias Handy hing am Ladekabel neben dem Bett – sie schlief auf der linken Seite, genau wie er. Es gab keinerlei Anzeichen, dass Sophia in letzter Minute Torschlusspanik bekommen und sich heimlich davongemacht hatte. Außerdem wäre sie nie einfach so abgehauen, nicht, ohne ihn zu informieren. Dazu standen sie sich zu nahe. Wenn es etwas gab, was sie beschäftigte, war er der Erste, dem sie davon erzählte. Nun ja. Lange Zeit war er der Erste gewesen. Seit es Stefan gab, hatte sich das verändert. Dennoch: Sophia wäre niemals verschwunden, ohne ihn zumindest von ihrem Vorhaben in Kenntnis zu setzen.

In der »Düne 17« saß jetzt nur noch der besorgte engste Freundeskreis zusammen, die Insulaner waren mit schief gemurmelten aufmunternden Worten heimgegangen.

»Sie genießt ihren letzten Abend in Freiheit«, hatte einer gesagt und dabei anzüglich gezwinkert. Aber so eine war seine Tochter nicht. Keine, die mal eben einen One-Night-Stand einschob.

»Ob sie vielleicht wirklich entführt worden ist?«, fragte Inga, die wieder erstaunlich nüchtern wirkte; sie hatte, seit Sophias Verschwinden bemerkt worden war, nur noch Mineralwasser getrunken.

»Nee, die ist ja öfter mal raus. Also freiwillig. Ich hab nicht gesehen, dass sie festgehalten wurde oder so. Das eine Mal ist sie mit einem raus, den ich nicht kannte. Aber danach hab ich sie noch mal gesehen. Glaub ich. Das weiß ich allerdings nicht mehr genau«, sagte Henning.

Elektrisiert packte Walter Remberg den jungen Mann am Arm. »Mit was für einem ist sie raus? Warum haben Sie das nicht eher gesagt?« Er sah zu Stefan, doch der hockte deutlich angetrunken wie ein Häufchen Elend in der Ecke. Was für ein Schlappschwanz.

Wie wollte der einer Familie vorstehen, Entscheidungen treffen, wenn er sich in der ersten kritischen Situation so hilflos zeigte?

»Keine Ahnung. Ich hab mir doch nichts dabei gedacht. Sie ist immer mal wieder zum Rauchen rausgegangen, wie wir alle. Und sie schien den Typen zu kennen.«

»Was für einen Typen?« Remberg wurde lauter.

»Ich weiß es nicht. Also, ich kannte den nicht, das war keiner aus unserer Clique. Aber Sophia und Stefan haben ja noch andere Freunde.«

»Wie sah er denn aus? Denken Sie nach, verdammt noch mal!«

»Mann, ich weiß es wirklich nicht. Hatte ja schon einiges intus, und wer achtet schon darauf, wann wer rein- oder rausgeht? War eine tolle Party, und ich hab mich super amüsiert. Rechnet doch kein Mensch damit, dass die Braut abhaut.«

»Sophia ist nicht abgehauen!« Remberg schrie jetzt.

»Wissen Sie das denn sicher?« Auch Henning wurde jetzt laut. »Vielleicht hat Sophia ja in letzter Minute Schiss gekriegt.«

Stefan sackte noch weiter in sich zusammen, und Walter Remberg zwang sich, seine Fassung zurückzugewinnen. So wurde das nichts. Er musste die Situation unter Kontrolle behalten.

»Wir werden sehen«, sagte er betont ruhig. »Natürlich ist alles möglich. Dennoch möchte ich wissen, wer der Mann war, der unmittelbar nach oder mit Sophia ging. Es könnte ja sein, dass er etwas mit ihrem Verschwinden zu tun hat.« Er blickte in die Runde. »Ihr habt doch alle permanent mit euren Handys fotografiert. Vielleicht gibt es irgendwo ein Bild, das die beiden zeigt. Guckt bitte mal nach.«

Henning zückte sein Smartphone, und Walter Remberg fuhr sich angestrengt mit beiden Händen durch sein welliges und noch immer volles Haar, während er wartete. Hoffentlich kam jetzt Bewegung in die Sache. Falls seine Tochter sich tatsächlich am Vorabend der Hochzeit eine erotische Auszeit genommen hatte, wäre das das geringere Übel. Wenn es keine Hochzeit gäbe, wäre er nicht mal groß enttäuscht. Sophia hatte etwas Besseres verdient als Stefan von Oertel. Andererseits …

»Hier, der könnte es sein. Viel sehen kann man auf dem Bild allerdings nicht.« Henning reichte ihm das Handy. Es war eine etwas zu dunkel geratene Aufnahme. Walter Remberg starrte darauf.

»Welcher von denen ist es?«

»Ich glaub, der links am Rand, er ist aber nur halb zu sehen. Ich weiß das aber nicht hundertprozentig.«

»Man kann ja gar nichts erkennen.«

»Ein anderes Bild hab ich nicht. Ich kann mich nur deshalb überhaupt an ihn erinnern, weil er ein Shirt mit Kapuze anhatte.«

»Ich hab gar keine Fotos gemacht«, sagte Inga beinahe entschuldigend. Die anderen reichten Henning ihre Smartphones. Der sah die Bilder durch.

»Nee. Da ist er nirgends drauf.«

»Sie sind sicher, dass Sophia mit diesem Menschen rausgegangen ist?«

»Also, sie ist raus, und er ist raus. Hab ich ja gesagt. Aber ob sie gemeinsam oder nur gleichzeitig gegangen sind … und ob ich sie danach noch mal gesehen habe, da bin ich mir jetzt unsicher«, gab Henning kleinlaut zu. »Waren ja 'ne Menge Leute. Und wenn man feiert, achtet man nicht auf alle.«

In Walter Remberg wuchs eine ungeheure Wut. Auf Henning, der zwei funktionierende Augen hatte und doch zu nichts zu gebrauchen war, und auf seine Tochter. Der würde er gewaltig den Marsch blasen, wenn sie wieder auftauchte. Ein solches Verhalten gehörte sich nicht. Ihm und den anderen Gästen Angst einzujagen, nur weil da plötzlich etwas in ihrem Kopf ausgesetzt hatte. Oft schon war Sophia überstürzt einen anderen Weg gegangen, als er für sie geplant hatte, aber dieses Verhalten schlug dem Fass den Boden aus.

Es donnerte. Kurz darauf erhellten Blitze gespenstisch die Nacht.

***

Das war doch jetzt ein Scherz. Allerdings ein verdammt schlechter. Sollte Stefan mit seinem manchmal ziemlich gewöhnungsbedürftigen Humor tatsächlich geglaubt haben, sie würde über diese Situation lachen?

Es war dunkel. Sie hing an dem Heizungsrohr. Hockte verrenkt halb auf dem Boden. Ihre Handgelenke waren schmerzhaft fixiert. Nicht mal im Nachhinein würde sie diese blöde Entführung auch nur ansatzweise lustig finden.

»Verdammt noch mal«, schrie sie wütend, »ich finde das überhaupt nicht witzig.« Sie hämmerte mit den Fingern gegen das Rohr, ließ ihren Verlobungsring dagegenklopfen. Metall auf Metall gab laute Geräusche. Irgendjemand musste sie doch hören. Falls Stefan und die anderen sich tatsächlich gerade königlich über sie amüsierten – wer wusste, wer draußen noch alles bei ihm stand und ebenso feixte –, sollte durch das Klopfen zumindest irgendein unbeteiligter Mensch in diesem Haus darauf aufmerksam werden, dass hier etwas ganz und gar nicht stimmte.

Aber nichts geschah. Sophias Wut steigerte sich ins Unermessliche. Mit jeder Sekunde, die sie hier hing wie ein Stück Vieh, das zum Schlachten vorbereitet wurde, wuchs ihr Zorn. Auf sich selbst, dass sie so vertrauensvoll mitgegangen war, *ohne* ihre Brautjungfern, aber auch auf Stefan und ihren Vater. Die konnten doch nicht wollen, dass man ihr so böse mitspielte! Ein paar Minuten, okay. Das wäre für sie als Detektivin eine kurze, wahrhaftige Erfahrung dessen gewesen, was die Opfer echter Entführungen durchlebten. Doch diese wenigen Minuten waren schon lange vorbei.

Ihre Arme taten weh, sie wurden nur noch schlecht durchblutet. Sie stand auf. Versuchte, sich an die Wand zu lehnen, aber auch dazu musste sie den Rücken beugen. Endlos zogen die Minuten dahin. Sophia begann, die Sekunden zu zählen. Eins, zwei, drei, vier … Bis sechzig, dann wieder von vorn. Mit jeder Minute, die verstrich, dämmerte ihr, dass dies kein einfacher Scherz sein konnte. Niemals hätte ihr Vater zugelassen, dass man sie so quälte.

Mit einem Mal spürte sie ihre Blase. Sie musste dringend zum Klo. Sie hatte jede Menge Mineralwasser, Hugo und Aperol getrunken.

»Hallo? Komm her, du Blödmann, ich muss zum Klo!«, brüllte sie und hämmerte erneut gegen das Heizungsrohr. Doch weitere Minuten verstrichen, ohne dass jemand kam.

In diesem Moment wurde ihr klar, dass er sie tatsächlich entführt hatte.

Samstag

Walter Remberg hatte die ganze Nacht auf dem Ledersessel in der Hotellobby des Strandhotels »Gerken« gesessen und gehofft, dass seine Tochter verschwitzt, zerzaust und seinetwegen auch total betrunken hereinkommen würde. Doch Sophia blieb fort. Stefan, dieser Schwächling, war mit Einsetzen des Hitzegewitters aufs Zimmer gegangen, um zu schlafen. Es sei keinem damit gedient, wenn sie sich alle die Nacht um die Ohren schlügen, sie müssten auch am Morgen noch über Kräfte verfügen, hatte er gesagt. Und dass auch Walter bei Susanne im Ferienhaus besser aufgehoben wäre; er würde Bescheid sagen, sobald Sophia auftauchte. Wenn sie denn überhaupt käme. Der letzte Satz hatte Remberg deutlich gezeigt, wie wenig Stefan Sophia liebte.

Er schluckte. Er würde die Polizei einschalten müssen, es führte kein Weg daran vorbei. Nie und nimmer war seine Tochter aus freien Stücken von der Bildfläche verschwunden. Sie hatten gestern überall und so lange nach Sophia gesucht, bis auch die letzte Kneipe ihre Pforten schloss. Alle Suchtrupps hatten Fehlanzeige gemeldet. Das war keine harmlose Brautentführung mit anschließendem Gejohle und Gelächter gewesen. Es musste ihr etwas zugestoßen sein.

Oder war sie wirklich abgehauen? Aber warum, wohin und vor allem zu wem? Von der Insel kam man nicht so einfach herunter, zumindest spätabends nicht. Also musste sie noch irgendwo stecken. Sicher, sie kannte jede Menge Leute im Dorf, doch diejenigen, mit denen sie befreundet war, waren gestern Abend dabei gewesen. Warum war sie fort?

Wieder ging er in Gedanken die Frageliste durch. Hatte irgendjemand etwas zu ihr gesagt, das ihren Entschluss, Stefan zu heiraten, gekippt hatte? Was könnte das gewesen sein? Oder war sie tatsächlich mit einem anderen Mann durchgebrannt? Mit wem? Konnte es sein, dass es einen Mann in ihrem Leben gab, von dem er als ihr Vater nichts wusste? Allein der Gedanken daran war kaum vorstellbar.

Walter Rembergs Zähne malmten aufeinander, wobei er sich

der Tatsache bewusst wurde, dass er sich wegen der anstehenden Implantate dringend bei seinem Zahnarzt melden musste. Aber das war jetzt zweitrangig. War es seit fünf Jahren schon. Er konnte beißen und essen, alles andere würde sich finden. Ihm war schleierhaft, warum er jetzt überhaupt an derartige Banalitäten dachte. Er konzentrierte sich wieder auf das Wesentliche. Gleich nach, nein, gleich beim Frühstück würde er sich Sophias Freunde noch einmal vornehmen. Und ihren feinen Verlobten, der trotz dieser Katastrophe ruhig schlafen konnte.

***

Sie spürte ihre Arme nicht mehr. Hatte nicht stehen bleiben und auch ihren Urin nicht halten können. Niemals hätte sie sich vorstellen können, so gedemütigt zu werden, jemandem so ausgeliefert zu sein. Doch da war immer noch ihr Stolz. Selbst schuld, wenn er dir keinen Eimer oder etwas Ähnliches dalässt, dachte sie. Soll er doch sehen, wie er hier alles aufwischt und den Ammoniakgestank aus dem Raum bekommt. An dir liegt es nicht. Heb den Kopf, sei aufrecht und stolz, du hast nichts getan.

Immer wieder betete sie sich diese Sätze vor wie ein Mantra, um bei klarem Verstand zu bleiben. Versuchte, so wenig wie möglich in die Hocke zu gehen, weil auch das die Blutzirkulation in den Beinen und den Armen blockierte, aber das Stehen war über Stunden hinweg leider auch nicht angenehmer. Sie wusste nicht mehr, wie viel Zeit vergangen war. Zwar zählte sie beinahe zwanghaft immer noch die Sekunden zu einer Minute, doch wie viele Minuten sie bereits gezählt hatte, das hatte sie sich nicht gemerkt.

Die Tür wurde geöffnet.

Er kam rein.

Ihre Lebensgeister und ihr Kampfgeist erwachten.

»Na endlich«, fauchte sie ihn an. »Das wird auch Zeit. Mach mich los. Und dann lass dir ’ne gute Erklärung einfallen, weil ich dich sonst nämlich wegen Freiheitsberaubung anzeige.«

Schon früher hatte sie ihm mit ihrer bestimmenden Art Befehle gegeben. Das war reizvoll gewesen. Er, ein älterer Junge, der sie und ihren Bruder in die widerwärtige, aber dennoch faszinierende

Welt des Verbotenen entführte, nahm ihre Anweisungen entgegen. Mit zunehmender geistiger Reife hatte sie sich dafür geschämt, ihn herumkommandiert und ihm bei seinen schauerlichen Taten zugesehen zu haben. Darum hatte sie sich der Tierschutzorganisation PETA angeschlossen.

Er blieb im Türrahmen stehen. »Ist schon ziemlich peinlich, wenn man sich in die Hosen pisst, oder?«

Überrascht starrte sie ihn an. Der gab ja gar nicht klein bei, der war überhaupt nicht mehr so, wie sie ihn kannte. Nur ein einziges Mal hatte sie ihn so entschlossen erlebt wie heute. Dieses eine Mal hatte ihr Angst gemacht. Damals hatte er ihr etwas ins Ohr geflüstert, und das hatte sich festgesetzt. Sosehr sie seither auch versuchte, den Gedanken zu vertreiben, sie hatte es nie gekonnt. Er war ein unbewusster Begleiter ihres Lebens geworden.

Die ungewohnte Entschlossenheit lag nicht nur in seinem Blick, sondern in seiner ganzen Haltung.

»Was willst du?«, begehrte sie auf. Versuchte, ihre Überlegenheit zu demonstrieren, selbst in dieser misslichen Situation. Immer die Kontrolle behalten, so lautete der Leitspruch ihres Vaters, den sie gern übernommen hatte, denn er harmonisierte mit ihrer Persönlichkeit. »Was soll dieser Affentanz? Willst du dir damit irgendwas beweisen?«

Er lächelte kalt. Ein Frösteln lief durch ihren Körper. Gleichzeitig wurde ihr klar, dass sie die Kontrolle längst verloren hatte. Die eingenässte Hose wurde ihr wieder bewusst, der unangenehme Geruch, der im Raum hing. Der Schmerz in ihren Armen war auf einmal unerträglich. Und sie erkannte: Er hatte den Spieß umgedreht.

***

»Was ist los? Gibt es etwas, das ich wissen müsste? Habt ihr euch gestritten? Ist sie deshalb weggelaufen?« Walter Remberg war nahe daran, seinen Fast-Schwiegersohn am Kragen des Polohemds zu packen, als der aus dem Fahrstuhl trat und in den Frühstücksraum gehen wollte.

Auf ähnliche Weise hatte Remberg schon einige der Freunde

seiner Tochter abgefangen und ärgerliche Kommentare der anderen Gäste und auch des Hotelpersonals kassiert. Verständlich. Das Hotel konnte schließlich nichts für Rembergs privates Inferno und die anderen Gäste ebenso wenig. Darauf konnte Remberg jedoch keine Rücksicht nehmen. Sophia war verschwunden und jeder Hinweis wichtig.

»Lass mich in Ruhe«, giftete Stefan. »Du glaubst, nur weil du ihr Vater bist, hast du den alleinigen Anspruch auf widerstreitende Gefühle? Was meinst du denn, wie es mir geht? Da flieg ich gestern Morgen glücklich mit meiner Braut hierher und finde mich wenige Stunden später in einem Alptraum wieder! Hast du dir darüber mal Gedanken gemacht?«

Remberg lachte höhnisch auf. »Darüber, wie es dir geht? Das ist mir ehrlich gesagt vollkommen egal. Ich bin ihr Vater. Ich liebe sie seit achtundzwanzig Jahren. Und in all der Zeit habe ich gut auf sie aufgepasst. Doch kaum überlasse ich dir die Verantwortung für Sophia, versagst du noch vor der amtlichen Zeremonie. Ich habe es ja schon immer gewusst: Du taugst nichts und bist nicht gut genug für meine Tochter. Hätte sie nur gleich auf mich gehört.«

***

Es war ein traumhafter Sommertag. Nur leichte Schäfchenwolken am Himmel, das Thermometer zeigte schon um neun in der Früh dreiundzwanzig Grad an. Irgendjemand in der Nachbarschaft mähte den Rasen.

»Jadeallee oder Südstrand?«, fragte Jürgen, als sie die Räder aus dem Fahrradraum geschoben hatten, sich auf die Sättel schwangen und in die Pedale traten. Sie hatten beschlossen, heute ausnahmsweise frühstücken zu gehen, mit Blick aufs Wasser.

»Lass uns an den Südstrand fahren«, entgegnete Oda, »bei dem wenigen Wind muss die See dort aussehen wie in der Augsburger Puppenkiste.«

Sie fuhren durch die Parkanlagen, dann den Bontekai am Kanal entlang und überquerten die Kaiser-Wilhelm-Brücke. Obwohl es noch früh war, herrschte auf dem weitläufigen Rasen rund um das Spielschiff schon reges Treiben: Hauptsächlich Familien mit

Kindern, aber auch das eine oder andere Pärchen war dabei, es sich gemütlich zu machen. Noch glitzerte das Wattenmeer bei Niedrigwasser in der Sonne, aber Oda wusste, in zwei Stunden würde es hier ganz anders aussehen. Sie liebte es, bei auflaufendem Wasser am Südstrand zu sitzen und zuzusehen, wie sich der Jadebusen langsam wieder mit salzigem Nordseewasser füllte. Sie stellten die Räder ab, liefen die Südstrand-Promenade entlang, und Oda schmunzelte, als sie Gesprächsfetzen von Urlaubern auffing. Ganz klar: Nordrhein-Westfalen hatte Sommerferien.

Beim Hotel »Seerose« blieb sie stehen. »Was meinste?« Sie wies auf einen freien Tisch direkt an der halbhohen Mauer, die nicht nur eine Trennung zum dahinter abfallenden Deich mit den weißen und blauen Strandkörben bildete, sondern zudem wichtig für die Deichsicherheit war.

»Ja, ist okay.«

Jürgen nahm ihr gegenüber Platz, und kurz darauf hatten sie bei der freundlichen Bedienung das Frühstück bestellt.

Bis sie ihr Ei gegessen und die erste Tasse Kaffee getrunken hatte, hielt er sich zurück, aber dann fasste er nach ihrer Hand.

»Ich möchte noch mal auf gestern zurückkommen.«

Überrascht sah sie ihn an. »Wegen Christine? Nee, da brauchst du dir wirklich keine Gedanken zu machen, die ist, glaub ich, auf einem guten Weg. Ich hoffe nur, dass sie Steegmann gegenüber konsequent bleibt.«

»Es geht nicht um Christine. Es geht um uns. Darum, dass ich endlich mit dir zusammenziehen möchte, wenn Laura wieder bei ihrer Mutter wohnt. Dann kann Alex ihr Zimmer kriegen, und alles wird endlich so, wie wir es geplant hatten.«

Oda schwieg. Sie hätte damit rechnen müssen, dass er das Thema schnell wieder aufgriff. Außerdem konnte sie nicht ewig davor weglaufen. Jürgen und sie hatten die gemeinsame Wohnung bereits renoviert gehabt und unmittelbar vor dem Umzug gestanden, als Jürgens uneheliche Tochter aus dem Nichts bei ihm aufgetaucht war und bei ihrem Vater leben wollte. Das hatte alles über den Haufen geworfen. Inzwischen hatten sich Laura und ihre Mutter wieder miteinander versöhnt, und mit Beginn der niedersächsischen Sommerferien würde sie zurück zu Martha nach Berlin ziehen.

Sie entzog ihm ihre Hand und biss von ihrem Brötchen ab, um sich auf diese Art ein wenig Zeit zu verschaffen. »Ich halte es für besser, wenn wir noch warten, bis Alex sein Abi hat und aus dem Haus ist. Die Wochenenden verbringen wir sowieso zusammen, und falls es mit Laura und ihrer Mutter doch nicht funktioniert, hat sie hier weiterhin ihr Zuhause. Das wäre weg, wenn Alex in Lauras Zimmer zieht.«

»Aber bis Alex aus dem Haus ist, geht ja fast noch ein Jahr ins Land«, protestierte Jürgen.

»Ja«, sagte Oda in einem Tonfall, über den sie sich tierisch aufgeregt hätte, hätte Christine auf diese Art mit ihr gesprochen. »Da hast du recht. Fast noch ein Jahr.«

»Aber wir hatten es so geplant«, insistierte Jürgen.

»Ja, das hatten wir«, gab Oda mit einer gewissen Schärfe zurück. »Und wir hätten anders geplant, wenn du von Anfang an mit offenen Karten gespielt hättest.«

»Nun geht diese alte Leier wieder los.« Jürgen schnaubte ärgerlich.

»Ich hab nicht damit angefangen.«

»Und ich hab es satt, mir das bis ans Ende meines Lebens von dir aufs Brot schmieren zu lassen.«

»Es geht mir ja gar nicht darum, dir vorzuhalten, dass du mir nichts von Laura erzählt hattest. Es ist, wie es ist«, sagte Oda sanft. Dies war ihre Chance, Jürgen das vorzuschlagen, worüber sie nachgedacht hatte, seit feststand, dass Laura nach Berlin gehen würde. »Aber als wir unser Zusammenziehen geplant hatten, lag Alex' Schulabschluss noch in weiter Ferne. Jetzt bleibt uns nur noch halb so viel Zeit. Wir drei müssten uns für dieses eine Jahr, bis Alex zur Uni geht, komplett neu aufeinander einspielen. Ich glaube, wir beide, du und ich, wir würden Probleme kriegen.«

»So ein Quatsch. Alex und ich verstehen uns prima.«

»Nun lass mich doch mal ausreden. Wir würden Probleme kriegen, weil du meine Art, mit Alex umzugehen, nicht in allen Bereichen gutheißt. Und wenn er erst im Studium ist, richten wir das Zimmer so ein, dass sowohl Alex als auch Laura zu Besuch kommen können. Das ist für alle das Beste. Glaub mir. Warum sollten wir unsere Beziehung jetzt aufs Spiel setzen, wenn es nur noch ein knappes Jahr dauert, bis mein Sohn auszieht?«

Jürgens Augen schossen wütende Blitze. »Ach, so ist das also. Du glaubst, dass unsere Beziehung nicht halten wird, wenn du mit Alex *und* mir in unserer gemeinsamen Wohnung lebst. Das heißt, du stellst deinen fast erwachsenen Sohn vor mich und unsere … ja … ist es überhaupt Liebe?«

Oda schluckte, allerdings hatte sie keinen Brötchenbissen im Mund. Was war das denn jetzt? Da wollten sie ganz entspannt am Meer frühstücken, und nun stellte Jürgen ihre Beziehung in Frage? »So habe ich das doch überhaupt nicht gemeint«, sagte sie verdattert, doch Jürgen pfefferte seine Papierserviette auf den Teller, auf dem noch ein angebissenes Mettbrötchen lag, und stand auf.

»Du kannst dir ja mal ein paar Gedanken darüber machen, *wie* du es meinst«, sagte er. »Und über uns und das, was deine Haltung in mir auslöst.« Mit diesen Worten stapfte er davon.

Perplex sah Oda ihm nach. Was war denn in den gefahren? So kannte sie Jürgen überhaupt nicht, er war sonst immer ruhig, besonnen und beherrscht. Sie merkte, dass ihr vor Überraschung der Mund offen stand, und schloss ihn schnell. Was für ein verkorkster Start ins Wochenende.

***

Nach einer Tasse Kaffee, die er im Stehen im Hotelfoyer getrunken hatte, machte sich Walter Remberg auf den Weg zur Polizeistation. Zwischendurch hatte er immer wieder bei Susanne angerufen, ob Sophia vielleicht im Ferienhaus aufgetaucht war, aber auch Susanne hatte nichts von ihr gehört und war völlig aufgelöst. Walter Remberg hatte versucht, seine Frau zu beruhigen, gelungen war es ihm allerdings nicht. Nun lief er über die Zedelius- in die Charlottenstraße, das dauerte keine fünf Minuten. Er zögerte einen Moment, bevor er das Gebäude betrat. Doch er hatte keine Wahl. Die Polizei verfügte über bessere Möglichkeiten als er, seine Tochter zu finden.

Den Beamten hinter der Absperrung kannte er. Wie man sich eben auf der Insel kannte, wenn man ständig hier war. Außerdem hatte er vor Jahren schon mal beruflich mit ihm zu tun gehabt. Bernd Tönjes war Anfang sechzig und ein durch und durch sympathischer, sachlicher Mann. Auch wenn Sophia noch keine achtundvierzig Stunden verschwunden war, nahm er Rembergs Anzeige ernst, vor allem weil ein Großteil ihrer persönlichen Dinge wie das Handy und die Kulturtasche mit der Anti-Baby-Pille darin im Hotelzimmer zurückgeblieben waren.

»Das Handy ist vermutlich das sicherste Indiz, dass meine Tochter nicht einfach auf und davon ist«, bekräftigte Remberg. »Sophia ist ohne Telefon beinahe nicht vorstellbar. Sie glaubt, sie müsse ständig erreichbar sein, ihre Mails checken, ach, all so was eben.«

»Tja, manchmal kennt man seine Lieben leider nicht so gut, wie man glaubt«, gab Tönjes zu bedenken. »Allerdings haben Sie grundsätzlich recht, so, wie Sie die Sache schildern, ist nicht anzunehmen, dass sie das Weite gesucht hat. Ich persönlich finde es ja erschreckend, dass das Telefon zur kommunikativen Hauptschlagader der jüngeren Generation avanciert ist. Viele reden ja kaum noch miteinander, das geht alles über SMS und Internetdienste. Aber jedem das Seine.«

Er vervollständigte seine Notizen in der Fall-Datei, die er soeben angelegt hatte. »Auch wenn es natürlich sein kann, dass sie aus einer Laune heraus schwimmen gegangen ist und die Strömung unterschätzt hat. Das kommt leider häufiger vor, als uns lieb ist. Junge Leute, Alkohol und Übermut. Dann kann's allerdings noch dauern, bis sie wieder angeschwemmt wird.« Er registrierte Rembergs entsetzten Blick und fügte beschwichtigend hinzu: »Aber wenn sie so umsichtig und zuverlässig ist, wird sie schon nicht baden gegangen sein. Meine Kollegen und ich werden uns darum kümmern. Es gibt ein Foto von dem Mann, mit dem Sophia zuletzt gesehen wurde, hab ich das richtig verstanden?«

»Ein sehr unscharfes. Ein Freund von Sophia hat es gemacht und mir per WhatsApp aufs Handy geschickt. Man kann die Person eigentlich nicht wirklich erkennen.« Walter Remberg zog sein Smartphone aus der Tasche und tippte darauf herum. »Hier, das ist es.«

»Tja, das is ja man wirklich 'n büschen mau«, gab Tönjes zu, »aber schicken Sie es mir doch bitte per Mail. Beziehungsweise wenn es nicht von Ihnen ist, dann derjenige, der das Bild gemacht hat. Die Dateien über WhatsApp sind immer stark reduziert. Damit unsere

Spezialisten überhaupt was herausfinden können, ist es besser, wir haben die Originaldatei. Die Kameras der heutigen Telefone sind ja doch recht hochauflösend.« Er reichte Remberg eine Visitenkarte und ergänzte die Vermisstenmeldung am Computer. »So, jetzt brauche ich noch die Heimatanschrift Ihrer Tochter. Sobald ich auf ›Speichern‹ klicke, liegt das auch den Kollegen in Wilhelmshaven vor, und ich schicke ihnen zusätzlich die Bitte, zu überprüfen, ob Sophia inzwischen wieder in ihrer Wohnung ist und einfach nur nicht ans Telefon geht. So was kommt öfter vor, als man denkt. Das können Sie mir glauben.«

***

»Weißt du«, sagte er ganz entspannt und genoss die Macht, die er über diese verwöhnte Möchtegernprinzessin besaß, »es geht eigentlich weniger um dich. Nimm es mir nicht übel, aber du bist einfach nur ein Bauernopfer.« Er lächelte, als könnte er mit diesen Worten ihr Verständnis gewinnen. Dabei sah er förmlich, wie es in ihrem Kopf ratterte.

»Ein Bauernopfer?« Sie schüttelte empört den Kopf. »Ich bin doch keine Schachfigur!«

Er lächelte weiter. »Ich wusste schon immer, dass du die Intelligentere von euch Geschwistern bist.«

Sie starrte ihn an, und er ließ bewusst lange Sekunden verstreichen. Sekunden, in denen er sah, wie schwer es ihr fiel, ruhig zu bleiben. Sie war eben eine echte Remberg. Völlig kontrolliert, nicht einmal diese Situation brachte sie aus dem Konzept. Das nötigte ihm wider Willen Respekt ab.

Er zündete sich eine Zigarette an und hockte sich direkt vor sie, sodass er ihr in die Augen sehen konnte. In ihre schönen mandelförmigen Augen, die so wunderbar zu ihrem langen seidigen Haar passten. Er blies ihr den Rauch ins Gesicht; sie drehte angeekelt den Kopf zur Seite.

»Mach das Ding aus«, fauchte sie, und ein hässlicher Zug umspielte ihren Mund. Erleichtert lachte er auf.

Wie sehr sie ihm doch in die Karten spielte. Er hatte nicht vor, Mitleid mit Sophia zu empfinden. Dieses Gefühl passte nicht in seinen Plan, und sie verhielt sich keineswegs so, dass er auch nur den Ansatz davon verspürte. Hatten denn andere Mitleid mit ihm gehabt? Hatte die Familie Remberg Mitleid mit ihm gehabt? Nein. Und darum würde auch er keine Rücksicht nehmen.

»Möchtest du auch eine?« Er schob den Unterkiefer vor und hielt ihr die Schachtel hin.

»Mach mich los. Und dann kannst du mir den Scheiß mit dem Bauernopfer erklären.« Sie sprach nun wieder ruhig, vielleicht versuchte sie, ihn auf diese Weise zu umgarnen, so wie sie es früher gern gemacht hatte. Doch er würde sich weder von ihren Worten noch von ihrem Körper aus dem Konzept bringen lassen, obwohl er sah, wie schmerzvoll ihre Haltung sein musste.

»Im Schach opfert der König seinen Bauern, um sich zu schützen«, erklärte er freundlich, »doch wenn der Gegner stark genug ist, nimmt er dem König sein Gefolge. Vielleicht ist in unserem Fall der Vergleich mit dem Bauern zu schwach, vielleicht bist du der Läufer oder der Turm, vielleicht sogar die Königin. Aber das ist völlig unerheblich.«

»Ich verstehe nicht, wovon du sprichst.«

Er lächelte nachsichtig. »Habe ich deine Intelligenz überschätzt?« Erneut blies er ihr den Qualm ins Gesicht, woraufhin sie angewidert versuchte, den Rauch wegzupusten. »Also gut, dann werde ich es dir erklären. Ich spiele Schach. Mit deinem Vater. Im Laufe unseres Spiels werde ich ihm eine wichtige Figur nach der anderen nehmen. Mit dir gelingt mir bereits bei der Eröffnung der Partie ein Schlag bis ins Mark.« Bei diesen Worten erhob er sich und wandte sich zur Tür.

»Halt. Nun warte doch! Du kannst doch nicht einfach so gehen! Ich hab dir nichts getan. Lass uns reden. Vielleicht kann ich zwischen meinem Vater und dir vermitteln, wenn ich weiß, worum es geht. Bitte. Ich hab Durst und Hunger. Ich möchte mich gern frisch machen, die Zähne putzen, ich möchte zur Toilette … Hör bitte auf mit diesem Scheiß. Mach mich los, und wir reden in Ruhe. Wir finden einen Weg. Bestimmt.«

»Du verkennst die Situation, meine Liebe«, sagte er. »Dein Vater hatte in der Vergangenheit jede Menge Möglichkeiten, einen Weg zu finden. Doch er hat alle ignoriert. Nun läuft das Spiel nach meinen Regeln. Und so, wie ich gelitten habe, wird auch dein Vater leiden. Weil du leiden wirst.«

Lange nicht hatte er sich so stark gefühlt wie jetzt, als er den Raum verließ, in dem Sophia am Heizungsrohr hing und sich würgend übergab.

***

Christine genoss die Sonne, die auf ihren Körper schien. Sie lag im Garten auf der Liege mit einem großen Sonnenhut auf dem Kopf, der ihr Gesicht schützte und ihr so viel Schatten spendete, dass sie entspannt lesen konnte. Ihr aktuelles Buch führte sie ins Berlin des frühen 20. Jahrhunderts, eine spannende Zeit, die sie ablenkte, sodass sie nicht ins Grübeln kam. Am Morgen hatte sie, noch bevor sie zum Wochenmarkt gefahren war, lange mit Gudrun in Hannover telefoniert. Ihre Gespräche taten Christine immer gut. Sie las gerade, wie die Protagonistin mit einem englischen Journalisten in ein Taxi stieg, als ihr Handy klingelte. Sie griff neben sich. Einmal hatte sie das Telefon nicht bei sich gehabt und einen Einsatz nicht antreten können, seitdem nahm sie das Handy sogar mit ins Bad.

»Cordes.«

»Christine, ich bin's.« Das war die Stimme ihres Chefs, Hendrik Siebelt. Sofort schreckte Christine auf.

»Ist was passiert?«

»Nee, also, wie man's nimmt. Es geht um eine vermisste Person. Also, die ist erst seit gestern Nacht verschwunden, aber der Vater gehört zu den Persönlichkeiten des Landkreises, und darum soll'n wir da jetzt schon mal ran.«

»Ein Kind ist verschwunden? Um Gottes willen.«

»Nee, also die ist achtundzwanzig. Und sie ist auf Wangerooge verschwunden. Ich hab gedacht, du kannst mit Oda rüberfahren und dir vor Ort ein Bild machen. Sophia Remberg ist gestern Morgen zum Heiraten nach Wangerooge rüber und seit ungefähr zwanzig Uhr dreißig am Abend abgängig. Heute sollte die Trauung stattfinden.«

»Aha. Und nun ist sie weg, und man geht nicht davon aus, dass sie Panik vor der Ehe bekommen hat, sondern dass ihr etwas zugestoßen sein muss«, schloss Christine.

»Jo. Herz und Kollegen haben bei ihr geklingelt, aber sie macht nicht auf, und die Nachbarn haben sie heute auch nicht gesehen. Ich hab schon einige Kollegen mobilisiert und versuche gleich noch, den Schmidt zu kriegen, damit der euch mit seinem Mantrailer unterstützt.«

»Schmidt mit seinem Personenspürhund? Du fährst ja gleich die ganz großen Geschütze auf. Ist das nicht etwas übertrieben nach der kurzen Zeit?«

»Nee. In dem Fall nicht.«

»Na, du musst es wissen. Hast du Oda schon erreicht?« Christine schnappte sich im Aufstehen das Buch und den Becher mit kaltem Ingwerwasser und trug beides ins Haus.

»Jo. Die packt gerade schon ein bisschen was zusammen, du kannst sie dann abholen. Ich hab in Harlesiel beim Flugplatz angerufen, dass die euch so schnell wie möglich zwei Plätze zuteilen, der Rest der Mannschaft kommt mit der Fähre nach. Ihr zwei werdet über Nacht bleiben müssen, denke ich. Ich hab euch ein Zimmer im Hotel ›Hanken‹ reserviert.«

»Alles klar.« Christine wollte schon auflegen, als Siebelt nachschob: »Es … äh … es ist sehr voll auf der Insel. Ferienzeit. Eigentlich sind die ausgebucht. Aber die hatten noch ein Zimmer.«

»Die hatten noch *ein* Zimmer? Ein einziges? Für zwei Kolleginnen?«, hakte Christine nach.

»Ja.« Siebelt klang zerknirscht. »Aber man hat mir versichert, dass die Betten auseinanderstehen. Ist ja auch nur für eine Nacht. Höchstwahrscheinlich.«

Christine schwieg einen Augenblick. Dann wischte sie ihren Unmut beiseite. »Na ja. Wenn's nicht anders machbar ist …«

Das bräuchte sie nun eigentlich gar nicht. Eine Nacht mit Oda im Zimmer stand nicht auf der Liste der Dinge, die sie in ihrem Leben unbedingt noch erleben wollte.

»Ihr macht das schon. Ich zähl auf euch.«

»Dir auch ein schönes Wochenende«, sagte Christine, bezweifelte aber, dass ihr Chef diesen Satz noch gehört hatte.

***

»Töpfer.«

Oda hörte den Wind im Hintergrund rauschen, wahrscheinlich war Jürgen noch mit dem Rad unterwegs. Sicher am Ems-Jade-Kanal. Immer wenn Jürgen sich austoben musste, bretterte er regelrecht die Strecke nach Reepsholt hinunter, um anschließend wesentlich entspannter zurückzuradeln. Es sei denn, der Gegenwind erschwerte ihm die Rückfahrt.

»Du, es tut mir leid, aber ich muss rüber nach Wangerooge.« Oda ließ ihm nicht einmal den Hauch einer Chance, zu Wort zu kommen. »Gerade rief Siebelt an, es gibt eine Vermisstenanzeige, und Christine und ich sollen rüberfliegen. Ist die Tochter irgend so eines Promis. Vielleicht sagt dir der Name was: Walter Remberg.« Damit wollte sie ihm zumindest etwas »Zuckerbrot« geben, Informationen waren für einen Journalisten schließlich Gold wert.

»Remberg. Ja. Klar. Der hatte doch diese Fischfabrik, die er vor vier Jahren in so 'nem Superdeal verkauft hat. Und dessen Tochter ist verschwunden? Aber die muss doch längst erwachsen sein.«

»Ja. Ist sie. Und sie wollte heute heiraten.«

»Hat sie es sich halt anders überlegt. Und deswegen musst du rüber?« Jürgen klang wieder normal und nicht mehr so sauer wie eben am Südstrand.

»Ja. Meinst du, wir können unser Gespräch vertagen?«

»Natürlich. Ich hab wohl ein bisschen überreagiert.«

Er war also tatsächlich bereits die ganze Strecke gefahren und anscheinend schon auf dem Rückweg.

»Danke. Ich melde mich von der Insel. Wir müssen wahrscheinlich über Nacht bleiben. Siebelt hat allerdings keine zwei Zimmer mehr bekommen, ich werde mir ein Doppelzimmer mit Christine teilen müssen. Das kann ja heiter werden.« Sie hörte Jürgen auflachen. »Du kannst mich ruhig auch mal ein bisschen bedauern.«

»Weißt du, an dem Sprichwort, dass der liebe Gott kleine Sünden sofort bestraft, muss was dran sein«, sagte er immer noch lachend. »Da pass mal auf, dass du dich heute Nacht nicht an Christine ankuschelst.«

»Blödmann. Siebelt hat immerhin gesagt, dass es Einzelbetten sind. Aber ich finde es trotzdem scheiße.«

»Ja, meine Liebe, da musst du nun durch.«

Oda hörte die Zufriedenheit in Jürgens Stimme.

»Ich liebe dich auch, mein Schatz«, gab sie zurück.

***

»Und? Gibt es schon neue Erkenntnisse? Was unternehmen Sie?« Walter Remberg stand zum zweiten Mal an diesem Tag in der Polizeistation. Sein ganzer Körper vibrierte, er hatte alle Freunde des Brautpaares losgeschickt, um Sophia zu suchen, allen seine Handynummer gegeben, doch noch hatte es keine Erfolgsmeldung gegeben.

»Heute Nacht hat keins der im Hafen liegenden Boote losgemacht, den Kollegen der Deutschen Bahn habe ich das Foto Ihrer Tochter weitergeleitet, damit die darauf achten, ob sie an Bord der Fähre geht. Auch am Flugplatz weiß man Bescheid, und die Kollegen in Wilhelmshaven sind zur Adresse Ihrer Tochter gefahren, sie hat aber nicht geöffnet. Ich gehe also davon aus, dass sie noch auf der Insel ist. Vielleicht hat sie bei irgendwem Unterschlupf gefunden. Wir haben eine reelle Chance, das bald rauszufinden.« Die Brust des Polizeibeamten Bernd Tönjes hob sich voller Stolz.

»Und wie?«, fragte Remberg ungehalten.

»Ich habe in Wilhelmshaven etwas Druck gemacht. Die schicken nicht nur Kollegen zur Verstärkung, um bei der Suche zu helfen, die schicken auch einen Mantrailer.«

Remberg hätte Tönjes am liebsten am Hemdkragen gepackt und geschüttelt. »Einen was?«

»Einen Personenspürhund. Die haben wir bei der Polizei zwar nicht, aber es gibt private Unternehmen, die sich darauf spezialisiert haben. So ein Mantrailer sucht nicht mit der Schnauze am Boden, der sucht die Luft ab.«

»Die Luft.« Remberg wusste, das hörte sich an, als hätte er gefragt: Sind Sie bescheuert?, aber das war ihm egal.

»Ja. Unsere normalen Polizeihunde suchen auf dem Boden, Mantrailer nehmen die Witterung in der Luft auf. Die können verschiedene menschliche Gerüche voneinander unterscheiden, und egal, wie viele andere verlockende Gerüche da noch sind, die folgen nur den Geruchsspuren der vermissten Person, anhand von deren Schweiß und so. Das ist echte Feinarbeit. Bei Frauen ist es noch etwas einfacher, weil die ja auch Kosmetika benutzen. Das ist dann so 'ne Duftmischung aus Schweiß, Hautpartikeln und Kosmetik, die für jede Frau individuell ist.«

»Ach. Und das soll in der Luft schweben?« Remberg glaubte kein Wort von dem, was Tönjes erzählte.

»Ja, ja.« Der Beamte begeisterte sich immer mehr. »Ich hab das auch erst nicht geglaubt, aber es stimmt. Die menschliche Duftspur kann bis zu sechsunddreißig Stunden lang verfolgt werden, und wenn die vermisste Person verletzt war und geblutet hat, sogar bis zu einhundertzwanzig Tage. Das ist der Wahnsinn, oder?« Tönjes' Begeisterung sprang allem Anschein nach nicht auf Remberg über, also wiegelte er ab: »Na ja. Das ist natürlich alles Theorie. Weil man auch äußere Umstände wie zum Beispiel die Windverhältnisse berücksichtigen muss. Der Wind wirbelt schließlich einiges durcheinander.« Er sah Remberg bedauernd an. »War ja schon ganz schön stürmisch zuletzt. Und der Regen in der Nacht ... Aber wenn wir Glück haben und Ihre Tochter sich verletzt hat, fliegen diese roten Blutkörperchen ja noch rum, und der Mantrailer kann sie aufspüren.«

Walter Remberg wusste in seiner Verzweiflung nicht, ob er Tönjes lieber eine Ohrfeige verpassen oder sich dem Wunsch des Inselpolizisten nach einer – höchstens kleinen – Verletzung Sophias anschließen sollte.

***

Auf der Fahrt nach Harlesiel und während des kurzen Fluges hatten sie wenig miteinander gesprochen. Das war für beide ungewöhnlich, für Oda allerdings mehr als für Christine. Sie war kein besonders redseliger Typ.

Der Flug war ruhig gewesen, was Christine erleichtert hatte. Zwar war sie schon beinahe kreuz und quer durch die Welt geflogen, aber nur einmal zuvor hatte sie in einer so kleinen Maschine gesessen. Ihre schweißnassen Hände hatte sie im Schoß gefaltet und sich erst kurz vor der Landung getraut, einen Blick aus dem Fenster zu werfen. Nun liefen sie die gepflasterte Straße vom Flugplatz in

Richtung Zedeliusstraße. Oda hatte ihre sportliche Reisetasche geschultert, Christine zog einen kleinen Rollkoffer hinter sich her.

Es war ein sehr eigentümliches Gefühl, als sie ihr Zimmer im Hotel »Hanken« bezogen. Wie Siebelt versprochen hatte, standen die Betten übereck, und die Dame an der Rezeption hatte sich entschuldigt: »Das ist unser letztes freies Zimmer, und eigentlich vermieten wir es nicht, weil es das einzige ist, das noch nicht renoviert wurde.«

»Ist ja nur für eine Nacht«, hatte Oda herausgequetscht und sich zwei Zimmerschlüssel geben lassen. »Machen wir eben das Beste draus.«

Christine kam sich vor, als seien sie zwei begossene Pudel auf dem Weg ins Straflager, als sie mit dem Fahrstuhl hinauffuhren.

»Kann sein, dass ich schnarche«, sagte Oda, die ihre Sporttasche aufs Bett schmiss, während Christine bereits dabei war, den Reißverschluss ihres Koffers zu öffnen. Mitten in der Bewegung hielt sie inne.

»Ich weiß das gar nicht«, gab sie zu und ließ sich aufs Bett plumpsen. Oda sah sie an, und mit einem Mal mussten sie beide lachen.

»Ach, wir kriegen das schon hin«, sagte Oda aufmunternd. »Vielleicht haben wir bis heute Abend ja auch unsere vermisste Braut aufgegabelt und können mit dem letzten Flieger wieder zurück.«

»Das wäre natürlich prima«, erwiderte Christine und schloss den Reißverschluss ihres Koffers wieder. »Dann lass uns mal los. Je eher daran, desto eher davon, hat meine Oma immer gesagt. Vorsichtshalber können wir im Dorf ja noch Ohrstöpsel kaufen.«

In der Polizeistation empfing sie Bernd Tönjes und zückte das Diensthandy. »Moment, ich ruf mal eben den Vater der Vermissten an. Der ist dann sicher gleich hier.«

Tatsächlich saßen sie nur wenig später mit Walter Remberg am Besprechungstisch. Zuvor hatte Tönjes Oda und Christine über alles informiert, was er wusste. Das war leider nicht viel. Die Details zur vermissten Sophia Remberg beschränkten sich auf deren Aussehen und die ungefähre Uhrzeit ihres Verschwindens.

»Erzählen Sie uns etwas über Ihre Tochter«, bat Christine daher, während sie ihren in cognacfarbenes Leder gebundenen Block aus der großen Tasche zog. »Sie wollte heute im alten Leuchtturm heiraten und verschwand gestern Abend, ohne irgendjemandem Bescheid zu sagen?«

»Ja.« Walter Remberg wirkte beinahe erleichtert, mit ihnen sprechen zu können. »Alles war seit Monaten geplant, sie schien mir auch in keiner Weise unsicher oder abgelenkt zu sein, im Gegenteil, sie war in den letzten Wochen, auch gestern noch, der glücklichste Mensch, den man sich vorstellen kann. Es gab für mich nicht den geringsten Grund, anzunehmen, dass sie die Heirat mit Stefan doch nicht wollte. Da können Sie auch ihre Freunde fragen, die sind zur Trauung mit auf die Insel gekommen.«

»Was macht Ihre Tochter beruflich, Herr Remberg? Kann es sein, dass sie sich in diesem Umfeld Feinde gemacht hat?«

»Feinde?« Remberg sah sie entsetzt an. »Natürlich! Dass ich da nicht von selbst drauf gekommen bin. Sophia leitet eine sehr erfolgreiche Detektei. Sie beschäftigt etwas über zwanzig Mitarbeiter, und selbstredend hat sie durchaus auch mit brisanten Fällen zu tun. Ja. Klar. Da könnte etwas vorgefallen sein.«

»Eine Detektei mit zwanzig Mitarbeitern? Und der Firmensitz ist in Wilhelmshaven?«, erkundigte sich Christine überrascht.

Remberg nickte. »Ja, ich weiß, was Sie denken. Jeder, der will, kann sich als Detektiv selbstständig machen. Egal mit welcher Qualifikation. Das stimmt aber nicht. Hier in Deutschland ist es zwar noch so, aber in Österreich ist es ein Lehrberuf, und in Italien hat man extra einen Studiengang eingerichtet, weil man davon ausgeht, dass nur bestens im Recherchieren ausgebildete Experten mit sowohl kriminologischen als auch psychologischen Kenntnissen im Kampf gegen die Mafia bestehen können. Sophia hat an der Universität L'Aguila studiert. Und anschließend in Wilhelmshaven ihr Büro eröffnet.«

»Warum ausgerechnet in Wilhelmshaven?«, wollte Oda wissen. Sie wirkte äußerst abweisend bei dieser Frage.

»Ich glaub, das liegt daran, dass sie sich am Jadebusen immer wohlgefühlt hat. Wissen Sie, wir leben ja im Ammerland, da ist sie auch aufgewachsen, aber Sophia ist als Kind viel bei ihrer Großmutter gewesen und hat deren Eigentumswohnung geerbt. Ich hätte es zwar vorgezogen, wenn sie ihr Büro zumindest in Oldenburg gewählt hätte, aber meine Tochter hatte schon immer ihren eigenen Kopf. Die Überschaubarkeit der Stadt und vor allem der Südstrand und die Möglichkeit, am Wasser Rad zu fahren, seien unbezahlbare Vorteile, hat sie behauptet, und da sie sowieso deutschlandweit agieren müsse, sei es vollkommen egal, von wo aus sie starte. Zudem hat sie in Düsseldorf, Hannover und Berlin kleine Dependencen mit jeweils drei Mitarbeitern, die natürlich zu dem besagten Kader von etwas über zwanzig Mitarbeitern gehören.«

»Das klingt interessant«, sagte Christine. »Wissen Sie denn, mit was für einem Fall Ihre Tochter aktuell betraut ist?«

»Könnte da ein Motiv für Sophias Verschwinden liegen?«, hakte Oda nach.

»Sie meinen, dass man Sophia aus beruflichen Gründen entführt haben könnte?« Remberg wurde noch blasser.

»Wir müssen in jede Richtung denken«, gab Christine zurück. »Und bei einem solchen Job …«

Rembergs Daumen und Zeigefinger seiner linken Hand fuhren zum Mund, schoben die Oberlippe zusammen, ließen locker und schoben sie wieder zusammen. »Sie haben recht«, sagte er dann. »Allerdings hat sie kaum über ihren Beruf gesprochen. Jedenfalls nicht über einen konkreten Fall. Darf sie wohl auch nicht, wegen Mandantenschutz oder so. Warum habe ich bislang keinen Gedanken an diese Möglichkeit verschwendet?« Er stand auf. »Ich werde mich darum kümmern«, sagte er und eilte hinaus.

»Warum? Weil du ein ziemlich narzisstisches Arschloch bist«, sagte Oda gelassen in die Stille hinein. Christine glaubte, sich verhört zu haben.

»Was hast du gesagt?« Sie starrte Oda an.

»Ich hab gesagt, dass Remberg nur deshalb nicht daran gedacht hat, dass das Verschwinden seiner Tochter was mit ihrem Job zu tun haben könnte, weil er ein selbstherrlicher und arroganter Schnösel ist.«

»Sehen wir uns also Sophie Rembergs Detektei mal etwas genauer an«, sagte Christine. »Ich ruf Lemke an, der kann sich darum kümmern.«

Sie griff zum Telefon. Heiko Lemke war in ihrer Abteilung für alle akribischen Überprüfungen zuständig, und niemand hatte ihn je toppen können. Worin Lemke sich einmal verbiss, daran blieb er, bis er ein zufriedenstellendes Resultat erzielt hatte.

***

Eigentlich wollte er nicht schon wieder runter zu Sophia, doch sein Opfer zog ihn ungeheuer an. Bislang hatte er noch keinen Menschen in eine derartige Lage gebracht. Bislang war ihm noch keine Menschenseele so vollständig ausgeliefert gewesen. Bei Tieren hatte er das hundertfach erlebt, hatte genossen, sie zu quälen. Da hatte es aber keine Gespräche gegeben. Ein Frosch sprach nicht, wenn man ihm einen Schenkel ausriss. Eine Katze erzählte ihm keine Geschichten, wenn er sie durch Leckerlis und Futter an sich gewöhnte, um ihr dann, wenn sie sich irgendwann zutraulich an sein Bein schmiegte, den Brieföffner zwischen die Rippen zu stechen. Oder ihr das Schwanzende abzuschneiden.

Stets hatte er fasziniert zugesehen, wie unterschiedlich die Kreaturen verendeten. Es war ein wunderbares Spiel mit der Macht. Wobei er seine Vorgehensweise insbesondere bei den großen Tieren variierte. Damit sich kein Muster entwickelte, anhand dessen man ihm auf die Schliche kommen konnte. Mal stach er zu, mal benutzte er Gift. Klingen für Teppichmesser hatte er ebenfalls schon eingesetzt. Und mit der Axt amputiert. Aber egal, wie er es machte, die Momente, in denen die Augen der verendenden Tiere ihn flehentlich ansahen, waren stets die größten.

Und nun war da Sophia in seinem Keller.

Sein Mund wurde trocken, wenn er an sie dachte. Und an die Erniedrigung, die er ihr zugefügt hatte. Eingepinkelt hatte sie sich, die kleine Prinzessin, die in dem Glauben groß geworden war, die ganze Welt liege ihr zu Füßen.

Er konnte nicht anders. Obwohl er sich vorgenommen hatte, höchstens alle sechs Stunden nach ihr zu schauen, lief er die Treppe hinunter in den Luftschutzkeller. Diesen Raum betrat außer ihm kein anderer. Niemand hatte hier etwas verloren. Er fragte sich, wer überhaupt jemals bewusst von diesem Raum Notiz genommen hatte, denn er war ja stets verschlossen. Mittendrin und doch völlig isoliert.

Es würde Spaß machen, Sophia trinken zu sehen. Seine Lenden brannten, als er im Hausmeisterraum die alte Trinkvorrichtung mit Wasser füllte, die früher am Käfig seines Goldhamsters gehangen hatte. Sophia würde daran saugen müssen, um Flüssigkeit zu bekommen. Und den Kopf in den Nacken legen, denn er würde die Flasche so hoch halten, dass sie sich anstrengen musste. Er freute sich darauf, ihr dabei zuzusehen.

Er steckte den Schlüssel ins Schloss. Als er die Tür öffnete, erschrak er. Sophia hing verrenkt am Heizungsrohr. Sie regte sich nicht. Augenblicklich war er verärgert. Sie musste wach sein für das, was er mit ihr vorhatte. Schnell trat er zu ihr.

»Sophia?«

Sie reagierte nicht. Er hockte sich neben sie. Hob ihren Kopf an. Keine Reaktion.

»Sophia?«

Nichts. Wie ein Stück lebloses Fleisch sackte der Kopf zurück. Als ob er keine Verbindung mehr zur Wirbelsäule hätte. Schnell fischte er das kleine Schweizer Messer aus seiner Hosentasche und schnitt den Kabelbinder durch.

In dem Moment, in dem sie frei war, schossen ihre Hände vor und attackierten ihn.

»Du Schwein, jetzt hab ich dich«, kreischte sie.

Er wunderte sich, wie kraftvoll sie noch war, obwohl sie seit Stunden nichts getrunken oder gegessen hatte, von Schlaf ganz zu schweigen. Diese Möglichkeit hatte er nicht bedacht. Wahrscheinlich waren Profisportler hart im Nehmen, und die Vielseitigkeitsreiterei war ein Profisport. Zumindest auf dem Niveau, auf dem sie sich bewegte.

Sie schlug weiter auf ihn ein. Er hatte Mühe, sich zu wehren. Er war es nicht gewohnt, dass seine Opfer Widerstand leisteten. Im kräftigen Gerangel gelang es ihm dennoch, seinen rechten Arm von hinten um ihren Hals zu legen und ihn in seinem linken zu verschränken. Sie versuchte, ihn zu beißen. Er spürte den Schmerz, als es ihr in einem unaufmerksamen Moment tatsächlich gelang, und erhöhte den Druck auf ihren Hals. Hoffte, dass sie bald in Ohnmacht fallen oder dass zumindest ihre kaum zu bändigende Gegenwehr nachlassen würde. Er mobilisierte seine letzten Kraftreserven. Erhöhte abermals den Druck. Zog sie ruckartig an seinen Körper heran.

In ihrem Hals knackte es unangenehm laut. Mit dem Knacken versiegte jegliche Gegenwehr, und ihr noch eben vor Kraft strotzender Körper hing leblos in seiner Umarmung.

***

Nicht gerade begeistert steckte Heiko Lemke sein Handy zurück in die Tasche seiner wadenlangen beigefarbenen Multifunktions-Outdoor-Hose. Er saß mit seiner Mutter im Garten des Hauses unter einem alten Apfelbaum. In der Sonne war es viel zu warm. Wie es seine Art war, hatte er sich dick mit Sonnencreme Lichtschutzfaktor dreißig eingeschmiert. Inklusive der Ohren, die viele Menschen einzucremen vergaßen. Und dann wunderten sie sich, wenn sie an dieser Stelle Hautkrebs bekamen. »Sonnenterrassen« nannten die Hautärzte diese empfindlichen Körperpartien: die Ohren, die Nase, ein vorspringendes Kinn, die Stirn und bei vielen auch eine kahle Stelle am Kopf. Heiko Lemke achtete peinlich genau darauf, dass alles richtig geschützt war.

»Das war meine Kollegin«, erklärte er seiner Mutter, die gerade ihre Teetasse mit dem traditionellen Muster der ostfriesischen Rose zum Mund führte.

Herta Lemke nickte. »Das habe ich mitbekommen«, sagte sie spitz. »Musst du dir von der denn überhaupt was sagen lassen? Du bist schließlich schon viel länger im Dienst als sie.« Sie goss ihm eine weitere Tasse Tee ein, der Kluntje war noch groß genug, und gab mit der Sahnekelle etwas Rahm hinein. Dann stach sie angriffslustig mit ihrer Kuchengabel in den Apfelstrudel, nahm einen Klecks Schlagsahne und etwas vom Vanilleeis und führte die Gabel zum Mund.

»Na ja. Wir sind Kollegen. Und wenn sie mich um etwas bittet … Ist ja auch nicht weiter schlimm, das kann ich von zu Hause erledigen. Hab ja noch Glück gehabt. Christine und Oda mussten dafür das Wochenende rüber nach Wangerooge.«

»Ach, Wangerooge …« Lemkes Mutter geriet ins Schwärmen. »Weißt du noch, als du klein warst und wir mit Papa dort Urlaub gemacht haben? Mittags durftest du immer ins Kino, wenn Papa und ich Mittagsstunde gehalten haben. Und nachmittags hast du mit Papa am Strand Burgen gebaut. Ach, das war'n schöne Zeiten.« Mit einem Mal energiegeladen, sah sie ihn an. »Da müssen wir zwei unbedingt mal wieder hinfahren. So lange ich das überhaupt noch kann. Wir mieten uns ein schönes Zimmer im Hotel und einen Strandkorb für eine Woche und machen uns ein paar schöne Tage. Nur du und ich.«

»Mama.«

»Dann ein verlängertes Wochenende.«

»Mama.«

»Von Samstag auf Sonntag. Bitte. Ich bin so lang nicht mehr dort gewesen.«

»Na gut.« Er gab erst einmal nach. Nicht weil er große Lust verspürte, mit seiner Mutter auf die Insel zu fahren, aber er war das einzige Kind und sein Vater seit fünfzehn Jahren tot. Andererseits konnte er sich nicht darüber beschweren, dass seine Mutter ihn zu sehr in Beschlag nahm: Herta Lemke war eine unternehmungslustige und aktive Frau, die mit dem Frauenring Städtereisen unternahm – wobei sie da stets auf ein Einzelzimmer bestand – und einmal wöchentlich mit drei anderen Frauen Doppelkopf spielte. Ihn nahm sie nur selten in die Pflicht, was ihre Freizeitgestaltung betraf. Unter der Woche aß er dafür jeden Abend bei ihr. Und falls er am Wochenende zu Hause war, was nicht so häufig vorkam, nahmen sie auch die anderen Mahlzeiten gemeinsam ein, so wie heute den Tee.

»Gut. Dann buche ich uns also ein Zimmer. Was wollte sie denn?«

»Wie bitte?« Manchmal machte seine Mutter ziemliche Gedankensprünge, und er konnte ihr nicht immer gleich folgen.

»Deine Kollegin. Was wollte die von dir? Worum sollst du dich kümmern?«

»Ach … nix Wichtiges. Es geht nur um die Geschäfte einer Detektei. Da muss ich recherchieren. Das kann ich gleich oben machen.« Er bewohnte die Oberwohnung des Zweifamilienhauses, seine Mutter das Erdgeschoss.

Herta Lemke stand auf. »Nee, nee, das kannst du auch hier im

Garten machen. Ich hol mal das iPad.« Sie schob sich noch eine Gabel Apfelstrudel in den Mund und stiefelte kauend los.

Kurz darauf kam sie mit zwei Tablet-PCs und seiner Lesebrille zurück. »Hier. Während du nach der Detektei guckst, kann ich ja schon mal versuchen, für eines der nächsten Wochenenden ein Zimmer auf Wangerooge zu buchen. Wir sollten die warmen Wochen ausnutzen.« Schon schob sie den Kuchenteller beiseite und tippte mit dem Stift auf dem Display herum.

In diesem Moment bedauerte Heiko Lemke beinahe, seiner Mutter zum Geburtstag einen Tablet-PC geschenkt zu haben. Nie hätte er gedacht, dass sie sich im Internet so schnell zurechtfinden und ihn sogar unter Druck setzen würde. Nun denn, dann war es so, und er würde in den sauren Apfel beißen, falls sie tatsächlich ein Zimmer auf der Insel buchen konnte. Wovon er allerdings nicht ausging. Ferienzeit und dieses Rekord-Wetter, da war sicher alles ausgebucht.

Er rief die Website der Detektei Remberg auf. Dort warb man damit, internationale Wirtschaftsermittlungen ebenso professionell durchzuführen wie private Ermittlungen. Die Mitarbeiter seien Berufsdetektive im festen Angestelltenverhältnis, und auch wenn sie noch ein junges Unternehmen seien, würden sie über die erforderliche Kompetenz und entsprechend erfahrene Ermittler verfügen, die ein diskretes, vertrauensvolles Bearbeiten des jeweiligen Auftrags garantierten. Zudem sei man mit vier bundesweiten Standorten schnell am jeweiligen Einsatzort.

Lemke griff zu seinem Handy, tippte die kostenfreie Rufnummer ein, stand auf und lief ein Stück in den Garten hinein. Es musste sich um eine Rufumleitung handeln, denn nach dem ersten Klingeln veränderte sich der Ton. Es dauerte jedoch nicht lange, bis sich eine weibliche Stimme meldete.

»Ermittlungsbüro Remberg, was kann ich für Sie tun?«

»Lemke, Kripo Wilhelmshaven«, meldete er sich. »Frau Remberg?«

»Nein, die ist nicht im Haus. Um was geht es denn, kann ich Ihnen helfen?«

Die Homepage hatte nicht zu viel Verschwiegenheit versprochen, die Frau verriet ihm nicht einmal ihren Namen. Sicher musste man in dem Job mit Kundendaten nicht nur sensibel umgehen, sondern auch Vorsicht walten lassen.

»Ja. Ich kann Ihnen allerdings erst mehr erzählen, wenn ich auch Ihren Namen weiß. Wie gesagt, ich bin Kriminaloberkommissar Lemke. Kripo Wilhelmshaven.«

»Das ist aber keine Dienstnummer, von der Sie anrufen.«

Lemke lachte. »Nein. Das ist meine private Nummer, ich habe gerade einen Anruf von meinen Kollegen auf Wangerooge erhalten, die mich baten, mich mit Ihrer Detektei beziehungsweise mit Frau Remberg in Verbindung zu setzen.« Lemke schlenderte ins Haus, damit er sich Notizen machen konnte. In der Küche seiner Mutter nahm er den Bleistift, mit dem sie ihre Einkaufslisten schrieb, und fischte aus dem Altpapier einen weißen Briefumschlag zum Bekritzeln heraus.

»Von Wangerooge? Aber da ist Frau Remberg doch gerade. Ist etwas passiert? Entschuldigung. Ich bin Vanessa Schneider. Ich bin eine Kollegin von Frau Remberg und habe dieses Wochenende Bereitschaft.«

»Danke, Frau Schneider. In der Tat suchen wir Frau Remberg. Ihr Vater hat sie auf Wangerooge als vermisst gemeldet.«

»Oh mein Gott! Sie wollte doch heute heiraten.«

»Genau das ist der Punkt. Sie ist verschwunden, ihre persönlichen Dinge sind aber noch im Hotel, und jetzt müssen wir so viel wie möglich über sie erfahren, wozu ebenfalls gehört, woran sie in der letzten Zeit gearbeitet hat.«

Er hörte Vanessa Schneider am anderen Ende der Leitung schlucken. »Sie glauben, dass Sophias Verschwinden mit ihren Aufträgen zusammenhängt?«

»Es ist jedenfalls denkbar. Daher ist alles wichtig, was Sie mir über Ihre Chefin und deren aktuelle Aufträge erzählen können.« Heiko Lemke drehte den Bleistift in der rechten Hand. Hoffentlich würde die Schneider seine Fragen beantworten. Das wäre wesentlich einfacher, als wenn er dafür zum Büro der Detektei fahren müsste. Er arbeitete lieber vom Schreibtisch aus, als persönlich mit Zeugen zu reden.

»Es tut mir leid, Herr Lemke«, sagte Vanessa Schneider indes bedauernd, »aber Sie werden verstehen, dass ich Ihnen am Telefon keine Auskunft geben darf. Ich habe mir Ihre Telefonnummer notiert und werde mich rückversichern. Wenn alles stimmt und ich es abgeklärt habe, melde ich mich bei Ihnen. Verraten Sie mir doch bitte noch, in welchem Fachdezernat Sie bei der Kripo arbeiten.« Sie war wirklich gründlich, das musste er ihr lassen.

»Im Ersten Fachkommissariat.«

»Danke. Sie hören von mir.« Damit legte sie auf.

***

Er starrte auf den leblosen Körper am Boden. Mit einem spontanen Gefühl von Abscheu hatte er Sophia fallen lassen, als ihm klar geworden war, dass er ihr das Genick gebrochen hatte.

So hatte er sich das nicht vorgestellt. Da war das Miststück einfach so gestorben. Ohne dass er sie nach Flüssigkeit hatte betteln hören, ohne dass sie ihn weiter angefleht hatte, sie freizulassen. Stattdessen hatte sie sich gewehrt und ihn gebissen. Wütend trat er ihr in die Seite. So ein gerissenes Luder, sich einfach ohnmächtig zu stellen und auf ihre Chance zu warten. Sicher hatte sie gehofft, ihn überwältigen und fliehen zu können. Und er war wie ein Narr in ihre Falle getappt. Hätte er sie nicht mit dem Arm am Hals festgehalten, wäre ihr die Flucht vielleicht sogar geglückt. Maßlos wütend trat er zu. Und noch einmal. Das hatte sie nun davon, ihm seinen ganzen Plan zunichtezumachen.

Er zündete sich eine Zigarette an und hockte sich neben sie. Langsam normalisierte sich sein Puls. Er würde bis in die Nacht hinein warten müssen, bis er sie gefahrlos rausbringen konnte. Hier unten war es kühl, so schnell würde sie nicht anfangen zu verwesen, auch wenn die Temperaturen draußen die Dreißig-Grad-Marke streiften. Er betrachtete sie. Dann lächelte er. Die anderen suchten bestimmt immer noch nach ihr. Er sollte ihnen seine Hilfe anbieten.

Achtlos drückte er die Zigarette auf ihrem Arm aus. Sie spürte es ja nicht mehr.

***

Schaulustige sammelten sich in der Zedeliusstraße, als die Kollegen vom Festland mit Hartmut Schmidt und seinem Mantrailer Paul, einem Labrador Retriever, die Suche nach Sophia Remberg aufnahmen.

Christine und Oda liefen mit etwas Abstand hinter Schmidt und Paul her, gefolgt von Walter Remberg und der halben Hochzeitsgesellschaft, wie es schien. Aufmerksam schnuppernd lief der Hund in Richtung »Pudding«. Schmidt hatte ihm das T-Shirt vor die Schnauze gehalten, das Sophia den Freitag über bis abends zum Essen angehabt hatte, darin mussten die meisten Duftspuren hängen, denn Sophia hatte in der Hitze des Nachmittags ordentlich geschwitzt. Der Hund lief am »Pudding« vorbei, schnupperte. Dann lief er die Treppen hinunter und in den Sand. Christine und Oda blieben abwartend am Treppenabsatz stehen, alle anderen stoppten ebenfalls.

»Die ist bestimmt noch schwimmen gegangen, die verrückte Nudel«, sagte ein junger Mann zu Konstantin Remberg, dem Bruder der Vermissten. Mit ihm hatten Christine und Oda vorhin schon ausgiebig gesprochen. Der junge Mann war ebenfalls blond, allerdings deutlich fülliger als Konstantin Remberg. Die beiden standen nur zwei Meter entfernt. »Das hat sie ja früher schon gern gemacht, obwohl sie weiß, dass die Unterströmung hier gefährlich ist. War ablaufend gestern Abend, Niedrigwasser war um drei.«

»Ach Olaf, wer weiß, was in ihrem Kopf vorgegangen ist.« Konstantin klang erschöpft. »Hast du vielleicht gesehen, mit wem sie gestern noch raus ist?«

»Sie war mit jemandem zusammen?«

Der Hund kam die Treppen wieder hoch. Schnupperte, dann lief er ein Stück zurück.

»Ja. Henning hat sie mit jemandem rausgehen sehen, den er aber nicht kannte. Jemand mit einem Kapuzenshirt. Der Typ ist auch auf einem Foto zu sehen, das Henning gemacht hat, aber da kann man ihn nicht wirklich erkennen.«

Christine lauschte interessiert. Vielleicht erfuhr sie ja auf diesem Wege Neuigkeiten. Dem Bruder von Sophia erzählten die meisten sicher lieber was als der Kriminalpolizei.

»Ich hatte ein Kapuzenshirt an. Und ich hab mit Sophia draußen eine geschmökt. Aber ich war nicht besonders lange da. Sonst hab ich sie auch mit niemand Besonderem mehr gesehen. Als ich ging, knutschte sie gerade mit Stefan.«

»Schade. Hätte ja sein können, dass dir was aufgefallen ist.«

»Nee, tut mir leid. War ein langer Tag gestern, und die Sonne … Ich kann diese Hitze nicht gut ab. Trotzdem, wenn ich euch beim Suchen helfen kann, das mach ich gern.«

»Danke.«

Sie sahen wieder dem Hund zu, der erst die Obere Strandpromenade entlanglief, dann jedoch umkehrte und in die Peterstraße einbog. Nun folgten sie ihm.

»Ist schwierig«, erklärte Hartmut Schmidt. »Bei dem böigen Wind und durch den Regen sind die Spuren gründlich durcheinandergewirbelt worden.«

Paul lief weiter, bis er an einem großen Baucontainer stoppte, hinter dem sich umgeben von Bauzäunen und inmitten von Sand und vereinzelten Grasbüscheln ein schon recht weit gediehener Rohbau befand. Freudig wedelnd sah der Hund seinen Halter an.

»Was könnte sie hier gewollt haben?«, fragte Christine erstaunt. »Auf einer Baustelle.«

»Das ist eins meiner Objekte«, erklärte Walter Remberg. »Seit ich meine Firma verkauft und mich als Unternehmer zur Ruhe gesetzt habe, investiere ich von Zeit zu Zeit in den Neubau lukrativer Immobilien. Man will ja nicht untätig herumsitzen in meinem Alter. Dieses Objekt wird ein Aparthotel. Keine Ahnung, was meine Tochter hier gesucht haben könnte.« Er wandte sich an seinen Sohn, Stefan von Oertel und die anderen. »Habt ihr hier gesucht?«

»Nein.« Konstantin schüttelte den Kopf. »Da hätte sie ja über den Zaun gemusst. Und mitten in der Nacht … nein.«

»Na, dann man los.« Hartmut Schmidt begann, nach einem Zugang zur Baustelle zu suchen.

***

Für einen kurzen Moment hatte er einen gewaltigen Schreck bekommen. Würden sie ihn doch erwischen? Ein Personenspürhund hatte sich nicht auf seiner Liste der einkalkulierten Risiken befunden. An alles hatte er gedacht, aber daran nicht. Inzwischen jedoch lachte er sich insgeheim ins Fäustchen. Was für ein herrliches Spiel. Die Beamten turnten über die Baustelle, der Hund mittenmang, und niemand ahnte, dass sie auf der falschen Straßenseite suchten. Nicht die Baustelle müssten sie durchkämmen, sondern das Haus gegenüber. Dort würden sie im Luftschutzkeller fündig werden. Er zündete sich eine Zigarette an.

Ein großer Teil der Schaulustigen hatte sich mittlerweile verflüchtigt. Man sah ja nichts mehr, nur noch, dass Menschen über die Baustelle liefen und im Gebäude suchten. Die Reaktionen der Leute waren an Skurrilität kaum zu überbieten. Das wäre direkt was für die »Versteckte Kamera«.

»Lass uns gehen, das dauert ja noch ewig. Wenn die hier überhaupt etwas finden«, sagte ein Mann zu seiner Frau, worauf sie mit »Ach Friedhelm, nun warte doch« einen vergeblichen Protest einlegte, denn Friedhelm lief bereits davon. Sichtlich unzufrieden folgte sie ihm. Auch Sophias Freunde und ihr Verlobter waren zurück ins Hotel gegangen. Konstantin war ihnen gefolgt, das »sinnlose Warten« würde ihn zermürben, hatte er seinen Eltern gesagt. Lediglich Walter Remberg wartete jetzt noch am Rand des Baugrundstücks, neben ihm seine vollkommen aufgelöste Frau Susanne. Selbst die Kommissarinnen – er hätte nie gedacht, dass die zwei Frauen mit einem solchen Fall betrauten – waren fort, sie wollten die Aussagen der Partygäste protokollieren.

Er biss sich auf die Unterlippe. Wenn er sich nicht verdächtig machen wollte, musste er ebenfalls seine Aussage zu Protokoll geben. Doch das musste ja nicht gerade heute sein. Er warf einen letzten Blick auf die Baustelle, auf der die Suche in vollem Gang war, und schnipste den Zigarettenstummel in den Sand. Gut. Morgen oder so würde er sich in die Charlottenstraße begeben und seine Hilfe anbieten. Bei der Gelegenheit konnte er vielleicht auch Einblick bekommen in den Stand der Ermittlungen und das, was sie planten. Dann wäre er ihnen einen Schritt voraus.

Vor allem aber musste er dafür sorgen, dass man nach Sophias Auffinden keine Rückschlüsse auf ihn ziehen konnte. Das war ihm dank des komischen Köters deutlich bewusst geworden. Er hatte auch schon einen Plan entwickelt. Er würde Sophia ausziehen und sie im Luftschutzkeller gründlich abkärchern, bevor er sie an einem besonderen Ort deponierte. Einweg-Handschuhe besaß er zuhauf, und da er die gleiche Kleidergröße trug wie sein Vater, würde er dazu dessen Klamotten anziehen. Außerdem würde er ihr die Zähne putzen und den Mund mit Seife auswaschen, damit man seine DNA nicht fand, wo dieses Miststück ihn doch gebissen hatte.

Ja, er dachte an alles. Er war nicht dumm. War es nie gewesen.

***

In »Kruses Fischrestaurant« hatten sie eine hervorragende Scholle Finkenwerder Art gegessen. Also Oda, Christine hatte die Müllerin-Variante vorgezogen. Statt Salzkartoffeln mit Buttersoße hatte sie allerdings einen Salat gewählt. Kein Wunder, dass die so dünn war. Die gönnte sich aber auch wirklich gar nichts. Wenigstens ab und zu musste man doch richtig essen, und was gab es Leckereres als 'ne schöne Scholle mit Speck und Bratkartoffeln? Oda hatte dazu ein frisch gezapftes Jever Pils getrunken, Christine einen Pinot Grigio. Dabei wurde auf der Karte auch Wein von deutschen Winzern angeboten. Den würde Oda ja immer bevorzugen, wenn sie denn Weintrinkerin wäre.

Anschließend hatten sie sich einen Sex on the Beach to go an der Cocktailbar geholt und, den Drink in der Hand, gemeinsam mit vielen anderen Urlaubsgästen dem phantastischen Sonnenuntergang zugesehen, den man so nur auf Wangerooge erleben konnte.

»Lass uns noch einen Moment in einen Strandkorb setzen«, schlug Oda vor. »Die von der Kurverwaltung tauchen heute Abend bestimmt nicht mehr zum Kassieren auf.«

Die meisten Strandkörbe waren verwaist, nur vereinzelt sah man in einigen davon Pärchen mit Cocktailbechern sitzen.

»Schon witzig, dass wir jetzt zusammen hier sind«, sagte Oda und stieß ihren Plastikbecher gegen Christines. »Prost.«

»Witzig? Also ich weiß nicht, wir sind auf der Suche nach einer vermissten Frau, das ist doch nicht wirklich witzig«, entgegnete Christine leicht pikiert.

Oda grinste amüsiert. »Jetzt mach dich mal locker. Ich meinte doch, dass wir zwei hier so zusammengepfercht sind. Im wahrsten Sinne des Wortes, zumal wir uns auch noch ein Zimmer teilen müssen.« Sie sog genüsslich am Strohhalm. »Das haben wir ja noch nie gehabt, es hat aber den Vorteil, dass wir uns mal unterhalten können, ohne dass du mir wegläufst.«

»Ich laufe nie weg«, stellte Christine fest.

»Nenn es, wie du willst, aber du gehst manchem aus dem Weg.«

»Man muss nicht immer über alles reden.«

»Da hast du recht. Ich würd nur gern wissen: Was ist mit Steegmann?«

Christine trank einen großen Schluck von ihrem Cocktail und schwieg einen Moment, bis sie antwortete: »Das ist vorbei.«

»Wirklich?«

»Ja. Definitiv.«

»Gut.« Nur kurz streifte Odas Hand beinahe streichelnd Christines Arm. »Es ist besser für dich.«

»Ich weiß. Aber ich möchte nicht weiter darüber reden.«

»Ist schon klar. Soll ich uns noch so 'n Ding holen?« Oda deutete auf die leeren Plastikbecher, in denen sich nur noch Reste vom Crushed-Eis befanden.

Christine zögerte einen Moment. Dann atmete sie schwer aus, als würde die ganze Last der Erde auf ihren Schultern liegen. »Ach, was soll's. Es ist noch nicht spät, und wir müssen gegenseitig unser Schnarchen ertragen … also ja, hol uns noch einen. Das sorgt für einen tiefen Schlaf. Aber dann geht's ins Bett, oder?«

»Klar. Es sei denn, irgendjemand stolpert über Sophia Remberg.«

***

Der bei den Gästen überaus beliebte Sonnenuntergang über dem Wasser war lange vorbei, als er Sophias Körper in einen ausgedienten Teppich, den er nach der Renovierungsphase aufbewahrt hatte, einwickelte und sie aus dem Keller trug. Inzwischen waren die Menschen am Strand in ihre Unterkünfte zurückgekehrt, doch selbst, wenn ihn einer sah – überall wurde mal renoviert.

In der alten Hose und dem kratzigen Hemd seines Vaters fühlte er sich eigenartig. So, als sei es gar nicht er selbst, der Sophias Leichnam über die Insel trug, sondern sein Vater. Als würde er hinter allem stecken. Wenn er so darüber nachdachte, stimmte das ja auch.

Er legte die Teppichrolle in die Transportwippe, die seitlich des Hauseingangs stand, und schob los. Zwei volle gelbe Säcke legte er zur Tarnung obendrauf. Aber niemand würde sich Gedanken machen, wenn er ihn so spät noch beladen durch die Gegend ziehen sah. Hielt er sich auf der Insel auf, zog er oft los und sammelte Treibgut und Müll am Strand. Das kannte man von ihm.

Der Mond lag halb verdeckt hinter einer Wolke, spendete jedoch genügend Licht. Kaum ein Lüftchen wehte, ganz anders als beim Sturm letzte Nacht. Es war spät, niemand begegnete ihm. Dennoch lief er zügig. Er wollte nicht überrascht werden.

Manch ein Urlauber saß jetzt vielleicht an seinem Tablet-PC oder Smartphone und berichtete seinen Freunden auf Facebook oder Twitter, dass auf Wangerooge eine Frau vermisst wurde und sie den Suchtrupp der Polizei gesehen hatten.

Erst hatte er überlegt, Sophias Leiche bei ablaufendem Wasser dem Meer zu übergeben. Doch dazu hätte er mit der großen Teppichrolle ein Stück weit in die Nordsee hineinlaufen müssen. Das kostete Zeit, und er konnte nicht beobachten, was sich hinter ihm am Strand abspielte. Ob vielleicht doch ein verliebtes Paar im Strandkorb turtelte, warm genug war es ja. Außerdem gab es hier manchmal Backpacker, die am Strand übernachteten, mit Blick auf die See. Zwar wäre die Leiche auf diese Art spurlos verschwunden, bis sie irgendwo an einer der Ostfriesischen Inseln wieder auftauchen würde, aber spätestens bei der Obduktion käme heraus, dass Sophia nicht ertrunken, sondern an einem Genickbruch gestorben war.

Darum hatte er sich anders entschieden. Warum nicht gleich ein Zeichen setzen? Und Walter Remberg einen schweren Dolchstoß verpassen. Es war fraglich, ob Remberg auf der Insel blieb, wenn Sophia über Tage unauffindbar war. Womöglich wäre er längst wieder auf dem Festland, wenn ihn die Nachricht ereilte. So aber konnte er sehen, wie Remberg litt. So konnte er den Druck, den er auf Remberg ausübte, genießen.

Er lief zügig weiter, bis er zu jenem Dünenübergang kam, der wie geschaffen für seinen Plan war. Obenauf prunkte das Holzzeichen, das ihn als Übergang kennzeichnete. Noch immer war niemand zu sehen. Gut. Für das, was er jetzt vorhatte, brauchte er keine Zeugen. Er stellte die Wippe ab und hob die Teppichrolle heraus. Die letzten Meter musste er sie tragen und über die Absperrung hieven.

Eine halbe Stunde später hatte er Sophias nackten Körper mit Kabelbindern am Holzzeichen fixiert und öffentlich zur Schau gestellt. Er schoss mit seinem Handy eine schnelle Serie von Fotos. An diesem Anblick wollte er sich noch oft ergötzen.

Den Teppich vergrub er ein Stück weiter wahllos mitten in den Dünen.

Sonntag

Morgens um sechs ist die Welt noch in Ordnung, dachte Karin Klemens, als sie mit ihrem Hund Lotte das Haus zum allmorgendlichen Rundgang verließ. Sie liebte es, die frische Seeluft zu atmen, mit Lotte zu toben, sich auf diese Art fit für den Tag zu machen. Außerdem hatte sie den Strand um diese Uhrzeit noch weitgehend für sich.

Ihr blonder Pferdeschwanz hüpfte, als sie zügigen Schrittes ihre Runde begann. Lotte lief voraus, rannte ins Wasser und eilte erschrocken zurück, als eine Welle ihren Bauch erreichte. Karin Klemens beschleunigte ihren Schritt, verfiel in leichtes Jogging. Sie lief an der Wasserkante, wo der Boden fester war, und genoss die würzige Seeluft, die in ihre Lungen strömte. Schnell hatte sie das Café »Pudding« passiert, dann die große Baustelle und die Gemeindeverwaltung. Sie nahm sich vor, das kleine Stück bis zur Surfschule noch weiterzulaufen und dann umzudrehen. Lotte jedoch war schon daran vorbeigerannt.

»Lotte«, rief sie ärgerlich. Normalerweise hatte ihre Hündin sich bis hierher schon reichlich ausgetobt, sodass sie nicht mehr so unbändig war, heute jedoch schien das nicht der Fall zu sein. »Lotte! Fuß!«

Aber Lotte kam nicht, sondern fing an, wie wild zu bellen. Karin Klemens versuchte, ihren Hund ausfindig zu machen, der wohl die Dünen hochgelaufen war. Als sie die Hündin endlich entdeckte, hielt sie verwundert inne. Bellend stand Lotte auf der Düne neben dem Übergang. Vor dem komischen Holzzeichen, das aussah wie ein überdimensionales A. Und bellte eine nackte Frau an.

»Lotte, komm her!«, rief sie und dachte: Unmöglich. Wie kann man sich an diesem Strandabschnitt so schamlos präsentieren? Das gehört sich nicht, das soll sie am Nacktbadestrand machen. »Lotte!«

Aber ihr Hund reagierte nicht, und Karin Klemens setzte sich wieder in Bewegung. Je näher sie der Nackten kam, desto deutlicher erkannte sie, dass die Frau da gar nicht einfach so stand. Sie war angebunden. Die Augen wurden von etwas bedeckt, das aussah wie Isolierband. Entsetzen machte sich in ihr breit. Das musste ein Trugschluss sein. Und doch stand sie hier, an diesem wunderschönen Sommermorgen, und sah eine nackte, angebundene Frau mit verbundenen Augen. Dass das keine lebende Skulptur war, machte spätestens der Kabelbinder um den Hals deutlich, der der Frau tief in die Haut schnitt, sie aber ebenso wie weitere Plastikfixierungen in aufrechter Position am Holz hielt.

Lotte kläffte weiter, als ihr Frauchen mit zitternden Fingern das Handy aus der Hosentasche fischte. Wie zum Teufel rief man auf Wangerooge die Polizei? Sie entschied sich für den allgemeinen Notruf.

***

»*All you need is love, ta ta tata taaa … All you need is love …*« Bernd Tönjes schäumte sich trällernd unter der Dusche ein, als sein Telefon klingelte. So 'n Schiet. Da war er schon extra früh aufgestanden, um sich ganz in Ruhe fertig machen zu können, und trotzdem ging das Ding im absolut unpassendsten Moment los. Er hätte die Rufumleitung auf den Apparat von Norbert Siemsen aktivieren sollen, der ihn diese Saison unterstützte. Mit Schaum in den Haaren und unter den Achseln schob er die Falttür auf, tapste auf den bunt karierten Badezimmerteppich, griff sich das Handtuch und trocknete zumindest schnell die Hände ab, bevor er zum Telefon griff. »Polizeistation Wangerooge.«

»Moin. Sieht aus, als hätte man Sophia Remberg gefunden. Zumindest gehen wir davon aus, dass sie es ist. Es wurde gerade eine weibliche Leiche in den Dünen gemeldet. Haben Sie eine gute Kamera?«, sagte eine Frau, ohne ihren Namen zu nennen. Der Stimme nach musste es Oda Wagner sein, die dunkelhaarige Kommissarin aus Wilhelmshaven.

»Ähh …«

»Frau Cordes und ich sind bereits auf dem Weg zum Dünenübergang irgendwo kurz hinter der Kurverwaltung Richtung Westen. Die Kollegen von der Spurensicherung kommen mit dem nächsten Flieger, aber wenn Sie eine vernünftige Kamera haben, brauchen wir Sie so schnell es geht vor Ort, damit wir schon Aufnahmen machen können. Vor allem bringen Sie Absperrband mit, damit die Schaulustigen ferngehalten werden, bis wir die Leiche zum Abtransport freigeben können. Ach ja. Und wenn es auf der Insel einen Bestatter gibt, rufen Sie den an.«

»Jo. Geht klar.« Das war ja jetzt ein Ding. Er kam sich ein bisschen blöd vor, so nackig, mit dem Duschhandtuch um die Hüfte und dem Schaum in den Haaren. Er hätte die Nachricht lieber in Uniform erhalten. »Also, ich hab eine Digitalkamera, die kann ich mitbringen«, schob er hastig nach. »Ich bin in ’ner Viertelstunde da.«

»In zehn Minuten«, ordnete die Kommissarin an und beendete das Gespräch.

»Jo«, rief er noch und ertappte sich dabei, dass er die Hacken zusammenschlug und fluchte, weil das ohne Schuhe wehtat.

***

Der Anruf der Einsatzzentrale hatte Oda und Christine aus dem Schlaf gerissen, die beiden hatten nicht wirklich damit gerechnet, so schnell mit Ergebnissen konfrontiert zu werden. Oft stellte sich eine Vermisstenanzeige kurz vor einer Trauung als zugegebenermaßen unschöner Versuch eines der beiden Verlobten heraus, der Heirat zu entfliehen. So hatten es sowohl Oda als auch Christine eingeschätzt. Und die Anweisung, persönlich auf Wangerooge zu ermitteln, als zu diesem Zeitpunkt übertriebene Maßnahme angesehen. Nun mussten sie ihre Meinung revidieren.

Statt im Hotel zu frühstücken, holten sie sich in der gegenüberliegenden Bäckerei lediglich einen Kaffee und ein belegtes Brötchen, das sie aßen, während sie in Richtung Surfschule liefen. Eine Leiche auf nüchternen Magen tat niemals gut.

Karin Klemens, die Frau, die den Notruf gewählt hatte, wartete mit ihrem Hund unterhalb der Dünen. »Ich konnte ja nicht so einfach weggehen und sie hier allein lassen«, erklärte sie stockend, woraufhin Christine ihr ihren Kaffeebecher in die Hand drückte.

»Hier. Ich hab noch nicht davon getrunken. Ist allerdings Zucker und auch etwas Milch drin.«

Oda eilte derweil den Übergang hinauf und überprüfte, ob die

Person an diesem Holzdings tatsächlich Sophia Remberg und vor allem, ob sie wirklich tot oder nur verletzt beziehungsweise betäubt worden war.

»Oh, danke.« Vollkommen fertig setzte Karin Klemens den Pappbecher an den Mund. »Ich geh mit Lotte jeden Morgen joggen, wenn ich auf der Insel bin. Wir haben eine Ferienwohnung hier, also, da vorn … Ich … wir sind seit Jahren hier, aber so was hab ich noch nie erlebt …«

»Ist schon gut.« Christine versuchte, die Frau zu beruhigen, und drehte sich gleichzeitig so, dass sie nach oben sehen konnte, wo Oda bedauernd den Kopf schüttelte. Nix mehr zu machen, hieß das. Christine seufzte innerlich und nickte kaum merklich. Nie würde sie sich an diese Momente gewöhnen. Sie sah, dass Oda ihr Handy zückte und die Tote aus allen Perspektiven fotografierte. Schadete ja nichts, auch auf diese Art schon Bildmaterial festzuhalten, bevor gleich der Inselpolizist mit der Kamera und in Kürze die Kollegen der Spurensicherung mit der Spezialausrüstung kamen. Was man hatte, hatte man. Und für die Tote änderte es ja nichts. Ihr war egal, wie oft man sie ablichtete, sie spürte ja nichts mehr. Für den Prozess gegen ihren mutmaßlichen Mörder jedoch würde jedes Detail von größter Wichtigkeit sein.

Christine wandte sich wieder Karin Klemens zu. »Ist Ihnen irgendetwas aufgefallen? Haben Sie vielleicht jemanden weglaufen sehen?«

»Nein. Ich hab aber ja auch nicht darauf geachtet. Ich bin wie jeden Morgen am Strand entlanggejoggt. Normalerweise lauf ich nur bis zur Kurverwaltung, aber Lotte schien heute mehr Energie zu haben als sonst, also sind wir noch ein Stück weiter. Vielleicht hatte Lotte da ja schon die Spur aufgenommen. Sie ist den Dünenübergang hoch, da läuft sie sonst nie lang. Aber in Lotte steckt auch ein Jagdhund, nur sind wir keine Jäger, mein Mann und ich, und Lotte ist ja auch nicht ausdrücklich ein Jagdhund. Also, ich meine, wir durften sie erwerben, auch ohne Jäger zu sein.«

»Ja, denn …« Das war Christine im Augenblick relativ egal, die Art, in der die Tote zur Schau gestellt worden war, deutete nicht auf einen Jagdunfall hin. Im Gegenteil. »Sie müssen übrigens nicht mehr warten. Sie können gern nach Hause gehen, lassen Sie mir nur Ihre Handynummer da und die Anschriften, unter denen ich Sie auf der Insel und in Ihrem Heimatort erreiche.«

Erleichtert nannte Karin Klemens Christine die gewünschten Daten und verabschiedete sich.

***

»Es scheint sich wirklich um Sophia Remberg zu handeln«, sagte Oda, als Christine den Dünenübergang hochkam. »Zumindest hat sie viel Ähnlichkeit mit der Frau auf den Fotos.« Sie schnaubte. »Wo zum Henker bleibt Tönjes? Das dauert mir alles viel zu lang. Herrschaftszeiten, da gibt es eine so exponiert ausgestellte Leiche auf der Insel, die zudem einiges eingesteckt haben muss, den rötlich braunen Flecken nach zu urteilen, und es vergehen Stunden, bis der Kollege sich bequemt, hier aufzuschlagen.«

Oda fischte eine zerquetschte Zigarettenschachtel aus ihrer Hosentasche und zündete sich eine an.

»Warum hat man ihr die Augen zugeklebt?«, überlegte Christine laut. »Was hat sie nicht sehen dürfen?«

»Keine Ahnung.« Oda blies kräftig den Rauch aus. Die Minuten zogen schier endlos dahin.

Als Tönjes endlich kam, riss sie ihm die Kamera förmlich aus den Händen, auch wenn sie die Tote mit ihrem Handy bereits aus jeder möglichen und unmöglichen Position heraus fotografiert hatte. Besonders gut waren die Handy-Bilder jedoch nicht geworden. Alex forderte schon länger, dass sie sich endlich ein vernünftiges Smartphone zulegen sollte, aber Oda fand, ihr Telefon reichte. Sie wollte telefonieren, Fotos machen, über WhatsApp kommunizieren und keine Videos filmen oder Hightech-Spiele damit spielen. Von daher war sie sicherlich nicht auf dem neusten Stand der Technik.

»Das wurde aber auch Zeit«, sagte sie, wollte aber gar nicht so unfreundlich klingen.

Erfreulicherweise hatte Tönjes auch an die rot-weiße Rolle Polizeiband gedacht.

»Ich hab erst noch meine Saisonunterstützung angerufen, damit der in die Station kommt, aber Siemsen ist nicht ans Telefon gegangen, der hatte die Nacht ja Bereitschaft«, sagte Tönjes außer Atem und ergänzte tonlos: »Ach du Scheibenkleister«, als er den nackten, von rotbraunen Streifen überzogenen Körper an der Holzkonstruktion hängen sah. »Ich sperr wohl am besten weiträumig ab.«

»Tun Sie das.« Oda begann zu knipsen.

»Kann aber sein, dass da noch Fotos von unserem letzten Familienausflug drauf sind.«

»Ist nicht so wichtig, wir brauchen ja nur diese. Die anderen gucken wir nicht an.«

Tönjes' Kamera sah schon fast professionell aus, und Oda nahm sich Zeit, damit die Aufnahmen nicht verwackelten.

»Haben Sie den Bestatter erreicht?«, fragte sie, während sie pausenlos den Auslöser betätigte.

»Gibt's überhaupt einen auf der Insel?«, fragte Christine, die nach unten gegangen war und Tönjes am Beginn des Übergangs, direkt am gepflasterten Weg, beim Absperren half. »Gehen Sie bitte weiter«, forderte sie immer wieder Passanten auf, die neugierig stehen blieben.

»Klar, wir haben einen. Aber ich hab gedacht, ich warte noch mit dem Anruf. Damit ich weiß, wohin genau und wann ich ihn herbeordern soll. Das wird ja sicher noch 'ne Zeit dauern, bis die Kollegen von der Spurensicherung hier mit allem fertig sind.« Er wickelte das Absperrband um das Holzgeländer auf der gegenüberliegenden Seite des Übergangs und wiederholte den Vorgang auch jenseits der Dünen am Strand. »Einen schönen Friedhof haben wir übrigens auch. Im Dünengebiet in Richtung Westen. Und einen Ehrenfriedhof für die Opfer des Luftangriffs von 1945, kurz vor Kriegsende. Sauerei, dass die uns da noch beschossen haben.«

»Rufen Sie den Bestatter trotzdem schon mal an«, forderte Oda, während sie Großaufnahmen von den Stellen machte, an denen Sophia Remberg mit den Kabelbindern am Holz befestigt worden war. Was ging nur in den Köpfen mancher Menschen vor, dass sie so etwas machten?

»Wir müssen die Eltern informieren«, sagte Christine.

»Aber erst, wenn wir sie losgebunden haben. Ich möchte nicht, dass ihre Familie sie so sieht. Guck mal, der wurde anscheinend auch noch eine Zigarette auf dem Arm ausgedrückt. Schau doch bitte, ob du hier irgendwo eine Kippe findest.«

»Der Bestatter macht sich auf den Weg«, sagte Tönjes, der sein Handy wieder in die Uniformtasche steckte.

»Haben Sie 'ne Kneifzange?«, fragte Oda ihn.

»Eine Kneifzange?«

»Oder ein scharfes Messer. Etwas, womit wir die Kabelbinder durchtrennen können. Wir können sie doch nicht ewig angebunden lassen«, sagte Oda. »Außerdem lockt sie auf diese Art jede Menge Schaulustige an, es wird ja immer voller am Strand. Nicht dass irgendwer Bilder macht, und die auf YouTube oder Facebook landen. Überprüfen Sie doch mal, ob die Aufnahmen was geworden sind, dann lösen wir sie vom Holz und legen sie auf den Boden. Ich schätze, es dauert auch nicht mehr lang, bis die Kollegen der Spurensicherung hier eintrudeln.«

»Sind Sie sicher? Dazu müssen wir ziemlich nah rangehen, was, wenn wir wertvolle Spuren vernichten? Oder selbst Spuren hinzufügen? Womöglich haben wir das schon. Wir sind schließlich den Dünenübergang hochgelaufen.«

»Ich denk, das ist schon okay.«

»Sie müssen's ja wissen.«

Sie hatten Sophia Remberg gerade losgeschnitten und am Rand des Dünenüberganges zwischen Sand und Dünengras gelegt, als von unterhalb laute Stimmen zu vernehmen waren. Auf Anhieb erkannte Oda Gerd Manssens sonores Timbre und die des Rechtsmediziners Krüger. Auch eine dritte, aufgeregte war dabei. Sie drehte sich zu Christine und Tönjes um. »Da kommen die Experten.«

Und mit ihnen ein völlig aufgebrachter Walter Remberg.

***

»Wo ist sie? Wo ist meine Tochter?« Walter Remberg schrie die Worte geradezu, er schäumte vor Wut. »Warum hat man mich nicht umgehend informiert, dass sie gefunden wurde? Das ist unentschuldbar. Ich werde mich beschweren. An höchster Stelle!« Ohne sich vom Absperrband abhalten zu lassen, bückte er sich darunter hindurch und eilte den Dünenaufgang hinauf.

Die beiden Kommissarinnen ließen ihn wortlos auf sich zukommen. Als er fast schon oben war, sah er, beinahe geschützt im Dünengras, den von länglichen Flecken übersäten nackten Körper seiner Tochter liegen. Augenblicklich fühlte er sich, als hätte ihn eine Faust direkt in den Magen getroffen. »Oh mein Gott!« Unfähig zu reagieren, klappte ihm die Kinnlade herunter.

Nach der ersten Schocksekunde eilte er auf Sophia zu. »Sophia … Kind …«

»Stopp.« Die dunkelhaarige Kommissarin setzte wohl ihre ganze Kraft ein, um ihn aufzuhalten, wobei sie von zwei Kollegen unterstützt wurde, die seine Arme wie Schraubstöcke umklammerten. »Sie dürfen nicht näher ran«, sagte sie bestimmt. »Der Arzt muss sie zunächst untersuchen. Wir müssen außerdem die vorhandenen Spuren sichern. Sie könnten Spuren legen oder verwischen, das würde unsere Arbeit unnötig verkomplizieren.«

»Sie ist meine Tochter«, brüllte Remberg.

»Das wissen wir«, sagte die blonde Christine Cordes, »und Sie haben unser vollstes Mitgefühl. Kommen Sie, lassen wir die Kollegen hier ihre Arbeit machen. Am besten, Sie gehen in Ihre Wohnung und bringen es schonend Ihrer Frau und den Hochzeitsgästen bei. Ich werde Sie begleiten, wenn Sie Unterstützung brauchen.«

Er schüttelte den Kopf, ohne den Blick von Sophia abzuwenden. »Wo sind ihre Kleider?«

»Wir wissen es nicht. Bislang haben wir nur in der direkten Umgebung geguckt, die Kollegen werden den Suchbereich aber noch erweitern.«

»Ist sie … hat man sie …?«

»Vergewaltigt?«

Er nickte.

»Das können wir zu diesem Zeitpunkt noch nicht sagen. Aber wir melden uns bei Ihnen, sobald wir hier fertig sind und mehr wissen. Ihre Handynummer haben wir ja.«

Mit gesenktem Haupt ging Remberg langsamen Schrittes die Düne hinab und setzte sich auf eine Bank in unmittelbarer Nähe. Auch wenn er nicht zuschauen durfte, er würde hierbleiben, sein kleines Mädchen nicht allein lassen. Er stützte die Ellbogen auf die Knie und legte sein Gesicht in seine Hände. Lautlos rannen seine Tränen.

***

Er radelte langsam aus dem Dorf hinaus Richtung Westen und bot das Bild eines typischen Touristen: Sandalen, Shorts und ein flatteriges T-Shirt. Auf dem Rücken ein karierter Rucksack, der Sophias Kleidung enthielt. Irgendwo zwischen der Saline und den Schullandheimen würde er ihre Klamotten ins Wasser schmeißen. Hochwasser war vorbei, die Nordsee zog sich zurück und würde die Sachen mit sich nehmen.

Noch war wenig Betrieb in diesem Strandbereich, und selbst wenn nicht, er musste die Sachen ja nicht heute entsorgen. Erst hatte er überlegt, sie zu verbrennen, aber mitten im Sommer und bei diesen Temperaturen wäre ein Feuer zu auffällig. Außerdem war es wesentlich reizvoller, wenn die See mit den Kleidungsstücken spielte und sie vielleicht, vielleicht aber auch nicht, in Einzelteilen zurückspülte.

Ein Mann saß am Weg auf einer Bank unterhalb der Düne, an der er Sophia drapiert hatte. Im Näherkommen erkannte er Walter Remberg. Die Situation reizte ihn. Er hielt an. »Ist was geschehen? Es ist doch noch so früh. Ist …« Er stockte bewusst.

Remberg blickte hoch und sah ihn aus tieftraurigen Augen an. Gut so. Er musste sich zusammenreißen, um nicht breit zu lächeln, sondern ein besorgtes Gesicht zu machen.

»Man hat Sophia gefunden.«

»Oh.«

»Sie ist tot.«

»Oh nein.« Er versuchte, seiner Stimme einen betroffenen Tonfall zu verleihen. Stellte sein Rad ab und setzte sich neben den alten Remberg. »Ist sie angespült worden? War sie doch schwimmen und die Unterströmung zu heftig?« Der Rucksack mit Sophias Kleidern prickelte herrlich auf seinem Rücken.

»Ich weiß es nicht. Im Moment weiß ich lediglich, dass sie tot ist und hier bei der Düne gefunden wurde. Man lässt mich nicht direkt an sie heran. Ich würde Spuren verwischen, sagt die Polizei. Aber ich warte hier. Ich gehe nicht weg. Ich muss bei meiner Tochter bleiben.«

»Ja«, stimmte er mit Inbrunst in der Stimme zu. »Das kann ich verstehen.«

»Meine Frau weiß es noch gar nicht«, sprach Remberg weiter, als führte er ein Selbstgespräch. »Ich muss es ihr irgendwie beibringen.«

»Das wird schwer.« Und wie schwer das würde. Er sprach bewusst leise. Aber das hast du verdient, du Mistkerl, dachte er. »Also … wenn ich irgendwie helfen kann …«

»Danke.«

Er stieg wieder auf sein Fahrrad und radelte davon. Als er sicher war, außer Hörweite zu sein, begann er fröhlich zu pfeifen.

***

»Hier ist sie nicht gestorben«, stellte Krüger fest, mit dem Oda eine fast schon lieb gewonnene Feindschaft verband. »Ich schätze die Zeitspanne zwischen Eintritt des Todes und Verbringung an diesen Ort anhand der Totenflecken auf mindestens fünf Stunden. Genaues …«

»… können Sie erst nach der Obduktion sagen«, warf Oda grinsend ein.

»Unterbrechen Sie mich nicht.« Der Rechtsmediziner sah sie unwirsch an. »Natürlich kann ich Genaues erst nach der Obduktion sagen, das dürfte Ihnen ja nicht neu sein.«

Blödmann.

»Was ich sagen wollte, ist, dass die Frau allem Anschein nach durch einen Bruch der Halswirbelsäule starb. Außerdem muss sie an den Handgelenken mehrere Stunden lang gefesselt gewesen sein, es gibt dort deutliche Abschürfungen und tiefe Einschnitte.«

»Schließen Sie deshalb auf sexuelle Praktiken? Ist sie vergewaltigt worden?«, fragte Christine.

»Ersteres schließe ich aus. Die Heftigkeit der Abschürfungen und Einschnitte verdeutlicht, dass die Frau versucht hat, sich zu befreien. Ob sie vergewaltigt worden ist, kann ich erst nach der Obduktion sagen. Im Innenschenkelbereich habe ich jedoch keine vermehrten oder ausgeprägten Hämatome und auch keine Kratzspuren festgestellt.«

»Ist sie geschlagen worden? Gibt es andere Verletzungen?«, wollte Oda wissen.

»Das kann ich Ihnen derzeit nicht abschließend beantworten. Insbesondere die massive Schädigung der Epidermis kann ich zum jetzigen Zeitpunkt nicht zuordnen. Die Haut ist übersät mit Striemen. Wie die zustande gekommen sind …« Krüger hob ratlos die Schultern. »Aufgrund der Schürfrichtung mit aufgeworfener Epithelmoräne gehe ich zunächst einmal von stumpfer Gewalt aus. Ich bin selbst über die Heftigkeit überrascht. Da muss jemand seiner Wut freien Lauf gelassen haben. Außer den Fesselungsspuren an den Handgelenken und den großflächig verteilten Epithelmoränen gibt es eine postmortal beigebrachte Verbrennung, die vermutlich von einer Zigarette stammt, und Hämatome von mindestens zwei Schlägen oder Tritten, die ebenfalls post mortem mit einem Schuh beigebracht wurden.«

»Mit einem Schuh.« Oda stellten sich bei Krügers Dozierverhalten wieder sämtliche Nackenhaare auf.

»Schläge mit einem nackten Fuß oder einer unbewehrten Hand hinterlassen meistens keine Hautabschürfung. Auch gibt es keine Stich- oder Schussdefekte. Daher ist bis auf Weiteres davon auszugehen, dass die Frau am Bruch der Halswirbelsäule starb und anschließend hierher verbracht wurde.«

»Genickbruch also.«

»So wird das landläufig bezeichnet, ja. Ob der allerdings vorsätzlich oder durch einen Unfall geschah, kann ich erst nach der Obduktion sagen.« Krüger grinste. »Tja, Gnädigste. Sie müssen sich also wohl oder übel in Geduld fassen und Ihre grauen Zellen ordentlich anstrengen, um herauszufinden, weshalb und vor allem wo die junge Frau starb. Besonders interessant ist ja auch die Frage, warum man sie nicht dort gelassen, sondern hier auf diese Art zur Schau gestellt hat. Das deute ich als eine klare Ansage, mit der der Täter das Motiv für den Mord deutlich machen möchte. Sie müssen es jetzt nur noch entschlüsseln.«

»Cool.« Oda sah Krüger an, der irritiert reagierte.

»Wie? Cool?« Er kannte es nicht, von Oda gelobt zu werden.

Das hatte Oda mit ihrem Ausspruch natürlich auch überhaupt nicht beabsichtigt, im Gegenteil: Sie liebte es, ihn zu verunsichern.

»Dass Sie jetzt auch schon für uns mitdenken. Ich glaub, darauf wären Frau Cordes und ich im Leben nicht allein gekommen.« Sie strahlte ihn an und sah, dass Christine sich ein Lachen verkniff.

»Verarschen kann ich mich allein.« Mit diesen Worten stand Krüger auf.

***

»Entschuldigen Sie, dass es etwas gedauert hat, bis ich mich wieder bei Ihnen melde«, sagte Vanessa Schneider, als Heiko Lemke gerade mit dem Frühstück durch war und sein Geschirr in die Spülmaschine stellte. Er hatte sich eine schmale gekauft, fünfundvierzig Zentimeter breit, sie reichte für das wenige Geschirr, das er im Gebrauch hatte. Von Hand spülen fand er ziemlich lästig.

Vanessa Schneider hatte ihn auf seiner Handynummer angerufen. »Ich habe die Rückversicherung eingeholt und bin jetzt befugt, mit Ihnen über unsere Projekte zu reden. Aber bitte nicht am Telefon.«

Na, bingo. Er stand quasi in den Startlöchern, um nach Bremen zu fahren, und nun kam ihm das in die Quere. Kurz überlegte er. Sollte er den Termin mit der Schneider auf den frühen Abend verlegen? Nein, das würde die Ermittlungen ins Stocken bringen, denn garantiert warteten Oda und Christine auf die Informationen. Warum mussten die auch beide nach Wangerooge fahren? Eine hätte vollkommen gereicht. Die andere hätte hier vor Ort die Gespräche führen können. Er war ja überhaupt nicht der Typ für solche Befragungen. Er war der Aktenmensch. Der Maulwurf, der sich allein durch die Untergründe wühlte.

Einen Moment lang spielte er mit dem Gedanken, Niksteit anzurufen und ihn damit zu betrauen, mit der Schneider zu sprechen, dann jedoch verwarf er die Idee wieder. Sie sollten zu zweit hingehen. Vier Ohren hörten bekanntlich mehr als zwei. Er vereinbarte mit Vanessa Schneider ein Treffen in den Büroräumen der Detektei und wählte Nieksteits Handynummer.

Wie er es sich gedacht hatte, war sein Kollege ebenfalls nicht begeistert, sein Wochenende zu unterbrechen, aber nichtsdestotrotz stand er bereits vor seiner Haustür, als Lemke ihn eine halbe Stunde später abholte.

Das Ermittlungsbüro Remberg befand sich in einer Büroetage am Bontekai mit Blick auf die Kaiser-Wilhelm-Brücke. Lemke war überrascht, als er sah, wie jung die Schneider war. An alles würde man bei ihr denken, aber nicht daran, dass sie Detektivin war.

Sie lachte, als er sie darauf ansprach. »Wissen Sie, wir müssen bewusst entgegen den allgemeinen Vorstellungen agieren, um erfolgreich zu sein. Das ist ein kleines Erfolgskonzept unseres Hauses.« Selbstredend hatte sie sich Niecksteits und seinen Dienstausweis zeigen lassen, bevor sie ihnen Einlass gewährte.

Nun saßen sie in einem lichtdurchfluteten Raum, der mit weißen Hochglanzmöbeln und einem dunklen Holzfußboden ausstaffiert war. Auf dem runden Glastisch stand eine Flasche Mineralwasser – ebenfalls aus Glas. Vanessa Schneider legte Filzuntersetzer vor jeden von ihnen, auf die sie die Gläser stellte.

»Aktuell observieren wir den Spitzenkandidaten einer der großen Parteien«, berichtete sie. »Wir sind beauftragt worden, herauszufinden, ob an den Gerüchten, er sei bis vor gar nicht so langer Zeit in Travestieshows aufgetreten, etwas Wahres dran ist. Außerdem sollen wir Belege für Vorteilsnahme im Amt finden.«

»Wie heißt denn dieser Politiker?« Lemke hasste es, wenn er Informationen nur in kleinen Häppchen und auf Nachbohren erhielt.

»Jörn Wertek.«

Überrascht sah Lemke sie an. »Wertek?« Jeder in Niedersachsen kannte den dynamischen Senkrechtstarter am Polithimmel, der sich auf Plakaten und in der Presse gern familiär und volksnah mit seiner Frau Andrea und den sechsjährigen Zwillingsmädeln zeigte, die, ähnlich wie die Prinzessinnen der Niederlande, stets gleich gekleidet waren. Eine Vorzeigefamilie.

Sie nickte. »Aber bitte, das ist top secret. Das weiß auch innerhalb unserer Detektei nur die Spitze, wir könnten in Teufels Küche kommen, wenn das publik wird.«

»Stimmt's denn?«, fragte Niecksteit, der wieder einmal aussah, als habe er in seinem T-Shirt geschlafen, ungeniert.

»Wir sind noch dabei. Das muss man sehr sensibel handhaben«, gab Vanessa Schneider zu bedenken. »Denn wir möchten den Ruf unserer Kanzlei ja nicht durch falsche Beschuldigungen gefährden. Wir haben öfter mit Politikern zu tun und nicht selten erlebt, dass mit Dreck geschmissen wird, wenn auf der anderen Seite gar kein Dreck zu finden ist.«

»Sieht es denn in diesem Fall danach aus, dass man dem Observierten etwas unterstellen will?«, hakte Lemke nach.

»Nein. Bezüglich der Travestie-Sache liegen uns bereits detaillierte Informationen zu Zeiten und Orten vor. Wir sind dabei, dies mit Fakten wie Fotos und alten Flyern zu untermauern. Es gestaltet sich allerdings etwas schwierig, weil es ein privater Travestie-Club war, der zudem über keine eigene Homepage verfügt, sodass wir auf Zeugenaussagen und private Aufnahmen angewiesen sind, um das zu belegen.«

Lemke spürte bittere Galle auf der Zunge. »Stört es Sie eigentlich überhaupt nicht, sich so in die Intimsphäre von anderen Menschen einzugraben? Nach Dreck zu suchen, weil Ihr Auftraggeber den anderen öffentlich bloßstellen will? Hat das in Ihren Augen noch etwas mit Moral und Ethik zu tun?« Ich persönlich finde es widerwärtig, dachte er, ließ diesen Gedanken jedoch besser ungesagt.

Vanessa Schneider überlegte einen Moment. »Das ist eine gute Frage«, gab sie zu. »Es gibt Aufträge, die ich ebenfalls grenzwertig finde. Solange meine Chefin sie jedoch annimmt, führe ich sie auch aus. Ich verdiene sehr gutes Geld, und manchmal ist die Moral auch eine Frage der Ansicht. Nach unseren bisherigen Erkenntnissen hat der zu Observierende in diesem Fall tatsächlich nicht in allen Bereichen eine weiße Weste. Womit ich jetzt nicht die Travestie meine. Mehr werde ich darüber allerdings für den Moment nicht sagen, denn es fehlen uns noch die gesicherten Beweise. Nur so viel: Beides zusammen würde das Ende seiner politischen Karriere bedeuten.«

»Sind Sie jetzt gerade auch an ihm dran?«, wollte Lemke wissen.

Vanessa Schneider lachte. »Nein. Gerade macht er auf treu sorgender Familienvater. Er ist mit seiner Familie im Ur…« Sie stockte, und ihre Augen wurden riesengroß. »Er ist ebenfalls auf Wangerooge, das hatte ich gar nicht … ich meine, das wird mir jetzt erst bewusst. Er ist da quasi aufgewachsen und macht auf der

Insel regelmäßig Urlaub, genau wie Sophia. Vor zwei Jahren erst hat er sich eine Eigentumswohnung gekauft.«

***

Der Bestatter hatte Sophia Rembergs Leiche in einen Transportbehälter gelegt und mit einem grauen Elektrokarren abtransportiert. Er würde sie direkt zum Hafen bringen, um sie mit der nächsten Fähre in die Rechtsmedizin nach Oldenburg zu überführen. Gerd Manssen und sein Team durchkämmten auf der Suche nach Spuren noch immer das Dünengebiet. Für Oda, Christine und Bernd Tönjes gab es am Fundort nichts mehr zu tun, also waren sie zusammen zur Polizeistation gelaufen. Mittlerweile war es später Vormittag.

»Ich kann 'nen Kaffee machen«, bot Tönjes an. »Ich jedenfalls könnt jetzt einen starken ab.«

Christine nickte. »Das ist eine gute Idee.«

»Soll ich meinen Lütten anrufen, dass der aus der Bäckerei eben was zu essen holt?«

»Nee, danke. Mir ist der Appetit vergangen«, gab Oda zurück, und auch Christine schüttelte den Kopf.

»Danke fürs Angebot, ich krieg nichts runter.«

»Okay. Bin gleich wieder da.« Tönjes verließ den Raum, und Christine und Oda setzten sich an den Besuchertisch.

Christine zog ihren Lederblock aus der Tasche und zückte den Stift. »Sie ist mit dem Gesicht in Richtung Nordsee festgebunden worden, nackt, die Augen verbunden, die Hände auf dem Rücken fixiert. Was bedeutet das?«

»Mir fällt dabei als Erstes eine Galionsfigur ein«, sagte Oda, »dazu passen allerdings die verbundenen Augen nicht. Und ich weiß nicht, warum, irgendwie hab ich sofort das Bild aus dem Film ›Titanic‹ vor Augen gehabt, wo sie vorn am Bug steht, die Arme ausgebreitet, und er hinter ihr. Da ging's um Liebe, vielleicht trifft das hier auf ähnliche Weise ja ebenfalls zu: verschmähte Liebe.«

»Aber sie hat doch gar keine Liebe verschmäht, sie war mit ihrem Verlobten hier und wollte heiraten.«

»Da hast du recht. Allerdings scheint der Verlobte nicht der Täter zu sein, wenn stimmt, was Krüger vermutet. Dass sie über

Stunden hinweg angekettet war. Vielleicht gibt es ja jemanden, den Sophias Heiratsabsicht fuchsteufelswild gemacht hat. Jemand, der wahrscheinlich Insulaner ist oder sich zumindest bestens hier auskennt. Schließlich benötigt man eine gewisse Privatsphäre, um eine entführte Person von anderen unbemerkt über viele Stunden festzuhalten.«

»Das schränkt den Kreis der potenziellen Täter deutlich ein«, bemerkte Christine. »Es müsste jemand sein, der Zugang zu einem besonders einsamen und abgelegenen Ort hat. Einer leer stehenden Wohnung. Oder einem Keller.«

»Oder einem ausgedienten Bunker. So was gibt's hier noch«, sagte Oda, »das weiß ich genau. Wir müssen mit der Gemeindeverwaltung reden und die Spurensicherung hinjagen.«

Tönjes kam herein, ein Tablett mit drei Bechern Kaffee, einem Tetrapack Sahne und einer Packung Würfelzucker vor sich hertragend.

»Das ging ja schnell«, sagte Oda.

»Och, mit dieser Pad-Maschine ist das kein Ding.« Er stellte das Tablett auf den Tisch, schnappte sich einen Becher und gab drei Stück Würfelzucker hinein. »Bunker? Hier auf der Insel? Kann ich Ihnen auch zeigen. Kennt jeder Insulaner.«

»Aber ist ein öffentlich zugänglicher Bunker dann nicht im Grunde viel zu risikoreich? Was, wenn Jugendliche auf Abenteuersuche da reingestolpert wären? Nein, das schließe ich aus.« Christine kaute nachdenklich auf ihrer Unterlippe herum.

»Sie ist an etwas angebunden worden, aber Krüger hat keinen Knebel erwähnt. Also muss sie in einem Gebäude festgehalten worden sein, wo sie hätte schreien können, so viel sie wollte, ohne dass irgendjemand sie hätte hören können«, sagte Oda.

»Ich kann euch die Telefonnummern der ortsansässigen Vermieter geben, also von denen, die hier 'ne Menge Ferienwohnungen vermitteln. Aber dass jetzt, in der Hochsaison, ein Gebäude entsprechenden Leerstand hat, das glaub ich nicht. Irgendwie hat man doch immer Nachbarn.« Tönjes war unvermittelt zum Du übergegangen, aber das war in Ordnung.

Christine lächelte, dann fiel ihr etwas ein. »Die Baustelle! Natürlich! Da muss Manssen noch mal rein. Wir haben ja nur nach der Vermissten gesucht, aber nicht nach Spuren, die belegen, dass sie dort war. Vielleicht ist sie da irgendwo angebunden worden.«

»Nee«, widersprach Oda. »Wenn die da gewesen wäre, hätte der Hund von dem Schmidt das festgestellt. Der ist doch auf so was spezialisiert. Außerdem dürfte Sophia Remberg zu dem Zeitpunkt, an dem wir die Baustelle durchkämmt haben, noch gelebt haben. Beziehungsweise wenn sie da schon tot war, hätte der Täter sie vor unserer Suche an noch einen anderen Ort verbracht haben müssen, damit wir sie nicht finden, bevor er sie dann heute Nacht an dem Holzdings in Szene setzt. So viel Umstände und Aufwand … das glaube ich nicht. Also wird sie anderswo festgehalten worden sein. Was meint ihr, sollen wir Manssen und sein Team zusätzlich ins Ferienhaus der Rembergs jagen?«

»Spuren von Sophia wird es im Wohnbereich sicher zuhauf geben, aber vielleicht haben die da ja auch einen Keller oder so, den man überprüfen sollte«, stimmte Christine zu.

Odas Handy klingelte. Sie warf einen schnellen Blick darauf. »Lemke.« Dann nahm sie das Gespräch an. »Heiko, hast du Neuigkeiten für uns?« Sie lauschte, und Christine beobachtete, wie sich ihre Mimik veränderte. »Das ist ja ein Ding«, sagte sie, als Lemke zu sprechen aufgehört hatte. »Gut, dass Manssen und Co noch hier sind. Vielleicht kriegen wir für die Truppe in der Jugendherberge am Westturm noch Zimmer, die Insel ist nahezu ausgebucht. Ich werd ihn gleich mal anmorsen, dass sie hier noch mehr zu tun kriegen. Hast du super gemacht. Danke.«

Christine hörte aufmerksam zu, als Oda ihr die jüngsten Erkenntnisse berichtete.

***

Es war ruhig, als er den Dünenübergang unweit der Gaststätte »Saline« überquerte. Die Stürme der letzten Jahre hatten der Insel mächtig zugesetzt, allein für den Hauptstrand mussten jedes Frühjahr unzählige Tonnen Sand vom Ostende hergeschafft werden, um den inseltypischen Sandstrand wiederherzustellen. Das kostete jede Menge Geld. Die Bagger, die Personalkosten … Obwohl es für die Wiederherstellungsarbeiten natürlich einen Finanzposten im Etat der Inselgemeinde gab, sprengten die Kosten in letzter Zeit den Rahmen. Das wusste er, sein Vater hatte oft darüber lamentiert. Hier, etwas abseits des Hauptstrandes, sah man die Schäden deutlich, schlimmer jedoch war es noch weiter im Westen, hinter der Jugendherberge am Westturm, wo die Unmengen von Sandsäcken, die zur Stabilisierung der Dünenlandschaft normalerweise unter Sand begraben waren, offen sichtbar lagen.

Er lief an die Wasserkante, schlüpfte aus seinen Sandalen und stapfte ein Stück weit in die Nordsee hinein, bevor er den abgenutzten karierten Rucksack öffnete, Sophias Kleidung herauszog und die Sachen dem Meer übergab. Während seine Füße ein wenig im nachgiebigen Watt versackten, sah er fasziniert zu, wie die Nordsee mit den Kleidungsstücken spielte, sie hin und her spülte, als wollte sie sie waschen. Doch er hatte bewusst eine Stelle gewählt, an der die Strömung stark war. So dauerte es nicht lange, bis die Hose, das Shirt, der Slip und der BH aus knallroter Spitze hinausgezogen wurden.

Ein wenig verweilte er noch – die Nordsee war nach den sommerlichen Temperaturen der vergangenen Wochen wohltuend warm – und sah den Kleidungsstücken nach, die sich immer weiter entfernten. Eine Gruppe Jugendlicher näherte sich mit Schlaghölzern, sicher trainierten sie für das alljährliche Schlag- und Volleyballturnier, das nächste Woche am Hauptstrand ausgetragen wurde. Sie begannen, das Spielfeld abzustecken.

Gelassen schlenderte er zurück. Als er bei seinem Rad ankam, waren seine Beine wieder trocken. Er wischte den Sand von seinen Fußsohlen, schlüpfte in die Sandalen und radelte den gleichen Weg zurück, den er gekommen war, Walter Remberg saß jedoch nicht mehr auf der Bank. Zwar wuselten oben auf dem Dünenübergang noch weiß gekleidete Menschen herum, aber die interessierten ihn nicht. Sie würden nichts finden, was auf ihn schließen ließ. Die Klamotten seines Vaters, die er gestern Nacht getragen hatte, befanden sich längst in einem der Container, in denen das Rote Kreuz Kleidung für Bedürftige sammelte. Vor gar nicht langer Zeit hatte er einen Fernsehbericht über diese Kleidersammlungscontainer angeschaut. Und fassungslos gesehen, dass es Leute gab, die die Kleiderspenden gnadenlos vermarkteten und in Dritte-Welt-

Ländern nicht umsonst anboten, sondern dort verhökerten. Ja, die Welt war schlecht. Und jeder, der das Gegenteil behauptete, log. Also musste er sich gar nicht schämen für das, was er anstellte.

Zumal Remberg Strafe verdient hatte.

Der Tod seiner Tochter war nur der Anfang.

***

»Und nun?«, fragte Nieksteit, als sie das Gebäude verließen. Ein frischer Wind wehte, der die sommerliche Hitze zumindest gefühlt ein wenig senkte.

»Nun gehen wir rüber an den Südstrand und leisten uns eine dicke Eistüte. Mit Erdbeersoße. Schließlich muss der Tag ja noch irgendetwas Gutes bringen«, schlug Lemke vor.

Während des Gesprächs mit Vanessa Schneider war ihm klar geworden, dass er seinen Ausflug nach Bremen vergessen konnte. Vielmehr würde er gleich im Büro sitzen und alles über Jörn Wertek herausfinden, was er zu finden imstande war. Ergänzend würde er bei der Staatsanwaltschaft die Herausgabe der Unterlagen über Wertek vom Ermittlungsbüro beantragen, immerhin hatte der Mann ein nicht unerhebliches Interesse, dass nichts über sein Vorleben an die Öffentlichkeit drang, und damit möglicherweise ein Motiv. Vorausgesetzt, es stimmte, was Vanessa Schneider behauptete.

»Das ist 'ne gute Idee, noch ein bisschen Sonne tanken, bevor wir gleich am Schreibtisch hocken. Sauerei. Bei dem schönen Wetter.«

Sie liefen die Stufen zur Kaiser-Wilhelm-Brücke hoch. Die größte Drehbrücke Europas stellte die Schiffe der Bundesmarine vor allem bei Wind jedes Mal vor eine immense Herausforderung, wenn sie sie zur Vermessung des Magneteigenschutzes passieren mussten, um in den Nordhafen zu gelangen. Zahlreiche Radfahrer kamen ihnen entgegen, und abwechselnd in beiden Richtungen durften auch Autos die einspurige Brücke passieren. Linker Hand sah man die Schiffe des Marinemuseums am Kai liegen; den Lenkwaffenzerstörer »Mölders«, das U-Boot »U10« und das Minenjagdboot »Weilheim«. Rechts am Bontekai ging es gemütlicher zu, hier lagen derzeit nur das Feuerschiff »Weser« und die »Kapitän Meyer«, ein ehemaliger Tonnenleger.

Die Fahrradständer am Anfang der Südstrandpromenade waren ebenso gefüllt wie die dortige Restaurantterrasse, entspannt saßen die Menschen bei Tee, Kaffee, aber auch dem einen oder anderen Bierchen. Kinder tobten auf der großzügigen Rasenfläche unterhalb der Promenade oder auf dem Spielschiff, im Jadebusen badeten Schwimmer, mehr oder weniger sportlich engagiert. Das kleine Fahrgastschiff »Etta von Dangast« schipperte in Richtung Leuchtturm Arngast. Bestimmt erzählte Käpt'n Anton Tapken den Gästen wieder das eine oder andere Seemannsgarn, daran hatte er eine diebische Freude, wie Heiko Lemke wusste. Sommeridylle pur.

Vor der Eisdiele hatte sich eine Schlange gebildet. Möwen flogen schreiend über die Köpfe der flanierenden Menschen hinweg. Sie bestellten sich jeder eine »Südstrandwaffel«, Lemke mit Erdbeer- und Schokoladeneis plus Sahne und Erdbeersoße, Niesteit entschied sich für Malaga und Vanille mit Schokosoße. Genüsslich das Eis vom Löffel schleckend, lehnten sie sich an die halbhohe Mauer und sahen dem Treiben bei den Strandkörben und im Wasser zu.

»Wir wohnen da, wo andere Urlaub machen«, stellte Niesteit fest.

»Ach, fährst du deshalb nicht in den Sommerurlaub?«

Niesteit nahm nie in dieser Jahreszeit Urlaub. Er fuhr gern im Frühjahr mit seinen Kumpels nach Mallorca, sonst aber reiste er kaum. Allerdings war das erste Augustwochenende mit dem Heavy-Metal-Festival in Wacken für ihn Pflichtprogramm.

»Och, hier ist es auch schön. Und billiger allemal, weil ich ja sowieso hier wohne.«

»Na, so schlecht verdienen wir ja nicht.«

Niesteit lachte. »Stimmt.« Er aß seine Waffel auf, während Lemke seine in den nächsten Mülleimer schmiss.

Er mochte das Eis, auf die Waffel konnte er verzichten.

»Bin gespannt, was wir über Wertek rausfinden«, sagte Niesteit, als sie über die KW-Brücke zurückliefen. »Ein wenig suspekt ist er mir ja schon, nach dem, was die Schneider erzählt hat. Ein Saubermann nach außen – und nach innen … Nee, eigentlich möchte ich gar nicht wissen, was der so treibt.«

»Wie es eben immer so ist. In Abgründe will keiner von uns gucken, obwohl ich da bisher gar keinen Abgrund sehe. Sollte Wertek nichts Schlimmeres begangen haben, als in den entsprechenden Clubs als Travestiekünstler aufzutreten, ist das weder kriminell noch verwerflich«, stellte Lemke nüchtern fest.

»Da hast du sicher recht, allerdings sind solche Hobbys nicht unbedingt massentauglich. Selbst wenn die meisten das offiziell tolerieren, würden sie ihn vielleicht dennoch deswegen *nicht* wählen. Aber das steht auf einem anderen Blatt, gewichtiger ist wohl der Vorwurf der Vorteilsnahme im Amt. Die Leute wünschen sich Saubermänner als Führungspersönlichkeiten. Alles soll clean und ordentlich sein.«

»Ach, hör auf. Travestie ist verpönt, aber wir haben einen Bundespräsidenten, der mit seiner Geliebten auf Schloss Bellevue lebt, obwohl er immer noch mit der Frau verheiratet ist, mit der er vier Kinder hat. Wo bitte ist das denn clean und sauber und moralisch vertretbar? Die Leute drehen es sich immer so, wie es ihnen gerade passt. Nee, ich hab die Schnauze voll von all dem scheinheiligen Getue.«

Niekstein schwieg, und Lemke merkte, dass er sich mit seinen Äußerungen etwas zu weit aus dem Fenster gelehnt hatte. Normalerweise bezog er Kollegen gegenüber nie Stellung zu politischen Ereignissen. Hier aber ärgerte ihn die Vorverurteilung von Jörn Wertek, die leider nicht nur in Vanessa Schneiders Bericht, sondern auch in Nieksteits Worten mitgeschwungen war.

***

Inseltypische Heckenrosen in kraftvollem Dunkelrosa säumten den Weg vom Tor bis zur Eingangstür des Ferienhauses der Rembergs. Sie verströmten einen herrlichen Duft. Der Gehweg war frei von Unkraut, wie Christine neidvoll feststellte, und der Rasen des Vorgartens wirkte frisch gemäht. Ob die Rembergs da selbst Hand anlegten, oder ob sie einen Gärtner beschäftigten? Neben der Eingangstür begrüßte eine sicher einen Meter hohe Säule aus Edelrost die Gäste mit einem »Herzlich willkommen«-Schriftzug. Christine mutmaßte, dass diese Säule in der dunklen Jahreszeit von innen beleuchtet sein und dann sicher noch schöner aussehen würde.

Walter Remberg öffnete ihnen auf ihr Klingeln hin die Tür. »Kommen Sie rein, meine Frau weiß inzwischen Bescheid. Haben Sie schon neue Informationen?«

Christine schüttelte den Kopf. »Nicht wirklich, aber bislang sieht es zumindest so aus, als ob Ihre Tochter nicht vergewaltigt wurde. Ich hoffe, das kann Sie ein wenig beruhigen.«

»Danke. Auch wenn es nicht wirklich tröstet, ist es doch gut zu wissen. Ich geh mal voraus, wir sitzen auf der Terrasse.«

Sie folgten ihm durch eine großzügige Diele und ein Wohnzimmer, das in jedes Hochglanzmagazin für schönes Wohnen gepasst hätte, auf die Terrasse, der sich ein erstaunlich weitläufiger Garten anschloss.

»Boah.« Oda staunte. »Und das nennen Sie Ferienhaus? Mein lieber Scholli.«

Christine stieß ihre Kollegin in die Seite. Manchmal fehlte Oda jegliches Feingefühl.

Frau Remberg saß wie ein kleines Vögelchen unter der ausgefahrenen breiten Markise auf einem der mit dicken grünen Sitzkissen ausstaffierten Holzstühle. Auf weiteren Stühlen hockten Stefan von Oertel, Konstantin Remberg und dessen amerikanische Freundin. Auch hier stand eine Edelrost-Säule, diese trug den Schriftzug »Carpe diem«. Den Tag nutzen, ja, das nahm man sich immer wieder vor, und doch unterließ man es ebenso häufig. Das ging Christine leider so. In der Nähe bellte ein Hund, und einer der Nachbarn schien zu grillen, jedenfalls zog ein appetitlicher Geruch herüber.

Christine ging zu Susanne Remberg, gab ihr die Hand und nickte den anderen zu. »Mein Beileid.«

Frau Remberg sah sie lediglich an, von Oertel rang sich ein »Danke« ab, Konstantin Remberg und seine Freundin schwiegen.

»'tschuldigung«, sagte nun auch Oda. »Von mir auch mein herzliches Beileid. Ich hab selbst ein Kind, und da weiß ich, wie man als Mutter fühlt.«

»Ich habe es geahnt«, flüsterte Susanne Remberg. Sie trug ihre dunklen Haare in einem aparten Kurzhaarschnitt, wirkte lässig gekleidet, obwohl Christine den Sachen ansah, dass es keineswegs No-Name-Produkte waren. »Als wir am Freitag zum Flugplatz fuhren, lief eine schwarze Katze vor unserem Auto über die Straße. Von links nach rechts. Ich hab meinem Mann gesagt, dass wir umkehren müssen, dass wir nicht herkommen dürfen. Das war ein Zeichen. Aber er hat nicht auf mich gehört.«

Christine stutzte, blickte überrascht zu Walter Remberg, der sofort reagierte: »Ach, du immer mit deinem Spökenkieker-Kram. Das kann man auch anders interpretieren: ›Von links nach rechts bringt's auch nichts Schlecht's.‹ Setzen Sie sich doch bitte. Mögen Sie etwas trinken? Meine Frau hatte gerade grünen Tee gemacht, als ich … als ich nach Hause kam.« Auf dem Tisch standen eine Glaskaraffe und fünf Gläser.

»Fresh Joghurt ist bei diesen Temperaturen angenehm erfrischend«, ergänzte Susanne Remberg abwesend, als würde sie für die Reklame bezahlt. »Wir hätten nicht fahren dürfen.«

Christine zog ihre Ledermappe aus der Tasche, als in Sophias Mutter unvermittelt das Leben zurückkehrte.

»Wir hätten alle nicht herkommen dürfen!«, schrie sie ihren Mann an, um gleich darauf wieder in sich zusammenzusacken.

Stefan von Oertel schwieg noch immer. Die Mittagssonne schien, in der Nachbarschaft wurde gelacht.

Christine räusperte sich. »So leid es uns auch tut, aber unter den veränderten Umständen benötigen wir weitere Informationen über Ihre Tochter beziehungsweise Ihre Verlobte. Unsere Kollegen in Wilhelmshaven haben bereits mit den Angestellten in Sophias Ermittlungsbüro gesprochen, sodass wir hinsichtlich des beruflichen Engagements auf dem Laufenden sind und dort nachhaken können. Ebenso wichtig für uns ist alles, was es im Privatleben an … ja, sagen wir mal Differenzen gab.« Christine machte eine Pause, in die Oda gnadenlos einsprang.

»Sophia starb an einem anderen Ort als dem, wo sie aufgefunden wurde. Es war ein schneller, vielleicht gar nicht beabsichtigter Tod. Ein Genickbruch.«

Susanne Remberg schnappte ebenso nach Luft wie Stefan von Oertel, Konstantins Freundin schlug sich filmreif die Hand vor den Mund, er selbst erstarrte, und Walter Remberg zeigte keine Reaktion.

»Die große Frage, die uns beschäftigt, ist: Warum wurde Sophias

Leichnam auf diese Weise zur Schau gestellt?«, fragte Oda, und Christine hätte sie am liebsten unter dem Tisch getreten. Schließlich wusste bislang keiner außer ihnen und ihren Kollegen von der Auffindesituation.

»Zur Schau gestellt?«, hakte Walter Remberg augenblicklich nach. »Sie lag doch auf dem Boden.«

Christine wollte schon beginnen, die Fakten so schonend wie möglich zu schildern, als Remberg aufsprang.

***

Walter Remberg war nicht bereit, die beiden Polizistinnen auch nur eine Sekunde länger reden zu lassen. Wieso wusste er nichts davon? »Das ist ja schier der Gipfel an Unsensibilität! Folgen Sie mir. Zunächst möchte ich erfahren, was Sie zu berichten haben, um dann zu entscheiden, wie ich es meiner Frau sage«, forderte er die Kommissarinnen in dem ihm eigenen Kommandoton auf.

»Aber Walter, ich muss es doch auch wissen«, widersprach seine Frau schwach, doch er wischte ihren Einwand beiseite.

»Ich erzähl's dir ja danach. Es geht mir doch nur darum, dich so weit wie möglich zu schonen.« Er wartete, bis die beiden Kommissarinnen sich erhoben hatten. Stefan, der Schwächling, äußerte sich nicht, sondern griff nur nach Susannes Hand. Armselig. Der würde es nie im Leben zu etwas bringen.

Remberg lief voraus zu dem Raum, den er sich als Büro eingerichtet hatte, und blieb vor seinem großen Schreibtisch stehen, ohne den Kommissarinnen einen Platz anzubieten. Konstantin war ebenfalls mit hereingekommen.

»Was willst du?«, herrschte er seinen Sohn an.

»Dabei sein«, antwortete Konstantin knapp. »Sophia war immerhin meine Schwester.«

Ohne weiter darauf einzugehen, wandte sich Remberg den Kommissarinnen zu. »Werden Sie für solche Situationen eigentlich nicht ausgebildet? Es ist ja kaum zu fassen, wie Sie hier vorgehen. Meine Tochter ist getötet worden, und Sie preschen los wie ein durchgegangener Gaul. Das ist unglaublich.«

Christine Cordes zog die Augenbrauen zusammen. »Hören Sie,

selbst nach vielen Jahren Berufserfahrung lassen uns Fälle wie dieser auch nicht kalt. Ganz bestimmt nicht. Aber wir müssen ermitteln, und je schneller wir an Fakten kommen, umso eher kriegen wir denjenigen, der den Tod Ihrer Tochter zu verantworten hat.«

»Und da erzählen Sie einfach en passant, dass meine tote Tochter irgendwie zur Schau gestellt worden ist?« Remberg kochte. »Warum haben Sie mir das nicht schon heute früh mitgeteilt? Wieso muss ich das jetzt so nebenbei erfahren? Ich hätte meine Frau schonend darauf vorbereitet und ihr nicht, so wie Sie jetzt, den Holzhammer auf den Kopf geschlagen! Verfügen Sie denn über kein bisschen Feingefühl?« Er sah sie lauernd an. »Oder verschleiern Sie Tatsachen? Wollen Sie etwas verbergen?«

Christine Cordes blickte nachsichtig, was ihn direkt wieder zum Kochen brachte, und wollte augenscheinlich gerade zu reden beginnen, als ihre Kollegin lospolterte: »Bei allem Respekt und Mitleid, Herr Remberg, Sie müssen sich schon auch an unsere Gepflogenheiten halten und sich nicht aufspielen, als seien wir Ihnen Rechenschaft schuldig. Gehen Sie also besser höflich und nett mit uns um und behandeln Sie uns nicht wie niederes Dienstpersonal. Denn wir können Ihnen im Gegenzug sämtliche Informationen, die wir bisher gern mit Ihnen geteilt haben, ebenso vorenthalten. Und nun setzen Sie sich mal hin. Ich glaub, das, was wir Ihnen jetzt sagen werden, ertragen Sie besser im Sitzen.«

Darauf fiel ihm nichts mehr ein. Er setzte sich, und Konstantin lehnte sich an die Wand neben dem Schreibtisch, die Arme über der Brust verschränkt.

Als beide Kommissarinnen im Wechsel gesprochen hatten, war sein Mund staubtrocken. Er schluckte, bevor er sprechen konnte, und seine Stimme klang schief, als er sagte: »Das grenzt ja an eine Hinrichtung, wenn sie erst irgendwo festgehalten wurde und dann auf diese Art … nackt … und im Stehen …«

»Ja«, sagte Christine Cordes. »Und deshalb ist es wichtig, dass wir mehr über Ihre Tochter und vor allem über die Verbindungen und die Beziehungen erfahren, die sie hier auf der Insel hat. Denn wer immer sie über Stunden festgehalten hat, muss über die Möglichkeit verfügen, das unbemerkt tun zu können. Wir vermuten daher, dass er oder sie sich auf der Insel sehr gut auskennt. Alles, was Sie uns erzählen können, ist wichtig.«

»Verbindungen zur Insel … sie ist hier quasi aufgewachsen, hat die Ferien oder zumindest einen Großteil davon stets auf Wangerooge verbracht und auch viele Wochenenden. Als sie erwachsen wurden, sind die Kinder auch mit ihren Freunden allein hergekommen, wenn sie wollten. Natürlich haben die Kinder hier Kontakte geknüpft.« Er wandte sich an Konstantin. »Ist doch so, oder?«

Sein Sohn zuckte mit den Schultern. »Sophia sicher. Ich eher nicht. Ich hab's nicht so mit dem ›Auf-andere-Zugehen‹.«

Oda Wagner blickte von Konstantin zu ihm und wieder zurück. »Hat Sophia in der jüngeren Vergangenheit vielleicht mit einem der Insulaner Streit gehabt?«

Remberg dachte einen Augenblick nach. »Nein. Sonst hätte sie ja wohl kaum ihre Hochzeit hier feiern wollen.«

Christine Cordes verzog abwägend den Mund. »Das eine schließt das andere nicht aus. Man kann auch aus Trotz etwas tun, was man lieber nicht machen sollte«, sagte sie.

Für einen kurzen Moment biss Walter Remberg die Zähne aufeinander. »Tja. Wenn's nach mir ginge, hätte es gar keine Hochzeitsplanung gegeben. Vielleicht war *das* Trotz. Aber deswegen hab ich meiner Tochter ja noch lange nichts getan. Ich weiß allerdings, dass sie mit Stefan Krach hatte. Es ging um den Platz im Olympiakader der Reiter-Equipe.«

»Im Olympiakader der Reiter-Equipe«, echote Oda Wagner.

»Ja. Sophia war eine herausragende Reiterin. Erst vor Kurzem hat sie beim Landesturnier in Rastede wieder den Vielseitigkeitswettbewerb gewonnen. Sie hat Stefan übers Reiten kennengelernt, er ist auf diesem Gebiet beinahe so erfolgreich wie sie. Und er wollte den Platz in der Olympia-Equipe für sich haben.«

***

Er schlenderte in die Charlottenstraße zur Polizeistation, doch niemand öffnete auf sein Klingeln hin. Das hätte er sich denken können, obwohl sich in der Station doch die Kommissarinnen und der übrige Polizeitross zur Besprechung der Lage zusammenfinden müssten. Zumindest in den Fernsehkrimis war das so. Wo steckten die denn? Er überlegte kurz, was er jetzt tun sollte. Ob das irgendwie ein Hinweis seines verstorbenen Vaters war, sich aus allem herauszuhalten? Andererseits würde er nur dann mehr über den aktuellen Stand der Ermittlungen erfahren, wenn er sich als Zeuge einbrachte. Aber dazu musste er schon an Tönjes geraten und nicht an die Saisonverstärkung, die sowieso keine Ahnung vom eigentlichen Inselleben hatte. Kurz entschlossen zog er sein Handy aus der Tasche und rief Tönjes' private Handynummer auf, tippte auf »Verbindung herstellen«. Nach dem vierten Klingeln nahm Bernd ab.

»Tönjes.«

»Hi, Bernd, ich bin's.« Er kannte den Polizisten seit seiner Kindheit. Bernd war viele Sommer über der Trainer der Jugend-Schlagballmannschaft der Insel gewesen und auch heute noch federführend bei der Organisation des alljährlichen Turniers. Nächste Woche würden die Inseln wieder gegeneinander antreten. Auch wenn er selbst schon lange nicht mehr der Jugendmannschaft angehörte, spielte er nach wie vor gern für Wangerooge und versuchte, es so einzurichten, dass er zu diesem Ereignis auf der Insel war. Im vergangenen Jahr hatten sie sich gar nicht mal so schlecht geschlagen … im wahrsten Sinne des Wortes.

»Ist grad ungünstig, ich bin mitten in den Ermittlungen.« Bernd spielte sich gern einmal auf, was er durchaus verstehen konnte, und jetzt war auf der Insel ja tatsächlich 'ne Menge los.

»Es geht gar nicht ums Turnier«, klärte er ihn auf, »es geht um die Sache mit Sophia. Also wenn ich euch irgendwie helfen kann … du weißt ja, ich kenn die Insel wie meine Westentasche.«

»Ist lieb von dir, doch …«

»Ich will mich gar nicht aufdrängen, aber ich war ja auch beim Junggesellenabschied. Und wenn ich euch helfen kann, dann mach ich das gern.« Er merkte, dass Bernd, der wohl wieder mit dem Rad unterwegs zu sein schien, stoppte. Zumindest hörte er die Bremse quietschen.

»Ist dir denn was aufgefallen?«, fragte Bernd nun.

»Na ja. Wie man's nimmt.«

»Mach's nicht so spannend. Du weißt, dass du als Zeuge verpflichtet bist, Sachen zu melden.«

»Na klar. Deswegen ruf ich an. Aber ich weiß nicht, ob es wirklich wichtig ist, weil man doch oft hört, dass sich Paare am Vorabend der Hochzeit in die Plünnen kriegen.«

»Wie? Sophia Remberg hat sich mit ihrem Verlobten gestritten? Wann soll das denn gewesen sein? Davon hat bislang keiner der anderen Zeugen ein Sterbenswörtchen gesagt.« Bernd Tönjes klang skeptisch, und das war gut so.

»Also das war, als ich gehen wollte, und mir war es auch unangenehm, das hören zu müssen.«

»Was?«

»Drinnen und draußen war die Stimmung ja bombastisch, aber Sophia und ihr Verlobter standen auf der anderen Straßenseite, ein wenig abseits, und haben sich gestritten.«

»Glaubst du.«

»Na, also liebevoll klang das nun gar nicht. Die haben sich ziemlich gezofft. Aber ich geb zu, sie waren zumindest bemüht, leise zu sein. Frag Stefan doch einfach mal, der wird euch sicher sagen, worum es ging.« Das war zwar alles ein wenig zurechtgebogen, denn in Wirklichkeit hatte er Sophia und Stefan am späten Nachmittag streiten gehört, aber es gefiel ihm, auf diese Weise den Verdacht auf Sophias Verlobten zu lenken.

»Um was es dabei ging, hast du nicht gehört?«

»Nein.« Er tat beleidigt. »Wie gesagt, ich will mich nicht aufdrängen, ich wollte nur sagen, dass die beiden sich wohl gestritten haben. Und wo sie doch nun tot ist …« Er machte eine kurze Pause. »Aber wahrscheinlich braucht ihr meine Hilfe gar nicht. Und sicher haben die sich gleich darauf wieder vertragen. Ich stell mir das gefühlsmäßig ziemlich anstrengend vor, wenn man weiß, dass man ab dem nächsten Tag nicht mehr nur für sich allein verantwortlich ist.«

»Stimmt.« Bernd sprang auf den Zug auf. »Mir war damals auch ein büschen bang in der Büx, als ich Beate am Polterabend so glücklich gesehen hab. Ich hab gedacht, hoffentlich enttäusche ich sie nicht. Beate war bei unserer Hochzeit ja schon mit Friederike schwanger, da hatte ich gleich die doppelte Verantwortung. Sophia war aber ja wohl nicht schwanger, zumindest hab ich davon nichts gehört. Die Rechtsmedizin hat ihren Bericht noch nicht geschickt.«

»Musst du denn bei der Obduktion dabei sein?«, fragte er, dem Dorfpolizisten ganz bewusst Wichtigkeit unterstellend. Auch hier erwischte er Bernd richtig.

»Ach nee«, gab der abwehrend zurück, »ich hätte zwar mitgesollt, aber ich hab gesagt, das soll mal einer von den Festländern machen. Die haben da Übung drin, und ich werd hier ja auch gebraucht.«

»Stimmt. Keiner kennt die Insel so gut wie du.«

»Jo«, erwiderte Bernd Tönjes.

Da wusste er, er hatte ihn an der Angel.

***

»Na, dann lass uns dem sauberen Politiker gleich mal auf den Zahn fühlen«, schlug Oda Christine nach einem ausführlichen Telefonat mit Lemke vor. »Ich bin gespannt, was der zu allem und sowieso und überhaupt zu sagen hat.«

Sie liefen die Obere Strandpromenade entlang, und Oda betrachtete interessiert die Bauten zu ihrer Linken. »Ist bestimmt nicht schlecht, hier eine Wohnung zu haben. Frühstücken mit Blick aufs Meer. Was so 'ne Ferienwohnung wohl kostet?« Christine schwieg, und Oda überlegte laut weiter: »Ach, ich glaub, ich würde hier gar keine haben wollen. Stell dir mal vor, du willst in den Urlaub fahren und hast zeit deines Lebens nur ein einziges Ziel: diese Wohnung hier, weil du sie für teures Geld gekauft hast. Nee. Ich glaub, das wär mir zu langweilig.« Sie fühlte sich unglaublich wohl bei dieser Überlegung. Nie zuvor hatte sie sich mit dem Gedanken an den Kauf einer eigenen Wohnung auf einer der Ostfriesischen Inseln auseinandergesetzt, woher hätte sie das Geld dafür auch nehmen sollen?

»Du musst das als Investition betrachten. Du kannst sie selbst nutzen, aber auch vermieten. In dem Fall kannst du Teile der Zinsaufwendungen steuerlich gegen die Mieteinnahmen geltend machen und hast nicht nur Wohneigentum auf der Insel, sondern auch dein Erspartes gut angelegt und Steuervorteile. Die Zinsen für Eigenkapital tendieren ja immer mehr gen null. Außerdem sinkt der Realwert des Ersparten durch die Inflationsrate automatisch von Jahr zu Jahr.«

»Och, weißt du, das ist mir eigentlich relativ egal. Ich hab sowieso nicht viel auf der hohen Kante.«

»Nicht?« Christine sah Oda verwundert an.

»Nö. Ich hab einen Sohn, und der kostet einen Haufen Geld.« Oda grinste. »Ist aber ja auch egal.«

Sie blieben vor dem Kaiserhof stehen, in dem sich die Ferienwohnung von Jörn Wertek befand. Auf den Klingelschildern gab es nur Nummern, keine Namen.

»Ja. Das ist jetzt natürlich nicht so schön«, sagte Christine bedauernd.

»Ach, halb so wild. Ich rechne sowieso nicht damit, dass er bei diesem Wetter in der Wohnung hockt. Die werden bestimmt am Strand sein.«

»Du willst doch jetzt nicht allen Ernstes den Strand nach ihm absuchen und in jeden Strandkorb schauen?«, fragte Christine entsetzt, und Oda registrierte, dass sie dabei auf ihre Schuhe sah. Slingpumps, in denen Christine zwar prima laufen konnte, die jedoch keineswegs strandtauglich waren.

»Quatsch, obwohl du ja die Schuhe ausziehen und in deine Riesentasche packen könntest. Aber das wäre eine reine Sisyphusarbeit. Guck dir mal die Menschenmassen hier an.«

»Eben.« Christine zeigte sich erleichtert.

Oda lächelte. »Nee. Wir rufen ihn über sein Handy an.« Sie zog einen Zettel aus der Gesäßtasche ihrer Jeans, auf den sie die Nummer geschrieben hatte. Lemke war wie immer ziemlich schnell im Recherchieren der wichtigsten Daten gewesen.

»Ob der das im Urlaub dabeihat?«, fragte Christine zweifelnd.

»Politiker sind so, glaub mir. Die denken, sie sind unersetzlich. Wart's nur ab.«

Tatsächlich meldete sich Jörn Wertek nach dem fünften Klingeln.

»Herr Wertek, hier spricht Oda Wagner von der Kripo Wilhelmshaven.«

»Kripo Wilhelmshaven?« Augenblicklich wirkte er vollkommen konzentriert. »Ist was passiert? Ist bei uns eingebrochen worden?«

»Nein, keine Sorge«, beruhigte Oda ihn.

»Um was geht es dann?«

»Das würde ich gern mit Ihnen persönlich besprechen. Ich bin mit meiner Kollegin hier auf Wangerooge, und wir würden gern mit Ihnen reden.«

»Ich bin im Familienurlaub«, protestierte Wertek.

»Ja, das ist uns bekannt. Deswegen warten wir auch nicht vor Ihrer Ferienwohnung im Kaiserhof, sondern geben Ihnen die Möglichkeit, einen Ort vorzuschlagen, an dem wir miteinander reden können.«

»Morgen Vormittag. Gegen elf auf der Terrasse der ›Wooge‹.« Das klang nicht nach Vorschlag, sondern nach Vorschrift.

»Tut mir leid, morgen Vormittag ist zu spät. In einer halben Stunde.«

»Aber ich bin mit meiner Frau und den Kindern am Strand!«

»Nennen Sie mir den Strandabschnitt und die Strandkorbnummer, wir kommen gern hin«, gab Oda gut gelaunt zurück.

»Was gibt Ihnen das Recht, mich so unter Druck zu setzen?«, fragte Wertek wütend.

»Die Sachlage, Herr Wertek. Die Sachlage. Es geht um eine Todesermittlung. Sie täten gut daran, sich auf meinen Vorschlag einzulassen.«

»Also gut. In einer halben Stunde in der ›Wooge‹. Wie erkenne ich Sie?«

Oda griente. »Zwei bildhübsche Frauen um die vierzig, die eine elegant, mit hochgestecktem blonden Haar und einem in Leder gebundenen Block, die andere – das bin ich – mit dunklem Haar und nicht so elegant. Ich glaub, wir sehen auch nicht wirklich wie die entspannten Urlauberinnen aus.«

Zufrieden hörte Oda Wertek sagen: »In Ordnung. Ich bin gleich da.« Das schwere Seufzen, das durch die Leitung drang, konnte sie sogar irgendwie nachvollziehen.

***

»Wir sollten uns auch einen Beschluss zur Öffnung der Wohnung von Sophia Remberg besorgen«, überlegte Lemke laut und nahm die Hand vom Telefonhörer – er hatte eben bei der Staatsanwaltschaft wegen der Wertek-Unterlagen anrufen wollen.

»Stimmt. Vielleicht hat sie da brisanteres Material aufbewahrt, das sie in ihrer Kanzlei nicht ausreichend geschützt sah«, vermutete Niekstcit. »Die haben ja keinen Tresorraum, in dem sie ihre Akten verwahren.«

»Und so ’n Politiker wie der ist schon ein ziemlich heißes Eisen«, meinte Lemke. »Ich werde also beides beantragen.« Er sah Niekstcit an.

Der nickte. Also griff er zum Hörer.

»Lemke, Wilhelmshaven«, sagte er kurz darauf. »Moin, Herr Steegmann. Ich bräuchte da mal zwei Beschlüsse …« Er war ein wenig überrascht, dass Carsten Steegmann den Wochenend-Bereitschaftsdienst der Staatsanwaltschaft übernommen hatte, in der Vergangenheit hatte Steegmann dort nicht sehr oft durch Anwesenheit geglänzt.

»Schießen Sie los.«

Lemke zählte die Fakten auf. Als er geendet hatte, fragte Steegmann: »Frau Cordes ist schon wieder im Dienst? Ich dachte, sie sei noch in der Reha.«

»Eigentlich hätte sie erst Montag wieder anfangen müssen, aber sie war am Freitag schon da. Damit sie sich langsam eingewöhnen kann, hat sie gesagt. Dass gleich eine Vermisstenanzeige kommt, die sich dann zu einem Delikt mit Todesfolge entwickelt, hat sie ja nicht ahnen können.«

»Das hätte sie aus versicherungstechnischen Gründen gar nicht tun dürfen«, moserte Steegmann. »Ich glaube nicht, dass das innerhalb der Behörde gern gesehen ist.«

Lemke rollte mit den Augen. Eigentlich war ja er derjenige, der in der Abteilung – und leider auch darüber hinaus – als Pedant verschrien war, aber Steegmann schien ihn tatsächlich zu übertreffen. »Ich denke, Frau Cordes hat das mit ihrer Krankenversicherung abgeklärt. Sie wissen doch sicher noch, wie sorgfältig sie in diesen Dingen ist.«

Steegmann schwieg für einen Moment, dann hatte er sich anscheinend gesammelt und sagte: »Ja, ja. Stimmt. Ist doch immer wieder sehr schön, zu erleben, dass Kollegen mit vollem Einsatz und Engagement für ihren Beruf handeln. Frau Cordes ist diesbezüglich ein echtes Vorbild.«

Und du bist ein Arschloch, dachte Lemke in einer für ihn untypischen Heftigkeit, doch er war dem Staatsanwalt gegenüber nach den Ereignissen der letzten Monate einfach nicht mehr neutral eingestellt.

»Ich hab Sie aber nicht wegen Frau Cordes angerufen, sondern weil ich die Bescheide für die Herausgabe der Akten und die Öffnung der Wohnung der Toten brauche«, kam er auf den Grund seines Anrufes zurück.

***

Er sah die beiden Kommissarinnen an der Oberen Strandpromenade stehen. Die eine telefonierte. Ob Bernd sie gerade darüber informierte, dass ein Zeuge behauptet hatte, Sophia und ihr Typ hätten sich gestritten? Er blieb stehen und tat so, als suchte er jemanden.

Am Strand war noch jede Menge los, obwohl die ersten begannen, die Klamotten zu packen. Einige Ruhrpottler hatten, wie alljährlich, ihre Fahnen mitgebracht, Schalke-Flaggen flatterten im Wind, aber auch die ostfriesische Fahne wehte über etlichen Körben. Fahnenmasten konnte man sich auf der Insel ausleihen, darauf war man hier seit vielen Jahren eingestellt. Die mit Muscheln verzierten Sandburgen dagegen, die früher gebaut und mit bitterem Ernst verteidigt worden waren, indem man sie stündlich mit Nordseewasser begoss, damit der Sand nicht wegrieselte, gab es kaum noch. Dafür bauten die Väter mit ihren Kindern heute Sandskulpturen. Da waren richtig tolle dabei. Mit Muscheln bedeckte Seesterne, Meerjungfrauen, deren Haar aus Algen bestand und deren Unterleib mit Muscheln geschmückt war, aber auch kleine Burgen direkt am Wasser, von Gräben umgeben, die mittels Stichkanal mit der hereinrollenden Nordsee verbunden waren. Was war es für ein Gejohle und Getose, wenn das Wasser über den Kanal in die Burggräben floss und Väter und Söhne versuchten, mit Schippe und Eimer die Burg zu verteidigen! Er presste die Lippen aufeinander. Sein eigener Vater hatte so etwas nie mit ihm gemacht.

Er blickte wieder zu den Kommissarinnen. Wenn es tatsächlich Bernd gewesen war, der angerufen hatte, müssten sie sich jetzt auf den Weg machen, um mit Sophias Verlobtem zu sprechen, müssten also umkehren und in seine Richtung, zurück zum Hotel »Gerken«, laufen. Oder zum Haus der Rembergs.

Er schmunzelte. Was für ein glücklicher Zufall, dass er Sophia und Stefan vorgestern zwischen Nachmittagsumtrunk und Abendessen instinktiv gefolgt war. Seine Beobachtung war das i-Tüpfelchen auf seinem Plan. Ein Geschenk des Schicksals. Ja, alles würde gut werden. Er hatte nichts zu befürchten. Musste nur nach wie vor sehr vorsichtig sein und taktisch klug vorgehen.

Wenn die Kommissarinnen erst herausfanden, was er inzwischen wusste, würde Stefan von Oertel in nicht unerhebliche Schwulitäten kommen.

***

Oda bestellte sich ein alkoholfreies Weizen, Christine nahm mit einer Latte macchiato vorlieb. Sie saßen an einem Tisch in zweiter Reihe und hatten ihre Getränke bereits vor sich stehen, als Jörn Wertek mit zehnminütiger Verspätung eintraf. Er sah sich suchend um, doch Oda hatte Christine gebeten, nicht gleich aufzuspringen, immerhin hatte sie eine Personenbeschreibung von ihnen abgeliefert, und Wertek sollte ja nicht glauben, dass alle Niedersachsen sein Konterfei von den werbewirksamen Plakaten kannten. Es dauerte auch nicht lang, bis sich Erkennen auf seinem Gesicht abzeichnete und er an ihren Tisch trat.

»Frau Wagner?«

Immerhin hatte er sich gemerkt, dass Oda die mit den dunklen Haaren war. Sie grinste, stand auf und gab ihm die Hand. »Jo.«

Auch Christine war aufgestanden und stellte sich vor.

»Wir können gern hineingehen und drinnen reden, dort ist ja bei diesen Temperaturen nichts los«, bot Oda an. »Da wären wir ungestört.«

Wertek schaute sie argwöhnisch an. »Nein, solange ich nicht weiß, worum es geht, möchte ich hierbleiben. Außerdem möchte ich Ihre Dienstausweise sehen.«

»Selbstverständlich.« Sowohl Christine als auch Oda zogen die Ausweise hervor, und jetzt erst schien Wertek ihnen zu glauben, er entspannte sich ein wenig.

»Also, worum geht es?«, fragte er, ganz der gönnerhafte Politiker, an den eine Anfrage herangetragen worden war.

»Ist Ihnen bekannt, dass Sie im Fokus einer Ermittlungsdetektei stehen?«, kam Oda gleich zur Sache.

»Im Fokus einer Ermittlungsdetektei?« Das aufgesetzte Lächeln verschwand aus seinem Gesicht.

»Jo. Und die Inhaberin dieser Detektei wurde vor zwei Tagen ermordet.«

Jörn Wertek schluckte überrumpelt. »Bitte?«

Oda lächelte ihn freundlich an. Sie konnte sogar noch einen draufsetzen. »Nicht nur das. Sie wurde hier auf Wangerooge getötet. Wo waren Sie denn am Freitagabend?«

Wertek lief rot an und wandte sich an Christine. »Das ist jetzt nicht ›Versteckte Kamera‹ oder so?«

»Nein. Mit so etwas spaßen wir nicht. Also, wo waren Sie am Freitagabend? Nach zweiundzwanzig Uhr.«

Es folgte die unvermeidliche Antwort: »In unserer Ferienwohnung, zusammen mit meiner Frau und den Kindern.«

»Die das sicher bezeugen können«, vermutete Oda. »Vor allem die Kinder.«

»Hören Sie mit dem Sarkasmus auf. Die Kinder haben geschlafen, sie sind ja noch klein, aber meine Frau kann bezeugen, dass ich die ganze Nacht in der Wohnung war.«

»Ach, leidet Ihre Frau an Schlaflosigkeit? Das ist ja bedauerlich.« Oda merkte, dass Christine begann, sich zu amüsieren, aber sie trat ihr auch mit dem Absatz ihres Pumps auf den Fuß. Übertreib es nicht, hieß das.

»Wie kommen Sie denn darauf, dass meine Frau an Schlaflosigkeit leidet?« Er runzelte kurz die Stirn, dann verstand er. »Also, das ist ja wohl eine Unverschämtheit. Sie hat natürlich ebenfalls geschlafen. Ich ja auch. Aber wir sind zusammen zu Bett gegangen und am nächsten Morgen gemeinsam aufgewacht.«

»Hm«, machte Oda, »das müssen Sie mir mal verraten, wie das geht, zusammen einschlafen und zusammen aufwachen.«

»Veräppeln kann ich mich allein. War's das?« Wertek wollte aufstehen.

»Nein.« Christine schüttelte den Kopf. »Bleiben Sie bitte sitzen.«

»Was darf's denn für den Herrn sein?« Die Bedienung trat zu ihnen an den Tisch.

»Ein Bier«, sagte Wertek völlig geplättet.

»Radeberger oder Jever? Null drei oder null vier?«

»Ein Jever. Null vier, bitte«, antwortete Wertek.

»Sie müssen verstehen, Herr Wertek, dass die Angelegenheit ernst ist«, übernahm Christine nun das Ruder. »Sie wurden von einer Detektei durchleuchtet und teilweise observiert, mit dem Ziel, Dinge über Sie und über Ihre Vergangenheit in Erfahrung zu bringen, die Ihre politische Karriere … ja, formulieren wir es einmal vorsichtig … ins Wanken bringen können.«

Wertek sah sie aus großen Augen an. »Das ist jetzt nicht Ihr Ernst.«

Oda schloss daraus, dass Sophia Rembergs Leute so gut waren, wie sie nicht nur auf den Internetseiten behaupteten. »Gibt es denn etwas in Ihrem Leben, das Ihnen schaden würde, wenn es herauskommt?«

Wertek wirkte fassungslos. »Ähh … nein. Natürlich nicht.«

Typischer Ausspruch eines Politikers. Solange ihr mir nichts nachweisen könnt, gibt es nichts. Obwohl es manchmal klüger wäre, Dinge, von denen man befürchtet, dass sie bekannt werden könnten, selbst ins Feld zu führen.

»Gehört zu Ihrer Ferienwohnung auch ein eigener Kellerraum?«, hakte Oda nach.

»Ja.« In diesem Moment kam das Bier, und Wertek bestellte gleich noch einen Korn dazu.

»Sie müssen Ihre Frau darüber in Kenntnis setzen, dass wir mit der Spurensicherung diesen Kellerraum überprüfen werden. Auch in der Wohnung werden wir nach Spuren suchen müssen. Tut uns leid«, sagte Christine.

»Ich … meine Frau … Wie viel von dem, was Sie mir jetzt gesagt haben, muss sie erfahren?«

Der Korn kam. Wertek kippte ihn gleich hinunter.

»Ich meine, ich möchte meine Frau natürlich nicht verunsichern, allein schon der Gedanke, dass wir überwacht worden sind … ausspioniert … ist ja furchtbar. Und dass wir nichts davon gemerkt haben …«

»Es ging dabei eher um Sie als um Ihre Frau und die Kinder«, stellte Christine klar und fügte hinzu: »Wenn Ihnen an Ihrer Ehe etwas liegt, sollten Sie Ihrer Frau alles erzählen.«

»Unbedingt«, ergänzte Oda. »Glauben Sie mir, ich weiß das aus Erfahrung: Wenn Sie jetzt was Wichtiges verschweigen, holt Sie das zu einem Zeitpunkt ein, den Sie für den ungünstigsten aller möglichen Zeitpunkte halten. Und dann haben Sie kaum noch eine Möglichkeit, die Sache wieder hinzubiegen.«

»Unglaublich.« Wertek konnte es immer noch nicht begreifen. »Aber was war das für eine Agentur, wer hat sie beauftragt, und wer war die Detektivin?«

»Sie hieß Sophia Remberg, ihre Agentur ist in Wilhelmshaven«, gab Oda Auskunft.

Wertek wurde blass. »Um Gottes willen. Sophia.«

Montag

»Ich muss nachher unbedingt noch ›Rei in der Tube‹ oder so was kaufen«, sagte Christine, als sie aus dem Badezimmer kam, nur ins Badehandtuch gehüllt, geschminkt allerdings war sie bereits. »So viele Slips und Oberteile habe ich nicht eingepackt. Ich dachte, wir sind nur einen Tag hier, zwei maximal, und meine Bluse muss dringend gewaschen werden. Vom Bügeln ganz zu schweigen.«

Oda saß noch im Schlafshirt auf dem Bett, ihr iPad in der Hand. Sie sah belustigt auf. »Och, wegen mir kannst du die Bluse noch 'ne Woche anziehen und musst nicht bügeln. Ich mag dich auch so.« Sie grinste. »Ich glaub, wir werden hier noch etwas gebraucht. Heute ist der Keller von Wertek dran.«

»Ich weiß nicht, ich kann mir nicht vorstellen, dass der Sophia da unten gefangen hält, während seine Frau und die Kinder unbeschwert ein paar Stockwerke drüber rumturnen«, sagte Christine, die ihr Handtuch aufs Bett warf, in den Slip stieg und sich den BH anzog.

»Man weiß es nicht«, gab Oda zurück, »die Abgründe mancher Menschen sind tief. Denk bloß an den Fritzel in Österreich. Der hat seine Tochter über Jahre im Keller gefangen gehalten, Kinder mit der gezeugt, und die Ehefrau will von alldem nichts mitgekriegt haben.«

»Trotzdem. Das sind Ausnahmen.« Christine nahm das Handtuch, ging zurück ins Bad, hängte es auf und sprühte sich aluminiumfreies Deo unter die Achseln. Die Lüftung sog den intensiven Duft schnell weg. Sie ging ins Zimmer zurück. »Andererseits … da Wertek früher mit Sophia liiert war und sie auf diese Art eh schon über persönliche Informationen über ihn verfügte … Wenn sie im Rahmen ihrer Ermittlungen jetzt wieder Kontakt zu ihm aufgenommen hatte …«

»… oder er herausfand, dass sie ihn bespitzelte«, ergänzte Oda, »dann hätte er durchaus ein Motiv. Und kein kleines. Kann ich jetzt ins Bad?«

Christine nickte, und Oda stand auf.

»Ich geh kurz an den Strand«, sagte Christine. »Meinst du, du bist in einer halben Stunde fertig? Sonst setz ich mich einfach schon in den Frühstücksraum.«

»In zwanzig Minuten bin ich unten«, sagte Oda. »Duschen und anziehen dauert nicht lang. Hab mit dem ganzen Schminkkram ja nix am Hut.«

»Dann bis gleich.« Christine zog die Zimmertür hinter sich zu und lief die Treppen hinunter, wobei sie feststellte, dass das Treppenhaus des Hotels zwei verschiedene Gebäude miteinander verband, denn die Etagen waren versetzt. Sie kaufte sich beim Bäcker gegenüber einen Kaffee zum Mitnehmen und lief die wenigen Meter bis zur Treppe unterhalb des »Puddings«. Auf der Strandpromenade setzte sie sich auf eine Bank und blickte aufs Meer. Alles war ruhig, das Licht unglaublich sanft, die Stimmung ganz besonders. Möwen kreischten, und auch ein paar Austernfischer konnte sie ausmachen. Erst vor Kurzem hatte sie gelesen, dass diese Vögel, die normalerweise eher Miesmuscheln als Nahrung zu sich nahmen, im Zuge der Verdrängung der Miesmuschel durch die Auster nun gewissermaßen zu Feinschmeckern wurden und junge Austern knackten, weil sie an die anderen Muscheln seltener herankamen. Ob bei dieser Entwicklung wohl irgendwann die Miesmuschel den Platz der Auster als teure Delikatesse einnehmen würde?

Ein leichter Wind wehte, das Wasser war nah, also müsste Pi mal Daumen Hochwasser sein. Spontan zog Christine ihre Sling-Pumps aus und lief an die Wasserkante. Warm umspülte die Nordsee ihre Füße, sie sanken ein wenig in den Schlick des Wattenmeeres ein. Ein Lächeln glitt über ihr Gesicht, und sie krallte die Zehen in den weichen Untergrund. Sie fühlte sich richtig gut. Auf Langeoog hatte sie solche Momente auch schon erlebt, und sie nahm sich fest vor, von nun an mindestens einmal pro Jahr auf einer der Ostfriesischen Inseln Urlaub zu machen. Sie kannte ja noch gar nicht jede, es wurde also dringend Zeit.

»Moin. Auch schon so früh unterwegs?« Der Mann, der neben sie getreten war, trug Sportklamotten und war offensichtlich am Strand gejoggt. Die blonden Haare klebten an seiner Stirn. Er war ziemlich außer Atem.

Sie runzelte die Stirn. Was war das denn jetzt für eine platte

Anmache? Andererseits kam ihr der Kerl irgendwie bekannt vor. Gehörte der zur Hochzeitsgesellschaft um Sophia Remberg und Stefan von Oertel? Augenblicklich war es mit Christines innerer Ruhe vorbei, und Lust, mit dem Mann zu reden, hatte sie schon gar nicht. »Eigentlich nicht. Ich wollte nur kurz ans Wasser«, gab sie knapp zurück, ärgerte sich aber im gleichen Moment, ihm auf seine Frage überhaupt spontan eine Antwort gegeben zu haben. »Schönen Tag noch.«

Sie lief aus dem Wasser und ging barfuß über den Sand zur Strandpromenade. Dort spülte sie die Füße unter der Dusche ab und wischte sie mit einem Papiertaschentuch trocken. Vorsichtig blickte sie sich dabei um, befürchtete fast, dass der Mann ihr gefolgt war, sah ihn jedoch weiterlaufen. Sie spürte, wie ihre innere Anspannung ein wenig nachließ.

Lass dir deine Ruhe nicht nehmen, sagte sie sich in Gedanken – eines der Mantras, die sie in der Reha gelernt hatte. Halte das Gefühl fest, das du gespürt hast. Langsam atmete sie dreißig Mal intensiv ein und aus, spürte erneut die beruhigende Stärke der Insel. Dann machte sie sich auf den Rückweg.

Als sie im Hotel ankam, saß Oda bereits im großzügigen Frühstücksraum an einem Zweiertisch, ein Kännchen Kaffee, zwei Brötchen, ein paar Scheiben Räucherlachs, Käse, Schinken und Butter vor sich auf dem Teller. Das Glas Orangensaft war halb voll. »Rühreier gibt's auch«, sagte Oda und biss herzhaft ins Käsebrötchen.

***

Ein Lächeln umspielte seine Lippen, als er in geschmeidigen Bewegungen den Strand entlanglief. Die Nordsee schlängelte sich gemächlich heran, es herrschte wenig Wind. Eine Möwe ließ sich auf den Wellen treiben. Er umlief ein paar Quallen, im Moment gab es – zur Freude der Urlauber – nicht so viele. Um Himmelfahrt hatte er es anders erlebt, da war der Strand voll von den kleinen Nesseltieren gewesen, die zwar lästig waren, aber keine Feuerquallen und damit nicht wirklich unangenehm, falls man mit ihnen in Berührung kam. Tief sog er die salzhaltige Luft in seine

Bronchien. Er hatte alle Fäden in der Hand, sein Plan war genial, niemand konnte ihm auf die Spur kommen. Auch den nächsten Schritt hatte er geplant. Das würde ein wahres Feuerwerk geben. Und seine Deckung war perfekt.

Er lief weiter bis zur Surfschule, die langsam zum Leben erwachte. Bretter wurden herausgestellt, Segel, in einer halben Stunde begann der erste Kurs in dem kleinen, nicht einmal knietiefen Tümpel, der sich zwischen Strand und Sandbank dauerhaft gebildet hatte, sodass man auch bei Niedrigwasser üben konnte.

»Moin«, rief er, als ein Mann aus dem Gebäude kam.

»Moin«, rief der Mann zurück.

Im Laufen warf er einen Blick auf die Uhr. Er musste sich beeilen.

***

Die Eier waren hart gekocht, das musste so sein, wegen der Salmonellengefahr, hatte die Restaurantangestellte Oda erklärt, die liebend gern ein weich gekochtes Ei zum Frühstück gegessen hätte: das Eiklar fest, das Eigelb flüssig. Ein Ei hatte sie bereits gegessen und Rühreier in Auftrag gegeben, als Christine kam, sich einen Kaffee bestellte und zum Frühstücksbüfett ging, von wo sie nach kurzer Zeit mit einem Joghurt mit Müsli und Früchten zurückkehrte. So was konnte man doch zu Hause essen, in einem Hotel musste man richtig zuschlagen, fand Oda, in deren heimischem Kühlschrank es nicht jeden Tag so viele unterschiedliche Köstlichkeiten gab.

»Ich hab eben einen Anruf von Manssen bekommen«, sagte Christine, »die sind jetzt im Keller von Wertek zugange, aber auf den ersten Blick sieht es wohl so aus, als ob Sophia Remberg nicht dort gewesen ist.«

»Das ist garantiert ein Täuschungsmanöver«, antwortete Oda mit vollem Mund. »Wertek kennt die Insel von klein auf, bestimmt hat er Kontakte und Beziehungen. So schnell lasse ich ihn nicht von der Angel.« Sie sah auf die Uhr. »Lemke müsste inzwischen im Büro sein. Ich ruf da mal eben an.« Sie zückte ihr Handy. »Bestellst du mir noch einen Kaffee, wenn du die Bedienung siehst?«

»Klar.«

Oda stand auf und verließ das Hotel »Hanken« durch den Hoteleingang zur Peterstraße. Dort war es ruhiger als auf der belebten Zedeliusstraße. Sie wählte die Nummer ihres Kollegen.

»Ich bin's, Oda«, sagte sie, als Lemke sich meldete. »Gibt's schon was aus der Rechtsmedizin?«

»Jo. Krüger war fleißig, der hat sich die Tote nicht nur gleich angesehen, sondern auch noch den Bericht dazu getippt.« Er kam ohne Umschweife auf den Punkt. »Also. Sie ist am Bruch der Halswirbelsäule gestorben. Dem scheint aber kein Sturz aus einer gewissen Höhe oder Ähnliches vorausgegangen zu sein, dafür fehlen entsprechende Hinweise wie Anprallverletzungen oder dergleichen. Es sieht vielmehr so aus, als ob der Bruch durch einen Unterarmwürgegriff entstanden sein könnte, denn es gab kleine Blutaustritte in den Augenbindehäuten, und die lassen an eine Strangulation des Halses denken. Es gab aber keine eindeutigen Würgemale, und das ist wohl typisch für einen Unterarmwürgegriff. Leider kann Krüger im Rahmen dieser These keine Beweise für einen Vorsatz ins Feld führen.«

Oda hörte ihn in den Unterlagen blättern.

»Das Opfer scheint außerdem post mortem geschlagen und getreten worden zu sein, es fehlen die Unterblutungen, die entstanden wären, hätte man mit dieser Art der stumpfen Gewalt zu Lebzeiten auf sie eingewirkt. Auch die Schädigungen der Epidermis können post mortem entstanden sein. Krüger schreibt, dass die Haut durch Hitzeeinwirkung oder durch Chemikalien in diesen Zustand geraten sein könnte, wogegen aber die Verteilung der Vertrocknungen über den ganzen Körper spricht. Und es gibt eine Brandverletzung, die wohl von einer Zigarette stammt.«

»Das heißt, der Tod von Sophia Remberg war nicht zwingend Vorsatz, sondern kann auch billigend in Kauf genommen worden sein? Und all die furchtbaren Male an ihrem Körper sind erst *nach* ihrem Tod durch weiß der Geier welche Behandlung entstanden?«, fasste Oda Lemkes Bericht zusammen.

»So steht es hier zumindest«, bestätigte Lemke.

Oda überlegte. »Sie ist an ihrem Polterabend verschwunden. Das könnte bedeuten, jemand hat sie unter dem Vorwand einer ganz gewöhnlichen Brautentführung weggelockt. Denn dass sie reell entführt wurde, beweisen die Fesselungsspuren an den Handgelenken. Nur muss die Tötung kein gezielter Akt gewesen sein. Was meinst du?«

»Es könnte zunächst tatsächlich eine andere Absicht dahintergesteckt haben«, gab Lemke zu. »Ein Spaß, der dann furchtbar schiefging. Und der Täter hat die Nerven verloren. Statt einen Notarzt für Sophia oder die Polizei zu rufen, hat er am Ende anders entschieden und sie … entsorgt. Dazu passt, dass Krüger Teppichfasern am Körper der Toten gefunden hat.«

»Teppichfasern? Dann hat man sie in einen Teppich eingerollt zum Dünenübergang gebracht?«

»Scheint so.«

»Das wird ja immer verrückter. Nee. Je mehr ich drüber nachdenke, desto weniger glaube ich, dass das eine normale Brautentführung war«, widersprach Oda. »Bei so was sind ja auch andere Teilnehmer des Polterabends informiert. Die wissen, wo die Braut hingebracht wurde. Aber keiner der Zeugen hat auch nur angedeutet, dass eine Entführung der Braut in eine andere Kneipe geplant war. Wir müssen herausfinden, was dem Tod vorausging. Warum sie gefesselt wurde. Und warum der Täter nach ihrem Tod so viel Wut empfand, dass er sie derart übel zugerichtet hat. Das war kein verzweifelter Versuch, einen Unfall ungeschehen zu machen. Eher eine Art Hinrichtung.«

»Hinrichtung? Nun übertreib mal nicht gleich, Oda. Stell dir vor, du wolltest aus irgendeinem Grund Sophia entführen und stehst plötzlich mit einer Leiche da. Dir drohen von jetzt auf gleich etliche Jahre Gefängnis. Glaubst du nicht, dass dir dann auch die Idee kommen könnte, die Leiche so herzurichten und zu drapieren, dass es von dir ablenkt? Und wie könnte man das besser machen, als ein Gewaltverbrechen vorzutäuschen?«

»Nee, auf so was würde ich im Leben nicht kommen. Wenn wir Sophia Remberg entsprechend zugerichtet irgendwo am Strand gefunden hätten, in einem Strandkorb oder so, das könnte ich als Vertuschungsversuch akzeptieren. Aber so, wie sie da hing … Nee, ich glaube, das hatte alles Hand und Fuß. Wer sie auf diese Weise zur Schau stellt, der beabsichtigt etwas ganz Bestimmtes. Ungewollter Halswirbelsäulenbruch hin oder her. Warum hat er sie nach Eintritt des Todes geschlagen? Da spielt was anderes mit rein, glaub mir. Und das Motiv dafür müssen wir finden.« Das Telefon zwischen Schulter und Ohr geklemmt, fischte Oda eine Zigarette aus der gequetschten Packung in ihrer Hosentasche und zündete sie an. Tief sog sie das Nikotin mitsamt der frischen Nordseeluft in ihre Lungen. Das tat jetzt richtig gut. Schade, dass sie den Kaffee nicht mit rausgenommen hatte.

»Ach Oda. Jeder Krimileser weiß, dass man auf diese Art von sich ablenken kann. Krüger ist da übrigens über eine Sache gestolpert. Die Tote hatte frisch geputzte Zähne. Überaus gründlich geputzte Zähne. Und Seifenreste im Mund. Das hat sie sicher nicht selbst getan.«

»Sag bloß, die hatte vor ihrem Tod noch Oralverkehr, und der Täter hat ihr den Mund ausgewaschen? Dann steckt vielleicht doch ein sexuelles Motiv dahinter.«

»Keine Ahnung. Das müsst ihr herausfinden. Krüger geht jedenfalls nicht von einem sexuellen Motiv aus, dafür hat er keine Hinweise gefunden. Allerdings war Sophia Rembergs Haut ebenfalls überraschend rein. Es gab darauf bis auf die Teppichfasern keine weiteren Anhaftungen. Sie scheint sehr gründlich gesäubert worden zu sein. Nicht nur der Mund, sondern eben auch der Körper an sich. Unter den Fingernägeln der rechten Hand sind noch Spuren gewesen, die hat Krüger bislang nicht zuordnen können.«

»Gut, ich werde ihn einfach mal anrufen. Aber jetzt zu euch. Wann nehmt ihr die Wohnung der Remberg unter die Lupe? Habt ihr die Akte Wertek schon vorliegen? Wer kümmert sich darum?«

»Du kannst auch überhaupt nicht loslassen.« Sie konnte Lemke schmunzeln hören. »Gehst du mit dem armen Jürgen auch so um? Dann muss ich den mal auf ein Trostbier und ein Männergespräch einladen.«

»Ey, pass bloß auf, was du sagst, mein Lieber, ich bin bald wieder zurück.«

»Bleib man ruhig. Die Spusi nimmt Sophia Rembergs Wohnung in diesem Moment auseinander. In der Detektei war nur ein Hängeordner mit dem Auftrag und ein paar nichtssagenden Informationen über Wertek. Vanessa Schneider, die Angestellte, hat gesagt, das sei der Hinweis, dass Sophia Remberg diese besonderen

Akten bei sich zu Hause aufbewahrte. Also wird die Spusi sie dort finden. Ich fahr gleich selbst rüber und überprüf das. Sobald ich die Akte habe, geb ich sie Niekstcit, der freut sich schon wahnsinnig darauf, sie einscannen und euch schicken zu können.«

»Blödmann«, hörte Oda Niekstcit im Hintergrund brummen.

Lemke tat, als hätte es den Zwischenruf nicht gegeben. »Ich kümmere mich noch um den anderen Kram, ihre Telefonlisten und so, die Bankkonten, das Übliche eben. Wie dem auch sei, ich schick dir alle Unterlagen per Mail, Tönjes kann sie für euch ausdrucken, und du hast sie zusätzlich auf deinem Handy. Und wenn noch was ist, können wir ja auch telefonieren.«

»Ist gut. Aber wenn du in der Wohnung auf was Neues stößt, rufst du mich gleich an, okay?«

»Ist klar. Grüß Christine von uns.« Mit diesen Worten legte Lemke auf, und Oda fühlte sich beinahe ein wenig ausgebootet, obwohl sie doch mitten im Geschehen stand. Sie wischte diesen Gedanken beiseite und suchte im Adressverzeichnis Krügers Telefonnummer heraus.

»Sie haben Spuren unter den Fingernägeln von Sophia Remberg gefunden?«, fragte sie ohne große Vorrede, als sich der Rechtsmediziner meldete.

»Ja. DNA-Spuren. Die habe ich bislang aber noch nicht zuordnen können. Dafür habe ich inzwischen eine Idee, was die lang gezogenen Vertrocknungen auf der Haut des Opfers angeht: Die könnten eventuell auf einen Hochdruckreiniger zurückzuführen sein. Sie sollten sich also auch mal nach so einem Gerät im Opferumfeld umschauen.«

»Ein Kärcher?«

»Das würde die Intensität der Vertrocknungen erklären.«

»Das wird ja immer wilder«, sagte Oda verblüfft. »Sie rufen mich an, wenn Sie die DNA-Spuren zugeordnet haben, ja?«

»Wenn ich dran denke …«

»Blödmann.« Es war ihr völlig egal, ob Krüger das noch hörte, als sie das Gespräch beendete.

***

Christine blickte auf, als Oda zurück an den Tisch kam, sich jedoch nicht setzte, sondern stehen blieb. »Wir sollten uns Stefan von Oertel noch mal vorknöpfen«, sagte Oda. »Krüger hat Seifenspuren in Sophia Rembergs Mund gefunden, der wurde offenbar penibel gereinigt.«

Christine stand auf und griff nach ihrer Tasche. »Du denkst dabei an Oralverkehr mit jemand anderem als ihrem Verlobten«, stellte sie fest.

»Jo.«

»Eine Affäre?«

»Jo. Das würde jedenfalls einiges erklären. Die Entführung, das Fesseln, ein Rangeln in dem Versuch, Sophia dazu zu bringen, ihren Verlobten doch nicht zu heiraten, keine Ahnung. Alles ist möglich.«

»Finden wir es heraus. Lass uns aber vorher noch bei der Polizeistation vorbeigehen«, bat Christine. »Den Obduktionsbericht ausdrucken.«

Das Tor im circa achtzig Zentimeter hohen Zaun, mit dem der Vorgarten der Polizeistation umgeben war, war geschlossen, die Tür des Klinkerbaus jedoch stand weit offen. Neben dem Eingang leuchtete eine SOS-Rufbox in Signalorange. Christine vermutete, es ging bei dem Zaun nur darum, die Hunde fernzuhalten.

Im Gebäude roch es verlockend nach Kaffee.

»Ich hab die Kaffeemaschine von zu Hause mitgebracht«, erklärte Tönjes stolz. »Wir werden ja doch 'ne Menge Kaffee brauchen, und da ist es einfacher und auch billiger, wenn ich den gleich kannenweise koche. Ich hab mal gelesen, dass Leute, die Kaffeekapseln oder Pads benutzen, fürs Kilo achtzig Euro zahlen, wenn man es umrechnet. Das muss ja nicht sein. Möchtet ihr einen Becher?«

Christine lehnte schmunzelnd ab, sie hatte zum Frühstück einen Milchkaffee getrunken, der groß und sättigend gewesen war, aber Oda nahm das Angebot gern an.

Norbert Siemsen kam aus dem hinteren Bereich. »Ich dreh dann jetzt mal meine Runde. Moin«, sagte er, als er Christine und Oda sah.

»Alles klar«, gab Tönjes zurück. »Bis später.«

Schon war Siemsen aus der Tür.

Tönjes strahlte Oda und Christine an. »Die Kekse hab ich heute früh aus der Bäckerei geholt, die sind echt prima.« Er steckte sich gleich einen in den Mund. »Das kann ich doch mit auf die Spesenliste setzen?«

»Natürlich.« Christine schmunzelte erneut. Tönjes schien ein Sparfuchs zu sein, aber auf Spesenkosten schlug er wohl doch gern zu. Der Höflichkeit halber probierte sie einen, Oda tunkte gerade den dritten in ihren Kaffee.

»Gestern hat sich noch ein Zeuge gemeldet, der gehört haben will, dass Sophia Remberg und Stefan von Oertel sich am Polterabend draußen vor der ›Düne 17‹ gestritten haben«, erzählte Tönjes. »Ich hab's natürlich zu Protokoll genommen, aber niemand sonst hat das bisher ausgesagt.«

»Hat außer ihm vielleicht niemand mitgekriegt«, meinte Christine. »Wir wollen sowieso gleich mit von Oertel reden, da können wir das ansprechen. Gibt es sonst noch was? Haben sich weitere Zeugen gemeldet?«

»Nö. Aber die meisten Insulaner, die Sophia kannten, haben sowieso schon eine Aussage gemacht, die waren ja fast alle beim Polterabend, und ihre Freunde vom Festland auch. Ich war nur kurz da, zu Anfang, ich hatte Bereitschaft, da wollte ich mich zurückhalten.«

»Hat der Zeuge gehört, worum es ging?«

»Nein, er sagte, die seien bemüht gewesen, leise zu sein, aber sie hätten sich ganz sicher gestritten.«

»Moin, Moin«, drang in diesem Moment eine tiefe männliche Stimme mit rheinländischem Akzent aus dem Vorraum zu ihnen herüber.

»Entschuldigt mich.« Tönjes stellte seinen Becher auf dem Schreibtisch ab und ging hinüber.

»Ich komm wegen der Ruhestörung letzte Nacht«, sagte der Rheinländer.

Christine gab Oda ein Zeichen. Die nickte. Christine packte den Obduktionsbericht in ihre Tasche, Oda trank noch schnell den Kaffee aus und nahm sich zwei weitere Kekse, dann liefen sie durch den Vorraum an Tönjes vorbei.

»Wir sind dann mal weg«, informierte Oda ihn, und Christine fügte hinzu: »Wir melden uns später.«

»Ja, ja, Frauenbesuch während der Arbeit«, hörte sie den Rheinländer flachsen, »so hätte ich das auch gern.«

***

Unterhalb der Strandpromenade flatterten Fahnen, Kinder sprangen hinab in den Sand, irgendjemand ließ ein Radio dudeln. In der Badezone hüpften Kinder, Jugendliche und Erwachsene über die heranrollenden Wellen. Als sie vor dem Kaiserhof standen, rief Oda vom Handy aus bei Manssen an. Wenige Augenblicke später stand der Chef der Kriminaltechnik im weißen Einweganzug mit Kapuze auf dem Kopf bei ihnen vor der Tür.

»Wir sind noch mittendrin, konnten nicht gleich rein«, erklärte er. »Wertek ist erst vor zwanzig Minuten gekommen. Er sagte, er habe seiner Frau und den Kindern beim Transportieren des Strandspielzeugs zum Strandkorb geholfen. Die bewahren das Strandspielzeug, Bobbycars und Laufrad und so 'n Kram, unten auf und verstauen es dort abends wieder, deswegen ist es im Keller etwas durcheinander. Ich hab aber schon Schlimmeres gesehen. Allerdings haben wir gerade ein paar Blutflecke entdeckt.«

Eine blonde Frau lief vorbei, ihren Hund an der Leine. Oda erkannte sie als diejenige, die Sophias Leiche gefunden hatte. Wohnte die auch hier in der Nähe?

»Moin«, grüßte die Frau, lief aber eilig weiter.

»Moin«, antwortete Oda, ob sie allerdings noch gehört wurde, war fraglich.

»Blutflecke. Hast du ihn schon darauf angesprochen?«, fragte Christine.

»Ist nicht meine Aufgabe«, gab Manssen lapidar zurück.

»Haben wir seine DNA?«, hakte Christine nach.

»Bislang nicht. Weshalb auch, mir ist jedenfalls kein Grund bekannt, weswegen wir sie hätten nehmen können«, antwortete der Kriminaltechniker.

»Okay, wir kümmern uns drum. Ich denke, wir sollten ihn darum bitten, den Speicheltest zu machen. Wenn er nichts zu verbergen hat, wird er es tun. Dann können wir feststellen, ob das Blut von ihm oder von jemand anderem oder gar von Sophia stammt. Wir treffen uns jetzt mit ihrem Verlobten. Wenn was ist, meldest du dich?«, bat Oda.

»Na logisch.«

***

Als Heiko Lemke in die Weserstraße einbog, sah er vor dem alten Putzbau aus der Gründerzeit der Stadt den Wagen der Spurensicherung stehen. Das Haus, in dem sich Sophia Rembergs Wohnung befand, war vor einigen Jahren aufwendig restauriert und modernisiert worden.

»Hier zu wohnen ist bestimmt auch reizvoll«, vermutete Nieksteit, der neben ihm auf dem Beifahrersitz hockte. »Große Räume mit hohen Decken, womöglich noch mit Stuck dran …«

Lemke maß der Schwärmerei keine große Bedeutung bei. Nieksteit wohnte in einer Bauvereinswohnung in der Gartenstadt Siebethsburg und konnte sich wahrlich nicht beklagen: Seine Wohnung war groß und geräumig, das weiß getünchte Haus mit den grünen Fensterrahmen von Grünflächen umgeben. Der gesamte Stadtteil Siebethsburg wurde alljährlich Architekturstudenten aus ganz Deutschland als gelungenes Beispiel für Städtebebauung präsentiert.

Er stellte den Wagen einige Meter weiter die Straße runter ab, und gemeinsam betraten sie das Haus. Einen Fahrstuhl gab es trotz Modernisierung nicht, die Wohnung des Opfers befand sich im obersten Stock.

»Och Mensch«, maulte Nieksteit. »Ich wusste schon, warum ich nicht mitwollte. Kann ich nicht hier unten warten?«

Lemke wusste, sein Kollege würde die Zeit nutzen, das eine oder andere Zigarettchen zu schmöken, und garantiert einen Passanten finden, mit dem er sich unterhalten konnte.

»Nee. Man soll zwanzig Minuten Sport pro Tag betreiben, vielleicht zählt ungeliebtes Treppensteigen doppelt«, redete er Nieksteit ein und scheuchte seinen Kollegen die Stufen hoch.

Im obersten Stockwerk gab es nur zwei Wohnungen, in den

Geschossen darunter drei. Die Tür zur Wohnung von Sophia Remberg stand offen. Lemke sah das Tableau einer Alarmanlage und begutachtete die Türzarge. »Keine Einbruchspuren«, stellte er fest.

»Das ist ja schon mal gut«, sagte Niekstreit. »Dann wird die Akte wohl noch in der Wohnung sein. Zur Hochzeit wird sie sie kaum mitgenommen haben.«

Sie streiften sich Einweghandschuhe und Plastiküberschuhe über, bevor sie die Wohnung betraten.

Alles sah ordentlich und aufgeräumt aus. Auf den ersten Blick gab es auch hier keinen Hinweis darauf, dass ein Eindringling die Räume durchsucht haben könnte.

»Wir sind jeden Moment fertig«, sagte ein Kollege der Kriminaltechnik, als er Lemke sah. »Sieht alles friedlich aus, ohne auffällige Spurenlage. Ihr könnt euch gleich ungehindert austoben.«

Nur wenig später waren die Kollegen in ihren weißen Einweganzügen mit ihrer Spezialausrüstung verschwunden. Lemke und Niekstreit sahen sich um.

»Mann, Mann, Mann, das ist ja ein Wahnsinnsausblick. Da läuft man gern die ganzen Treppen rauf.« Niekstreit stand am großzügigen Wohnzimmerfenster, das freien Blick über den Großen Hafen und den Südstrand bis auf den Jadebusen bot. »Was für ein Sahnestück.«

Lemke schenkte dem Ausblick wenig Beachtung. Er sah lieber vom Fenster seiner Obergeschosswohnung in den elterlichen Garten, in dem Obstbäume wuchsen und es auch im Winter grün war, wenn nicht gerade Schnee lag. Natürlich war der Anblick des Jadebusens wie jetzt bei blauem Himmel und wenig Wind phantastisch, aber in den Wintermonaten, wenn die Stürme die See aufpeitschten und dicke Regenwolken über den Himmel stoben, wollte er nicht ins Trübe gucken müssen. Da war ihm das Eichhörnchen viel sympathischer, das im Garten von Tanne zu Tanne hüpfte.

An einer Seite des Wohnzimmers, das überraschend bieder eingerichtet war, stand ein Schreibtisch mit riesiger Arbeitsplatte. Die vier Füße in verstellbarer Höhe und die Art, in der die Platte darauf befestigt war, ließen Lemke an ein schwedisches Einrichtungshaus denken. Das wiederum zeigte ihm – wie überhaupt die gesamte Einrichtung der Wohnung –, dass Sophia Remberg sich in beruflicher Hinsicht zwar nach außen prachtvoll gegeben, sich im Privatleben aber durchaus gemäßigt hatte. Was wohl den persönlichen finanziellen Verhältnissen entsprach. Immerhin war sie noch jung gewesen und hatte eine Menge Geld in die Detektei gesteckt. Von den Gehältern für die Festangestellten vor Ort und in den Dependancen ganz zu schweigen.

In einem breiten Regal hinter dem Schreibtisch blitzten Pokale, farbige Schleifen lagen daneben. An der Wand zur Rechten hingen gerahmte Fotografien. Neugierig trat Lemke näher. Sophia Remberg hoch zu Ross. Stets mit einem Siegerlächeln, stets mit Pokal in der Hand und der Schleife am Zaumzeug des Tieres. Er hatte bereits herausgefunden, dass sie eine herausragende Reiterin gewesen war. In manchen Artikeln sprach man von ihr sogar als möglichem Neuzugang für den Kader der olympischen Reiter-Equipe. Eine wirklich hübsche junge Frau, diese Sophia Remberg.

Lemke wandte sich dem Schreibtisch zu: ein PC, ein Notebook, diverse externe Festplatten und Stapelkästen, in denen ordentlich sortierte Blätter lagen.

Kurz darauf hatte er die Akte Wertek gefunden.

***

Im Empfangsbereich des Strandhotels stand ein großer Korb mit verführerisch rot glänzenden Äpfeln. Wie bei Schneewittchen, dachte Christine, verkniff sich jedoch den Griff in den Korb und wollte schon zur Rezeption gehen, um nach Stefan von Oertel zu fragen, als er aus dem linken vorderen Bereich trat, der den Gästen als Aufenthaltsraum diente, und zu ihnen kam. Er sah mitgenommen aus, und seine Kleidung trug nicht gerade dazu bei, sein Erscheinungsbild zu heben. Ein schwarzes Poloshirt, kombiniert mit einer grauen Jogginghose – so was war neuerdings »in«, wenn man den Magazinen glauben durfte. Sportschuhe mit neongrünen Schnürsenkeln vervollständigten das sportlich anmutende Ensemble. Sein Aftershave hatte sich mit dem Geruch von Schweiß vermischt. Keine angenehme Duftkombination.

»Nehmen Sie Platz.« Von Oertel ging voraus und wies auf eine gemütliche Sitzgarnitur am Fenster. »Darf ich Ihnen etwas zu trinken bringen lassen?« Abgesehen von der Kleidung wirkte er wie der perfekte Gesprächspartner in einer geschäftlichen Unterredung. Nicht wie ein trauernder Beinahe-Ehemann, dessen Zukünftige gerade unter noch ungeklärten Umständen verstorben war.

»Danke. Nein«, lehnten sowohl Oda als auch Christine ab.

Von Oertel stand wieder auf. »Können wir uns dann draußen unterhalten? Am Strand langlaufen oder auf der Promenade? Ich halte es nicht gut aus, untätig herumzusitzen.«

Verblüfft sah Oda Christine an, die zuckte mit den Schultern. »Gern.«

»Gibt es etwas, das Sie uns sagen wollen?«, fragte Oda, als sie das Hotel verließen, und schnappte sich einen der roten Äpfel. Sie liefen gen Osten, rechts entlang, Richtung Kaiserhof, in dem gerade die Kollegen der Spurensicherung Jörn Werteks Räume überprüften, dann hinunter an den Strand. Christine zog die Schuhe aus, um Schritt halten zu können.

»Ich kann Ihnen viel sagen«, brach es aus von Oertel heraus, als sie die Wasserkante erreichten. »Was wollen Sie wissen? Fragen Sie nur!«

Dieser Gefühlsausbruch überraschte Christine. Zu dumm, dass sie während des Laufens nicht ihren Notizblock zu Hilfe nehmen konnte. Sie wusste, sie konnte sich auf Odas phänomenales Gedächtnis verlassen, nahm sich jedoch vor, all das, was von Oertel jetzt sagte, ebenfalls zu speichern. Wobei … sie hatte ihren Handy-Akku über Nacht aufgeladen, sie könnte doch einfach unauffällig auf »Aufnahme« drücken und das Smartphone beim Laufen in der Hand halten. Das hatte sie dutzendfach bei jungen Mädels gesehen. Je näher sie dem Wasser kamen, desto mehr Geräusche vermischten sich allerdings zum typischen Nordseestrand-Konzert. Sie konnte die Idee einer Gesprächsaufnahme also getrost vergessen.

»Ja, dann …«, begann Oda. »Sophia Remberg war vor Ihnen mit dem Politiker Jörn Wertek liiert, inzwischen immerhin Spitzenkandidat seiner Partei. Haben Sie das gewusst?«

Von Oertel zog die Stirn kraus. »Das ist Jahre her.«

Christine setzte nach: »Wertek ist mit seiner Familie derzeit ebenfalls auf Wangerooge.«

Eine Welle schwappte übermütig heran, sodass sie ausweichen mussten, und eine Möwe landete elegant auf den Fluten und sah sie keck an.

»Ich weiß.« Von Oertel reckte den Kopf, als müsste er ihn über Wasser halten, wo er doch nicht einmal mit den Füßen in der Nordsee lief. »Er lief am Freitagnachmittag auf der Zedeliusstraße an uns vorbei, als wir mit einem Teil der Hochzeitsgäste auf der Terrasse vor der ›Wooge‹ saßen.« Er räusperte sich. »Später ist er sogar auf dem Polterabend erschienen. Das fand ich … etwas unpassend.«

»Hatte Ihre Verlobte ihn denn eingeladen?«, fragte Christine erstaunt.

»Keine Ahnung. Gesagt hat sie jedenfalls nichts davon.« Stefan von Oertel peitschte die heranrollende Nordsee mit dem Fuß, als könnte er sie wegschubsen. »Er kam etwas später und tat überrascht, als habe er gar nicht gewusst, dass wir dort feierten. Wahrscheinlich hat er seiner Frau gesagt, er geht noch mal eben auf ein Bier raus oder so, und hat sie die Kinder hüten lassen, wie gesagt, ich weiß es nicht. Der hat einen richtigen Auftritt draus gemacht. Das war ekelhaft. Dieses gönnerhafte Getue, sein arrogantes Gehabe … und dann diese schleimkriechende Art, mit der Sophias Vater ihn hofierte. Es war zum Kotzen. Ich kam mir vor wie der letzte Putzlappen. Walter lässt ja auch keine Gelegenheit aus, mir zu zeigen, wie wenig er von mir hält. Obwohl Sophia von Anfang an zu mir stand. Ihr sei mein sozialer Hintergrund egal, hat sie immer gesagt. Dabei muss ich meine Familie echt nicht verstecken. Wir haben nur nicht unzählige Ferienwohnungen auf den Ostfriesischen Inseln und auch kein Ferienhaus in Österreich, am Gardasee oder in Südfrankreich. Wir sind eine ganz normale Familie.«

»Sophia hat vor Kurzem wieder Kontakt mit Wertek aufgenommen«, griff Christine das Eingangsthema wieder auf.

»Ich weiß.« Von Oertel lief weiter. »Das war aber rein jobmäßig. Sie hatte den Auftrag, etwas über ihn rauszufinden. Mir hat das nicht gefallen. Ich hab sie auch gebeten, den Auftrag nicht anzunehmen, aber sie sagte, er sei überaus lukrativ, außerdem sei es für sie ja leicht, an ihn heranzukommen, weil es die Verbindung von früher gab.«

»Ihre zukünftige Frau hat Sie über ihre Aufträge unterrichtet?

Das glaub ich ja wohl nicht.« Oda reagierte empört. »Wo bleibt denn da die Diskretion?«

Von Oertel blieb stehen, und Christine beobachtete, wie er sich in einen wutschnaubenden Stier verwandelte, der sich nur mühsam unter Kontrolle hielt. »Diskretion?«, schrie er. »Diskretion?« Dass die Nordsee inzwischen seine Sportschuhe umspülte und die neongrünen Schnürsenkel durchs Wasser tanzten, schien von Oertel nicht zu registrieren.

Er stemmte beide Hände in die Hüften, als wollte er sie dort sicher platzieren und daran hindern, sich an Oda zu vergreifen. »Wir wollten heiraten! Wir haben uns aufs Tiefste vertraut und wussten Dinge voneinander, die niemand sonst von uns weiß. Wir haben uns geliebt, verdammt noch mal! Wir haben uns geliebt!« Beim letzten Satz wich seine Wut tiefer Trauer.

Leise fuhr er fort: »Sophia hat mir keine Details erzählt. Sie hat nur gesagt, dass sie den Auftrag hat, etwas Bestimmtes über Wertek herauszufinden. Es war wichtig für sie, dass ich weiß, weshalb sie in Sachen Jörn Wertek aktiv wurde. Sie wollte verhindern, dass ich auf falsche Gedanken komme und eifersüchtig werde. Nur deshalb hat sie mir davon erzählt.« Er atmete tief durch und sah ihnen beiden direkt in die Augen. »Nur deshalb. Sonst hat sie nie über ihre Fälle gesprochen. Sophia nahm ihren Beruf sehr ernst. Und ebenso die damit verbundene Verschwiegenheit.«

Christine sah ihn zweifelnd an. »Reagieren Sie immer so emotional auf Dinge, die nicht in Ihr Konzept passen?«

Von Oertel schnaubte empört. »Würden Sie etwa nicht emotional reagieren, wenn Ihr Partner am Tag vor der Hochzeit ermordet wird? Ist Ihnen beiden das vielleicht schon passiert? Wissen Sie überhaupt, was das für Auswirkungen für mich hat?«, brüllte er.

Christine schluckte. Nicht persönlich nehmen, befahl sie sich. Er weiß nicht, wie die letzten Monate für dich waren, also lass dich nicht provozieren.

»Haben Sie sich deshalb am Freitag mit Sophia gestritten?«, fragte sie.

Von Oertel stutzte. »Wer hat Ihnen erzählt, dass wir uns gestritten haben?«

»Es gibt einen Zeugen«, erklärte Oda, »der das gesehen hat.

Ging es dabei um Jörn Wertek? Oder um Sophias Berufung in den Kader der Reiter-Equipe für Olympia?«

Christine konnte förmlich sehen, wie es in von Oertels Kopf arbeitete. Dann schien er sich entschlossen zu haben. »Nein«, gab er zu. »Das mit dem Reiten ist Quatsch. Zugegeben, wir waren Konkurrenten. Aber letztlich hätte jeder den anderen unterstützt.«

»Wirklich? Wäre es nicht eine Art Schmach für Sie gewesen, wenn Ihre Frau ernannt worden wäre?«

»Ach, wissen Sie, hinter jeder erfolgreichen Frau steht immer auch ein Mann, der ihr den Erfolg ermöglicht.« Von Oertel lachte, aber es klang aufgesetzt und schien nicht zu ihm zu passen.

»Oder gar kein Mann«, gab Christine trocken zurück. »In den meisten Fällen ist es gar kein Mann.« Sie erntete einen giftigen Blick von Stefan von Oertel.

»Kommen wir auf Wertek zurück«, sagte Oda nüchtern. »Es passte Ihnen nicht, dass der Exfreund Ihrer zukünftigen Frau ebenfalls auf der Insel war und die beiden wieder Kontakt zueinander hatten.«

Von Oertel lächelte nachsichtig, was in Christine den irrationalen Wunsch auslöste, eine Möwe möge direkt über seinem Kopf etwas fallen lassen. Andererseits spritzte eine derartige Hinterlassenschaft, und womöglich würde sie selbst etwas abkriegen. Das wiederum wollte sie auf keinen Fall. Einmal war ihr das passiert, auf ein zweites Mal konnte sie gut verzichten.

»Glauben Sie mir, Wertek war nicht wirklich ein Gesprächsthema zwischen uns. Er war es nur zu Beginn des Auftrags, den Sophias Detektei erhalten hatte. Dass er nun zufällig auch auf Wangerooge ist, tja, das war nicht vorauszusehen. Und dass er auf dem Polterabend erschien … Er ist nicht lange geblieben.«

»Worüber haben Sie sich dann mit Ihrer Verlobten gestritten?«, hakte Christine nach.

»Über mein Hochzeitsgeschenk.«

Sowohl Christine als auch Oda sahen von Oertel fragend an. »Ihr Hochzeitsgeschenk?«

Er schwieg einen Augenblick. »Ja«, sagte er kurz. Dann schwieg er erneut.

»Könnten Sie vielleicht etwas konkreter werden?«, bat Oda. Sie waren inzwischen weitergelaufen; von Oertel lief auf dem trockenen Strandsaum, der festen Untergrund bot. Touristen in Badeanzügen kamen ihnen entgegen, manche in kurzen Hosen, T-Shirt und mit Rucksack auf dem Rücken. Der Himmel erstrahlte in wolkenlosem Blau. Am Horizont sah man schwach die Containerschiffe.

»Ich habe für Sophia und mich eine Eigentumswohnung gekauft«, gestand von Oertel. »Hier auf der Insel, im Kaiserhof. Die habe ich ihr am Freitagnachmittag gezeigt. Ich hatte gedacht, sie freut sich darüber, immerhin hat sie ihre halbe Kindheit auf Wangerooge verbracht, und ich weiß, wie gern sie hier ist. Ich dachte, sie wäre glücklich, wenn wir hier ein eigenes kleines Zuhause haben.«

»Ach nee«, entfuhr es Oda.

Christine jedoch blieb beim Thema. »Ihrer Verlobten hat das aber nicht gefallen? Warum nicht? Es scheint mir doch eine sehr großzügige und repräsentable Morgengabe zu sein.«

»Sophia nannte mich einen Narren, einen Verschwender, wir hätten das Geld anderweitig wesentlich besser investieren können. Sie war der Meinung, ich hätte sie vorher fragen müssen.« Von Oertel wurde immer leiser. »Aber es war doch mein Geld, nicht unser gemeinsames. Ich hab es nur gut gemeint. Ich wollte ihr auf *ihrer* Insel ein eigenes Zuhause schenken. Ich ließ die Wohnung sogar auf Sophias Namen eintragen. Glauben Sie mir, ich habe hart dafür gearbeitet, mir fällt das Geld nicht in den Schoß. Meine Familie ist nicht reich, auch wenn wir dieses dämliche ›von‹ im Namen tragen.«

»Sie waren mit Sophia am Freitag in der Wohnung?«, griff Oda von Oertels Aussage auf.

»Ja.«

»Dann müssen wir Sie bitten, uns Zugang zur Wohnung und allen dazugehörigen Räumen zu gewähren.«

Von Oertel sah sie erschrocken an.

»Wir müssen die Räume auf Spuren überprüfen«, erklärte Oda ein wenig lapidar und zückte ihr Handy, um Manssen darüber zu informieren, dass er nach der Untersuchung von Werteks Keller im Kaiserhof bleiben und sich auch von Oertels Wohnung und Keller vornehmen musste.

»Aber ich hab Sophia doch nichts getan«, protestierte von Oertel.

Christine sah ihn mit ihrem professionellen Lächeln an. »Und genau das werden wir dann ja auch aktenkundig machen können: Ihre Verlobte ist dort gewesen, mehr nicht. Es wird keine Blutspuren geben und nichts, was auf einen unfreiwilligen Aufenthalt hinweist.«

Von Oertel schluckte.

***

Als er aufs Haus zulief, sah er eine Dohle in die breite Mülltonne fliegen, deren blauer Deckel leider Gottes oftmals offen stand. Wut stieg in ihm auf. Es war doch bekannt, dass man gerade auf den Inseln die Mülltonnen fest verschlossen halten musste, damit weder Möwen – die Ratten der Lüfte – noch andere Vögel hier Nahrung fanden. Seine bis gerade eben noch vorhandene Euphorie verflog im Nu.

Er blieb stehen. Dehnte und reckte sich. Die Muskeln mussten geschmeidig bleiben. Die Dohle tauchte wieder auf, breitete ihre Schwingen aus und flog davon.

Er ging hinein, kochte sich einen Tee und nahm den Becher mit hinaus auf den Balkon. Dehnte den Nacken, der heute außergewöhnlich verspannt war. Dann setzte er sich auf einen Stuhl, auch wenn noch keines der karierten Sitzkissen auf der Sitzfläche lag.

Der Blick vom Balkon ging auf den Hof hinaus. Auf die breiten Mülltonnen, die eigentlich von einem Bretterzaun verdeckt werden sollten, doch bis in den dritten Stock schirmte der Zaun den Blick nicht ab. Wieder sah er die Dohle, die in die Müllbox hinein- und kurz darauf wieder herausflog. Fasziniert sah er dem Vogel zu, der das noch einige Male wiederholte. Dabei kam ihm eine Idee. Er würde die Dohle fangen. Er würde sie als Zeichen benutzen. Susanne Remberg stand doch so darauf. Ein breites Lächeln erhellte sein Gesicht. Natürlich. Er würde Susanne Zeichen schicken. Noch heute. Er hatte da etwas Nettes, das er ihr in den Briefkasten stecken konnte. Und wenn es klappte, würde in den kommenden Tagen der Vogel folgen.

Als er den Becher Tee geleert hatte, lief er hinunter. Er würde herausfinden, was genau die Dohle an dieser Mülltonne so interessant fand. Dann würde er sie fangen. Vielleicht würde er sie mit einem Bein irgendwo festbinden, damit sie nicht fortfliegen konnte und sich verzweifelt wehrte, bis sie schlapp und erschöpft aufgeben musste. Bei diesem Gedanken fiel ihm die blonde Kommissarin ein. Sie war auch einer jener Menschen, die ihren Stolz vor sich hertrugen wie einen Schild. Was es wohl brauchte, um sie kleinzukriegen? Ein Lächeln umspielte seine Lippen. Ja, das würde einen besonderen, einen zusätzlichen Reiz bilden. Doch zunächst würde er ganz nach Plan vorgehen. Der Reihe nach. Nicht dass er doch einen Fehler machte.

Niemand lief ihm über den Weg, als er die Mülltonnen ansteuerte. Er warf einen Blick in den breiten Plastikbehälter, entdeckte aber nichts Bestimmtes, das den Vogel so magisch angezogen haben könnte. Außer aufgerissenen und offenen Müllbeuteln war nichts zu sehen. Er ließ den breiten Deckel der Mülltonne jetzt bewusst geöffnet. Damit die Dohle sich daran gewöhnte, hier Nahrung zu finden. Allein der Gedanke daran, dass sie zutraulich werden könnte, beflügelte seine Phantasie. Er hielt auch ihren Lebensfaden in der Hand.

Bis vor Kurzem hatte er noch gedacht, so ein kleines Lebewesen wie ein Vogel würde keinen Reiz mehr in ihm auslösen, doch nach dem, was war, und bei dem, was er noch plante, bot die Dohle einen prickelnden Rausch.

***

Nachdem Stefan von Oertel ihnen die Schlüssel zur Wohnung und dem Keller gegeben hatte, liefen sie zum Kaiserhof, ließen sich von Manssen Plastiküberschuhe geben, um in der Wohnung von von Oertel weder Spuren zu verwischen noch neue zu legen, und betraten gemeinsam mit dem Chef der Kriminaltechnik das kleine Apartment.

»Da hätte ich mir einrichtungsmäßig aber was anderes vorgestellt«, sagte Christine, als sie die Kiefermöbel mit geblümtem Stoffbezug sah.

»Der hat die Wohnung garantiert möbliert gekauft«, entgegnete Oda, während Manssen die beiden kopfschüttelnd ansah.

»Darum geht's jetzt ja nun wirklich nicht.«

Im großen Wohn- und Schlafraum sah alles unbewohnt aus, kein Hinweis darauf, dass es hier zu einer tätlichen Auseinandersetzung gekommen war.

»Hätte von Oertel denn überhaupt Zeit gehabt, hier alles wieder auf Vordermann zu bringen, wenn er derjenige war, der Sophia getötet hat?«, fragte Christine. »Immerhin musste er nach ihrem Verschwinden permanent in der Nähe der Rembergs sein, weil sich doch alle Sorgen um sie machten.«

Oda zuckte mit den Schultern. »Keine Ahnung.«

Manssen stieß mit seinen behandschuhten Händen die Tür zum kleinen Badezimmer auf. Der Fußboden war weiß gefliest, kein Badeteppich, keine Handtücher. »So, ihr habt euch einen ersten Eindruck verschafft, jetzt verschwindet und lasst uns mal ran.«

»Alles klar.« Oda drückte ihm die Schlüssel in die Hand. »Wir sind dann erst mal oben in der Wohnung von Jörn Wertek. Fünfter Stock. Der wartet sicher schon, wir haben uns angekündigt.«

Christine lief bereits auf das Treppenhaus zu, aber Oda protestierte scharf.

»Och nö, du willst doch nicht wirklich, dass ich die zwei Stockwerke hochsteige? Dann komme ich völlig außer Puste an, wie sieht das denn aus? Zurück, also runter, komm ich gern mit durchs Treppenhaus.«

»Faulpelz. Ein wenig sportliche Betätigung täte dir sicher auch ganz gut«, stänkerte Christine, gab jedoch nach und stieg mit in den Fahrstuhl.

Von dem Politiker ging unverhohlene Wut aus, als er ihnen die Tür öffnete. Er trug sportliche Kleidung, als hätten sie ihn mit ihrem Anruf vom Rad geholt. Vielleicht wollte er sich auch nach der Befragung auf dem Fahrrad gegen den Wind in Richtung Westen verausgaben, um sich abzureagieren. Nach einem entspannten Familien-Strandtag sahen die eng anliegende kniekurze Sporthose und das dazugehörige Oberteil jedenfalls nicht aus.

»Was fällt Ihnen eigentlich ein, mich hier so bloßzustellen?«, herrschte er Oda und Christine an. »Wissen Sie überhaupt, mit wem Sie es zu tun haben?«

»Wenn Sie so weiterbrüllen, sind ganz bestimmt nicht wir daran schuld, dass jeder im Haus von der Angelegenheit erfährt«, sagte Oda lax. »Fahren Sie lieber runter und lassen Sie uns rein. Ich glaub, wir können ganz gut miteinander reden, wenn nicht der ganze Hausflur zuhört.«

Das zog. Jörn Wertek öffnete die Tür und ließ sie eintreten. Die Ferienwohnung war überraschend geräumig, wie Oda registrierte, als sie ihm durch den Flur in den Wohn- und Essbereich folgten. Hier gab es weiße Lackmöbel mit farbenfrohen Accessoires in Türkis, Quietschgelb und Knallrot. Nicht so wirklich ihr Ding, das wäre ihr insgesamt viel zu kühl, aber die Farben wirkten zumindest kinderfreundlich.

Widerwillig wies Wertek auf den Essbereich. »Wenn Sie sich setzen mögen ...«

»Danke.« Beide Kommissarinnen nahmen Platz. Wertek jedoch blieb in zwei Meter Abstand stehen und verzichtete darauf, ihnen etwas zu trinken anzubieten. Ablehnend verschränkte er die Arme vor der Brust. Das wiederum sagte eine Menge aus, wie Oda fand.

»Ich warte«, sagte er.

Oda erhob sich, baute sich vor ihm auf und verschränkte ebenfalls die Arme. Christine zog ihren Schreibblock aus der Tasche.

»Was wird das?«, fragte Wertek.

»Wir sprechen auf Augenhöhe«, erwiderte Oda mit einem übertriebenen Lächeln. »Wenn Sie sitzen, sitze ich auch, wenn Sie stehen, stehe ich. Ganz einfach.« Sie wartete einen Moment, doch Wertek reagierte nicht. »Unter Sophias Fingernägeln hat man Spuren gefunden, und in Ihrem Keller war Blut«, begann sie daher. »Wir hätten gern Ihre DNA. Sind Sie mit einem Speicheltest einverstanden?«

»Nein.« Er blieb ganz gelassen. »Ich habe nichts getan. Ich bin mit meiner Familie hier, um Urlaub zu machen, und zufällig wird eine ehemalige Freundin auf der Insel getötet. Macht mich das automatisch zum Verdächtigen? Ich denke nicht. Und die Blutflecke in meinem Kellerraum ... Ich habe ein Metallregal zusammengebaut und mich dabei minimal verletzt. Wirklich nicht der Rede wert, ich habe nicht mal bemerkt, dass etwas von dem Blut vielleicht daran haften geblieben ist, geschweige denn daran gedacht, die winzigen Blutspritzer wegzuwischen. Wozu auch? Ich habe mir ein Pflaster geholt und weiter das Regal zusammengebaut. Kann ja keiner ahnen, dass man verdächtigt wird, ein Gewaltverbrechen begangen zu haben. Sie werden also auch ohne eine Speichelprobe von mir feststellen, dass das Blut nicht von Sophia stammt.«

»Die Tote war Detektivin. Sie sollte Dinge über Sie herausfinden, die Ihnen beziehungsweise Ihrer politischen Karriere schaden könnten. Das macht die Sache doch etwas brisanter. Wie wir beide wissen, werden Detektive nicht für harmonische Familienbilder bezahlt, sondern dafür, Schmutz aufzuwirbeln. Finden Sie nicht auch, dass das ein plausibles Motiv abgibt, zumal Sophia Remberg aus Ihrer gemeinsamen Zeit vielleicht sowieso schon Dinge über Sie weiß, die Sie nicht gern in der Öffentlichkeit sehen würden?«

»Sie haben zu viele Vielleichts in Ihren Überlegungen.«

Oda nickte bedächtig und versuchte es andersherum: »Waren Sie überrascht, als Sie am Freitagnachmittag an dem Lokal vorbeikamen und Ihre ehemalige Lebensgefährtin dort im Pulk mit ihren Hochzeitsgästen sitzen sahen? Oder hatte Sophia Remberg Sie zu diesem Zeitpunkt bereits zu ihrem Polterabend eingeladen?«

»Sie hatte mich nicht eingeladen. Vorher nicht und auch nicht, als wir uns zufällig über den Weg liefen.«

»Sind Sie sicher? Sie waren aber am Abend zur Feier in der ›Düne 17‹, wie uns Sophias Verlobter berichtete.«

Christine schrieb eifrig mit; manchmal war Oda direkt dankbar dafür, dass ihre Kollegin eine Art individuelle Stenographie beherrschte, obwohl sie selbst über ein wirklich ausgezeichnetes Gedächtnis verfügte und daher oft schon auf Dinge zurückgreifen konnte, während Christine noch in ihren Notizen suchte.

»Das war reiner Zufall. Meine Frau wollte noch lesen, im Fernsehen kam nichts, da hab ich gedacht, ich geh noch eben ein Bier trinken. Hier auf Wangerooge sind die Wege ja kurz.«

»Sie sind also auf direktem Weg in die ›Düne 17‹, und dort war eine lustige Menge rund um Sophia, womit Sie nicht gerechnet haben. Habe ich das richtig zusammengefasst? Haben Sie denn auch mit ihr gesprochen?«

»Sicher. Ich war zuerst ziemlich überrascht, in einen Polterabend geraten zu sein. Noch dazu in den von meiner Ex. Aber ich bin auf sie zugegangen, man macht ja irgendwie gute Miene, und es ist schließlich etliche Jahre her, dass wir zusammen waren. Damals war übrigens ich derjenige, der die Verbindung löste. Außerdem hatten wir uns über die Jahre immer mal wieder getroffen. Das ergibt sich in einem so überschaubaren regionalen Raum wie unserem. Ich hab ihr zur bevorstehenden Hochzeit gratuliert. Sophias Vater kam dazu, und wir haben uns noch eine Weile unterhalten. Mit Walter Remberg habe ich schon immer interessante Gespräche führen können.«

»Sie sagen, Sie wussten nichts davon, dass Sophia Rembergs Detektei den Auftrag hatte, Sie zu durchleuchten?«

»Nein. Ich hatte nicht den leisesten Schimmer. Sonst hätte ich sie darauf angesprochen, das können Sie mir glauben. Man wird ja nicht gern bespitzelt. Andererseits, ich habe nichts zu verbergen.«

»Dann können Sie uns auch eine Speichelprobe geben«, forderte Oda freundlich.

»Natürlich kann ich das, es geht mir aber ums Prinzip«, beharrte Wertek, was Oda mit einem Blick quittierte, der sagte: Ich glaub dir kein Wort.

Einige Sekunden fochten sie diesen stummen Kampf, dann lenkte Wertek ein.

»Also gut, ich komme auf die Polizeistation und gebe eine Speichelprobe ab.«

Christine stand auf. Aus ihrer Tasche fischte sie ein durchsichtiges Plastikröhrchen. »Sie brauchen nicht zur Polizeistation zu kommen, ich hab ein Teststäbchen dabei.«

Wieder einmal war Oda begeistert von Christines großer Tasche; sie hatte auch schon Siegel zum Verschließen von Wohnungen aus den schier endlosen Tiefen dieses Bermudadreiecks hervorgezaubert.

Christine drehte am Verschluss, zog das Stäbchen heraus und bat Wertek, den Mund zu öffnen. Schnell nahm sie den Abstrich und verschloss das Röhrchen wieder. »Danke für Ihre Kooperation. Wir melden uns, wenn wir Ihre DNA mit den Spuren unter Sophia Rembergs Fingernägeln abgeglichen haben«, sagte sie, während sie es in ihre Handtasche steckte und sich wieder setzte.

»Tun Sie, was Sie nicht lassen können«, entgegnete Wertek kühl.

»Kann durchaus sein, dass Sie die eine oder andere Hautschuppe von mir finden. Sie hatte ja neuerdings diese entsetzlichen künstlichen Nägel. Ich hab noch gedacht, das passt gar nicht zu ihr, denn in der Reiterei kann man mit solchen Krallen nicht wirklich viel anfangen, die brechen ja ab, wenn man mit den Pferden arbeitet, aber vielleicht war sie deshalb so unbeholfen, weil sie die Dinger nicht gewohnt war.«

Oda horchte auf. »Wieso könnten wir Hautschuppen von Ihnen unter Sophia Rembergs Nägeln finden?« Auch Christine sah Wertek argwöhnisch an.

»Weil Sophia ebenso überrascht war wie ich, mich an diesem Abend in der Kneipe zu sehen. Was Ihrer Behauptung widerspricht, sie hätte mich eingeladen. Wie gesagt, ich bin auf sie zu, als ich merkte, wo ich da hineingeraten war, und hab ihr die Hand gereicht, woraufhin sie mich erst mal anzischte, ob ich es taktvoll fände, bei ihrem Polterabend aufzutauchen. Dann hat sie meine Hand aber doch ergriffen, vielleicht, weil es sonst blöd ausgesehen hätte, und mir dabei ihre künstlichen Krallen in den Handrücken gegraben, dass ich zusammenzuckte. Sophia erschrak selbst auch und entschuldigte sich, als sie die Kerben auf meinem Handrücken sah. ›Ich hab die Nägel erst seit vorgestern‹, hat sie gesagt. ›So wirklich gehören die noch nicht zu mir.‹ Ich hab ihr erklärt, dass ich nicht wusste, dass sie an diesem Abend ihren Junggesellenabschied feiert, ihr herzlich gratuliert und viel Glück gewünscht. Eigentlich wollte ich gleich wieder gehen und mein Bier in der Nachbarkneipe trinken. Aber dann kam Walter Remberg, und wir haben uns noch unterhalten. Das hab ich ja schon gesagt.«

»Aha.« Oda war von Wertek gelangweilt. Der Politiker verstand sein Amt wirklich hervorragend. Viel reden, wenig sagen.

»Na hör'n Sie mal, es rechnet ja keiner damit, dass sie kurz darauf das Opfer eines Gewaltverbrechens wird und ich als Zufallsgast des Polterabends durch diese dämlichen Nägel in den Kreis der Verdächtigen gerate. Von der ›Düne‹ aus bin ich direkt zurück in die Wohnung. Das hat mir an Aufregung für den Abend gelangt.«

»Kann Ihre Frau das bestätigen? Vielleicht sogar mit Uhrzeit?«, fragte Christine und sah von ihrem Block auf.

»Meine Frau? Nein, die schlief schon. Hab ich Ihnen ebenfalls schon gesagt. Die Inselluft macht sie gerade zu Beginn unseres Urlaubs immer sehr müde.«

»So haben Sie das in unserem ersten Gespräch keineswegs gesagt. Sie haben nämlich nicht erwähnt, dass Sie an dem Abend noch mal draußen waren. Sie haben gesagt, Sie seien den ganzen Abend in der Wohnung gewesen und Ihre Frau könne das bezeugen.«

»Sie hatten mich ja auch gefragt, wo ich *nach* zweiundzwanzig Uhr gewesen bin. Und da war ich schon wieder in der Wohnung.«

»So oder so, ich befürchte, Sie haben nicht wirklich ein Alibi«, stellte Oda nüchtern fest.

***

Durch die auf Kipp stehenden Fenster drang das Zwitschern der Vögel herein, unten auf dem Parkplatz an der Straße erklärte ein aufgebrachter Bürger einem Einsatzkollegen, wie es zu der Schramme am Kotflügel seines Wagens gekommen war und dass seine Frau sich die Autonummer des fahrerflüchtigen Unfallgegners notiert hatte. Leichter Kaffeeduft hing Appetit machend in der Luft, was Niksteit darauf zurückführte, dass seine Kollegen im Stockwerk unter ihnen wieder ihre Kaffeemaschine laufen ließen. Bei denen ging garantiert ein Pfund Kaffee pro Tag durch. Er warf einen Blick in seinen eigenen Becher. Der war fast leer und der Rest Kaffee darin bereits kalt. Die Akte Wertek, die sie aus der Wohnung der verstorbenen Sophia Remberg geholt hatten, war aber auch wirklich fesselnd gewesen. Zudem gab es niemanden, der ihn von der Arbeit ablenkte. Lemke war seit einer gefühlten Ewigkeit im Haus unterwegs, er selbst war nicht mal eine rauchen gegangen. Sonst begleitete ihn meistens Oda, aber die vertrieb sich ja gerade mit Christine die Zeit auf Wangerooge. So gut hätte er es auch gern.

Er hatte vor längerer Zeit kurz überlegt, sich als Saison-Polizist für die Inseln zu bewerben, es dann aber doch unterlassen. Irgendwie war er wohl zu bequem. Außerdem hatte er hier normalerweise einen geregelten Feierabend. Auf den Ostfriesischen Inseln hingegen war während der Saison die Hölle los, da musste man auch mal rund um die Uhr bereitstehen. Das, was seine beiden Kolleginnen jetzt hingegen machten, drüben ermitteln, schick in einem Hotel wohnen und sich verwöhnen lassen, das würde ihm auch gefallen. Vielleicht konnte er sich bei einem anderen Einsatz mal in den Vordergrund drängen. Stand ihm ja durchaus zu. Dann würde er allerdings eine der Kolleginnen mitnehmen und nicht Lemke, so nett der auch war. Aber der war so penibel. Mit Oda indes hatte ihm die Zusammenarbeit schon immer Spaß gemacht.

Niekstcit stand auf, schnappte sich seinen Becher und schlurfte hinüber in den Raum, in dem sich die Kaffeemaschine befand. Er goss sich gerade den Kaffee ein, der zwar noch heiß, aber inzwischen abgestanden war, als Hendrik Siebelt reinkam.

»Schenk mir man auch einen ein«, bat sein Chef und lehnte sich gegen die Arbeitsplatte. Wie üblich trug er eine in Brauntönen gehaltene Weste über seinem weißen Oberhemd, das Jackett hatte er in Anbetracht der sommerlichen Temperaturen wohl in seinem Büro gelassen. »Wie weit biste?«

»Ich hab die Akte durch.« Niekstcit griff nach einer zweiten Tasse und goss Kaffee hinein. Dann gab er zwei Stückchen Zucker und einen Schuss Milch in beide Becher – so stark wie die Plörre inzwischen war, schien ihm das angebracht – und reichte einen Siebelt, der als Chef natürlich über alle noch so kleinen Schritte im Fall Remberg informiert war. »Kann mir schon vorstellen, dass Wertek kein Interesse daran hat, dass diese Dinge bekannt werden.«

»Welche Dinge?«, fragte Siebelt und rührte in seinem Becher.

»Der ist als Travestiekünstler aufgetreten.«

»Der Wertek? Das glaub ich nicht.«

»Glaub's ruhig. In der Akte stehen die Locations, in denen er aufgetreten ist, und auch sein Künstlername: Wilma Wasanderes.«

»Wilma was?«

»Wilma Wasanderes.«

Siebelt lachte auf. »Na, das ist mir ja einer. Ganz schön abgefahren, der Name.«

»Es gibt auch Fotos, wenn wir schon bei abgefahren sind. Komm mit.« Niekstcit stellte den Becher ab, der Kaffee war auch mit Zucker und Milch nicht zu retten gewesen. Siebelt folgte ihm, seine Tasse in der Hand. Wohlweislich hatte Niekstcit sie nur halb gefüllt, sodass es diesmal keine frischen Flecken auf der Weste seines Chefs gab.

Auf dem Flur sagte Siebelt beiläufig: »Nur dass du es schon mal weißt: Es wird in unserer Abteilung eine Beförderung geben.«

Niekstei sah ihn erstaunt an. »Wie? Du steigst die Karriereleiter noch weiter hoch? Kannst du uns dann überhaupt noch erhalten bleiben, oder wirst du versetzt?«

»Geht nicht um mich«, gab Siebelt zurück. Sie hatten das Büro erreicht, das Niekstei sich mit Lemke teilte.

»Okay. Also wird einer von uns zum Hauptkommissar befördert? Was anderes ist ja nicht möglich.«

»Jo. So sieht das wohl aus. Zeig mir doch mal die Fotos von Wertek.«

»Verrätst du mir, wer befördert wird?«

Siebelt stellte seine Tasse auf Nieksteits Schreibtisch ab. »Nö. Wo sind denn nun die Fotos?«

Niekstei öffnete die Akte, blätterte und stoppte bei einem Flyer, der eine attraktive Frau in Abendkleid und Federboa zeigte.

»Sag bloß, das ist Wertek«, meinte Siebelt und riss die Augen auf.

Niekstei nickte. »Ich hab mir die Aufnahme mit einer Lupe angesehen. Die Nase, das Kinn, die Augen … alles passt. Guck hier. Da sind noch andere Fotos. Wo sie die herhat … keine Ahnung. Ich hab im Netz geguckt, aber nichts mehr gefunden.«

Siebelt blieb vor Überraschung der Mund offen stehen. »Auweia«, sagte er dann. »Hast du Oda und Christine schon informiert?«

»Nö. Das wollte ich nach dem Kaffee machen.«

***

Walter Remberg kam sich vor wie ein Goldhamster im Käfig. Gefüttert mit dem Notwendigsten, jedoch ohne die geringste Chance, selbst aktiv werden zu können. Sosehr er sich auch anstrengte, er lief in einem Hamsterrad und kam dabei keinen Schritt vorwärts. Nichts hasste er mehr als diese Art der Untätigkeit. Natürlich hatte er längst sämtliche Kontakte angezapft, über die er verfügte. Die des Service-Clubs, dem er angehörte, die bei der Presse und auch die spärlichen, aber zumindest hochdekorierten bei der Polizei. Das alles hatte ihm jedoch keine neuen Erkenntnisse hinsichtlich Sophias Tod gebracht.

Zum ersten Mal in seinem Leben fühlte sich Walter Remberg ohnmächtig. Niemals zuvor hatte er so gar keinen Einfluss auf das ausüben können, was ihm wichtig war. Dieser Zustand war kaum auszuhalten. Wenn er könnte, würde er die Regie in Sachen Ermittlungen übernehmen – und er war sicher, er würde wesentlich effizienter arbeiten als dieser lahme Haufen Beamter.

Während er in seinem Büro im Ferienhaus auf und ab tigerte, kam ihm eine Idee.

Warum sollte er in diesem Fall nicht einfach auf die Kompetenz von Sophias Detektei setzen? Sicherlich würden die Angestellten alles daransetzen, den Mord an ihrer Chefin noch vor der Polizei aufzuklären. Immerhin war er nach dem Gesetz Sophias Erbe und damit ihr neuer Chef. Und er würde ihnen zu verstehen geben, dass sie ihre Jobs behalten könnten, wenn sie in diesem Fall erfolgreich wären. Er griff zum Telefon und suchte die Nummer aus dem Speicher.

»Ermittlungsbüro Remberg, guten Tag. Was kann ich für Sie tun?«

***

Christine hatte sowohl Block als auch Stift in ihrer Handtasche verstaut, als ihr Handy klingelte. Sie runzelte die Stirn, normalerweise stellte sie es bei Vernehmungen auf lautlos, das hatte sie heute wohl versehentlich unterlassen. Sie musste sich mehr zusammenreißen.

»Entschuldigung.« Sie stand auf, verließ den Raum und trat auf den Flur hinaus. »Nieksteit, gibt's was Neues?«

»Allerdings, ich bin jetzt mit der Akte durch.« Nieksteit berichtete, was Sophia Rembergs Detektei über Jörn Wertek herausgefunden hatte. Aufmerksam lauschte Christine ihrem Kollegen.

»Das ist ja ein Ding. Danke. Wir sind zufällig gerade noch bei ihm. Ich bin gespannt, was er dazu sagt. Kannst du mir ein Foto rüberschicken? Nur für den Fall, dass er es abstreitet.«

»Ja, klar, ich fotografier es und schick's dir per Mail.«

»Versuch's auch als WhatsApp, hier ist der Empfang schlecht. Das geht vielleicht eher.«

»Ist gut. Die waren auch noch an einer anderen Sache dran. Vorteilsnahme im Amt. Das ist zwar bislang noch nicht aktenkundig, also, in den Detekteiakten schon, aber nicht an offizieller Stelle, doch es sieht alles danach aus, dass der gute Mann seine Position als Geschäftsführer der städtischen JWE-GmbH dahin gehend ausgenutzt hat, sich und seine Familie auch privat von seinem Chauffeur durch die Gegend kutschieren zu lassen. Wenn er gerade auf einer längeren Besprechung war, hat er seinen Chauffeur gern mal beauftragt, die Töchter zur Musikschule zu fahren und wieder abzuholen und lauter solche Dinge.«

»Oh.« Christine zog überrascht die Augenbrauen zusammen. »Das ist ja ein No-Go. Und dabei gab es doch gerade in der letzten Zeit so viele ähnlich gelagerte Fälle, das hätte er doch wissen und deswegen sein Verhalten einstellen müssen.«

»Hat er auch. Aber die von der Detektei haben natürlich ordentlich gegraben und sind trotzdem drauf gestoßen. Insgesamt ein ziemlich heißes Eisen, wenn beides zusammen an die Öffentlichkeit käme.«

»Fehlt nur noch, dass auch er für seine Doktorarbeit Texte geklaut hat.«

Niksteit lachte. »Nee, der hat keinen Doktor.« Er machte eine kleine Pause. »Tja, mehr gibt's im Moment nicht. Ach, eins noch ... Der Chef hat mir gerade gesagt, dass es eine Beförderung in unserer Abteilung geben wird. Wenn du mich fragst, kann es sich dabei nur um dich oder Oda handeln.«

»Eine Beförderung? Ach ... Ja, danke.« Sie beendete das Gespräch.

Sieh an. Das betraf dann wohl Oda. Sie selbst rechnete sich derzeit keine großen Chancen aus. Christine biss sich auf die Unterlippe. Wenn nur dieser verdammte Unfall nicht gewesen wäre. Aber egal, das spielte in diesem Fall keine Rolle, viel wichtiger war, was Wertek zu alldem sagte.

***

Das war ja wohl die Höhe. Da ließ ihn diese kleine Angestellte einfach so abblitzen! Walter Remberg schäumte vor Wut und hätte am liebsten das Telefon gegen die Wand geschmettert. Das könnten sie nicht machen, hatte Vanessa Schneider gesagt, sie würden nicht in die Arbeit der Polizei hineinpfuschen, sondern darauf vertrauen, dass die alles aufklärte. Immerhin seien zwei Kommissarinnen und das Team der Spurensicherung vor Ort. Da würden sie derzeit sowieso nicht richtig agieren können.

Das sah Remberg zwar einerseits ein, andererseits aber hätte er sich besser gefühlt, wenn er ein Team der Detektei vor Ort gehabt hätte, das er einteilen konnte. Sich ein wenig in der Nähe der Untersuchungen herumtreiben, die Beamten neugierig und als unschuldige und besorgte Passanten getarnt ausfragen, all das hätten sie tun können. Aber gut. Wenn die nicht spurten …

Er würde sich um das Ermittlungsbüro kümmern, wenn diese Sache erst aufgeklärt und abgeschlossen war. Das war er Sophia schuldig. Er wollte in ihrem Sinn weitermachen. Stefan würde sich da garantiert nicht engagieren. Der würde sich jetzt bloß mit aller Macht drum bemühen, in den Kader der Olympia-Equipe zu kommen, wo Sophia diesen Platz nicht mehr einnehmen konnte. Immerhin hatten beide in den Turnieren hart gegeneinander um diesen Einzug gekämpft. Es war direkt makaber, dass seine Tochter sterben musste, bevor die endgültige Entscheidung gefallen war.

Wieder lief Remberg in seinem Büro auf und ab. Nun gut, wenn die Angestellten der Detektei sich weigerten, er konnte ein anderes Pferd ins Rennen schicken. Konstantin. Sein Sohn hatte einen anderen Status als er selbst. Ein besorgter Bruder würde mehr erfahren als ein Vater, dem stante pede das Bedürfnis nach Blutrache unterstellt würde. Ja, Konstantin sollte für ihn Erkundigungen einziehen. Dann konnte er endlich einmal zurückzahlen, was Walter Remberg im Laufe seiner ersten zwanzig Lebensjahre in ihn investiert hatte.

Erneut griff Remberg zum Telefon, um Konstantin zu erwischen, bevor der einen freien Platz in einem der Isländer ergatterte, die von Harlesiel nach Wangerooge flogen und umgekehrt. Sein Sohn behauptete doch tatsächlich steif und fest, vor Sophias Beerdigung unbedingt noch persönlich ein paar berufliche Dinge in New York regeln zu müssen. Remberg konnte nicht verstehen, dass Konstantin in dieser für die Familie so schweren Zeit nicht an der Seite seiner Eltern blieb, Susanne zumindest hätte ihn als Trost und Stütze gebraucht. Drüben in Übersee ließe sich alles garantiert auch telefonisch regeln. Der plötzliche Tod der Schwester war ja wohl ein ausreichender Grund für ein paar zusätzliche Urlaubstage.

Aber bestimmt lag es nur an Konstantins Freundin Daria. Walter hielt sie für zu dumm, um allein in die Staaten fliegen zu können. Immerhin hatte Konstantin ihm zugesichert, auf jeden Fall bei Sophias Beerdigung dabei zu sein. Das würde er hoffentlich auch wahrmachen.

Remberg hatte immer das Gefühl gehabt, Sophia und Konstantin hätten eine besondere, eine enge Verbindung zueinander. Sophia hatte ihren Bruder stets verteidigt, wenn der mal wieder Mist gebaut hatte. Noch bevor er achtzehn war, war Konstantin viermal volltrunken von einer Polizeistreife zu Hause abgeliefert worden. Die Haschpflanzen in seinem Zimmer hatte er Susanne gegenüber als eine Art Yucca-Pflanze deklariert; eine Freundin von Sophia hatte die Gewächse zufällig entdeckt. Remberg hatte erst, als er davon erfahren hatte, erkannt, wie naiv – er verbot sich, das Wort »dumm« zu denken – Susanne war. Sicher würde sie Kokain für Puderzucker halten, wenn man es ihr nur kuhäugig als solchen verkaufte. Er drückte zum wiederholten Mal die Kurzwahl. Nur wenige Augenblicke später meldete sich sein Sohn.

***

Susanne hörte Walter fluchen, als sie durch die Diele lief. Da schien etwas nicht so geklappt zu haben, wie er es gern wollte. Solche Dinge konnten Walter zur Weißglut bringen. Es war ihr ein Rätsel, wie es ihm gelang, sich auf Berufliches zu konzentrieren. Aber vielleicht brauchte er seine Arbeit jetzt, vielleicht konnte er sich dadurch ablenken. Für sie selbst gab es kein Entkommen aus dem Grauen, das sie seit Samstagfrüh umgab.

Sie öffnete die Haustür und schloss den Briefkasten auf. Es war nicht viel drin, hier kam sowieso überwiegend Werbung an. Und die Zeitschriften, die sie abonniert hatte. Sie fasste hinein, um die Werbeprospekte herauszunehmen, und zuckte augenblicklich zurück. Ihre Hand war gegen etwas gestoßen, das sich wie Fell anfühlte. Eine Maus? Ihr stellten sich sämtliche Härchen auf. Wie kam eine Maus in ihren Briefkasten?

»Walter!« Panisch rannte sie in sein Büro. Riss die Tür auf. »Walter, da ist eine Maus im Briefkasten!«

Ihr Mann saß hinter seinem Schreibtisch am Laptop. Unwirsch schnalzte er mit der Zunge. »Was du schon wieder hast«, sagte er. »Wie soll denn da eine Maus reinkommen?«

»Bitte, du musst nachsehen. Ich kann da nicht noch einmal hineingreifen. Bitte.« Verzweifelt sah sie ihn an, und endlich stand er auf und kam hinter dem Schreibtisch hervor.

»Also gut.« Er lächelte ihr beruhigend zu. »Wird schon keine Maus sein.«

Tatsächlich war es auch keine. Stattdessen fischte Walter ein Stück schwarzes Fell aus dem Kasten, das circa fünf Zentimeter lang und vielleicht einen Zentimeter breit war.

»Was ist das denn?« Er drehte es, doch das war nicht nur einfach ein Stück Fell. Es gab keine lederne Rückseite.

Susanne bekam weiche Knie. »Was ist das?«, wiederholte sie seine Frage.

»Nichts. Wir werfen es einfach fort. Da hat sich bloß irgendwer einen schlechten Scherz erlaubt. Vergiss es einfach.«

Susanne schüttelte den Kopf. »Nein. Das sieht aus wie die Kuppe eines Katzenschwanzes.« Sie spürte, dass ihr Magen zu revoltieren begann. »Das *ist* ein Stück von einem Katzenschwanz.« Sie wollte danach greifen, doch Walter war schon auf dem Weg zur Mülltonne.

»Und wenn schon, ich schmeiß es in den Müll, wo es hingehört.« Er öffnete den Deckel und ließ das Fell hineinfallen. »So, weg ist es. Alles ist wieder gut.«

»Nein, Walter, nichts ist gut. Das ist ein Zeichen. Wie die schwarze Katze, die uns auf der Fahrt nach Harlesiel vors Auto lief. Nun liegt ein Teil vom Schwanz einer schwarzen Katze in unserem Briefkasten. Das sind Zeichen, Walter. Irgendetwas geht vor.«

»Ach, du hast sie doch nicht mehr alle.« Walter lief an ihr vorbei zurück ins Haus.

Nachdenklich schaute sie ihm hinterher.

***

Als Christine ins Wohnzimmer der Ferienwohnung zurückkehrte, in dem Oda und Wertek sich unterhielten, betrachtete sie den smarten Politiker mit anderen Augen.

»Entschuldigung«, sagte sie lächelnd und nahm wieder Platz. »Das war ein Kollege vom Festland. Wo waren wir stehen geblieben?«

»Wir sind eigentlich fertig«, sagte Oda und wandte sich an Jörn Wertek: »Es sei denn, es gibt noch etwas, das Sie uns vielleicht erzählen wollen.«

»Ich wüsste nicht, was«, gab Wertek trocken zurück und wollte sich schon erheben, als Christine ihm mit einer Handbewegung bedeutete, noch einen Moment zu warten.

»Ich hab allerdings doch noch eine Frage. Es geht um Wilma Wasanderes.«

»Um wen?« Oda sah Christine an, als hätte sie nicht alle Tassen im Schrank, Wertek hingegen wurde blass und ließ sich auf seinen Stuhl zurücksinken.

»Wie kommen Sie auf Wilma?« Er biss sich auf die Unterlippe.

»Kann mich mal jemand aufklären?«, bat Oda, wobei sie von Christine zu Jörn Wertek sah.

»Wilma Wasanderes ist eine Kunstfigur«, informierte Christine ihre Kollegin. »Und eine Art Alter Ego von Herrn Wertek.«

»Alter Ego?«, echote Oda.

»Herr Wertek hat Spaß daran, geschminkt und mit Frauenkleidern Chansons auf der Bühne darzubringen«, erklärte Christine. Wertek schwieg noch immer.

»Ach nee.« Oda griente. »Dat is ja gediegen. Echt? So richtig mit falschen Wimpern und Eiteitei?« Sie machte die dazu passenden Handbewegungen. »Jetzt sagen Sie bloß noch, Sie sind heimlich schwul.«

Nun erst kam Leben in Wertek. »Ich verbitte mir diese Unterstellung! Ich bin nicht schwul. Ich habe Familie!«

»Das muss ja nichts heißen. Sie wären nicht der Erste, der zur Tarnung eine Familie gegründet hat.« Oda zuckte mit den Schultern.

Christine startete einen neuen Versuch. »Also bitte, Herr Wertek, erzählen Sie uns von Wilma.« Sie hörte Oda leicht glucksen und verpasste ihr unter dem Tisch einen leichten Tritt mit dem Fuß.

»Es gibt keine Wilma mehr.« Wertek hatte sich wieder im Griff. »Sie war, genau wie Sie sagen, eine Kunstfigur. Ich habe allerdings vor einigen Jahren mit dieser Art der Performance aufgehört.«

»Als Sie in die Politik gingen«, vermutete Christine. »Macht ja auch Sinn, wenn man sich einer konservativen Partei anschließt und dort Karriere machen möchte. Da wäre es im Hinblick auf die bevorstehenden Wahlen für Sie als Spitzenkandidat natürlich geradezu desaströs, wenn Ihre … künstlerische Vergangenheit bekannt würde.«

»Ach, das würde ich so nicht sagen«, stritt Wertek Christines Überlegung ab, »das ist lange her und interessiert heute wirklich niemanden mehr. Zumal es durchaus eine Reihe von Personen gibt, die das von früher wissen.«

»Wissen denn Ihr Parteivorstand und Ihre Unterstützer davon?« Das war ein zentraler Punkt, wie Christine fand.

Wertek zögerte.

»Sagen Sie bloß, die haben keine Ahnung«, hakte Oda nach.

»Es gab keine Veranlassung, irgendwen darüber zu informieren, denn die Travestie war zum Zeitpunkt meines Eintritts in die Politik ja längst Geschichte, wie ich bereits sagte.«

»Also wäre es *tatsächlich* desaströs, wenn das publik werden würde«, stellte Christine fest. »Sogar parteiintern gäbe es einigen Zündstoff. Und wenn Sophia Rembergs Ermittlungsbüro darüber hinaus noch die Aufzeichnungen an die Staatsanwaltschaft weiterleiten würde, die belegen, dass Sie Ihr Firmenfahrzeug nicht nur geschäftlich nutzen, sondern Ihre Familie beziehungsweise die Kinder von Ihrem Fahrer auch zu Musikstunden und anderweitigem Privatvergnügen durch die Gegend kutschieren lassen, könnte das Ihr sorgfältig aufgebautes Image als Vorzeigegeschäftsmann und -politiker nachhaltig schädigen.«

»Ach was«, winkte Oda grinsend ab. »Den Job bei der Jade-

Weser-Energie GmbH wollten Sie doch nach der Wahl ohnehin nicht weiter ausüben?«

Der Politiker erhob sich. »Ich glaube nicht, dass diese Sachen zur Aufklärung des Mordes an Sophia beitragen. Sie haben meine DNA, und falls es Übereinstimmungen geben sollte, können wir uns noch einmal unterhalten. Ansonsten lassen Sie mich und meine Familie bitte unbehelligt von weiteren Besuchen hier Urlaub machen.« Er ging voraus zur Wohnungstür.

***

Eine seltsame Ruhe lag über dem Ort. Fast, als hielte Wangerooge den Atem an, doch ohne zu wissen, was auf die Insel zukam. Er griff zur Holunderbrause, die er mit auf den Balkon genommen hatte, und überdachte seinen Plan. Er würde ihn zeitlich verknappen. Nicht mehr lang mit dem zweiten Streich warten. Noch waren die Ermittlerinnen und alle rund um die Rembergs auf der Insel. Er lächelte. Es war ihm geglückt, das Stück Katzenschwanz ungesehen in Susannes Briefkasten zu werfen. Er hatte es noch von früher, hatte es als Andenken aufbewahrt, aber es war ihm nicht schwergefallen, sich davon zu trennen. Das jetzt war die perfekte Gelegenheit gewesen, es einzusetzen. Wie sie wohl reagiert hatte, als ihre Finger es berührten? Zu gern wäre er dabei gewesen. Aber man konnte nicht alles haben. Die Hauptsache war, es hatte sie erschreckt, und da war er sich sicher.

Er würde jedoch nicht weiter in kleinen Schritten arbeiten, sondern allen zeigen, dass das Grauen auch hier auf der wunderschönen Insel Wangerooge besonders heftig zuschlagen konnte. Dazu hatte er den Rest des Vormittages effektiv genutzt. Den Bolzenschneider und den Zeitzünder, den er heute Abend verwenden würde, hatte er nebenan in der Gartenlaube der alten Frau Wübbena unter Bergen von Stuhlkissen versteckt, die sie weder heute noch in den nächsten Tagen brauchen würde. Ihre Pension war seit zwei Jahren kaum noch ausgelastet. Das lag zum einen sicher daran, dass Elise Wübbena ihre Zimmer nicht übers Internet vermarktete, weil sie keinen PC besaß, aber auch daran, dass sie extrem schwerhörig war und deshalb nur selten das Telefon hörte, wenn Gäste anriefen, um ihr günstiges Wohnangebot aus dem Wangerooger Unterkunftsverzeichnis zu buchen. Aber Elise Wübbena störte das gar nicht. Sie hatte lange genug Zimmer vermietet, Frühstück gemacht, sich auf die Sonderwünsche ihrer Gäste eingestellt, sich über deren Hinterlassenschaften in den Zimmern geärgert, »schwarze Listen« mit unmöglichen Gästen geführt, die sie in schwierigen Jahren doch wieder als Mieter akzeptiert hatte, kurz: Elise Wübbena blickte auf vierundfünfzig Jahre Zimmervermietung zurück und war nicht traurig, inzwischen kürzertreten zu können. Was sie gerade in diesem Jahr besonders genoss, weil doch ihre Enkeltochter mit dem sechs Monate alten Urenkelchen zu Besuch war. Derzeit beherbergte sie außer den beiden nur ein Stammgastehepaar. Das war für sie beinahe so, als würde sie selbst Urlaub machen, wie er wusste, denn sie hatte sich oft genug mit ihm darüber unterhalten. Und schlau wie er war, hatte er sich alles gemerkt.

Bei diesen Temperaturen spielte sich das Leben am Strand ab. Auch viele Tagesgäste hatten sich einen Strandkorb gemietet oder ihre Strandmuschel aufgebaut, um den Inselsommer auszukosten. Die fehlende Aufmerksamkeit hatte er ausgenutzt. Alles war vorbereitet. In spätestens zwei Stunden würden die Bauarbeiten am großen Hotel-Appartementkomplex an der Promenade für heute beendet sein und die Arbeiter, bevor sie sich in ihre Container-Unterkünfte verzogen, duschen, etwas essen und den Feierabend so ausklingen lassen, wie man ihn eben nur hier auf Wangerooge ausklingen lassen konnte: mit einem Cocktail to go am Strand, dem Sonnenuntergang zusehend.

Genau dann würde er zuschlagen. Während Insulaner, Gäste und Gastarbeiter sich noch daran ergötzten, wie die Sonne als glutroter Ball am Horizont im Meer versank, würde er dafür sorgen, dass nur wenig später sein ganz eigener Feuerball gen Himmel aufstieg.

Er warf einen Blick auf die Uhr. Es war fünfzehn Uhr zwanzig.

In sieben Stunden würde er Wangerooge aus seiner Urlaubsstimmung reißen.

***

Bernd Tönjes war überrascht, als er sah, dass Konstantin Remberg vor dem Gebäude der Polizeistation auf ihn wartete. »Moin. Kann ich was für Sie tun?«, fragte er und schloss die Tür auf. Er ging voran. Remberg junior folgte.

»Ich wollte … Wissen Sie, es ist so … Also … Wissen Sie inzwischen was Genaueres? Haben Ihre Kolleginnen schon Verdächtige?« Konstantin Remberg blieb am Tresen stehen, der den öffentlichen Bereich vom dienstlichen trennte, und knetete seine Finger. »Wir fühlen uns irgendwie wie in so einer Vakuum-Glocke. Und ich muss nachher mit dem Flieger aufs Festland, heute Abend geht's zurück nach New York. Zur Beerdigung bin ich natürlich wieder hier. Aber ich hab dabei irgendwie das Gefühl, Sophia im Stich zu lassen.«

»Ihre Schwester ist doch gar nicht mehr auf der Insel«, stellte Bernd nüchtern klar. »Die ist jetzt in der Rechtsmedizin in Oldenburg. Da spricht nix dagegen, dass Sie abreisen. Also, von meiner Seite aus nich. Ich kann aber noch mal meine Kolleginnen fragen. Die sind ja mit dem Fall mehr betraut als ich. Und die werden bestimmt Ihre Eltern auf dem Laufenden halten.«

Remberg schluckte, und Bernd fragte sich einen Moment, ob er vielleicht etwas zu unsensibel gewesen war. Dabei stimmte es doch: Sophia Rembergs Leichnam lag längst schon auf dem Seziertisch in Oldenburg, war aufgeschnitten, ihre Organe vermessen und alles untersucht worden. Bernd überlegte, wie er den Bruder beruhigen sollte. Das war alles ziemlich unschön. Nicht nur für die Familie Remberg, sondern auch für die Insel Wangerooge. So ein Gewaltverbrechen war nun wirklich kein gutes Aushängeschild. Er hoffte sehr, dass einer der Festländer, der als Hochzeitsgast mit angereist war, der Tat überführt werden würde. Am besten wäre es sogar, wenn alle Hochzeitsgäste schnell abreisten und man den Täter erst auf dem Festland dingfest machen würde. Dann könnte Wangerooge wieder mit der Inselidylle werben, in die nur einer von außen das Verbrechen gebracht hatte.

Die Tür ging auf, und die Wilhelmshavener Kommissarinnen traten ein.

»Ach«, sagte Oda Wagner, als sie Konstantin Remberg sah. »Sagen Sie bloß, Sie haben Neuigkeiten oder Ihnen ist noch was eingefallen.« Christine Cordes lief gleich durch und verschwand in der Personaltoilette.

»Ich wollte eigentlich nur fragen, ob Sie schon was Neues wissen. Weil … Ich muss nämlich wieder rüber in die Staaten. Der Job.«

»Ja, ja, schon klar.« Oda Wagner zögerte einen Moment.

Bernd überlegte, was jetzt wohl in ihrem Kopf vor sich ging. Er argwöhnte, dass Remberg senior seinen Sohn geschickt hatte, so unsicher, wie der fragte.

Oda musterte den jungen Mann. »Sagen Sie mal, am Freitagabend. Haben Sie mitbekommen, dass Jörn Wertek bei der Feier in der ›Wooge‹ auftauchte?«

Christine kam zurück, zog fragend die Augenbrauen zusammen und ihren Block nebst Stift aus der Tasche.

Konstantin Remberg nickte. »Ja, das war schon ein bisschen blöd. Kommt Jörn ausgerechnet an diesem Abend in die Kneipe. Gut, er konnte nicht wissen, dass wir eigentlich eine geschlossene Gesellschaft waren, weil ja durch das supertolle Wetter drinnen und draußen alles miteinander vermischt war.«

»Können Sie sich vorstellen, dass Ihre Schwester ihn eingeladen hat?«

»Nein, eingeladen hat Sophia ihn ganz bestimmt nicht.« Er schüttelte den Kopf. »Wobei … warten Sie mal …« Er fasste sich mit Daumen und Zeigefinger der rechten Hand an die Nase. »Doch, da war was.«

Bernd hielt sich im Hintergrund, beobachtete aufmerksam, wie seine beiden Kolleginnen vorgingen. Da konnte er direkt noch was lernen.

»Wir waren an dem Nachmittag alle schon ziemlich gut drauf, kein Wunder, hatten ja schon früh mit Sekt auf ein tolles Wochenende angestoßen. Stefan war gerade aufgestanden, um zum Klo zu gehen oder sich ein Bier zu holen oder weiß der Geier was, da hab ich mich auf seinen Stuhl gesetzt, und er hat gleich wieder gemosert. Er wär ja sofort wieder da. Während Stefan mich noch anpupte, hab ich gehört, dass Sophia irgendwen auf der Straße fragte, ob der auch zum Polterabend kommt. Ich hab noch gedacht, die lädt glatt die ganze Insel ein, und darum hab ich nach vorn auf die Zedeliusstraße geguckt. Da lief tatsächlich gerade Jörn mit Frau und Kindern vorbei, aber der hat gar nicht groß zu uns hergeguckt. Ich vermute, Sophia hat eigentlich Olaf gemeint, denn der stand auch in der Zedeliusstraße und hat sogar noch was zurückgerufen, glaube ich.«

»Hat dieser Olaf auch einen Nachnamen? Und kam er zum Polterabend?«, fragte Oda.

»Ja, der war auch da. Mit Olaf sind wir damals als Kinder über die Insel gebutschert, der gehörte mit zu unserer Insel-Clique. Mit Nachnamen heißt der Visser.«

»Gehörte Wertek auch zu dieser Clique?«, wollte Oda wissen. Bernd staunte über ihren Spürsinn. Auf diese Frage wäre er nun nicht gekommen.

»Ja. Seine Eltern haben hier genau wie meine ein Ferienhaus. Aber das von den Werteks ist ziemlich klein.«

***

Es war noch nicht ganz dunkel, doch heute merkte man, dass sich der Sommer langsam verabschiedete, mochte die Sonne auch noch so deutlich Stellung am Himmel beziehen. Sobald sie von Wolken überlagert wurde und schließlich ganz hinter dem Horizont verschwunden war, wurde es kühler.

Christine freute sich auf den Herbst. Sie mochte ihn, ebenso wie den Frühling. Sommer und Winter hingegen waren noch nie ihre Favoriten gewesen. Vielleicht lag es daran, dass sie sich noch nie mit Extremen hatte anfreunden können und den gemäßigten Mittelweg bevorzugte. Nicht nur, was das Wetter betraf.

Die Rucola-Pizza mit Serranoschinken war überaus köstlich gewesen, dazu hatte sie ein Glas Pinot Grigio getrunken. Oda hatte Bier bevorzugt und eine Thunfisch-Champignon-Pizza mit extra Salami gegessen. Das Pizzabrot, das die Bedienung als Gruß aus der Küche vorweg mit einem Knoblauchquark brachte, hatte Oda allein verputzt. Mit leichter Erheiterung, aber auch mit einem gewissen Neid hatte Christine Oda dabei zugesehen. Wo sie selbst sich ständig unter Kontrolle hatte, alles hinterfragte und gerade in Sachen Lebensmitteln und Speisen haargenau wusste, wie viele Kalorien sie täglich zu sich nahm und wie sie überflüssige vermeiden konnte, dennoch aber ihren Stoffwechsel im richtigen Tempo am Laufen hielt, genoss Oda einfach. Und sah glücklich dabei aus.

Gut, Oda schleppte mindestens zehn Kilo zu viel mit sich rum, aber man sah ihr ihren Spaß an, wenn sie sich über die Pizza hermachte, wenn sie eine Portion Pommes aß oder ein belegtes Käsebrötchen mit Remoulade. Auch Odas Freund Jürgen Töpfer, dem man keine überzähligen Pfunde nachsagen konnte, zählte zu den Genussmenschen. Christine hatte so manchen Abend mit den beiden in deren geräumiger Küche verbracht, war von Jürgen in phantastischer Weise bekocht worden und hatte anschließend nicht nur einmal darüber nachgedacht, wo der Sinn einer sich einschränkenden Ernährung lag, wenn man andererseits so lustvoll essen und leben konnte. War es mangelndes Selbstbewusstsein? Definierte sie sich selbst über eine schlanke Silhouette in Kleidergröße 38? Wäre nicht eine 40 oder 42 ebenso okay?

Wenn sie ehrlich sich selbst gegenüber war, lag es weniger an den Kalorien, den Kohlehydraten oder dem Frittierfett, es lag an der Gesellschaft. Seit sie von Frank getrennt und geschieden war, gab es keinen dauerhaften Partner an ihrer Seite, keinen, mit dem sie nach Feierabend reden oder schweigen konnte, keinen, mit dem sie am Samstag über den Wochenmarkt lief und die Einkäufe für gemeinsam zubereitete Gerichte aussuchte. Sie konnte es drehen und wenden wie sie wollte: Sie war allein.

Und nun sollte zu allem Überfluss auch noch jemand anderes aus ihrer Abteilung befördert werden.

»Laufen wir noch eine Runde mit einem Cocktail to go?«, fragte Oda, als sie wieder vor dem Hotel »Hanken« standen und sich entscheiden mussten, ob sie hineingehen oder sich ein paar Meter weiter einen Drink holen sollten.

»Ach ja. Warum nicht.« Christine nickte. Das wäre eine gute Gelegenheit, Oda zu erzählen, dass Nieksteit eine Beförderung innerhalb der Abteilung erwähnt hatte. »Ich geb einen aus.« Im Hinüberlaufen zückte sie ihr Portemonnaie und bestellte zwei Cocktails des Tages, diesmal waren es Caipirinhas.

Die untergehende Sonne war durch die im Laufe des Abends dichter gewordene Wolkendecke zwar nicht zu sehen, dennoch setzten sie sich in einen Strandkorb. Im Dämmerlicht sahen sie Menschen an der Wasserkante spazieren gehen, einige Männer spielten Fußball. Möwen kreischten am Himmel, die sich zurückziehende Nordsee verbreitete den ihr eigenen Geruch des frei liegenden Wattenmeers.

»Ist ein bisschen wie Urlaub. Ich finde, das haben wir uns verdient«, sagte Oda enthusiastisch und schlürfte zufrieden ihren Cocktail.

***

Er warf einen Blick auf die Uhr. Jetzt. Der Zeitpunkt war perfekt. In den vergangenen Wochen hatte er die Sicherheitsmaßnahmen auf der Baustelle beobachtet. Die wurden natürlich großgeschrieben, gerade bei einem so gewaltigen Projekt wie diesem hier. In regelmäßigen Abständen wurde die Baustelle von den Polieren überprüft. Inzwischen kannte er sie alle. Sie arbeiteten für die Firma in Wilhelmshaven, die den Auftrag für dieses Projekt erhalten hatte. Kein Wangerooger Handwerker verfügte über die Anzahl an Fachkräften, die für solch einen Komplex benötigt wurde.

Noch einmal ging sein Blick zur Uhr. Ab jetzt würden sie nur noch stündlich auf der Baustelle nach dem Rechten sehen. Genug Zeit, um seinen Plan in die Tat umzusetzen. Nicht dass er eine Stunde für sein Vorhaben benötigen würde, was er drüben zu tun hatte, wäre innerhalb von maximal zwanzig Minuten erledigt. Doch der Zeitzünder benötigte einen gewissen Vorlauf, bis es zur Detonation kam.

Schwarz gekleidet und mit ebensolcher Maske über dem Gesicht, nur die Nasenlöcher und die Augen frei lassend, verschaffte er sich Zutritt zur Baustelle. Er wusste, in welchem Stockwerk und an welcher Stelle der gesicherte Käfig mit den Gasflaschen stand.

Jede einzelne enthielt, wenn sie denn vollständig gefüllt war, fünfzig Liter Gas. Er gab sich keinen Illusionen hin, selbstredend waren die Flaschen jetzt nicht mehr alle voll, er konnte nicht einmal sagen, wie viel sich in jeder Flasche noch befand. Aber das spielte keine Rolle, sie wurden regelmäßig erneuert, sodass sie für seine Zwecke immer noch ausreichend gefüllt waren.

Aus Sicherheitsgründen wurden alle Flaschen am Ende des Arbeitstages in einem Käfig zusammen eingeschlossen. Und genau dieses Beieinanderstehen würde er ausnutzen. Nun zahlte es sich aus, dass er jahrelang aktives Mitglied der freiwilligen Feuerwehr gewesen war. Er hatte nicht nur in der Praxis, sondern auch in den Fortbildungen ausreichend Informationen zum Thema Gasexplosionen bekommen. Und da aus jedem Negativ bei entsprechender Belichtung ein Positiv wurde, wusste er, wie er vorgehen musste, um sie verheerend explodieren zu lassen.

Innerhalb kurzer Zeit hatte er die Schlösser und Sicherheitsvorkehrungen geknackt. Geschickt brachte er den Zeitzünder an einer der fünf Gasflaschen an. Schob die anderen noch ein wenig dichter zusammen, obwohl sie ohnehin nahe genug beieinanderstanden, und holte noch die Rollen Klemmfilz dazu, mit dem der Dachstuhl gedämmt werden sollte. Er wollte den BIG BANG. Den großen Knall. Der alle aufrütteln sollte. Und brennen sollte es.

Er betätigte den Zeitzünder.

Nun blieben ihm noch sechs Minuten, um von der Baustelle zu verschwinden. Er hatte bewusst ein knappes Zeitfenster gewählt. Denn trotz allem wollte er verhindern, dass Unbeteiligte Schaden nahmen. Dieses Feuerwerk sollte in erster Linie ein weiteres Zeichen für Walter Remberg sein.

Beim Verlassen der Baustelle zog er sich die Sturmmütze vom Kopf. Eilig wollte er sich in entsprechender Entfernung einrichten, um dem Spektakel zuzusehen, als er bemerkte, dass sich der Polier der Baustelle näherte.

Der hatte hier doch jetzt noch gar nichts zu suchen!

Sollte er ihn warnen? Ein Anflug von Panik überkam ihn. Dann jedoch wich die Panik der Neugier. Völlig entspannt beobachtete er, wie der massige Mann stutzte, als er sah, dass der Zugang zur Baustelle nicht mehr verschlossen war.

Doch statt die richtigen Schlüsse zu ziehen, stürmte der Polier auf den Rohbau zu.

Ohne großes Bedauern entfernte er sich weiter. Es musste wohl wirklich so etwas wie Schicksal geben. Warum sonst war der Typ früher als zeitplanmäßig vorgesehen auf dem Bau aufgetaucht? Er kontrollierte die Stoppuhr-Einstellung seiner Armbanduhr. Nicht einmal zwei Minuten blieben dem Polier, um den Zeitzünder zu entschärfen. Falls er die Gasflaschen überhaupt so schnell erreichte.

Kaum dass er seinen Platz eingenommen hatte, knallte es, und ein Feuerball erhob sich unter ohrenbetäubendem Tosen an der Strandpromenade. Dort, wo Plakate noch vor Kurzem exklusives Wohnen direkt am Meer angepriesen hatten, loderte nun ein Flammenmeer.

***

Der Knall war gewaltig. Eine mächtige Druckwelle warf Steine, Holz und anderes mehr durch die Luft. Instinktiv warfen sich Oda und Christine in den Sand.

»Was ist das denn?«, rief Oda, während sie die Arme über den Kopf riss und sich zusammenrollte, um sich vor herumfliegenden Teilen zu schützen.

»Keine Ahnung.« Christines Antwort drang bei all dem Lärm nur schwach zu Oda herüber.

Nach schier endlosen Minuten schien der Spuk vorüber zu sein, zumindest knallte es nicht mehr. Doch das Prasseln der Flammen, begleitet von den Schreien der Menschen, bildete weiterhin eine beängstigende Geräuschkulisse. Vorsichtig hob Oda den Kopf. »Um Gottes willen«, entfuhr es ihr.

Überall lagen Holz, Betonteile und Gesteinsbrocken herum. Strandkörbe waren umgefallen. Der Strandabschnitt unterhalb der Großbaustelle glich einem Trümmerhaufen. Und der Rohbau brannte vom oberen Geschoss bis in den Dachstuhl. Erst vor einer Woche war hier mit allen Handwerkern das Richtfest gefeiert worden. Und jetzt: Chaos. Immer noch mischten sich Schreie mit dem Knistern der lodernden Flammen.

Wie in Zeitlupe rappelten sie sich auf. Oda zog ihr Handy aus der Tasche ihrer Jeans und wollte den Notruf wählen, aber sie hörte bereits die Sirenen der örtlichen Feuerwehr und steckte es wieder ein.

»Wir müssen hin«, sagte sie mit trockenem Mund, »und sehen, ob wir irgendwo helfen können.« Schon lief sie los und rief mit heiserer Stimme: »Polizei. Ist jemand verletzt? Braucht jemand Hilfe? Soll ich einen Krankenwagen rufen?«

Doch bei allem Unglück hatten sich zu dieser Uhrzeit glücklicherweise nur wenige Menschen im Bereich der Baustelle und des

Strandabschnittes darunter aufgehalten. Bis auf einen Mann, der von einem Kantholz am Rücken getroffen worden war, gab es keine Verletzten. Die Menschen schlossen sich zu einer Traube zusammen und starrten auf den Rohbau. Mauern waren eingestürzt, selbst von hier sah man den Krater, der sich gebildet hatte.

»Bleiben Sie ganz ruhig.« Christine sprach beruhigend auf den Mann ein, der mit schmerzverzerrtem Gesicht im Sand hockte. »Wir holen Hilfe.«

Oda hatte derweil mit der Notrufzentrale telefoniert.

»Hoffentlich ist da niemand mehr drin gewesen«, sagte Christine, als sie sich wieder erhob.

»Wer sollte denn jetzt noch auf der Baustelle sein?« Oda schüttelte den Kopf. »Die haben doch alle längst Feierabend.«

Die Zahl der Schaulustigen war angestiegen, Tönjes, Siemsen und ein dritter Kollege hatten keine Chance, sie vom Unfallort fernzuhalten.

»Bleiben Sie zurück. Sie können nichts sehen, im Gegenteil«, rief Oda. »Wir wissen noch nicht, ob es weitere Explosionen geben kann. Bitte suchen Sie Ihre Unterkünfte auf und behindern Sie nicht die Arbeit der Feuerwehr und der anderen Helfer. Bitte.«

Doch nur wenige Menschen kamen ihrer Aufforderung nach. Zwei Einsatzfahrzeuge der Feuerwehr trafen ein, auch der Rettungswagen. Kurz darauf hatte man den Verletzten versorgt und mit einer Trage abtransportiert.

Oda, Christine, Bernd Tönjes und seine beiden Kollegen hielten ausreichend Abstand zum Unfallort; die Löscharbeiten liefen auf Hochtouren.

»So ein verdammter Schiet«, hörte Oda zwischendurch Bernd Tönjes sagen. »Der arme Remberg.«

»Das kann man wohl sagen. Der kriegt es ganz schön dicke im Moment«, stimmte Oda zu. »Hast du ihn schon informiert?«

In diesem Augenblick hörten sie die tiefe Stimme des Investors brüllen: »WAS IST DENN HIER LOS?« Er kam auf sie zu, schnaubend wie ein wütender Stier. »Was ist passiert? Wie konnte das geschehen? Wo ist der verantwortliche Polier? Sind Menschen zu Schaden gekommen?«

»Wir haben noch keine Ahnung«, gab Oda zu. »Wir sind ja selbst gerade erst dabei, uns einen Überblick zu verschaffen. Wir wissen bislang nur von einem verletzten Passanten, der bereits mit dem Helikopter ins Klinikum Wilhelmshaven geflogen wird.«

Plötzlich kam Bewegung in die Menschentraube. Ein Mann stürmte durch die Leute hindurch auf Oda, Christine und die Polizisten zu. Völlig außer Atem blieb er vor ihnen stehen. »Oh mein Gott, oh mein Gott«, stammelte er wieder und wieder. »Der Meister, er wollte noch einmal nach dem Rechten sehen. Er ist da drin!« Der Mann zeigte auf den brennenden Dachstuhl.

»Wie? Der ist da drin?«, fragte Oda alarmiert. »Um diese Uhrzeit? Es ist doch längst Feierabend.« Auch Christine, Tönjes, dessen zwei Kollegen und Remberg erstarrten.

»Der Meister hat die Baustelle stündlich kontrolliert. Wir arbeiten ja unter anderem mit Propangas, da gibt es strenge Sicherheitsvorschriften. Kurz vor der Explosion ist er los, um zu sehen, ob alles okay ist.« Der Mann sah die fragenden Blicke der Polizisten und ergänzte: »Die Propangasflaschen werden jeden Abend in einen Stahlkäfig eingeschlossen, und der ist mit mehreren Schlössern gesichert. Es gibt zwar Baustellen, bei denen eine Flasche mal nicht im Käfig landet, aber hier kommt das nicht vor. Der Meister lässt keine Ausnahmen zu. Er ist schließlich dafür verantwortlich, dass alles absolut korrekt durchgeführt wird, und er will sich keine Nachlässigkeit nachsagen lassen müssen. Heute Abend hat es ihn irgendwie besonders gezwickt. War ganz komisch. Obwohl gerade erst eine knappe halbe Stunde vergangen war, wollte er noch mal nach dem Rechten sehen. Wir hatten in unserem Baucontainer erst eine Runde Skat gespielt. Ich hab noch kurz gedacht, dass er vielleicht bloß schlechte Karten hat und eine Ausrede sucht, aber jetzt …«

»Hat Ihr Meister auch einen Namen?«, fragte Oda.

»Ja. Klar. Onno Pannkok. Der wohnt normalerweise in Rahrdum, wir arbeiten aber zusammen hier.«

»Danke. Herr Pannkok ist also zur Baustelle rüber«, fasste Oda zusammen, »und nicht wieder zurückgekommen.«

»Nein.«

Konzentriert blickte Oda Christine an, die dem Blick ebenso

ernsthaft begegnete. »Also müssen wir davon ausgehen, dass es bei der Explosion doch einen Toten gegeben hat.«

***

Trotz aller Vorkenntnisse hatte ihn die Heftigkeit der Explosion überrascht. Geschützt, aber dennoch so positioniert, dass er alles beobachten konnte, hatte er das Geschehen verfolgt. Das war spannend gewesen. Früher waren, wenn er Frösche platzen ließ, zwar auch Körperteile und Hautfetzen durch die Luft gewirbelt, aber das hier hatte eine ganz andere Qualität. Das war wie Kino. Nur in echt. Und er ganz allein war dafür verantwortlich. Irre. Ganz schön groß.

Natürlich hatte er unzählige Filme gesehen, in denen Gebäude explodierten, hatte Aufnahmen aus Kriegsgebieten studiert, in denen Raketen detonierten, doch das alles war nichts gegen die Inszenierung, die ihm heute gelungen war. Ja, er gestand sich ein, dass er eine nicht unbeträchtliche Portion Stolz verspürte. Dass der Polier dabei mit draufgegangen war, war dessen höchstpersönliches Pech. Er hatte zu diesem Zeitpunkt keinen weiteren Toten geplant. Dennoch: Kollateralschäden gab es bei vielen gewagten Unternehmungen. Er hätte den Mann ja schlecht warnen können, ohne sich selbst zu verraten.

Nein, hätte sich der Polier an den Rhythmus der vergangenen Tage gehalten, könnte er noch immer mit seinen Kollegen beim Kartenspiel oder in der Kneipe zusammensitzen und der brennenden Baustelle von außen zuschauen. Niemand, am wenigsten er selbst, hatte ihn dazu aufgefordert, unvermittelt eine Kontrolle vorzunehmen. Der war also selbst schuld an seinem Tod.

Er ließ einige Zeit verstreichen, bevor er sich zu den Menschen auf der Promenade gesellte. Dass er die Detonation zu Hause hätte hören müssen, war offensichtlich, darum hielt er es für ratsam, sich den Schaulustigen anzuschließen. Der beißende Gestank des Feuers drang in seine Nase. Funken sprühten, die Feuerwehr arbeitete auf Hochtouren daran, das Feuer zu löschen. Freiwillige halfen, die umstehenden Menschen unterhielten sich murmelnd. Offensichtlich standen alle noch unter Schock.

Bernd Tönjes stand mit Walter Remberg und den beiden Kommissarinnen nicht weit von ihm entfernt. Gebannt folgten sie den Aktionen der Feuerwehr. Er schlenderte hinüber. »Kann ich irgendwie helfen?«, fragte er Bernd besorgt.

»Nee, danke. Ist lieb, aber …« Hilflos hob Bernd die Hände.

»Wir müssen erst abwarten, bis das Feuer gelöscht ist«, erklärte die dunkelhaarige Polizistin. »Morgen früh wird das Team der Brandermittlungstruppe hier sein. Bis dahin können wir nichts unternehmen.«

»Weiß man schon, wie es passiert ist?«, hakte er nach.

»Nein. Wir wissen nur, dass der Polier rüber ist, um noch einmal nach dem Rechten zu sehen, und dann gab es die Explosion. Der Mann kam wohl dabei um. Er ist bislang jedenfalls nicht wieder aufgetaucht.«

»Oh.« Er machte ein betroffenes Gesicht. »Gehen Sie von einem Suizid aus?« Er beglückwünschte sich zu diesem Einfall.

Sowohl die beiden Kommissarinnen als auch Remberg und Tönjes guckten ihn überrascht an.

»Ein Selbstmord?«, fragte Remberg. »Wie kommst du denn darauf?«

»Na ja. Wenn der Mann auf die Baustelle ging und dann die Explosion erfolgte … Liegt doch auf der Hand, oder nicht?«

»Interessanter Ansatz«, gab Remberg zu, die Polizisten allerdings schwiegen. Das verunsicherte ihn ein wenig. Die müssten diesen Gedanken doch aufgreifen.

»Kann natürlich auch ein Unfall gewesen sein«, ruderte er zurück.

»Wir werden es wissen, wenn die Kollegen der Brandursachenermittlung die Baustelle untersucht haben«, sagte die Blonde in einem Tonfall, der deutlich machte, dass sie nicht weiter darauf eingehen würden. Na gut. Er trat auf Remberg zu.

»Wenn ich euch irgendwie helfen kann, sag mir Bescheid«, bot er ihm an.

Remberg nickte dankbar. »Ja. Es tut gut, zu wissen, dass man in solchen Situationen auf alte Freunde zählen kann. Schicksalsschläge schweißen die Menschen eben zusammen.«

Beinahe einträchtig blieben sie schweigend nebeneinander stehen, starrten zur zerstörten Baustelle hinüber, rochen den Qualm, hörten das Rauschen des Wassers, das aus den dicken Schläuchen aufs Feuer schoss, das immer mehr an Kraft verlor. Was für ein grandioses Schauspiel. Und er war der Regisseur. Er fühlte sich groß.

Nach gut einer Stunde kam Bernd Kubiak, der Gemeindebrandmeister der örtlichen Feuerwehr, auf die kleine Gruppe zu. »So. Das war's. Brennt nix mehr. Aber es besteht Einsturzgefahr. Und wir haben im Gebäude einen Toten entdeckt.«

»Onno Pannkok. Den Polier«, stellte die dunkelhaarige Kommissarin fest, ohne auf eine Bestätigung des Feuerwehrmannes zu warten.

»Keine Ahnung. Ist keiner von uns. Also, kein Wangerooger, meine ich. Er ist wohl durch die Druckwelle weggeschleudert worden, hat aber auch Verbrennungen erlitten. Ich hab dem Bestatter schon Bescheid gesagt, die kommen gleich. Wenn Sie wollen, können Sie ja vorher einen Blick auf den Toten werfen.«

»Das hat mit Wollen wenig zu tun«, entgegnete die andere, und gemeinsam liefen sie los.

Er hörte den Gemeindebrandmeister noch sagen: »Wir stellen heute Nacht eine Wache auf. Haben Sie die Brandermittler schon benachrichtigt?«, und sah Remberg an, der verlassen neben ihm stand und direkt ein wenig verloren wirkte. Der konnte anscheinend gar nicht verstehen, was ihm widerfuhr.

Tja, mein Lieber, dachte er. Dieses war der zweite Streich. Und der dritte …

Dienstag

Es war schon früh sehr warm. Feuchtigkeit hing in der Luft und legte sich auf die Haut, als Christine vor dem Frühstück an den Strand ging, während Oda sich im Bad fertig machte. Sie lief die wenigen Treppenstufen hinunter, zog die Schuhe aus und marschierte zügig über den weichen Sand an die Wasserkante. Jetzt war das Wasser ziemlich weit vorn, es musste also Flut sein oder zumindest kurz davor. Sie ließ ihre Füße vom Meerwasser umspielen, das jedoch ziemlich kühl war. Möwen kreischten über ihr. Ein paar Jogger rannten zwischen Sand und Nordsee auf dem härteren Untergrund.

Tief sog Christine die würzige Luft ein, schmeckte beinahe das Salz auf der Zunge. Mit einem Gefühl innerer Ruhe blieb sie einige Minuten stehen, spürte, wie ihre Füße im sandigen Nass des Wattenmeeres einsanken, wie sich das Watt zwischen ihre Zehen drückte. Sie dachte an Remberg. Es hatte ihn ganz schön hart erwischt. Erst der gewaltsame Tod seiner Tochter, dann die Explosion auf der Baustelle.

»Was glaubst du«, fragte sie, als sie mit Oda im großzügigen Frühstücksraum des Hotels saß, »ist es Zufall, dass dem Remberg innerhalb weniger Tage zwei so extreme Dinge zustoßen?« Sie blickte ein wenig hilflos auf das Roggenbrötchen mit Graved Lachs, das vor ihr auf dem Teller lag. Nach der Aufregung der vergangenen Nacht und der frischen Seeluft vorhin am Strand hatte sie das Bedürfnis verspürt, sich richtig zu stärken, und mit Quark und frischen Früchten begonnen. Anschließend ein wenig Rührei mit Schinken, und auch das Brötchen hatte sie gedacht, verputzen zu können. Doch ihre Augen waren größer als ihr Magen gewesen, und nun kämpfte sie mit sich, ob sie das bereits geschmierte Brötchen noch essen oder auf ihren Magen hören sollte, der ihr signalisierte, bis oben hin gesättigt zu sein.

Sie griff zu ihrer Teetasse. Sie konnten sich durchaus Zeit lassen, momentan waren ja die Brandermittler auf der Baustelle, vielleicht würde sie in einer Viertelstunde zumindest eine Brötchenhälfte essen können.

Oda war mit einer Riesenportion Rührei mit gebratenem Speck gestartet und beschäftigte sich derweil mit ihrem zweiten Brötchen. Die eine Hälfte war mit zwei dicken Scheiben Gouda belegt, die zweite mit drei Scheiben Camembert. Dazu rührte sie gerade Zucker in ihre dritte Tasse Kaffee.

»Das kann durchaus sein«, räumte Oda ein, legte den Kaffeelöffel beiseite und griff zu ihrem Glas Orangensaft. »Immerhin ist das eine ein Mord, beim anderen kennen wir die Ursache noch nicht. Auch wenn ich solche Zufälle für ziemlich selten halte.«

»Was also denkst du?« Christine goss sich eine weitere Tasse Ostfriesentee ein, den sie sich als Kännchen selbst am Samowar zubereitet hatte. »Steht die Explosion in direktem Zusammenhang mit Sophia Rembergs Tod?«

»Spekulieren bringt uns nicht weiter, wir müssen abwarten, was die Brandermittler herausfinden. Dennoch ist natürlich alles möglich. Wir müssen das Umfeld und Leben von Onno Pannkok überprüfen. Ob der in finanziellen Schwierigkeiten steckte. Ob er eine Lebensversicherung abgeschlossen hatte, die im Falle eines Unfalls eine hohe Summe auszahlt. Wenn ja, wie lange es her ist, dass sie abgeschlossen wurde. Ob er krank war. Dann könnte es sein, dass er den Fall Sophia Remberg als Trittbrettfahrer genutzt hat. Damit sein Suizid wie ein zweiter Anschlag auf die Familie Remberg aussieht und seine Angehörigen von der Lebensversicherung profitieren können.«

»Ich denke, wir sollten trotzdem von Anfang an einkalkulieren, dass Remberg bewusst innerhalb weniger Tage gleich zweimal so hart getroffen werden sollte.« Dieser Gedanke war Christine gekommen, als sie heute Morgen gegen fünf Uhr wach geworden war und nicht wieder einschlafen konnte. Sie gab Kluntje in den Tee, obwohl der in Ostfriesland gleich zu Beginn in die Tasse gehörte, noch bevor der Tee darübergegossen wurde. Doch normalerweise trank sie ihren Tee schwarz. Und nicht so stark. Dieser hier war allerdings nur etwas für echte Hardcore-Ostfriesen, sie hatte den Teebeutel viel zu lange in der Kanne gelassen. Ohne Zucker konnte sie den Tee so überhaupt nicht trinken. Mit Zucker aber stärkte er bestimmt ihre Nerven.

»Tja. Das hab ich auch schon überlegt«, antwortete ihre Kollegin lax, und Christine schalt sich eine Närrin, weil sie gedacht hatte, ihr allein wäre diese Idee gekommen. Natürlich kombinierte Oda genauso wie sie und war zudem auch nicht mehrere Wochen gesundheitlich außer Gefecht gewesen.

»Wir sollten Lemke auf beide ansetzen. Auf Remberg senior und auf Onno Pannkok«, schlug Christine vor. »Der übernimmt das sicher gern. Bestimmt langweilen sich unsere Jungs in Wilhelmshaven, so weit ab vom Geschehen.«

»Heiko nicht.« Oda schüttelte den Kopf. »Der regelt alles lieber vom Schreibtisch aus. Und er hat ja schon 'ne Menge rausgefunden. Aber du hast recht, er wird wie ein Bluthund an der Spur von Onno Pannkok kleben. Und ja, sie sollen auch Walter Remberg durchleuchten. Wir werden ihn uns hier vor Ort schnappen. Der kann uns bestimmt noch eine Menge mehr erzählen als das bisschen, mit dem er jetzt rausgerückt ist.«

»Bislang ging es ja auch nur um seine Tochter. Und wir haben ihn sowieso schon für einen ziemlichen Egozentriker gehalten«, gab Christine zu bedenken. »Wenn der sich und sein Engagement hier auf der Insel noch intensiver in unsere Gespräche eingebracht hätte, hätten wir ihm bloß das Wort abgeschnitten.« Sie trank einen Schluck Tee und verzog das Gesicht. Auch durch den Zucker war der Tee leider nicht genießbar geworden. Sie stellte die Tasse zurück. »Ob Remberg inzwischen wohl davon ausgeht, dass es jemand ganz gezielt auf ihn abgesehen haben könnte?«

»Darauf kannst du Gift nehmen«, bekräftigte Oda. »Der stellt bei allem sich selbst in den Vordergrund. Allerdings … mir fehlt der Zusammenhang. Den erkenne ich nicht.«

Die Kellnerin trat an ihren Tisch. »Kann ich Ihnen noch etwas bringen? Einen Tee oder noch Kaffee?«

»Danke, nein«, lehnte Oda ab, Christine jedoch fragte: »Können Sie mir vielleicht eine neue Tasse und ein Kännchen bringen, ich hab den Tee zu lang ziehen lassen.«

»Gern. Darf ich das Geschirr schon mitnehmen?«

Bevor Christine etwas erwidern konnte, sagte Oda in etwas rüdem Ton: »Nein. Lassen Sie alles so, wie es ist, wir sind gerade mitten in einer dienstlichen Besprechung, und vielleicht möchten wir gleich noch etwas essen.«

»Bitte. Gern.« Die Kellnerin entfernte sich leicht beleidigt.

Oda fuhr fort: »Es gibt aber auch noch genügend zu verfolgende Motive, die Sophia Remberg selbst betreffen. Denk nur an Jörn Wertek. Der will und muss verhindern, dass Infos über seine Karriere als Wilma Wasanderes an die Öffentlichkeit dringen. Ganz zu schweigen von den Vorwürfen der Vorteilsnahme im Amt. Das allein sind ja schon zwei erstklassige Motive.«

Am Nachbartisch standen die Gäste gesättigt vom Frühstückstisch auf.

»Nur wird er das nicht können, wenn er sie umbringt, ohne die Akte zu stehlen. Und bislang können wir Wertek nichts nachweisen«, gab Christine zu bedenken.

»Es könnte aus Wut geschehen sein. Die beiden sind aufeinandergestoßen, und sie hat ihm vielleicht in angeheitertem Zustand unter die Nase gerieben, dass sie den Auftrag hat, Dinge auszugraben, die ihn politisch ruinieren. Denk doch daran, dass wir uns gefragt haben, was der Tötung vorausgegangen ist.«

»Wenn wir nur wüssten, wohin Sophia vom Polterabend aus verbracht wurde. Sie wurde angebunden, und ihr Körper scheint mit einer Art Hochdruckreiniger gesäubert worden zu sein, wie Krüger anhand der Einblutungen und des Gesamtzustandes vermutet. In den Kellern des Kaiserhofes gibt es jedoch keinen Wasseranschluss. Das sind reine Lagerräume.«

Odas Handy kündigte mit einem Piepton den Eingang einer Nachricht an, augenblicklich warf sie einen Blick darauf. »Ist von Manssen«, sagte sie. »Das Blut in Werteks Keller stammt außerdem eindeutig *nicht* von Sophia Remberg.«

»Auch scheinen ja beide Keller nicht vor Kurzem aufs Gründlichste gereinigt worden zu sein. Wir tappen da also sprichwörtlich im Dunkeln«, sagte Christine entmutigt.

»Die Wohnung von Wertek scheidet ebenfalls aus, genau wie das Haus der Rembergs. Nie und nimmer hätte Wertek Sophia in seiner Ferienwohnung festhalten können, während die Familie da rumwuselt.«

Christine kam eine Idee. »Wie ist es denn mit dem Dachboden? Da haben wir die Kriminaltechnik nicht hingeschickt.«

»Stimmt«, gab Oda zu. »Aber ich glaub, wir beide gucken uns das mal vorab an, bevor wir die auch da umsonst hinjagen. Zumal ich vermute, dass es dort ebenfalls keine Wasseranschlüsse gibt. Selbst wenn, glaube ich nicht, dass man eine Person auf dem Dachboden mit einem Hochdruckreiniger bearbeiten und alle Spuren, die darauf hinweisen, schnell beseitigen kann.«

»Da hast du sicher recht. Es war auch nur so ein spontaner Gedanke. Wertek wäre bestimmt nicht das Risiko eingegangen, eine tote Frau aus dem Haus zu schaffen. Dazu gibt es zu viele Wohnungen im Haus und gerade in der Urlaubszeit zu viel Trubel. Wenn er allein in der Wohnung gewesen wäre, hätte er sie vielleicht nachts herausschaffen können, aber seine Familie ist ja bei ihm. Das sind zwei unberechenbare Faktoren. Und er ist ja nicht dumm.«

»Warte mal«, unterbrach Oda sie. »Das könnte es allerdings sein. Er könnte sich genau diese Gedanken gemacht und Sophia im Schutz der Nacht abtransportiert haben, als sowohl im Haus als auch in seiner eigenen Wohnung alles ruhig den Schlaf der Gerechten schlief.«

»Überprüfen wir also den Dachboden auf Wasseranschlüsse und Pfützen.« Christine war wenig überzeugt. »Aber je länger ich darüber nachdenke, desto weniger glaube ich an die Dachbodenlösung. *Wenn* Wertek es war, hat er ein anderes Haus benutzt. Auch bei von Oertel fehlt die Möglichkeit, die tote Sophia zu säubern. Außerdem haben Manssen und Co weder in der Wohnung von von Oertel noch in der von Wertek irgendwelche Spuren finden können, die darauf hinweisen, dass Sophia dort angebunden war.«

»Ihre DNA war jedoch in der Wohnung von von Oertel«, wandte Oda ein. »Dessen DNA brauchen wir übrigens auch noch.«

»Stimmt. Machen wir nachher. Aber ihre DNA war dort, weil sie mit ihm in der Wohnung war. Hat er uns doch erzählt. Auch dass sie nicht begeistert über sein Hochzeitsgeschenk war und sie sich immer noch gestritten haben, als sie das Haus verließen. Außerdem ist er kein Dummkopf und konnte sich ausrechnen, dass man trotz anstehendem Hochzeitstermin ziemlich schnell auf ihn als potenziellen Täter kommen würde. Beziehungstaten sind schließlich am häufigsten. Es passt einfach alles nicht zusammen. Die Art der Zurschaustellung. Dass sie gefesselt worden ist. Das Säubern. Das deutet alles auf eine sehr gezielte Tat hin.« Sie überlegte kurz, dann lenkte sie ein. »Du könntest dennoch recht haben. Vielleicht hat er das alles als Ablenkungsmanöver geplant. Vor allem, weil er die Ferienwohnung auf Sophias Namen im Grundbuch hat eintragen lassen. Durch diesen Eintrag gehört die Wohnung jetzt, nach Sophias Tod, rein rechtlich den Rembergs, die ja als Sophias nächste Verwandte deren gesetzliche Erben sind, weil die Eheschließung nicht zustande kam. Wenn die sich querstellen, kann er das dort investierte Geld abschreiben.«

»Nee, das spricht doch nun eindeutig gegen den Verlobten als Täter«, widersprach Oda.

Die Kellnerin brachte die neue Tasse und auch ein Kännchen Tee. »Ich hab ihn extra nicht so lang ziehen lassen«, sagte sie.

»Danke.« Christine griff zur Kanne und goss sich eine Tasse ein. »Auf den ersten Blick stimme ich dir zu. Von Oertel hätte mit ihrem Tod nichts gewonnen. Im Gegenteil. Und das ist der zweite Blick: Wenn er es war, aufgrund ihres Streits oder wegen anderer unterschwelliger Beziehungsprobleme, hätte er mit ihrem Tod einiges verloren, das es zurückzugewinnen gilt. Durch ein Ablenkungsmanöver.«

Oda nickte. »Die Explosion auf der Baustelle.«

»Genau.« Christine hatte in der Nacht bereits sämtliche Variationen durchgespielt.

»Du meinst, von Oertel hat die Explosion auf der Baustelle verursacht, um davon abzulenken, dass er Schuld an Sophias Tod trägt, wie unglücklich sich das auch zugetragen haben mag? Und dass weder Sophias Tod noch die Explosion gezielt gegen Remberg gerichtet war?«

»Ich halte unter den gegebenen Umständen beides für möglich«, erwiderte Christine.

»Aber dazu müsste von Oertel genaue Kenntnisse über den Arbeitsablauf auf der Baustelle und die Sicherheitsvorkehrungen dort gehabt haben«, wandte Oda ein.

Christine schob ihren Teller beiseite. Eine Brötchenhälfte mit Lachs lag noch darauf. Oda griff danach. »Du isst das nicht mehr?«

Christine schüttelte den Kopf.

Herzhaft biss Oda ab und fuhr mit vollem Mund fort: »Ich glaube nicht, dass von Oertel für die Detonation auf der Baustelle verantwortlich war. Überleg doch mal. Wenn er wirklich schuld an Sophias Tod war, hätte er doch ihren Leichnam quasi in einem

Abbacken mit der Explosion auf der Baustelle beseitigen können und sie nicht wesentlich umständlicher und auch risikoreicher am Dünenübergang installieren müssen. Von Oertel ist kein Mensch, den die Herausforderung reizt. So schätze ich ihn jedenfalls nicht ein. Von Oertel ist einer, der den beschaulichen Hafen liebt, in dem alles so ist wie immer und in dem es keine großen Überraschungen gibt. Nein, ich glaub nicht, dass er was mit der Detonation zu schaffen hatte.« Sie biss noch einmal ab. »Wir könnten ja so langsam aufbrechen und rübergehen. Vielleicht wissen die Kollegen schon mehr über die Brandursache.«

***

»Das war kein Unfall«, sagte der Leiter der Brandermittlungstruppe. Der Schweiß lief ihm von der Stirn über Augen, Wangen und Nase, er zog ein Taschentuch aus seiner Hose und wischte sich damit über das Gesicht. »Das war ein gezielter Anschlag. Es gab einen Sprengsatz, der die Explosion auslöste. Der Käfig, in dem die Gasflaschen standen, ist aufgebrochen worden.«

Das Thermometer war in der letzten Stunde weiter nach oben geklettert, die Luft unangenehm schwül und drückend. Oda klebte bereits das T-Shirt am Leib. Sie und Christine, der man natürlich nichts anmerkte, standen neben dem Kollegen vor dem Rohbau zwischen Schutt und Baumaterialien, die im festgetretenen Sand lagen. Auf die obere Etage durften sie nicht, da zuerst ein großer Teil der verkohlten Dachbalken abgetragen werden musste, die Einsturzgefahr war zu groß. Immer noch schwebte der Geruch von verkohltem Holz über der Baustelle.

»Könnte der Polier selbst derjenige gewesen sein, der die Explosion ausgelöst hat?«, fragte Oda, während Christine schon wieder ihren Lederblock in der Hand hatte und eifrig mitschrieb.

Der Brandermittler wies das zurück. »Nein. Erstens war der Sprengsatz mit einem Zeitzünder versehen, und zweitens ist anhand des Zustandes des Toten ersichtlich, dass er zwar in der Nähe der Gasflaschen gewesen sein muss, aber nicht genau danebengestanden haben kann. Beides ist untypisch für einen Selbstmörder. Der hätte den Sprengsatz ohne Zeitzünder aktiviert und gewartet, bis alles explodiert. Das war als Anschlag geplant. Aber wenn der Polier derjenige gewesen wäre, hätte er den Zünder so eingestellt, dass er bei der Detonation außer Reichweite wäre. Nee, ich fress 'nen Besen, wenn der Tote was mit der Explosion zu tun hatte.«

Christine hob den Kopf. »Also war es ein Zufall, dass Onno Pannkok auf dem Bau war.« Sie schwieg einen Moment. »Wie tragisch. So unsinnig. Und so … überflüssig. So vermeidbar. Ein schlimmer Schicksalsschlag. Aber warum ist er gerade zu diesem Zeitpunkt hingegangen, wo doch der Rundgang noch gar nicht fällig war?«

»Keine Ahnung.« Der Brandermittler wischte sich erneut mit dem Tuch übers Gesicht und zuckte mit den Schultern. Für Christines esoterische Gedankengänge hatte er offensichtlich keine Ader. »Braucht ihr mich noch?«

»Nein. Danke«, sagte Oda.

»Keine Ursache. Wir packen dann zusammen und sind weg.« Er drehte sich um und verschwand.

»Ich finde es nach wie vor naheliegend, dass man Remberg mit diesem Anschlag schaden wollte«, überlegte Christine laut, während sie die Baustelle verließen. »Als ob der durch den Tod seiner Tochter nicht schon genug an den Hacken hätte. Jetzt noch die Explosion … Dadurch verzögert sich der komplette Zeitplan des Projektes. Da muss ja auch der Statiker noch mal ran.«

»Und die von der Versicherung«, sagte Oda.

»Es kann Monate dauern, bis die weitermachen dürfen.«

»Jo. Ganz schöner Schiet. Schnappen wir uns also Remberg senior.« Oda fischte ihr Handy aus der Hosentasche und drückte die Kurzwahltaste. Wenig später hatte sie Lemke an der Strippe. »Moin, Heiko, Glückwunsch: Jetzt darfst du dich mit Walter Remberg beschäftigen.« Sie erklärte ihm die Situation. »Ach ja … dem Polier, diesem Onno Pannkok, der bei dem Unfall ums Leben gekommen ist, kannst du der Vollständigkeit halber auch ein wenig Aufmerksamkeit schenken. Und wie immer hätte ich alle Informationen natürlich lieber gestern als morgen.« Sie grinste breit, als sie das Gespräch beendete.

***

»Was hier passiert, ist die reinste Katastrophe.« Walter Remberg ging im Schatten der Markise auf und ab, während er mit seinem Architekten telefonierte. »Und deshalb erwarte ich Sie noch heute vor Ort. Wir müssen besprechen, wie es weitergeht. Ja, selbstredend übernachten Sie wieder in der Ferienwohnung.« Es läutete an der Tür. Walter fiel ein, dass Susanne das Haus vor einer halben Stunde verlassen hatte. »Ich muss jetzt Schluss machen, wir sehen uns also später.« Noch während er das Telefonat unterbrach, riss er die Haustür auf.

Als er die beiden Kommissarinnen sah, war er nicht wirklich überrascht. »Kommen Sie rein. Sicher werden Sie mir heute mehr zu dieser verdammten Explosion sagen können.« Er ging durch den Wohntrakt auf die Terrasse voraus und ließ sich auf seinen Stuhl fallen. »Entschuldigung. Nehmen Sie bitte Platz«, sagte er ein wenig kraftlos. »Ist alles etwas viel. Dazu noch diese Hitze. Das gibt heute bestimmt noch ein kräftiges Gewitter.« Er blickte zu den Frauen hoch, die sich nun ebenfalls setzten. Er bemerkte, dass sie ihn taxierten, zumindest kam es ihm so vor. Augenblicklich kehrte die Kraft zurück, und er streckte seinen Rücken. Niemand sollte ihn klein und schwach sehen. »Also?«, fragte er.

»Wir wissen, warum es zur Explosion kam«, sagte Oda Wagner.

Er sah sie stumm an. Nein, sich auf dumme Spielchen einzulassen, dazu hatte er längst schon keine Lust mehr. Wenn sie etwas wussten, sollten sie es sagen.

»Es war ein gezielter Anschlag. Kein Unfall«, ergänzte Christine Cordes. »Die Detonation wurde durch einen Zeitzünder herbeigeführt. Der Polier starb aufgrund des unglücklichen Umstands, dass er unplanmäßig noch einmal auf den Bau ging. Hätte er seinen üblichen Rhythmus beibehalten, würde er wohl noch leben. Wir gehen daher davon aus, dass sein Tod keine Absicht war, sondern ein … ja … ein bedauerlicher Unfall.«

Er brauchte einen Augenblick, um diese Information zu verarbeiten. »Das heißt, der Anschlag galt mir.«

»Ich würde da differenzieren«, sagte Christine Cordes. »Der Anschlag galt dem Bauprojekt.«

»Dessen Investor ich bin, wie man auf sämtlichen Bauschildern lesen kann«, gab er ungnädig zurück. »Also galt der Anschlag mir.

Man will mir noch mehr zusetzen, man will, dass ich noch mehr leide, als ich es nach dem Tod meiner Tochter ohnehin schon tue.« Er fuhr sich mehrmals mit der rechten Hand über den Mund. Saugte die Luft ein, die ihm heute schwer vorkam, als würde sie über deutlich weniger Sauerstoff verfügen als normal. »Was war eher da, das Huhn oder das Ei?«, sinnierte er und erntete einen fragenden Blick der beiden Kommissarinnen.

Er schüttelte unwirsch den Kopf. Warum ließ man zwei Frauen in einem Team zusammenarbeiten? Da fehlte ganz klar der analytische männliche Verstand. Es *konnte* ja nicht präzise funktionieren, wenn zwei Frauen miteinander rumrätselten. Zumindest *ein* Mann müsste doch im Ermittlungsteam sein. Allerdings … Er dachte an Bernd Tönjes, den er zwar durchaus schätzte, aber Tönjes war, obwohl männlich, sicherlich nicht in der Lage, in einem Fall wie diesem zu ermitteln. Natürlich verlangte das auch keiner von ihm. Dennoch vermutete er, dass sogar dem Inselpolizisten an den richtigen Stellen die richtigen Fragen einfallen würden. Nur bezogen diese beiden Flintenweiber Tönjes überhaupt nicht mit in die Ermittlungen ein. Sobald sie gegangen waren, würde er ihn anrufen.

»Ich meine damit die Überlegung, was der Grund für Sophias Tod war«, stellte er klar. »Geht es um Sophia, oder geht es um mich? Hängt die Tat in Wahrheit gar nicht mit Sophias beruflichem Umfeld zusammen? Kann es da gar kein Motiv geben, weil sie und ihr Team zu gut, zu unsichtbar, zu kompetent gearbeitet haben, als dass man ihnen etwas anlasten könnte? Ging es vielmehr von Anfang an darum, *mir* zu schaden?« Er bedachte beide Polizistinnen mit einem strengen Blick. »Ja, ja. Ich weiß, was Sie denken.« Er wollte schon weitersprechen, wurde jedoch von Oda Wagner unterbrochen.

»Nun fahrn Sie mal wieder runter, Herr Remberg. Ja, Sie sind klasse, ja, Sie haben eine Menge Neider, ja, Sie sind in all den Clubs, in denen man Mitglied sein muss, um dazuzugehören … und ja, Sie verfügen über eine so saftige Portion Selbstbewusstsein und Egozentrik, dass Sie es mir nicht einfach machen, Sympathie für Sie zu empfinden.«

Er sah die Frau überrascht an. Was bildete die sich denn ein? So durfte die nicht mit ihm reden. Auch Christine Cordes ging das wohl zu weit, denn sie zischte: »Oda. Bitte.«

Bevor er selbst etwas erwidern konnte, sprach die Wagner weiter: »Meinen Sie wirklich, jemand tötet Ihre Tochter, um *Sie* zu treffen? Haben Sie sich tatsächlich solche Feinde gemacht? Dann würde uns sehr interessieren, wer diese Feinde sind und warum Sie damit nicht eher rausgerückt sind. Immerhin handelt es sich weder bei dem Mord an Ihrer Tochter noch bei der Explosion auf der Baustelle um Kavaliersdelikte.«

»Ja, also … Namen kann ich Ihnen da so aus dem Stegreif nicht nennen.«

»Sehen Sie.« Oda Wagner lächelte matt.

»Dennoch passt es nur, wenn ich die eigentliche Zielscheibe bin«, begehrte er auf.

»Haben Sie denn unter den Hochzeitsgästen Feinde?«

»Wie kommen Sie denn darauf, dass der Täter unter den Hochzeitsgästen zu suchen ist?«

»Weil Ihre Tochter nicht dauerhaft hier lebte. Es gab also nur eine kurze Zeitspanne, in der man Sie auf diese Art treffen konnte: dieses Wochenende. Erst bringt man Ihre Tochter um, und in dem sicheren Wissen, dass Sie nicht am nächsten Tag abreisen, jagt man die Baustelle in die Luft. Oder aber Sie haben sich hier auf der Insel Feinde gemacht.«

»Na ja. Wie man's nimmt.« Er stand auf, als er die fragenden Blicke der Polizistinnen sah. »Mit einem Projekt wie dem Aparthotel-Komplex schafft man sich nicht nur Freunde. Da sind zuvor andere Gebäude abgerissen worden, da gab es durchaus gespaltene Lager auf der Insel. Ich wurde beschimpft, man hat mich angefeindet, aber das ist nichts Neues für mich. So etwas erlebe ich ständig. Platz für attraktives Wohnen zu schaffen, trifft nicht bei jedem auf Zustimmung.«

»Dann könnte es durchaus sein, dass ein Trittbrettfahrer den Tod Ihrer Tochter ausnutzt, um Ihnen vielleicht auf dieser anderen, der beruflichen Ebene zuzusetzen«, überlegte Christine Cordes laut. »Aber dass man Ihre Tochter getötet hat, um Sie zu treffen, glaube ich ebenso wenig wie meine Kollegin. Ich denke, da kommen zwei Dinge zusammen. Und wir werden beide aufklären.«

»Ach, gehen Sie mir doch weg damit, dass die beiden Taten unabhängig voneinander sind. Da besteht ganz klar ein Zusammenhang. Und wenn es nur der ist, den Mord an meiner Tochter mit der Explosion auf der Baustelle vom Motiv her wässrig zu machen.«

»Sehen Sie«, sagte Oda Wagner, »das dachten wir auch. Und damit stehen eben nicht Sie im Mittelpunkt, sondern die zweite Tat soll zur Irreführung der Ermittlungen bei der ersten führen und uns auf eine falsche Spur lenken. Und diese falsche Spur sind Sie.«

»Nichtsdestotrotz wäre es natürlich hilfreich, wenn Sie uns in unseren Bemühungen unterstützen, herauszufinden, wer für den Anschlag auf die Baustelle verantwortlich ist«, fügte Christine Cordes hinzu. »Wir müssen wissen, was für Auseinandersetzungen es gab, und wenn Sie sogar von Bedrohungen sprechen … Wie lange sind diese Bedrohungen her, und haben Sie das damals angezeigt?«

Walter Remberg spürte, dass ihm das Blut aus dem Kopf sackte. Er hielt sich an der Stuhllehne fest. »Nein. Ich habe das als unqualifizierte Wutausbrüche aufgefasst. In der Welt, in der ich mich geschäftlich bewege, trifft man Entscheidungen mit dem Verstand. Ich war davon überzeugt, dass diese Drohungen leere Wortblasen waren, mit denen jemand seiner Wut Ausdruck verlieh. Nichts, was wirklich ernst zu nehmen wäre.« Er sah sie an, dabei hoben und senkten sich seine Nasenflügel. »Ich scheine mich geirrt zu haben.«

***

Wieder flog die Dohle in die breite schwarze Mülltonne. Er stand in unmittelbarer Nähe. Viel würde sie nicht vorfinden, die Tonne war in der Früh geleert worden. Das war auch gut so, denn bei diesen Temperaturen begann der Müll schnell zu stinken, vor allem, wenn der Deckel der Tonne fast ständig von irgendeinem Idioten offen gelassen wurde. Für ihn hatte sich das jedoch gelohnt, anderenfalls hätte er den Vogel nicht entdeckt und wäre nicht auf diese schöne Idee gekommen. Für heute hatte er der Dohle eine Art Leckerli vorbereitet. Würde sie seine Verlockung annehmen oder gleich wieder herausfliegen? Vorsichtig ging er näher. Obwohl er gestern des Öfteren hier gewesen war und die Dohle keine Scheu zeigte, wollte er sie nicht aufschrecken.

Weil es kaum Abfall im Müllbeutel gab, hatte er den Beutel aufgeschnitten, damit die Dohle besser darankam und sich nur wenig anstrengen musste. Als besonderes Bonbon hatte er einen überreifen Pfirsich hineingelegt, den er eine Stunde lang mitten in der Ameisenstraße hinter dem Haus hatte liegen lassen. Er wusste, Dohlen mochten Insekten. Allerdings hatte er den Müllbeutel nicht einfach so in die große Tonne geschmissen, sondern ihn in den alten Vogelbauer gesteckt, den er im Keller entdeckt hatte. Was alles für Zeug aufbewahrt wurde. Der Bauer hatte nie einem Vogel als Unterkunft gedient, seine Mutter hatte ihn allein aus Dekorationszwecken mit Blumen und anderem Tand verziert und im Wohnzimmer aufgestellt. Er selbst hätte zu gern einen richtigen Vogel darin gehalten, aber nachdem seine Mutter ihn kurz vor seinem dreizehnten Geburtstag dabei erwischt hatte, wie er einem der zahmen Spatzen, die sich keck auf die Terrassentische der Gaststätten setzten, die Schwanzfedern ausgerissen hatte, war sein Geburtstagswunsch, ein Wellensittich, unerfüllt geblieben.

Neugierig lugte er in den Müllbehälter. Tatsächlich, die Dohle saß im Bauer und zerrte am Beutel. Vorsichtig griff er zu dem Stab, mit dem man Papierfetzen und kleinere Dinge vom Boden aufheben konnte, und schloss damit die Käfigtür, bevor der Vogel entfliehen konnte. Dann warf er einen festen blauen Müllsack über den Käfig und hob ihn aus der Tonne. Der Vogel schlug um sich und schrie, aber das Krächzen ging im allgemeinen Vogelgezwitscher unter. Ohnehin war niemand in der Nähe. Zufrieden trug er den Käfig ins Haus. Vielleicht würde er heute, vielleicht aber auch erst morgen dafür sorgen, dass jemand im Hause Remberg einen gewaltigen Schreck erlitt. Was für ein erheiternder Gedanke!

***

Hendrik Siebelt rührte in seinem Kaffeebecher, den er wieder einmal viel zu voll gegossen hatte. Der Kaffee schwappte bereits über, weshalb er sich vorbeugte und einen Schluck aus dem Becher schlürfte, damit er nicht wieder beim Trinken sein Oberhemd bekleckerte. Das passierte ihm leider ständig. Auch heute war es unangenehm schwül im Raum. Wahrscheinlich war es wieder Niekstelt gewesen, der das Fenster aufgerissen hatte, der dachte nicht daran, dass schwüle Luft auch im Schatten der Kastanien auf der Straße vor der Wilhelmshavener Polizeiinspektion schwüle Luft blieb. Siebelt hatte sowohl die Weste als auch das Sakko ausgezogen und in seinem Büro über dem Schreibtischstuhl hängen lassen, bevor er zur Besprechung mit Niekstelt und Lemke gegangen war.

Es gefiel ihm nicht wirklich, so weit ab vom Geschehen zu sein, wenngleich er vorhin mit Oda telefoniert und sich auf den aktuellen Stand der Dinge gebracht hatte. Mit keinem Wort hatte sie ihn auf die anstehende Beförderung in der Abteilung angesprochen, was ihn wunderte. Sie nahm doch sonst kein Blatt vor den Mund, und er ging davon aus, dass Niekstelt die Nachricht verbreitet hatte. Zumindest hatte er darauf gesetzt. Denn anders als Lemke posaunte Niekstelt stets alles heraus, und für Siebelt war es einfacher, wenn Oda und Christine sich schon auf Wangerooge mit dem Gedanken daran auseinandersetzten, dass die andere vielleicht befördert werden würde.

»Was meint ihr?«, fragte er Lemke und Niekstelt, die sich intensiv in die Recherche um Sophia Remberg gestürzt hatten. »Glaubt ihr auch, dass die beiden Fälle nicht ursächlich, sondern nur in der logischen Folge miteinander zusammenhängen? Haben wir es mit zwei Tätern zu tun, oder soll die Baustellensache etwas vertuschen? Was habt ihr über Walter Remberg herausgefunden?«

Während Niekstelt sich Kaugummi kauend Kaffee nachgoss und ihn mit zwei gehäuften Löffeln Zucker süßte, legte Lemke los. »Der ist ebenfalls nicht ohne. Während die Tochter heimlich im Morast gewühlt hat, ficht er seine Kämpfe mit offenem Visier aus. Nicht nur auf Wangerooge hat man gegen seine Bauvorhaben protestiert, auch an anderen Orten. Im Prinzip wirft man ihm vor, auf unlauteren Wegen zu exklusiven Baugrundstücken zu gelangen beziehungsweise Genehmigungen für Wohnbebauung zu erhalten, wo es laut Bebauungsplan keine gibt. Nachweisen können hat man es ihm bislang aber nicht.« Er warf einen Blick auf die Uhr. »Wir sollten aber jetzt die Konferenz starten. Die beiden müssten drüben inzwischen auch vorm PC sitzen.« Er startete das Programm, das eine Video-Konferenz mit Oda und Christine in der Polizeistation auf Wangerooge ermöglichte. »Jo. Alles klar, da sind sie schon.« Lemke drehte den Bildschirm so, dass Niksteit und Siebelt die Kolleginnen sehen konnten.

»Moin, ihr Landratten«, grüßte Oda fröhlich herüber, während Christine nur kurz lächelnd die Hand hob. »Was habt ihr denn für uns? Wir sind hier irgendwie ziemlich abgeschnitten. Und wir vermissen euch.«

Nieksteit lachte prustend los, wobei er einen Schwall Kaffee im Raum verteilte, denn er hatte gerade einen Schluck getrunken.

»Nieksteit«, rügte Siebelt, der den Kaffeebecher lieber erst gar nicht in die Hand nahm, obwohl der inzwischen nur noch halb gefüllt war.

Lemke ließ sich davon nicht beirren. »Also, kommen wir erst mal zu Onno Pannkok.«

»Der Polier«, sagte Oda.

»Da ist nichts. Also, da gibt es keinen Hinweis darauf, dass der die Explosion verursacht hat, um sich auf diese Weise umzubringen und seiner Familie Geld zukommen zu lassen. Die Kollegen waren bei seiner Witwe, finanzielle Schwierigkeiten hatten die nicht. Sie arbeitet bei Rossmann, seit die Kinder aus dem Haus sind, sogar ganztags, er hat auf den Baustellen gut verdient, sie bewohnen eine schöne Wohnung in Rhardum und freuten sich wie die Schneekönige auf ihr erstes Enkelkind. Pannkok hat sogar schon angefangen, die Babywiege selbst zu zimmern, das hat er in der kleinen Laube im Garten gemacht. Sonst sei auch alles in Ordnung gewesen, beim letzten ärztlichen Check, der erst vor drei Monaten gewesen ist, hatte er prima Ergebnisse, bis auf etwas erhöhtes Cholesterin, aber nichts, was auf eine unheilbare Krankheit oder so hinweist.«

»Also ist das tatsächlich eine Sackgasse, und er war wirklich einfach nur zur falschen Zeit am falschen Ort«, stellte Christine fest.

»Danach sieht es aus«, bestätigte Siebelt.

»Und Walter Remberg?«, fragte Oda.

»Der hat sich eine Menge Feinde gemacht.«

***

Das verdammte Vieh machte einen Höllenlärm. Er fühlte sich dadurch bedrängt. Seine Finger juckten und zuckten, wollten den Vogel schnappen und ihm als Strafe die Federn einzeln bei lebendigem Leib ausrupfen. Was wohl wäre, wenn er diesem Drängen nachgab und der nackten Dohle danach nicht einfach den Hals umdrehte, sondern sie ohne Gefieder zurück in den Käfig steckte? Würde sie krepieren, weil die wärmeausgleichenden Federn nicht mehr für die richtige Körpertemperatur sorgen konnten? Würden Federn nachwachsen? Gleich war er erregt, das müsste er ausprobieren. Nicht mit diesem Vogel natürlich, den brauchte er schwarz gefiedert. Aber mit einem seiner Artgenossen. Zwar konnte man so was sicher auch im Internet nachlesen, aber erstens war er schlau und wusste, alles, was er von seinem PC aus recherchierte, könnte von Experten rekonstruiert werden, selbst wenn er Dateien und den Suchverlauf löschte. Zweitens bot es einen sehr viel größeren Reiz, solche Dinge selbst auszuprobieren.

Ein breites Lächeln umspielte sein Gesicht. Ja, er würde dieses Experiment starten. Wenn alles so verlief, wie er es sich vorstellte, sogar mit genau diesem Vogel. Spontan kam ihm der Gedanke, das Tier zu markieren. Natürlich war er kein Züchter und verfügte nicht über nummerierte Fußringe, aber er könnte etwas anderes versuchen. Ein kleiner Gummiring wäre zu riskant, den könnte das Vieh sich vom Fuß ziehen. Es müsste etwas aus Metall sein. Ein schmales Stück Kupferrohr von der Baustelle? Oder lediglich ein Farbtupfer auf dem Schnabel? Sein Lächeln zog sich augenblicklich vom linken bis zum rechten Ohr.

***

Gebannt hörten Christine und Oda dem zu, was ihre Wilhelmshavener Kollegen zu berichten wussten.

»Im Laufe der letzten Jahre sind zahlreiche Artikel über Rembergs Aktionen in den hiesigen Zeitungen erschienen«, dozierte Lemke. »Nicht nur in den ostfriesischen, sondern auch in denen der Ammerländer Region. Remberg und seine Art der Herangehensweise an Bauvorhaben wurden aufs Schärfste angegriffen. Er hat seine Konzepte anscheinend häufig auch gegen Bürgerinitiativen, jedoch immer mit Unterstützung der jeweiligen Politiker durchgesetzt. Vor allem das Projekt auf Wangerooge hat hohe Wellen geschlagen. Da gab es zwei extrem gespaltene Lager. Die einen, die pro Aparthotel-Komplex und damit für den Abriss der vormals bestehenden eingeschossigen Gebäudezeile stimmten, und die anderen, die die neue, höhere Bebauung dieses privilegierten und bislang gemeindeeigenen Abschnittes nicht akzeptieren wollten, weil es das Panorama der Insel nachhaltig verändere, wie sie sagten. Man betitelte Rembergs Idee als ›zweiten Norderneyer Wahnsinn‹, in Anspielung auf die beiden weißen Hochhäuser dort.«

»Stimmt, die sehen wirklich nicht schön aus, ich hab die mal von Juist aus gesehen, da denkt man ja nicht, dass man zu einer Insel rüberguckt, sondern eher aufs Festland. Remberg sprach übrigens selbst auch davon, dass er auf Wangerooge nicht nur Freunde hat«, fügte Oda hinzu.

»Böse Zungen behaupten, Rembergs Projekt würde nicht nur der Promenade, sondern der gesamten Insel die Idylle nehmen«, führte Lemke weiter aus. »Das Aparthotel würde mit dem ohnehin schon existierenden mehrgeschossigen Gebäude zu Beginn der Promenade gleich links neben dem Café ›Pudding‹ einen sogenannten Geschosskoloss bilden, der sich nicht ins Inselbild einfügt. Viele Gäste und Insulaner hätten lieber die alte Bebauung mit dem dahinterliegenden Minigolf-Parcours und dem Kiosk beibehalten, vom Konzept her vielleicht etwas modernisiert, aber von der Optik her gleich. Den Minigolfplatz gab es seit 1959. Da haben viele gesagt, der gehört einfach zur Insel. Kaum jemand wünscht sich einen neuen Hotelkomplex, auch wenn der noch so umweltschonend mit erneuerbaren Energien betrieben wird. Dafür wirbt das Aparthotel bereits jetzt auf seiner Internetpräsenz.«

»Na ja«, sagte Oda.

Christine fand es schon etwas bizarr, Oda nicht nur direkt neben sich, sondern auch im kleinen Feld der Kamera oben rechts am Bildschirm zu sehen, während Lemke den Rest ausfüllte.

»Aber Zeitungsartikel sind ja nun mal bekannt dafür, dass sie gern polarisieren. Von realen Drohungen gegen Remberg hast du nichts gefunden?«

»Nee.«

Nun meldete sich Christine zu Wort. Sie blickte direkt auf den Bildschirm und hoffte, dass das auf dem Wilhelmshavener PC als natürlicher Gesichtsausdruck ankam. »Wie Oda gerade schon sagte, hat Remberg behauptet, Drohungen erhalten zu haben. Er hätte sie aber nicht angezeigt, weil er sie nicht ernst genommen hat.«

»Hat er diese Drohungen schriftlich?«, hakte Siebelt nach. Er hielt dabei seinen Kopf schräg ins Bild, was komisch aussah. »Dann soll er sie uns schicken.«

Lemke nickte. »Kann er ja erst faxen, dann in einen Plastikbeutel stecken und euch geben. Oder in einen Umschlag stecken und herschicken. Wir werden die Fingerabdrücke sichern und vielleicht auf diese Art weiterkommen.«

»Wir haben ihm schon gesagt, dass wir Beweise für die Drohungen brauchen, eben weil sie relevant sein können«, sagte Christine.

»Die von Oertels hatten übrigens auch einige Jahre eine Wohnung auf Wangerooge«, mischte sich Niekstelt quasi aus dem Off heraus ein. »Allerdings erst, als Stefan von Oertel schon fast erwachsen war.«

Christine musste schmunzeln. Niekstelt hatte schon des Öfteren mit solchen Nebenbei-Beiträgen zu erstaunlichen Etappensiegen in ihren Ermittlungen beigetragen.

»Trotzdem dürfte er die Insel inzwischen ganz gut kennen, von damals und natürlich auch durch seine Aufenthalte mit Sophia«, ergänzte Siebelt.

Während Christine im Geiste noch einmal alle Informationen in ein schematisches Raster einordnete, legte Oda los: »Das bedeutet, dass weder Wertek noch von Oertel aus dem Rennen sind.«

»Genau«, bestätigte Lemke. »Die können Stellen und Orte kennen, auf die ein normaler Tourist oder in diesem Fall noch extremer: ein Hochzeitsgast niemals kommen würde. Dort hätten sie Sophia verstecken, töten und hinterher reinigen können. Das Haus der Eltern von Wertek scheidet als Ort aber aus, das ist nämlich zurzeit an eine Familie aus Osnabrück vermietet, und die von Oertels haben ihre Wohnung vor einiger Zeit verkauft.«

»Von Oertel könnte aber noch einen Schlüssel dafür besitzen«, spekulierte Christine.

»Was ihm nichts nützen würde, denn selbstverständlich habe

ich ebenfalls überprüft, ob diese Wohnung gerade frei ist.« Lemke grinste breit.

»Schiete«, entwich es Oda.

»Kannst von Oertel ja mal fragen, warum seine Eltern die Wohnung verkauft haben«, riet Lemke. »Bei den niedrigen Zinsen heutzutage macht das an sich keinen Sinn. Da sind ja sogar geringe Mieteinnahmen besser als eine Quasi-Nullverzinsung auf dem Kapitalmarkt. Na, jedenfalls war die Wohnung seiner Eltern nicht die, die er Sophia gekauft hat. Da solltet ihr auch mal nachhaken. Wenn der so viele Jahre auf der Insel gelebt hat, warum kauft er den Eltern dann nicht sein zweites Zuhause ab, sondern erwirbt was ganz Neues? Zumal man sagen muss, dass sich beide Wohnungen preislich im gleichen Rahmen befanden.«

»In welchem?«, fragte Christine.

»Na, so wirklich viel ist es nicht gewesen. Hundertzehntausend Euro.«

»Und das nennst du nicht viel?« Oda reagierte beinahe entsetzt.

»Na ja …«, entschuldigte sich Lemke. »Für eine Wohnung auf einer Ostfriesischen Insel ist das schon ziemlich wenig. Guck dir mal die Immobilienangebote an, vor allem die für die anderen Inseln. Da schlackerst du mit den Ohren, wenn du die Preise siehst. Wangerooge ist noch am günstigsten.«

»Ist doch jetzt auch vollkommen wurscht«, wiegelte Siebelt ab. »Gibt es vielleicht so was wie eine Kleingartenkolonie auf der Insel, irgendeinen Ort, der nicht weit vom Ablageort entfernt, aber dennoch abseits von allem Trubel gelegen ist und an dem man einen Wasseranschluss hat? So ein Kleingarten bietet sich doch an. Gibt's das auf Wangerooge?«

»Keine Ahnung. Ich frag Bernd mal.« Oda drehte den Kopf nach hinten. »Bernd?« Keine Antwort. »Ich glaub, der ist nicht da. Aber ich kümmer mich drum.«

»Tja. Sonst haben wir hier auch nichts mehr für euch«, sagte Lemke. »Aber wir bleiben natürlich dran.«

»Und meldet euch bitte, sobald es etwas Neues gibt. Ihr wisst ja, wir sind für jede Kleinigkeit dankbar, die uns weiterhilft«, ergänzte Christine.

»Logisch«, antwortete Lemke.

»Na, denn … Tschüss.« Oda winkte.

»Tschüss.« Auch Lemke und Niekstеit hoben grüßend die Hand, Siebelt jedoch druckste herum: »Ähm … also … wegen der Beförderung … Ich möchte mit offenen Karten spielen, nicht dass da noch ein unsinniger und überflüssiger Konkurrenzkampf entbrennt, aber ich weiß selbst auch noch nichts Genaues.«

Christine bemerkte, dass Oda die Stirn runzelte, sie hatte ihr ja noch nichts davon gesagt. Das hatte sich irgendwie nicht ergeben.

»Beförderung?«, wiederholte Oda an die Kollegen in der Wilhelmshavener Polizeiinspektion gewandt, dann drehte sie den Kopf zu Christine. »Beförderung?«

Christine zuckte hilflos mit den Schultern.

***

In der Ferne grollte es dumpf, als Oda vor die Tür der Polizeistation trat, um eine Zigarette zu rauchen. Noch schien zwar die Sonne, aber von Westen zogen dunkle Wolken auf, die mit rasanter Geschwindigkeit näher kamen. Die Wolken passten exakt zu ihrer Stimmung.

»Beförderung?«, wiederholte sie gereizt. »Jemand aus unserer Abteilung wird befördert, du weißt davon und sagst mir nichts? Was soll der Scheiß denn?«

»Ich hab's vergessen«, antwortete Christine kleinlaut. »Das ist irgendwie untergegangen. Hab ich nicht absichtlich gemacht. Tut mir leid. Niekstеit hat gestern nur kurz erwähnt, dass es innerhalb der Abteilung eine Beförderung geben soll. Er hat aber nichts Genaues gesagt, also weder wer noch wann und so. Ich hab das zwar gehört, aber es war so viel los, dass ich vergessen habe, dir davon zu erzählen. Ist ja eh noch nichts klar, wie Siebelt heute sagte.«

»Es geht nicht darum, ob irgendwas klar ist oder nicht«, beschwerte sich Oda. »Es geht um die Art der Kommunikation. Du denkst, es ist nicht wichtig, und redest nicht drüber. Ich jedoch könnte einen ganz anderen Gradmesser an so eine Information legen. Denn ich warte seit Längerem darauf, dass ich zur Hauptkommissarin befördert werde. Und wenn nun eine Beförderung in der Abteilung ansteht, will ich es gern wissen.«

»Um dir Gedanken darüber zu machen, wie du dich verhältst,

wenn ein anderer Kollege befördert wird? Oder wie du dich dann als zweite Chefin fühlst?« Christines Stimme klang sarkastisch.

»So ein Quatsch. Aber ich finde, mir steht die Beförderung langsam mal zu. Hab ja schließlich genug gerödelt und gemacht.«

»Ach, und bestimmt meinst du, ich hätte sie nicht verdient? Weswegen hab ich denn im Krankenhaus gelegen? Weswegen war ich denn außer Gefecht? Das war ja wohl kein Privatvergnügen, sondern hatte mit meinem Job zu tun.«

»Hey. Vielleicht trifft es ja auch Lemke. Weil der als ruhender Pol alles im Hintergrund managt. Und weil man zu Recht vermutet, dass wir uns zoffen, wenn die eine befördert wird und die andere nicht.« Oda schnippte die Zigarettenkippe in den Garten. »Komm. Lass uns nicht jetzt schon streiten, wo wir noch nicht mal was Genaues wissen.«

»Ich hab nicht damit angefangen«, sagte Christine trotzig. »Und ich will mich auch nicht streiten. Mit dir schon gar nicht, so, wie du in den letzten Monaten für mich da gewesen bist.« Christine streckte Oda die Hand hin. »Sind wir wieder Freunde?«

Oda sah sie skeptisch an. Dann griff sie zu, wandte ihren Blick jedoch gleich darauf nach oben zu den sich jagenden Wolken. »Da könnte sich was zusammenbrauen«, orakelte sie und hoffte, Christine würde diesen Satz zweideutig aufnehmen.

»Angesagt haben sie es ja«, bekräftigte Christine, die sich offenbar bewusst nur auf das Wetter bezog. »Aber hier sitzen wir ja hoch und trocken.«

Keine fünf Minuten später brach ein Unwetter über die Insel herein, der Sturm peitschte den Regen fast waagerecht gegen das Fenster der Polizeistation. Sie mussten Licht anmachen, so dunkel wurde es.

»Das ist ja direkt gespenstisch«, sagte Christine, aber Oda beruhigte sie: »Das kann in wenigen Minuten vorbei sein. Hier auf der Insel geht so was ebenso schnell, wie es gekommen ist.«

Prasselnd klatschte der Regen gegen die Scheiben, ließ aber tatsächlich nach zwanzig Minuten nach. In dieser Zeit bimmelte verstärkt das Telefon der Polizeistation; da es jedoch auf Bernd Tönjes' Diensthandy umgeleitet wurde, gingen Oda und Christine nicht dran.

»Hoffentlich haben wir zu Hause nicht auch solchen Starkregen«, sagte Christine bang. »Ich hab es schon einmal erlebt, dass mir das Wasser über die Schiene der Schiebetür zur Terrasse ins Wohnzimmer lief. Das möchte ich kein zweites Mal haben, zumal ich jetzt nicht zu Hause bin und es aufwischen kann.«

»Ach, so schlimm wird's auf dem Festland nicht sein. Ist ja schon alles hier runtergekommen.« Oda grinste, und im gleichen Moment ging die Tür auf.

»Oh Mann, wat fürn Schietwetter«, schimpfte Bernd Tönjes, der klatschnass hereinkam. »Und ich mittenmang. Da half auch das Unterstellen nix. Ich glaub, sogar meine Unterbüx ist nass.«

Oda und Christine lachten.

»Ja, das kannst haben, ne?«, sagte Oda.

Tönjes griente zurück. »Ist nicht so wild. Hab 'ne zweite Hose im Spind hängen, und ein wenig Abkühlung tut der Insel gut. War ja doch 'n büschen sehr heiß in den letzten Tagen.«

Unbekümmert zog er die Uniformhose aus, lief zum Waschraum und kam mit einem Handtuch wieder. Während er sich trocken rubbelte, sagte er: »Drückt bloß die Daumen, dass nicht wieder so viele Keller vollgelaufen sind. Die Leute rufen schon permanent an. Siemsen hetzt auch bereits von einem nassen Keller zum nächsten. Als ob die Leute nicht selbst mal mit 'nem Eimer und 'ner Kehrschaufel zu Werke gehen können. Das letzte Mal sind die Kollegen der freiwilligen Feuerwehr und ich noch zwei Tage später damit beschäftigt gewesen, Keller leer zu pumpen und auszusaugen.«

»Auszusaugen?«, fragte Christine. »Wasser wegsaugen?«

»Jo. Es gibt extra Nasssauger. Davon haben die Kollegen zwei. Ist ja an sich auch nicht weiter wild, zumindest in den Häusern, die bewohnt sind. Unschöner ist es in denen, die von den Eigentümern nur im Urlaub genutzt werden. Da steht das Wasser dann schon mal mehrere Wochen, manchmal sogar Monate. Da kannste hinterher 'ne Generalsanierung vornehmen, wenn das Wasser ins Mauerwerk zieht oder einfach nur so vor sich hin gammelt.« Sein Diensttelefon klingelte. »Siehste, das hört nicht auf. Geht bestimmt den ganzen Tach noch so weiter.«

Tatsächlich war es ein Hilferuf. Eine ältere Dame, die allein das Wasser nicht aus dem Keller bekam und der von der Feuerwehr gesagt worden war, es seien bereits alle im Einsatz.

»Ich bin in einer halben Stunde da«, beruhigte Tönjes sie. »Sie können ja schon mal den Eimer hinstellen. Und vielleicht auch anfangen.« Er legte auf, nahm die zweite Uniformhose aus dem Spind im Flur und zog gleich eine wasserfeste Hose darüber, bevor er in Gummistiefel schlüpfte.

»Bevor du wieder abhaust«, rief Oda in den Flur, »gibt's auf Wangerooge eigentlich so was wie eine Kleingartensiedlung?«

»Wollt ihr euch hier einen Schrebergarten zulegen?« Bernd stopfte sich das Hemd in die Gummihose, als er zurückkam.

»Nein, aber wir suchen immer noch nach dem eigentlichen Tatort. Da, wo Sophia Remberg ums Leben kam und wo sie so gründlich gewaschen worden ist.«

»Ach so. Ja, im Osten. Kurz hinter der neuen Feuerwache.« Er schnappte sich seine Jacke. »Die ›Osterdünen‹. Das Gelände gehört zwar dem Land Niedersachsen, aber die Kleingärten werden vom hiesigen Kleingartenverein verwaltet und an Wangerooger verpachtet. Reicht euch das fürs Erste? Ich muss nämlich weg. Im Einsatz für den Bürger und heute gegen das Wasser. Wenn was ist, meine private Handynummer habt ihr?«

Oda schüttelte verneinend den Kopf.

»Steht auf dem Zettel an der Korkpinnwand in der Küche«, sagte Tönjes. »Hab ich da für die Saisonkollegen hingepappt. Ruft über die Nummer an, wenn ihr mich braucht, die andere Leitung wird sicher noch heiß laufen, und ich weiß nicht, ob ich es immer schaffe, dranzugehen. Könnte sonst sein, dass ihr bei den Kollegen in Jever landet.« Schon war er verschwunden.

Christine stand auf. »Wir können uns das Kleingartengelände ja mal ansehen«, schlug sie vor.

»Unbedingt«, stimmte Oda zu. »Und dann sollten wir beim Kleingartenverein fragen, an wen die Grundstücke verpachtet sind. Vielleicht stoßen wir bei den Namen auf alte Bekannte.«

***

Das Wasser stand in großen Pfützen auf den Straßen, obgleich die Sonne wieder schien, als habe es das Unwetter nicht gegeben. In vielen Hauskellern herrschte geschäftiges Treiben, so mancher gefüllte Eimer wurde durchs Kellerfenster in den Garten entleert. Entspannt radelte er durch den Ort und staunte über die Anzahl der Feuerwehrfahrzeuge, die mittels Pumpen und dicken Schläuchen wohl bei größeren Wassermassen halfen. Bernd Tönjes kam ihm auf dem Dienstrad entgegen, in Gummistiefel und Gummihose gekleidet.

»Moin, Bernd«, rief er gut gelaunt, »willst du angeln gehen?«

»Scherzkeks«, gab Bernd unwirsch zurück. »Kannst von Glück reden, dass du nicht auch ranmusst.«

»Och, wenn irgendwo Not am Mann ist … also echte Not … Dann kannste dich ruhig melden. Soll ja nicht so aussehen, als würde ich mich drücken wollen.«

Sie waren inzwischen auf gleicher Höhe, aber Bernd schenkte dem Inhalt seines Fahrradkorbes keine Beachtung. Viel hätte er ohnehin nicht sehen können, er transportierte den Vogel nicht im Bauer, sondern hatte ihn sorgsam verschnürt.

»Is gut. Danke fürs Angebot.« Schon war Bernd vorbei.

Bei der Überlegung, wie er die Dohle in die Mülltonne der Rembergs schaffen konnte, ohne dass hinterher Spuren zurückblieben, die Rückschlüsse auf ihn zuließen, war ihm sein verstorbener Großvater eingefallen. Der hatte Tauben gezüchtet. Begeistert hatte er als kleiner Kerl seinem Opa in den Ferien zugesehen, wenn der die Vögel beringt hatte, wenn er sie anfasste, um sie zu untersuchen, aber auch wenn er sie anfasste, um sie zu schlachten. Das Schlachten hatte ihn besonders gereizt. Sein Opa hatte ihm erklärt, daran wäre nichts Verwerfliches, auch Tauben würden nicht immer eines natürlichen Todes sterben, und es sei ja doch wesentlich humaner, ihnen mit einem Beil blitzschnell den Kopf abzuschlagen, als wenn sie von einem Raubvogel oder einer Katze oder einem Hund gerissen würden. Er hatte seinem Opa zugestimmt, es aber insgeheim bedauert, noch nie gesehen zu haben, wie eine Taube durch ein anderes Tier zu Tode kam.

Auch den Griff, mit dem man einen Vogel hielt, hatte ihm sein Großvater beigebracht. Diesen Griff hatte er angewandt, als er die Dohle aus dem Bauer geholt und mit einem ausrangierten Bademantelgürtel zu einem Bündel geschnürt in der Tasche verstaut hatte, die, unschuldig aussehend, in seinem Fahrradkorb lag. Der

Schnabel des Vogels war mit Isolierband zugebunden. Für Bernd war im Fahrradkorb außer einer gepolsterten Tasche also nichts zu sehen gewesen.

Er stellte sein Rad auf dem Bürgersteig vor Rembergs Haus ab. Die Küchenfenster gingen zur Straße hinaus, der Platz für die Mülltonnen befand sich seitlich davon. Er klingelte. Natürlich rechnete er nicht wirklich damit, dass jemand öffnete, Susanne Remberg hatte dienstagnachmittags ihre Bridge-Runde, das zog sich manchmal bis in den späten Abend – nicht, weil sie so lange spielten, sondern weil Susanne anschließend noch in die Kneipe ging. Und Walter … er konnte sich vorstellen, womit der gerade beschäftigt war. In die Souterrain-Ferienwohnung drei Straßen weiter, die Walter und Susanne ebenfalls gehörte, war bei Starkregen schon des Öfteren Wasser eingedrungen. Wahrscheinlich war Walter Remberg gerade dort beschäftigt. Er hatte in den vergangenen Jahren selbst das eine oder andere Mal geholfen, das Wasser dort rauszuschippen. Denn Walter war ziemlich penibel und erledigte solche Dinge lieber persönlich und mit Freunden der Familie, als auf die Feuerwehr oder den örtlichen Klempner zu warten, wenngleich er sich immer darüber beschwerte, dass ihm die Feuerwehr bislang noch nicht zu Hilfe gekommen war, er würde doch auch die üblichen Grundabgaben an die Gemeinde zahlen.

Tatsächlich rührte sich auf sein Klingeln hin nichts. Er wartete einige Minuten, dann schlenderte er zu seinem Rad und nahm die Stofftasche aus dem Fahrradkorb. Die Mülltonnen waren aus ästhetischen Gründen hinter einer Hecke aus Kirschlorbeer versteckt, sodass er ungesehen agieren konnte, als er nun in die Tasche griff.

Er lächelte, als er die hilflose Dohle in der Hand hielt. Behutsam entfernte er das Isolierband. Ein signalgelber kleiner Punkt wurde auf dem Schnabel sichtbar, und sofort fing sie an zu krächzen. Ob sie wieder zu ihm zurückkam? Oder war sie schlau genug, sich von ihm fernzuhalten? Er würde sie erkennen. Und sie zum zweiten Mal fangen. Ihr den Schnabel erneut zukleben. Und ihr jede Feder einzeln ausreißen.

Er hob den Deckel der braunen Tonne, auch in dieser lag schon wieder Müll. Ein angegammelter Salatkopf, Teebeutel und Kaffeesatz. Er warf den Vogel hinein, behielt jedoch das eine Ende des Bademantelgürtels in der Hand. Auf diese Weise wurde die Dohle aus ihrer Verstrickung gelöst. Schnell schloss er den Deckel, nur ein kleiner Spalt blieb frei, aus dem er den Rest des Gürtels zog. Er hörte den Vogel vor Angst krächzen. Und lächelte.

***

Die Luft schien feucht. Fast so, als hätte sie den Platzregen aufgesaugt. Obwohl es deutlich abgekühlt war, lief die Sonne bereits zu neuen Höchstformen auf, als wollte sie sich für die kurze, heftige Trübung des Wetters entschuldigen.

»Laufen wir oder mieten wir uns ein Rad?«, fragte Christine. Oda sah sie an, als habe sie etwas ganz Ungeheuerliches gefragt. »Ein Rad … also bitte. Is nich weit. Wenn wir schnell zum Westende müssten, zum Inselheim Rüstringen oder zur Jugendherberge im Westturm, dann könnten wir über Fahrräder nachdenken, aber so … Nee. Das lohnt sich nicht. Außerdem tut uns ein kleiner Fußweg gut. Stramme Spaziergänge wirken blutdrucksenkend, und sowieso bewegen wir uns im Alltag viel zu wenig.«

Christine ging auf Odas leichten Plauderton ein. »Das musst du gerade sagen. Du bist doch immer mit dem Rad unterwegs, also kann bei dir ja wohl keine Rede von mangelnder Bewegung sein.«

»Nö. Das nicht«, gab Oda zu. »Aber dabei werden ja auch andere Muskeln als beim Radfahren beansprucht.«

Sie liefen den Fußweg nach Westen entlang, vorbei an den dornigen Inselrosen, die in vielen Farbschattierungen von hell- bis dunkelrosa blühten und einen betörenden Duft verströmten.

»Wir haben Tönjes gar nicht gefragt, an wen wir uns wegen des Kleingartenvereins wenden müssen«, fiel Oda ein.

»Stimmt. Aber vielleicht ist ja einer von den Kleingärtnern auf seiner Parzelle. Die wissen garantiert, wer da das Sagen hat.«

»Sicher.«

Die nächsten Minuten liefen sie schweigend nebeneinanderher, wurden nur einmal von jugendlichen Inlineskatern überholt, die garantiert zu einem der Ferienheime wollten, und begegneten Rentnern im typischen Beige mit Gesundheitsschuhen und Rucksack. Bei deren Anblick war Christine froh, nicht ebenfalls ihren Rucksack mitgenommen, sondern, wie während der Dienstzeit üblich, auf ihre große, zugegebenermaßen schwere Tasche zurückgegriffen zu haben. Auch wenn sie inzwischen befürchtete, bei ihrer Rückkehr dicke Einschnitte der dünnen Lederriemen in der rechten Schulter im Spiegel zu sehen. Automatisch nahm sie die Tasche auf die andere Seite.

»Sag mal, wo wir hier grad so nett spazieren gehen … Hält Steegmann sich denn daran, dass es aus ist zwischen euch?«, fragte Oda. »Versucht der gar nicht mehr, dich weichzukochen? Ich meine, es gab ja schon mal so 'n Auf und Ab, da würd ich denken, der meint, er kann so weitermachen.«

Christine fühlte sich wie aus dem Hinterhalt getroffen.

»Nein, es ist vorbei«, antwortete sie einsilbig.

»Ohne große Diskussionen? Ohne Schleimen? Ohne überdimensionale Kitschblumensträuße?« Oda wirkte ungläubig.

Christine überlegte kurz. »Sagen wir mal so: Jeder hat seine Prioritäten erkannt.«

»Ernsthaft? Der hat wirklich aufgehört, dich anzubaggern?«

Christine räusperte sich, ihre Ohren waren mit einem Mal zu, als ob sie mit dem Urlaubsflieger in die Luft stieg oder im Auto in ein Tal fuhr.

»Ich möchte mit ihm einfach keinen privaten Kontakt mehr haben. Es tut zu weh«, gestand sie nach einigen Minuten. »Er versucht zwar immer noch, mich zwischendurch per SMS, Facebook oder WhatsApp zu kontaktieren, aber ich will das nicht mehr. Er hat mir gezeigt, wie wichtig ich für ihn bin. Und daraus ziehe ich meine Schlüsse.« Christine biss sich auf die Unterlippe. »Er ist einfach nicht der Mensch, für den ich ihn gehalten habe. Reicht dir das als Antwort?«

Oda blieb stehen, packte Christine am Arm und zwang sie so ebenfalls zum Halt. Sie umfasste spontan Christines Gesicht und drückte ihr auf beide Wangen einen dicken Kuss. Völlig konsterniert zuckte Christine zurück.

»Gratuliere«, rief Oda zufrieden aus. »Das machst du absolut richtig. Dieser Hurensohn kann bleiben, wo der Pfeffer wächst.«

»Oda!«

»Ach, papperlapapp. Der ist es nicht wert, dass du ihm auch nur eine Träne nachweinst.«

Es war dann auch nicht wirklich eine Träne gewesen. Es war vielmehr ein Bach, der zu einem kleinen See geworden war. Irgendwann jedoch hatte Christine begriffen, dass es im Leben von Carsten Steegmann nur eine einzige wichtige Person gab. Und die war Carsten Steegmann selbst. Bei dieser Erkenntnis war der Tränenstrom versiegt und Trotz gewichen, der sich mit Selbstbewusstsein paarte.

Sie passierten den Dünenfriedhof mit der kleinen Kapelle. Oda, die, wie Christine wusste, leidenschaftlich gern über Friedhöfe schlenderte, weil sie nicht nur Oasen der Ruhe waren, sondern auch viel Einblick in das Leben als solches gaben, schlug vor, hier doch mal einen Blick zu riskieren. Christine jedoch wollte weiter. Sie spürte eine innere Unruhe, die vielleicht unbegründet war, die ihr jedoch suggerierte, dass die Gefahr noch nicht gebannt war. Wenngleich sie nicht einmal hätte sagen können, um was für eine Art von Gefahr es sich handelte.

***

Manchmal hatte man Glück mit den Karten, manchmal Pech. Heute hatte sie Glück gehabt. Das tat gut, nach allem Grauenhaften der vergangenen Tage. Langsam, beinahe widerwillig lief Susanne Remberg nach Hause, wo sie ihrer Trauer keinen Augenblick entgehen konnte. Sicherlich gehörte es sich nicht, so kurz nach dem gewaltsamen Tod ihrer Tochter einfach zur Tagesordnung überzugehen, aber das war das Einzige, was ihren Lebensmotor am Laufen hielt. *Business as usual*, alles wie immer, keine Änderungen, den Zeitplan einhalten. Das war seit jeher Walters Motto, danach hatten sich alle zu richten. Oft hatte sie versucht, sich dagegen aufzubäumen, genauso oft hatte Walter sie heftig in ihre Schranken gewiesen. Sie sei ein Teil der Remberg-Familie, und dementsprechend müsse sie sich verhalten.

Susanne musste aufstoßen, was vielleicht an den Aperol Spritz lag, die sie am Nachmittag getrunken hatte, heute unter dem Vorwand, nur so werde der furchtbare Tod ihrer Tochter für sie überhaupt erträglich. Natürlich glaubte ihr niemand im Bridge-Club diese Ausflucht. Seit Jahren schon trank sie zu viel, seit Jahren schon war Wangerooge ihr Rückzugsort. Was machte es hier schon aus, wenn sie gegen Mittag das erste Glas Wein trank, es gab die Falle »Alkohol am Steuer« nicht. Und selbst wenn das Inselhaus im Vergleich zu ihrem reetgedeckten Anwesen in Westerstede nur eine kleine Unterkunft war, Wangerooge war ihr eigentliches Zuhause. Hier musste sie nicht neben irgendwelchen Karrierefrauen bestehen, die sich mit ihr über die politische Situation der Region oder gar über die Weltwirtschaft und die Krisenregionen in Israel, Palästina, in Syrien oder die Ausweitung der Ebola-Seuche unterhalten wollten. Hier hatte sie ihre Ruhe. War sie allein. Kein Mensch verlangte etwas von ihr. Vor allem Walter nicht, denn der kam ja nur zu Stippvisiten.

Dass ihr Mann in Oldenburg eine Freundin hatte, war ihr bekannt. Sie wusste auch, dass er deren Wohnung bezahlte. Dennoch hielt er das intakte Familienbild nach außen hin stabil. Dafür war sie ihm dankbar und ging den Weg des geringsten Widerstandes: Sie lebte hier, offiziell, weil ihr das Nordseeklima so gut bekam, und er lebte sein Leben auf dem Festland. Es interessierte niemanden, ob er die Nächte im großzügigen Reethaus oder in der sicher nicht minder großzügigen Wohnung seiner Geliebten verbrachte. Die Putzfrau würde sich hüten, sich über zu wenig Arbeit im Westersteder Familiensitz zu beklagen.

Ja, Susanne Remberg hielt sich gern auf Wangerooge auf, vielleicht, weil sie quasi zwischen den Welten lebte. Nicht ganz zur Insel zugehörig, aber auch nicht mehr ganz dem Festland. Selbst nach über zwanzig Jahren, in denen sie regelmäßig und zunehmend mehr Zeit auf Wangerooge verbracht hatte, betrachteten die Insulaner sie allerhöchstens als Dauergast. Nicht als jemanden, der zu ihnen gehörte. Auch wenn sie sich gerade in den vergangenen zwei Jahren, als es um die neue Bebauung der Promenade ging, mehr auf die Seite der Insulaner als auf die des Investors geschlagen hatte. Dass dieser Investor ihr eigener Ehemann war, war für sie belanglos gewesen. Mit dem Abriss der alten Gebäude und seinem Aparthotel war er auch bei ihr nicht auf Zustimmung gestoßen.

Susanne schloss die Haustür auf. Das Piepen der Alarmanlage

demonstrierte: Walter war nicht im Haus. Ein kurzes Lachen kam über ihre Lippen. Wenn er nicht auf der Insel war, schaltete sie das Ding nie scharf. Wer sollte hier schon einbrechen? Erstens gab es außer einem kleinen Tablet-PC und diversen Musikabspielgeräten – da kannte sie sich nicht aus – nichts zu holen, denn alles Wertvolle befand sich im Schließfach der Bank – und zweitens konnte man wegen der Tideabhängigkeit die Insel binnen Kurzem zu einem abgeschotteten Raum machen. Ein Gewaltverbrechen würde schnellstens aufgeklärt werden können, weil niemand das Eiland verlassen konnte.

Warum hatte man das eigentlich nach Sophias Auffinden nicht getan? War der Täter fröhlich und von der Polizei unbehelligt auf die Fähre gegangen? Oder auf sein Segelboot? Hatte er vielleicht sogar auf seinen eigenen Namen einen Flug zurück nach Harlesiel gebucht? Bei diesem Gedanken räusperte sie sich laut, und ein unkontrolliertes Schluchzen drang aus ihrer Kehle. War derjenige, der Sophia getötet hatte – sie verbot sich, das Wort »ermordet« zu denken –, bereits wieder auf dem Festland?

Sie öffnete den Kühlschrank und nahm die Flasche Wodka heraus. Nur einen Schluck. Direkt aus der Pulle. Es tat gut, den Wodka die Kehle hinabrinnen zu spüren. Dann stellte sie die Flasche entschlossen zurück. Sie würde nicht auch vor dieser Situation davonlaufen, sie nicht gänzlich im Alkohol ertränken. Sie musste endlich die Verantwortung für sich selbst übernehmen. Sophias Tod bildete den entscheidenden Punkt. Alles andere hätte auch ihren eigenen Untergang zur Folge. Das würde zwar Walter nicht stören, sondern eher befreien, aber es gab ja noch Konstantin. Viel zu wenig hatte sie sich für ihn und seine Wünsche eingesetzt. Jetzt würde sie ihn unterstützen. Die finanziellen Mittel dazu standen ihr unabhängig von Walter zur Verfügung. Sie lachte verbittert auf. Das war der Segen, aber auch der Fluch einer reichen Erbin. Geheiratet werden der Liebe wegen … oder wegen des Vermögens …

Sie schluckte die schalen Gedanken herunter. Man durfte nicht undankbar sein. Walter und sie hatten wundervolle Jahre miteinander verlebt. Also, die ersten drei. Vielleicht die ersten fünf. Nachdem die Kinder geboren waren, war es schwierig geworden, aber diese ersten Jahre hatte sie wirklich als sehr intensiv in Erinnerung. Vielleicht war es auch beides gewesen: die Kinder, die ihre Aufmerksamkeit brauchten, und sein Beruf, der immer mehr Forderungen an ihn gestellt hatte. In diesem Meer von Pflichten, Aufgaben, Pflichtbewusstsein und dem Erfüllen der Anforderungen hatten sie den gemeinsamen Weg verloren. Waren sich nur noch in kurzen Momenten in ihrem Haus begegnet, die zu seltenen Momenten wurden, nachdem beide Kinder ausgezogen waren.

Zumindest führten sie eine friedfertige Ehe, wenn er in Westerstede und sie auf Wangerooge war. Da kannte sie ganz andere Beziehungen. Sie nahm sich vor, nicht wie geplant in den nächsten Tagen zusammen mit den anderen aufs Festland zu reisen. Sie würde hierbleiben. Hier war sie Sophia näher. Wenn denn endlich die Beisetzung auf dem Dünenfriedhof stattgefunden hatte. Sophia hatte die Insel doch ebenso sehr geliebt wie sie. Nirgendwo anders würde sie Sophias Tod verkraften können. Konstantins Vorschlag, eine Trauerfeier mit anschließender Beisetzung in Westerstede zu veranlassen, hatte sie vehement abgelehnt. Keine große Trauerfeier. Nur die Familie. Hier. Auf Wangerooge.

Sie öffnete den Kühlschrank erneut. Betrachtete die Schnapsflasche. Ein Schluck mehr würde nicht so schlimm sein. Zumal sie sich unwohl fühlte, wie immer, wenn Walter auf der Insel war. Durch seine Gegenwart wurde sie schier erdrückt. Walter war in diesem Umfeld ein Fremdkörper. Er gehörte nicht hierher. Es kam ihr vor, als beanspruchte er allen Sauerstoff des Hauses allein für sich. Auch seinen Geruch im Badezimmer, wenn er geduscht und sich rasiert hatte, empfand sie als Eindringen in ihre Intimsphäre. Aber sie konnte ihn ja schlecht in den Gästetrakt des Hauses verbannen. Hoffentlich fuhr er noch am Tag von Sophias Beisetzung wieder aufs Festland zurück. Oder am darauffolgenden. Auf jeden Fall war sie sehr dankbar, dass er ihrem Wunsch stattgegeben hatte. Dass Sophia hier beerdigt wurde. Es gab schließlich keinen Grund, sie in Westerstede beizusetzen, es gab dort ja keine Familiengruft.

Ihr Mann stammte aus kleinen Verhältnissen, sein Vater war ein einfacher Arbeiter gewesen. Walter hatte sich all das, was er besaß, hart erarbeitet. Vielleicht hatte es deshalb immer mehr, immer größer, immer teurer sein müssen. Vielleicht konnte er deshalb nicht aufhören, in allen Töpfen zu rühren. Trotzdem er die

Fischfabrik vor vier Jahren überaus lukrativ verkauft hatte. Wenn sie miteinander telefonierten, was höchstens einmal pro Woche vorkam, berichtete er von wichtigen Meetings, die seine Anwesenheit erforderten. Ob es diese Meetings tatsächlich gab oder ob er sie nur vorschob, um sich mit seiner Freundin oder anderen Frauen zu treffen, war ihr mittlerweile egal. Wenn erst die Beerdigung vorbei und Walter wieder auf dem Festland war, würde sie die Anzahl der Beruhigungstabletten reduzieren, die sie dreimal täglich einwarf, seit sie wusste, dass Sophia auf Wangerooge heiraten wollte.

Sie warf einen letzten Blick auf die Wodkaflasche, schloss energisch den Kühlschrank und wandte sich dem Kaffeeautomaten zu. Kein solches Profiding, wie Walter es in Westerstede benutzte, dieses hier war so simpel zu bedienen, dass selbst sie es konnte. Wieder einmal war der Behälter voll, in dem die Reste der gemahlenen Bohnen gesammelt wurden. Missmutig zog sie ihn heraus und kippte ihn in den Eimer, in dem sie den Bio-Abfall sammelten. Sie spürte, wie sie innerlich zu kochen begann, als sie sah, dass der kleine Eimer wieder einmal beinahe überquoll.

Das war so verdammt typisch für ihre ignorante Familie. Keine Sau kümmerte sich um den Müll. Alle hatten es stets als Susannes Aufgabe angesehen, sich um den lästigen Hausfrauenkram zu kümmern. Sie hatte ja sonst auch nichts zu tun, als ihrer Familie den Dreck hinterherzuräumen. Was für ein verdammtes Macho-Gehabe, selbst Sophia hatte sie manchmal wie eine Dienstmagd behandelt. Mit einer gehörigen Portion Wut im Leib schnappte sie sich den Bio-Mülleimer, öffnete die Haustür und stapfte hinaus.

Sie klappte den Deckel der braunen Tonne nach hinten. Hob den Eimer. In diesem Moment schnellte ein pechschwarzer Vogel wie der Phoenix aus der Asche aus der Tonne empor. Einer seiner Flügel streifte ihre Wange, als er schrill kreischend davonflog. Entsetzt stieß sie einen gellenden Schrei aus und ließ den Mülleimer fallen, dessen Inhalt sich zu ihren Füßen verteilte. Sie schrie und schrie, als würde sie nie wieder damit aufhören können.

»Um Himmels willen! Frau Remberg! Was ist geschehen?« Swantje Bakker, die junge Nachbarin zur Rechten, die ein mongoloides Kind und eigentlich genug mit ihrer eigenen Familie zu tun hatte, kam auf sie zugeeilt. Susanne starrte sie an.

»Da war ein schwarzer Vogel«, stammelte sie. »In der Aschtonne. Er flog mir ins Gesicht.«

»Ein schwarzer Vogel flog Ihnen ins Gesicht?«, wiederholte Swantje Bakker skeptisch.

Susanne spürte, dass die Jüngere ihr nicht glaubte. Kurz überlegte sie, ob sie wohl eine Alkoholfahne hatte und Swantje sie für betrunken hielt. Sie streckte ihre Wirbelsäule so, wie sie es vor Jahren beim Yoga gelernt hatte. »Ja. Er flog mir aus der Tonne entgegen, und seine Flügel streiften meine linke Wange.« Sie zog die Nase hoch, als könnte sie ihre Behauptung dadurch glaubhafter machen.

Swantje Bakker kräuselte ihre spitze Nase und lächelte nachsichtig. »Na, wenn Sie es sagen …«

Susanne wusste, Swantje Bakker glaubte ihr kein Wort.

»Ich frage mich allerdings, wie der Vogel in Ihre Tonne kommen konnte.« Swantje lächelte, und dabei fühlte Susanne sich so bloßgestellt, als stünde sie nackt auf der Straße. »Es würde mich wirklich interessieren, wie der Vogel den Deckel von innen geschlossen hat«, fuhr Swantje fort. »Und warum er nicht einfach im Verborgenen blieb, wenn es ihm darin so gut gefällt.« Sie feixte. »Aber wenn er gerade in Ausflugsstimmung war, kam es ihm vielleicht recht, dass Sie ihm die Arbeit abnahmen und den Deckel öffneten. Da konnte er rausfliegen, ohne sich großartig anzustrengen.«

Sie schien zu bemerken, dass Susanne erstarrt war, und tätschelte ihre Schulter. »Ach … kommen Sie … das war doch nur ein Scherz. Ist mir wohl nicht geglückt. Aber ich glaub, Sie haben sich bestimmt geirrt. Ist ja auch im Moment alles ziemlich heftig bei Ihnen. Da kann es schon mal vorkommen, dass man Dinge komplett anders wahrnimmt. Ich kenn mich da aus.«

Swantje Bakker hatte drei Semester Psychologie studiert, bevor sie für sich feststellte, dass die therapeutische Arbeit sie überfordern würde. Daraufhin hatte sie eine Ausbildung zur Buchhändlerin gemacht und arbeitete nun halbtags in der Buchhandlung im Ort.

»Das war sicher nur 'ne dicke Fliege oder ein Schmetterling oder so. Man sagt ja, manchmal wird aus einer Mücke ein Elefant. Kann doch jetzt auch so gewesen sein, weil Sie wegen Sophia so angespannt sind.« Sie sammelte den runtergefallenen Müll auf und warf alles in die Tonne. Dann schloss sie den Deckel und lächelte Susanne an. »Ist alles wieder okay? Oder soll ich noch mit reinkommen?«

Susanne schüttelte den Kopf. »Nein. Danke. Ganz lieb. Es waren wohl wirklich nur meine Nerven, die mit mir durchgegangen sind.«

Natürlich waren es nicht die Nerven. Sie war doch nicht verrückt. Es war tatsächlich ein Vogel gewesen. Nur würde ihr das wohl kein Mensch glauben.

»Es … der Tod meiner Tochter …«

Bevor sie weitersprechen konnte, berührte Swantje Bakker sie am Oberarm. »Schon gut, Frau Remberg. Sie müssen nicht weitersprechen. Ich verstehe Sie auch so.« Sie lächelte ein wenig gequält. »Wenn Sie reden wollen … Sie wissen ja, wo Sie mich finden.«

Susanne nickte, und Swantje Bakker beeilte sich, davonzulaufen. Wäre Susanne gehässig, hätte sie ihr hinterhergerufen: »Sie meinen, ich kann Sie in der Buchhandlung antreffen, zu Hause lieber nicht?«, aber sie ließ es bleiben. Ihre junge Nachbarin hatte es bestimmt gut gemeint. Dafür, dass Susanne in allem nur das Negative suchte, konnte Swantje Bakker nichts. Das lag eher an Walter, der ihr seit über drei Jahrzehnten fast täglich deutlich machte, dass sie ohne ihn nichts wäre und über keinerlei Qualifikation verfügte.

Dabei stimmte das nicht. Schließlich war sie eine examinierte Krankenschwester und nicht nur die Erbin eines recht ansehnlichen Vermögens. Gut, sie hatte den Erwartungen ihrer Eltern nicht entsprochen, die sie gern als Ärztin gesehen hätten, weil ihr Vater Chef der Kardiologischen Abteilung des Klinikums Oldenburg gewesen war und sie irgendwann gern als seine Nachfolgerin präsentiert hätte. Die Eltern ihrer Mutter hatten als Geflügelbarone in jenen Zeiten, in denen es noch keine öffentlichen Diskussionen über Käfig-, Boden- oder Freilandhaltung gab, ein Vermögen gemacht. Diesen Bereich jedoch hatte Susannes Bruder Jochen übernommen. Aber das Medizinstudium war einfach zu schwer für sie gewesen. Um zumindest im gleichen Berufszweig zu bleiben, hatte sie die Ausbildung zur Krankenschwester absolviert. Erfolgreich. Natürlich hatte sie nicht lange in ihrem Beruf gearbeitet. Dennoch: Fachkenntnisse blieben Fachkenntnisse, selbst wenn sich das Gesundheitswesen immer weiterentwickelte.

Susanne nahm den Mülleimer auf. Langsam lief sie ins Haus

zurück. Zog mechanisch einen Plastikbeutel von der Rolle aus der Schublade, riss ihn ab, setzte ihn in den Mülleimer und gab der Schublade einen Schubs, die sich daraufhin von selbst schloss. Dabei überlegte sie fieberhaft, wie sie den Vorfall mit dem Vogel – sie war sich absolut sicher, dass es tatsächlich ein Vogel gewesen war – handhaben sollte. Gut war, dass Swantje Bakker sie aus ihrer ersten Panik geholt hatte. Andernfalls wären vielleicht sowohl die Polizei als auch Walter auf denselben Gedanken gekommen: dass der Vogel ihrer Phantasie entsprungen und eher ein Insekt, höchstens jedoch ein Falter gewesen war. Walter würde sie in jedem Fall auslachen.

Aber Susanne wusste, dass dieser Vogel ein weiteres Zeichen war. Das Unheil, das ihre Familie traf, war noch nicht vorbei. Angst kroch ihr den Nacken hoch, lief den Rücken hinunter und die Beine hinab, bis ihr ganzer Körper von Gänsehaut überzogen war. Sie setzte sich an den Küchentisch und griff zum Telefon. Es gab nur einen, mit dem sie darüber reden konnte.

***

Jan Janssen staunte nicht schlecht, als zwei Frauen durch die grüne Metallpforte seines Kleingartens traten und den schmalen gepflasterten Weg auf ihn zuliefen. Damenbesuch empfing er hier normalerweise nicht. Auch wenn Meta, sein angetrautes Weib, lieber in der Wohnung vor Computerspielen hockte, statt hier draußen in der Natur auf dem kleinen Acker zu arbeiten, auf dem Tomaten, Salat, Gurken, Zwiebeln und allerhand anderes Gemüse wuchsen, und er hier überwiegend allein blieb. Dennoch hatte Meta eine Art siebten Sinn, was weiblichen Besuch auf seiner Parzelle betraf. Einmal hatte er eine neue Gartennachbarin zum Tee eingeladen und im Dorf beim Bäcker extra einen Streifen Zuckerkuchen gekauft, und kaum hatte er mit der Gartennachbarin bei einer Tasse Tee gesessen, war Meta angeschlurft gekommen. Hatte sich zu ihnen gefläzt, und das eben noch angeregte Gespräch über die Zukunft der Wangerooger Promenadenbebauung war einem unergiebigen Klatsch gewichen, an dem sich die Nachbarin kaum beteiligt hatte. Zum ersten Mal hatte er sich für seine Frau geschämt.

Er hatte versucht, ihr durch die Blume zu verstehen zu geben, dass sie sich etwas anders verhalten müsste, aber das war Meta schnurzegal gewesen. Seit sie nach der Hüft-OP den Job im Supermarkt losgeworden war, hatte sie außer zu Computerspielen zu kaum noch etwas Lust. Sie zimmerte sich Brote mit Leberwurst und Käse rein, und wenn er nicht ab und an mal einen Salat zubereiten würde, bekäme Meta wohl gar keine Vitamine mehr. Der Dorfarzt hatte ihn erst vor Kurzem darauf angesprochen, dass er Metas Entwicklung mit Sorge betrachtete – dazu musste sie nicht mal in seine Praxis; auf Wangerooge sah man solche körperlichen Veränderungen ja beim sonntäglichen Strandspaziergang.

Was Meta wohl sagen würde, wenn er ihr erzählte, dass zwei ziemlich attraktive Frauen in seine Parzelle gekommen waren? Er streckte den Rücken durch, der vom vielen Unkrautzupfen ein wenig steif geworden war, richtete sich auf und drückte sich die Hände ins Kreuz, die sowieso viel zu dreckig waren, um irgendwem die Hand zu reichen. Außerdem wusste er ja überhaupt nicht, was die von ihm wollten.

»Moin«, sagte er abwartend. Falls sie zu einer Sekte gehörten, konnten die gleich wieder gehen. »Das hier ist Privatbesitz, falls Sie das nich wissen.«

»Moin«, gab die Kleinere zurück. »Oda Wagner und Christine Cordes« – dabei zeigte sie auf ihre hochgewachsene, schlanke und blonde Begleitung – »Kripo Wilhelmshaven.«

Augenblicklich durchfuhr ihn ein Schreck. Polizei. Aber … Er hatte doch nichts Schlimmes getan. Gut. Er hätte den Leergutbon über drei Euro fünfundsiebzig, den er letzte Woche zufällig im Leergutautomaten gefunden hatte, als er selbst nur die beiden Flaschen Jever zurückgeben wollte, an der Kasse abgeben können, statt ihn einzulösen. Das war aber doch kein Diebstahl. Das war nur »nicht abgeben«.

Er bemühte sich um ein forsches Lächeln. »Kripo Wilhelmshaven. Mann, Mann … Also, ich sag's Ihnen gleich: Ich hab weder mit der Toten in den Dünen noch mit der Explosion was zu tun. Ganz bestimmt nicht. Ich bin ein ehrlicher, ordentlicher, stinknormaler Bürger. Meistens jedenfalls.« Den letzten Satz begleitete ein Zwinkern, er stützte sich auf den Spaten, den er am Rand des Gemüsebeetes eingesteckt hatte.

Christine Cordes musste lachen. »Keine Sorge, es geht nicht direkt um Sie. Es geht vielmehr um die Schrebergartensiedlung. Wir haben im Internet keine Informationen über einen Ansprechpartner gefunden, aber doch ein paar Fragen. Und darum sind wir hergekommen. Wir haben gedacht, irgendwer wird schon hier sein. Bei dem traumhaften Wetter.« Ihr Lachen war ansteckend.

»Na denn …« Er lächelte zurück, sein Argwohn war verflogen.

»Ist Ihnen hier auf dem Gelände in der vergangenen Woche, genauer am Wochenende, etwas Außergewöhnliches aufgefallen?«, fragte Oda Wagner.

Er schürzte die Unterlippe. »Hm … was meinen Sie denn mit außergewöhnlich?«

»Aktivitäten, die normalerweise nicht stattfinden. Die Lärm machen.«

»Lärm? Also, so Rasenmäher, die sind ja nicht gerade sehr leise, joa, klar wird samstags auch mal der Rasen gemäht. Die Hecken dürfen aber wegen des Vogelschutzes bis Ende Juli nicht geschnitten werden, also, zumindest nicht mit einer Motorsäge, einzelne Äste kann man schon mal wegnehmen. Aber sonst … Lärm … Meinen Sie denn was Bestimmtes?«

»Wir denken da an einen Kärcher. Der macht doch ziemlichen Lärm.«

»Joa. Aber um diese Jahreszeit ist doch eigentlich alles schon sauber gemacht worden, und man geht dann höchstens erst wieder mit so 'nem Ding ran, wenn die Parzelle winterfest gemacht wird.«

»Waren Sie am Wochenende denn hier? So riesig ist das Areal ja nicht, da müsste man es doch hören können, wenn einer der anderen Schrebergärtner einen Kärcher bedient. Denke ich mal.«

»Joa. Bestimmt. Und ja, ich war am Wochenende hier. Bin eigentlich jeden Tach hier.«

»Nachts auch?«

»Nö. Nachts bin ich bei meiner Frau in der Wohnung.«

»Und aufgefallen ist Ihnen nichts?«, hakte Christine Cordes noch einmal nach.

»Nö.«

»Hat eigentlich jede Parzelle eine eigene Wasseruhr?«

»Na klar. Muss doch alles ordentlich zugehen. Nicht dass einer den ganzen Tag das Wasser laufen lässt und die anderen das bezahlen.« Er schüttelte den Kopf. »Nö, nö. Dat geht ja nu nich.«

»Also würde man feststellen können, wer mehr Wasser als die anderen verbraucht hat. An wen müssen wir uns denn wenden, um da mehr zu erfahren?«, fragte Oda Wagner.

»Das wäre eigentlich Tjark Visser. Der war zumindest bis vor wenigen Wochen der Vorsitzende unseres Vereins. Aber dann ist er ganz plötzlich bei einem Segeltörn gestorben. Das hat uns alle umgehaun. Der war ja noch gar nich so alt. War wohl ein Herzinfarkt.«

»Ja, ja, manche reißt es unvermittelt aus dem Leben«, sagte Oda Wagner. »Sicher ist überprüft worden, ob es tatsächlich einer gewesen ist?«

»Klar. Hier auf der Insel geht alles mit rechten Dingen zu. Da sorgt Bernd schon für. Unser Inselpolizist. Aber den kennen Sie sicher.«

Die beiden Frauen nickten.

»Gewundert hat es uns Insulaner aber nicht wirklich, dass dem Tjark sein Herz nicht mehr mitgespielt hat. So wie der sich im vergangenen Jahr aufgeregt hat, das war ja nicht mehr gesund. Der hat sich mit Hinz und Kunz angelegt. Wir haben für vieles Verständnis, aber irgendwann muss man auch mal einsehen, dass man verloren hat.«

»Verloren? Auf diesem Kleingartengelände?«, fragte Christine Cordes zweifelnd.

»Nee. Nich wegen der Grundstücke hier. Obwohl es da vom Gemeinderat auch schon Überlegungen gibt, uns die Parzellen wegzunehmen und sie stattdessen in Baugrundstücke zu verwandeln. Dat boomt ja gewaltig auf den Ostfriesischen Inseln momentan, das denkt man gar nicht. Is wohl grad ›in‹, dass die vom Festland ihren zweiten Wohnsitz auf einer unserer Inseln haben wollen.«

»Weswegen hatte er denn diesen Ärger, von dem Sie gerade sprachen, wenn es sich nicht um den Kleingartenverein handelte?«, hakte Oda Wagner nach.

»Och, Tjark hatte sich mit der Gemeindeverwaltung wegen des neuen Aparthotels an der Promenade in den Plünnen. Das, was jetzt in die Luft geflogen ist.«

»Ach.« Christine Cordes hob für einen Moment die Augenbrauen, die viel schmaler waren als die von Meta. Dann entspannten sich ihre Gesichtszüge wieder. »Aber er war sicher nicht der Einzige, dem das neue Projekt nicht geschmeckt hat.«

»Nee, das nu garantiert nicht«, gab er zu. »Aber er hat am schlimmsten dagegen gewettert. Kann man ja verstehen, die anderen waren auch nicht so direkt davon betroffen wie Tjark.«

»Wie meinen Sie das?«

Er zuckte mit den Schultern und verlagerte sein Gewicht vom linken auf den rechten Fuß. »Na, das is ja man so, dass Tjark in dritter Generation das Hotel ›Meeresblick‹ in der Peterstraße geführt hat. Da konnte man von den oberen Stockwerken aus aufs Meer gucken. Über das ebenerdige Gemeindegebäude hinweg. Als die Pläne für das Aparthotel bekannt wurden, war Tjark natürlich nicht begeistert. Immerhin konnte er mit dem Meerblick werben und auch entsprechende Zimmerpreise nehmen. Da kann man schon wütend werden, wenn man statt Meerblick und Wellenrauschen nur noch den Blick auf einen Klinkerklotz anbieten kann. Außerdem hatte Tjark erst kurz bevor das mit dem Aparthotel bekannt wurde 'ne ganze Menge Euronen in die Sanierung der Bäder investiert. Jedes Zimmer mit so 'ner begehbaren Dusche, neue Fliesen an den Wänden, er sagte, damit wäre das Hotel auf dem neuesten Stand, da wär das nicht so wichtig, wie die Möbel sind, obwohl die natürlich auch noch gut waren, aber so neue Bäder würden ordentlich Eindruck schinden. Und er konnte noch 'n büschen mehr pro Nacht nehmen. Und dann kam das mit dem Remberg seinem Aparthotel. Na, da war hier echt die Hölle los. Wie das Rumpelstilzchen höchstpersönlich hat Tjark rumgewettert. Und halb Wangerooge angestachelt, Rembergs Projekt zu torpedieren. Der hat überhaupt nicht nachgelassen, wurde immer wütender und hasserfüllter. Der is auch drüben auf dem Festland gewesen und hat mit Remberg gesprochen. Der ist dem sogar an die Wäsche gegangen. Das hat er zumindest erzählt. Aber geändert hat das nix. Joa, und dann hat er beim Segeln eben den Herzinfarkt gekriegt.«

»Ach nee.« Oda Wagner sah ihn aufmerksam an. »Das ist ja interessant. Herr Remberg hatte schon gesagt, dass er sich mit dem Projekt nicht nur Freunde auf der Insel gemacht hat, aber …«

»Nicht nur Freunde? Das hat er dann ja ziemlich dezent formuliert. Ich würd mal sagen, der hat sich jede Menge Missgönner, Neider und garantiert auch den einen oder anderen Feind auf der Insel gemacht.«

»Wie Tjark Visser«, stellte Christine Cordes fest.

»Joa. Wie Tjark. Aber der kriegt das ja nu nicht mehr mit, dass dem Remberg die Baustelle um die Ohren geflogen ist und so.« Jan zog kräftig die Nase hoch. »Ich glaub, da hätte Tjark bestimmt 'ne Runde Korn drauf ausgegeben.«

»Auf den Unfall beim Bau? Oder vielleicht sogar auf den Tod von Rembergs Tochter?«

»Nee, darauf ja nun nich. Bei aller geschäftlichen Auseinandersetzung, nee, Tjark kannte Sophia doch, seit die 'n lütsche Wicht war. Tjark sein Sohn war doch mit den Remberg-Kindern befreundet. Außerdem hatte er einen sehr ausgeprägten Familiensinn. Seine Mutter hat er bis zuletzt im ›Meeresblick‹ gepflegt. Er hat sogar ein Gästezimmer behindertengerecht umbauen lassen, damit seine Mutter darin wohnen und versorgt werden konnte. Die ist dann auch tatsächlich in dem Zimmer verstorben. Ihre größte Angst ist es ja gewesen, in einem Altenheim auf dem Festland krepieren zu müssen. Tjark hat ihr aber immer zugesichert, dass er das nicht zulässt. Hat er auch nicht. Er hat das Zimmer danach aber auch gut vermieten können, das muss man sagen. Es gibt ja zunehmend mehr Anfragen von gehbehinderten Gästen. Und dann die Nähe zum Strand … Ich glaub, das hat sich richtig gelohnt für Tjark.«

»Von wem können wir denn stattdessen Informationen zur Kleingartenkolonie und den Pächtern bekommen?«, fragte Oda Wagner. »Es wird doch sicher einen zweiten Vorsitzenden geben?«

»Nö. So groß is der Verein ja nich. Aber bis wir einen neuen Vorsitzenden gewählt haben, macht das Beate Tönjes. Die ist eigentlich Kassenwart.«

»Beate Tönjes?«

»Jo. Die Frau vom Dorfsheriff.«

***

Zitternd wählte sie seine Handy-Nummer. Als sie nach dem vierten Läuten seine Stimme hörte, hatte sie das Gefühl, eine zentnerschwere Last würde ihr von den Schultern fallen. »Froschi, ich bin's. Susanne.« Sie hatte sich einen Orangen-Tee zur Beruhigung gemacht, noch drei Tabletten eingeworfen und war auf die Terrasse gegangen. Hier fühlte sie sich sicher, das Grundstück war ja komplett eingezäunt. Gierig sog sie an einer Zigarette. An irgendetwas musste sie sich festhalten, und wenn sie schon auf Wodka verzichtete, dann wenigstens an Zigaretten.

»Susanne ...« Ihr Telefonpartner war augenblicklich ganz Ohr. »Warte kurz, ich stell den Fernseher leiser.« Nur Sekunden später verstummten die Hintergrundgeräusche. »Weißt du schon den Termin für die Trauerfeier?«

Sie schluckte. »Nein. Und wir werden Sophia wohl auch nur im engsten Familienkreis beisetzen.« Schweigen am anderen Ende. »Bist du noch da?«

»Warum darf ich nicht dabei sein? Ich kenne euch, seit ihr das erste Mal auf Wangerooge wart. Als Sophie mir mit ihrem Dreirad ins Rad gesaust ist und ich lang hingeflogen bin. Weißt du noch, wie ich am Knie geblutet hab? Du hast dich so lieb um mich gekümmert. Die Narbe kann man heute noch sehen. Wir haben so viele gemeinsame Erinnerungen auf der Insel ... ich dachte, ich gehöre ein wenig zu euch. Ihr jedenfalls seid für mich seit damals immer ein Stück Familie.«

Sofort fühlte sie sich schuldig. »Natürlich gehörst du zu uns. Es tut mir leid. Entschuldige. Irgendwie stehen wir alle unter Strom, wir haben im Moment nur an uns gedacht. Selbstverständlich gebe ich dir den Termin durch. Wir werden sie hier auf Wangerooge zu Grabe tragen.«

»Auf Wangerooge?« Seine Stimme bekam einen eigenartigen Klang, der sie erneut in Panik versetzte.

»Wieso? Meinst du, das ist nicht gut? Meinst du, man wird ihr Grab schänden?« Sie sprach kurzatmig. »Deswegen rufe ich auch an. Es ist noch nicht vorbei. Es ...«, sie brach ab.

»Susanne, was ist geschehen? Du klingst ja vollkommen aufgelöst.«

»Die Zeichen, Froschi. Es gibt ein neues Zeichen.« Sie berichtete von dem schwarzen Vogel. Dass er aus der Aschtonne emporgeschnellt war und dabei ihre Wange gestreift hatte. »Das ist ganz eindeutig ein Zeichen. Ein schwarzer Vogel fliegt mir auf meinem eigenen Grundstück ins Gesicht. Ich sage dir: Es ist noch nicht vorbei. Da kommt noch mehr. Walter hält mich ja schon für durchgeknallt, seit ich nach der schwarzen Katze, die uns auf der Fahrt nach Harlesiel vors Auto gelaufen ist, die Hochzeit absagen wollte. Stell dir vor, der behauptet, ich sei fürs normale Leben nicht mehr zu gebrauchen. Aber das stimmt nicht! Ich hatte recht. Ich habe die Zeichen richtig gedeutet. Wenn Walter nur auf mich gehört hätte, Sophia würde noch leben!« Sie schluchzte. »Aber damit war es ja nicht genug. Nicht nur Sophia kam ums Leben, weil er nicht auf mich hören wollte, es gab auch noch die Explosion auf der Baustelle. Bei der ein weiterer Mensch gestorben ist. Und nun der schwarze Vogel in meiner Mülltonne. Ich bin vollkommen fertig. Das sind alles Warnsignale, oder? Wir machen was falsch, Walter und ich. Und wir müssen so lange leiden, bis wir erkennen, was wir falsch machen. Meinst du nicht? Oder glaubst du, dass es sein kann, dass der Vogel aus Versehen in die Tonne geraten ist und nicht schnell genug wieder rauskam, als jemand den Deckel geschlossen hat? Es war jedenfalls keine Fliege, das nämlich hat meine Nachbarin vermutet. Die kam gleich, als ich so geschrien habe.« Sie wartete, aber er antwortete nicht. Nach endlosen sich hinziehenden Sekunden fragte sie zögernd: »Bist du noch da?«

»Ich höre dir zu.«

»Ich habe Angst, Froschi. Ich habe so verdammte Angst, dass noch mehr passiert. Ist das übertrieben? Gott sei Dank ist Konstantin in New York. Am liebsten würde ich ihn bitten, drüben zu bleiben und erst mal nicht zurückzukommen. Verliere ich den Verstand? Sind wir alle in Gefahr?«

Wieder schwieg er zunächst. Früher hatte sie gedacht, dass er in allem langsamer, dass er geistig etwas zurückgeblieben war. Aber das schien dann doch nicht der Fall zu sein, er hatte die Schule ebenso absolviert wie alle anderen – wenn auch nur knapp und mit einem schlechten Notenschnitt. Mit den Jahren hatte sich eine vertrauensvolle Freundschaft zwischen ihnen beiden entwickelt. Erstaunlicherweise hatten sie schon früher, als er noch ein Heranwachsender war, auf einer Ebene miteinander sprechen können, die weder Walter noch Sophia und Konstantin verstanden hatten.

»Ja, es könnte durchaus ein Zeichen sein«, gab er schließlich bedächtig zurück. »Du solltest vorsichtig sein und auf Walter, Konstantin und dich achtgeben. Der Vogel kann sich niemals versehentlich in eurer Tonne eingesperrt haben. Ihr lasst die Tonne ja nicht offen stehen. Von selbst wird das Tier den Deckel aber nicht geöffnet haben. Das hat jemand anderer getan.«

»Meinst du, der Vogel ist speziell für mich dort platziert worden?« Immer noch sprach sie kurzatmig.

»Wer außer dir bringt sonst den Müll raus?«, fragte er zurück.

»Niemand«, gab sie zu und kam sich naiv und dumm vor. So als würde Walter mit ihr sprechen. Froschi hatte recht.

»Also: Sei vor allem du vorsichtig. Pass gut auf dich auf.«

»Meinst du, ich soll Walter und der Polizei davon erzählen?«, fragte sie, wobei ihr das Schlucken der eigenen Spucke schwerfiel.

»Meinst du, sie würden dir glauben?«, entgegnete er.

Sie schüttelte den Kopf. Als ihr einfiel, dass er das nicht sehen konnte, sagte sie: »Nein.« Und wieder kroch ihr die Gänsehaut über den Leib.

***

Die Pfützen wirkten schon viel kleiner, als sie zurückliefen. Es war ein bisschen so, als könnte man dem Regenwasser beim Verdunsten zusehen. Dabei legte sich ein feuchter Film auf die Haut, wie wenn man sich in südlichen oder gar fernöstlichen Gefilden bewegte. Vor über zwanzig Jahren war Oda mal als Rucksacktouristin durch Thailand gereist, auch da hatte es dieses feuchte Klima gegeben. Sie griente, als ihr das jetzt einfiel. Verdammt, die Zeit rannte aber auch. Irgendwo hatte sie Dias von dieser Reise, die musste sie wirklich mal hervorkramen. Jürgen und Alex würden sich schlapplachen, wenn sie die Aufnahmen von damals sahen. Die junge und noch deutlich schlankere Oda … und Thorsten. Oda war ganz froh, dass ihr Sohn seinem Vater nicht wie aus dem Gesicht geschnitten war. Ob Alex Thorsten auf diesen Aufnahmen erkennen würde? Der Diaprojektor müsste noch im Keller stehen. Zusammen mit den Boxen, die die gerahmten Aufnahmen aus mehreren Jahren enthielten. Sie musste wirklich dringend nachsehen und die Dias digitalisieren lassen. Das war ja heutzutage kein Problem mehr. Aber derzeit war es zweitrangig. Sie riss sich zusammen und kam auf den Fall zurück. »Der Visser wäre der perfekte Tatverdächtige gewesen«, sagte sie enttäuscht. »Der hatte ja so was von ein Motiv.«

»Tja. Kann man leider nichts machen«, stimmte Christine zu. »Den hätte ich mir jetzt auch gern vorgeknöpft.«

Fahrradfahrer überholten sie, wobei die wenigsten klingelten. Einer rempelte Oda fast an. »Kannste nich aufpassen?«, rief sie dem Bengel hinterher, der Stöpsel im Ohr hatte und sicher Musik hörte. »Das ist verboten«, rief sie noch, auch wenn sie wusste, dass der Jugendliche sie nicht hörte. »Es muss andere geben, die ebenso sauer auf Remberg waren. Wir müssen sie nur finden. Wenn es denn tatsächlich kein Zufall war, dass der Tod seiner Tochter und die Explosion so nah aufeinander erfolgten.«

Sie erreichten die Polizeistation, ein Pappschild hing an der Tür: *Wir sind derzeit für Sie im Einsatz. In dringenden Fällen erreichen Sie uns unter …* Es folgte die amtliche Rufnummer, bei der man dank Rufumleitung im Zweifelsfall in Jever landete. Aber die Kollegen dort würden die entsprechenden Schritte ebenso einleiten, und der Bürger merkte ja nicht, wo das Gespräch gerade angenommen wurde. Oda fischte einen Schlüssel aus der Hosentasche und schloss auf, das Schild ließ sie hängen, als sie hineingingen.

»Du meinst, da spielt jemand mit Remberg«, vermutete Christine, die ihre Tasche auf den Tisch schmiss und den Lederblock herausholte. Sie ließ sich auf einen Stuhl fallen. »Ein Mensch, der Remberg wahrscheinlich sehr gut kennt. Ein Mensch, der weiß, was ihm wichtig ist. Und der ihm in den letzten Tagen gezeigt hat, dass er Remberg je nach Lust und Laune treffen kann. Dass er machtlos ist.« Christine begann, ihre Gedanken auf dem Block zu notieren.

»Ja, so ungefähr. Diese Ohnmacht bei einem Menschen, der sonst immer die Zügel in der Hand hält, das muss Remberg schwer treffen. Neben dem tragischen Verlust seiner Tochter. Vielleicht ist es genau das, was der Täter bezweckt. Es könnte zumindest so sein.« Oda setzte sich ihr gegenüber auf einen Stuhl, als sie die

Tür aufgehen hörte. »Mist. Ich hätte wieder zusperren sollen.« Sie blickte sich um: Bernd Tönjes kam herein.

»Ah, ihr seid das! Dann war die Tür doch abgeschlossen, als ihr gekommen seid? Manchmal vergesse ich das nämlich. Beate sagt immer, so fängt das Alter an, aber ich glaub, das liegt daran, dass ich in Gedanken schon wieder ein Stück weiter bin. Letztens habe ich sogar den Schlüsselbund im Schloss stecken lassen. Da ist aber auch nix passiert.«

Oda nickte. »Nee, ist alles gut.«

Bernd setzte sich auf den dritten Stuhl. »Habt ihr schon was Neues? Den Ort, an dem Sophia festgehalten und anschließend gesäubert wurde? War es ein Kleingarten?« Er ließ sich an die Lehne zurückfallen. »Mann, mein Kreuz tut vielleicht weh. Dieses ständige Bücken und Strecken. Zumindest sind die Keller, in denen ich mitgeholfen hab, wieder trocken.« Er dehnte die Arme nach hinten.

»Du hast gar nicht erzählt, dass deine Frau die stellvertretende Vorsitzende des Osterdünen-Vereins ist«, beklagte sich Oda, woraufhin Bernd sie überrascht ansah.

»Beate? Och, der Vereinskram … da hab ich noch nie Lust gehabt, mich damit auseinanderzusetzen. So was hat schon immer Beate gemacht. In der Schule und im Kindergarten, immer kam sie nach den Elternabenden mit irgendwelchen Posten nach Hause. Deswegen hab ich das mit der Laubenkolonie wahrscheinlich gar nicht wirklich registriert. Bislang war sie Schriftführerin. Oder Kassenwart oder so. Keine Ahnung. Und nu? Wollt ihr mit ihr sprechen? Ich kann sie anrufen. Dann ist sie bestimmt in Nullkommanix da.« Er warf einen Blick auf die Uhr. »Sie hat jetzt nämlich grad keinen Dienst.«

»Das ist eine gute Idee«, antwortete Christine. »Sie kann die Liste der Pächter mitbringen, und dann kannst du die überprüfen. Ob da jemand einen Kleingarten bewirtschaftet, der zu den offen bekennenden Gegnern von Walter Remberg zählt und so.«

»Klar. Kann ich machen.« Er zückte sein Telefon und rief seine Frau an. Nachdem er aufgelegt hatte, sagte Oda: »Eigentlich schade, dass der Tjark vor Kurzem gestorben ist.«

Sie sah, dass Bernd die Stirn runzelte. Dann schien er zu begreifen. »Jo. Der wäre ein perfekter Tatverdächtiger gewesen. Das meinst du doch?«

»Ja. Zumindest wenn es stimmt, was Jan Janssen uns erzählt hat.«

»Ja, ja, das stimmt schon.« Bernd kratzte sich am Kopf. »Tjark war wie von Sinnen, als er erfuhr, dass Remberg das Aparthotel bauen durfte. Der hatte fast 'ne Million in den Umbau seines Hotels gesteckt, und dann hieß es: nix mehr mit Meeresblick. Mann, Mann, Mann. Der hat gewettert und krakeelt, das könnt ihr euch nicht vorstellen. Der ist sogar rüber aufs Festland und hat sich den Remberg zur Brust genommen. Hat er jedenfalls behauptet. Remberg hätte ins Krankenhaus gemusst, hat er gesagt.«

»Echt?« Oda zog amüsiert die Augenbrauen hoch. »So 'n richtiger Kampf von Mann zu Mann?« Sie griff zu ihrem Handy. »Das check ich mal eben.« Kurz darauf hatte sie Lemke an der Strippe. »Heiko, klär doch mal eben, ob Walter Remberg vor Kurzem, also, das muss schon länger als drei Wochen her sein, beim Arzt oder im Krankenhaus behandelt worden ist. Es gibt Zeugen, die das behaupten. Und da der vermutliche Verursacher hier auf der Insel zu Hause ist, wäre es wichtig. Jo. Danke.« Sie legte auf. »In einer halben Stunde müssten wir mehr wissen. Heiko kümmert sich drum.«

***

Belustigt legte er den Hörer nach Susannes Anruf beiseite. Soso. Es hatte also wieder perfekt geklappt. Was für ein Glücksfall, dass sie die Tonne schon so kurz nach seiner Vogel-Deponier-Aktion geöffnet hatte. Ihm wurde klar, dass er sich überhaupt keine Gedanken darüber gemacht hatte, wie er vorgehen sollte, falls die Tonne während der kommenden Tage nicht geöffnet werden würde. Der Vogel hätte ohne ausreichend Sauerstoff und Wasser garantiert nicht tagelang überlebt. Dann wäre sein schöner Plan hinfällig gewesen, und weder Susanne noch Walter Remberg hätten etwas von diesem neuen »Zeichen« mitbekommen. Sie hätten höchstens vermutet, dass irgendwer einen toten Vogel auf der Straße gefunden und bei ihnen in die Tonne geworfen hatte. Umso besser, dass Susanne gleich heute rausgegangen war, um den Müll zu entsorgen. Und quasi on top hatte die Dohle beim Herausfliegen sogar noch ihre Wange gestreift. Wahrlich ein Glücksfall. Vielleicht hätte sie ohne dieses Streifen gar nicht angerufen, und er müsste noch in der unschönen Warteschleife verharren. Nun aber war er eingeweiht. Teilte ein weiteres Geheimnis mit Susanne Remberg. Seit Jahren schon vertraute sie ihm Dinge und Gefühle an, die sie vor ihrer versnobten Familie verbarg.

Arme Susanne. So reich. Und doch so arm. Was nützten einem das dickste Konto, das größte Haus, vier Autos, drei Wohnungen und überteuerte Markenklamotten, wenn man tief in seiner Seele fror? Wenn die Liebe fehlte?

Er wusste, was Liebe bedeutete. Und er wusste, wie man sich fühlte, wenn einem der geliebte Mensch genommen wurde. Schuld daran war Walter Remberg, aber inzwischen war er in der Lage, sich zu wehren. Er lächelte. Walter hatte noch immer nicht die leiseste Ahnung, wer hinter alldem stand, was ihm derzeit widerfuhr. Eine herrliche Ironie des Schicksals, dass er Susanne nicht glauben würde, wenn sie von einem neuerlichen Zeichen sprach, davon, dass es noch nicht vorbei war. Walter, dieser arrogante Mensch, der meinte, über allem zu stehen und allen seinen Willen aufzwingen zu können, ahnte nicht, dass das Ende seiner Leidenszeit noch lange nicht gekommen war.

Erst einmal war jetzt Susanne, die arme Susanne, die nie zu sich selbst gestanden hatte, die immer allen alles hatte recht machen wollen, an der Reihe. Auch sie war, wie ihre Tochter zuvor, lediglich ein Bauernopfer auf dem Weg zu seinem Sieg über Walter. Wie faszinierend es doch war, zu beobachten, wie sich ein Mensch veränderte, dem das Leben unter den Händen zerbröselte, ohne dass er Einfluss darauf nehmen konnte.

Er stand auf. Trat ins Freie und beobachtete die Mülltonne, deren Deckel er nicht geschlossen hatte. Auch jetzt hatte er wieder Glück. Er stand noch keine fünf Minuten, als ein rabenschwarzer Vogel hineinflog. Er griff zu seinem Fernglas. Ein teures Modell. Das hatte er schon zu anderen Dingen als dem Beobachten von Vögeln benutzt. Geduldig harrte er aus, bis der Vogel mit seiner Beute die breite Mülltonne verließ. Erfreut bemerkte er den kleinen signalgelben Punkt auf dem Schnabel des Tieres. Es hatte geklappt. Der Vogel war zurück. Er lächelte glücklich. Unter diesen Voraussetzungen würde es ein Leichtes sein, das Tier erneut einzufangen. Wenn Susanne den Vogel allerdings das nächste Mal sah, hätte er keine Federn mehr. Wie würde sie dann reagieren? Er würde Aufnahmen machen, die im Zweifelsfall klar belegten, dass Susanne Remberg das Opfer eines psychologischen Angriffs geworden war. Selbstverständlich würde er diese Aufnahmen anonym verschicken. Sie sollten einzig und allein dem Zweck dienen, Walter Remberg zu belasten. Mit Susanne hatte er schließlich noch was anderes vor.

Erst wenn Remberg ganz unten war, wenn er nichts mehr hatte, sogar auf den kläglichen Rest seiner Familie nicht mehr zählen konnte, wenn niemand ihm mehr Glauben schenken würde, dann würde er von ihm ablassen. Vielleicht. Denn nur, wer ganz unten war, hatte eine Chance, seinem Leben einen neuen, einen richtigen Sinn zu geben.

Er wandte sich um, stellte das Fernglas auf der Fensterbank ab. Es gelüstete ihn nach etwas Leckerem. Einer Pizza. Oder einer Currywurst mit Pommes und ordentlich Ketchup.

***

Während Bernd über der Liste brütete, die seine Frau Beate mitgebracht hatte, unterhielten sich die drei Frauen.

»Ich bin da ja durch Tjarks Tod auch nur so reingerutscht«, berichtete Beate Tönjes. Ihre verwirbelte dunkle Kurzhaarfrisur war sicherlich durch Gel entstanden, aber sie stand ihr. Sie war dezent geschminkt und trug keinen Lippenstift. Christine fand sie auf Anhieb sympathisch. »Wir haben im September die nächste Vereinssitzung, da werden wir einen neuen Vorsitzenden wählen, bis dahin hab ich den Posten kommissarisch übernommen.«

»Können Sie überprüfen, wer in den letzten Tagen vermehrt Wasser verbraucht hat?«, fragte Christine.

»Nee, das glaub ich nicht. Wir lesen ja nicht wöchentlich die Zählerstände ab.« Tönjes' Frau schüttelte den Kopf. »Also, zumindest denke ich, dass das so wie bei uns zu Haus ist. Da wird einmal im Jahr der Stand abgelesen und danach abgerechnet.« Sie blickte zu ihrem Mann. »Oder, Bernd?«

»Hä?« Tönjes sah von der Liste auf.

»Die Zählerstände werden doch auch bei der Osterdüne einmal im Jahr abgelesen?«

»Jo. Immer zum Ende der Saison.«

»Mist«, sagte Oda.

»Gibt es irgendwelche Unregelmäßigkeiten, ist Ihnen nach dem vergangenen Wochenende etwas Besonderes gemeldet worden? Vielleicht ein Einbruch und eine Überschwemmung im Gartenhaus?«, fragte Christine.

»Nee.« Beate Tönjes sah sie bedauernd an. »Nix. Da wird auch wohl nichts gewesen sein, denn bei diesem Wetter sind die Pächter ja jede freie Minute im Garten.«

»Nicht am Strand?«, fragte Christine.

»Nee. Am Strand sind die Insulaner in der Saison sowieso nicht. Da haben wir gar keine Zeit zu. Höchstens mal abends zum Sonnenuntergang. Bei uns ist im Sommer Hochkampf. Da ist man froh, wenn der Tag zu Ende ist.«

»Sind Sie auch berufstätig?«, wollte Oda wissen.

»Ja, ich arbeite an der Rezeption im Hotel ›Meeresblick‹.«

»Ach«, sagte Christine interessiert. »Das Hotel hat der Pächter heute Nachmittag auch erwähnt. Das hat doch Tjark Visser gehört, stimmt's?«

»Ja. Das war echt furchtbar, als Tjark vor ein paar Wochen so von jetzt auf gleich gestorben ist. Da standen wir alle ganz schön auf dem Schlauch. Ich mein, ich kenn den Laden zwar seit über zwanzig Jahren und kann den Betrieb auch allein aufrechterhalten und hab das ja auch gleich gemacht, aber trotzdem ist natürlich alles komplett anders. Da hat nun keiner mit gerechnet. Tjark war noch gar nicht so alt. Grad mal siebenundfünfzig.«

»Dann haben Sie sicher auch den Streit zwischen Ihrem Chef und Remberg hautnah miterlebt?«, fragte Christine.

Beate Tönjes zuckte mit den Schultern. »Das meiste lief wohl über Mails ab. Die hab ich nie zu sehen bekommen. Da kann ich nix zu sagen. Aber Tjark hat permanent auf Remberg geschimpft. Er ist auch aufs Festland rüber, denn Remberg war nicht oft hier. Für den zählte nur das fertige Projekt, das er gut verkaufen wollte. So in Einzelteilen. Eigentumswohnungen und so. Er hatte sich da so 'n spezielles Konzept ausgedacht. Und für die Aufsicht darüber hatte er den Architekten und die Baufirma. Den Architekten hat er zu Beginn sogar mal für eine Woche bei uns einquartiert. Was meinen Sie, wie Tjark getobt hat, als er rausbekam, dass unser Gast für das Remberg-Projekt zuständig ist.«

Ihr Mann klappte den Ordner zu. »Nix dabei, wo ich euch sagen könnte, knöpft euch den oder die mal vor. Alles ganz normale Kleingärtner, so wie wir.«

Odas Handy klingelte. Sie warf einen Blick aufs Display. »Lemke«, sagte sie, stand auf und entfernte sich. Christine wandte sich erneut an die beiden Tönjes'. »Wenn Sie was hören, wenn doch ein Einbruch oder eine Überschwemmung, die nichts mit dem Wolkenbruch zu tun haben kann, gemeldet wird, dann bitte sofort Bescheid sagen.«

»Ja nee, is klar, nich, Bea?«, sagte Bernd. Seine Frau nickte. »Logisch. Den Ordner kann ich wieder mitnehmen, oder brauchen Sie den noch?«

Christine schüttelte den Kopf. »Lassen Sie uns den besser noch hier. Kann sein, dass wir da noch mal reingucken müssen.«

»Ist gut. Aber ich kann dann gehen?«

Christine nickte. »Natürlich.« Als Beate Tönjes aufstand, kam Oda wieder herein.

»Also auf Lemke ist doch immer Verlass.« Sie griente. »Remberg ist tatsächlich in Westerstede beim Arzt gewesen. Aber nicht nach einer Schlägerei im Krankenhaus, sondern bei seinem Zahnarzt. Ihm sei am Wochenende ein Teil der beiden vorderen Schneidezähne weggebrochen. Das fand die Sprechstundenhilfe ziemlich unglaubwürdig, zumal Remberg wohl auch ein blaues Auge hatte. Sie war wohl recht auskunftswillig, aber ihr Chef bekam zufällig mit, worum es in dem Telefonat ging, hat sich den Hörer geschnappt und auf seiner ärztlichen Schweigepflicht beharrt. Wir müssen Remberg also direkt drauf ansprechen.«

»Na, denn mal los.« Christine schrieb noch eben die letzten Informationen auf und steckte den Block ein. Als sie ihre Tasche über die Schulter nahm, hielt sie einen Moment inne. Dann wandte sie sich an Beate Tönjes, die gerade mit Bernd darüber diskutierte, ob sie am Abend Brot und Aufschnitt oder einen Salat essen sollten.

»Ich frage mich gerade: Wo Tjark Visser nun tot ist und Sie nur übergangsweise den Betrieb führen, wie ist es denn da um die Zukunft des Hotels bestellt?«

»Tja, die steht wohl in den Sternen. Tjark hat zwar einen Sohn, aber der lebt nicht dauerhaft hier und hat vom Hotelbetrieb gar keine Ahnung.« Beate Tönjes zuckte mit den Schultern. »Ich mach jedenfalls erst mal so weiter. Stornieren kann man Buchungen von unserer Seite ja immer. Wir haben in den Buchungsbestätigungen zwar die Klausel, dass die Gäste ab dreißig Tage vorher einen Teil bis hin zum kompletten Preis bei sehr kurzfristiger Absage zahlen müssen, aber von unserer Seite aus sind wir nicht regresspflichtig. Also ist da alles im Lot. Und mal gucken, wie Olaf sich das vorstellt. Wahrscheinlich wird er das Hotel verkaufen. Ich hoffe nur, dass ich beim neuen Eigentümer bleiben kann.«

***

Es war nicht weit von der Polizeistation zum Hotel »Meeresblick«, und neugierig, wie Oda und Christine inzwischen waren, machten sie den Schlenker über die Zedeliusstraße dorthin, blieben noch kurz an der Promenade stehen und blickten über den Strand aufs Meer. Das bunte Treiben am Strand war ruhiger geworden, der Nachmittag ging in den Abend über, aber wieder strahlte die Sonne voller Kraft. Es würde noch ein paar Stunden dauern, bis sie links vom Café »Pudding« am Horizont ins Wasser plumpste. In der Ferne konnte man auch jetzt noch die Containerschiffe sehen, die – wie Perlen an einer Schnur aufgereiht – nach Wilhelmshaven zum Jade-Weser-Port oder nach Bremerhaven und Hamburg fuhren.

»Sieht aus wie auf einem Jahrmarkt, findest du nicht?«, fragte Oda. »Ich hab jedes Mal das Gefühl, wenn ich mit so einem Schießgewehr wie bei den Rummelbuden anlege und abdrücke, fallen die Schiffe nach hinten und sind verschwunden. Einfach so plumps, zack, weg.«

Christine lachte. »Ja, es sieht wirklich so aus. Aber es sind doch verschiedene Schiffsrouten, die fahren gar nicht wirklich alle auf einer Höhe so hintereinanderweg, oder? Zumindest stand das auf dem Schaubild.«

»Nee, natürlich nicht. Aber es sieht so putzig aus. Das kann man übrigens nur hier in dieser Weise sehen. Na ja und auf Spiekeroog, wenn man da gen Osten läuft. Auf Langeoog sieht man das schon nicht mehr, da läuft die Route nicht lang.«

»Was du immer alles weißt … Du hast eben den Heimvorteil«, gab Christine zu, woraufhin Oda korrigierte: »Ich glaub, das liegt eher daran, dass ich die Inseln liebe und gern dort Urlaub mache. Ich kenne Leute, die in Wilhelmshaven aufgewachsen sind und noch nicht ein einziges Mal auf einer der Ostfriesischen Inseln waren. Guck dich mal in der Polizeiinspektion um, da wirst du staunen.«

»Gut. Was meinste, wollen wir jetzt mal einen Blick auf das Hotel des toten Tjark Visser werfen und uns dann den Remberg vornehmen? Der dürfte sich bis dahin ja ein wenig regeneriert haben.« Sie hatten Remberg von der Polizeistation aus angerufen und ihren Besuch angekündigt. Er hatte abgehetzt geklungen und gesagt, er sei gerade erst fertig damit, das Wasser aus dem Keller zu schippen, aber sie könnten gleich kommen.

Sie liefen die Strandpromenade entlang, vorbei an dem, was noch vor Kurzem eine Vorzeigebaustelle gewesen und nun ein ziemlicher Trümmerhaufen war. Es würde noch einige Zeit dauern, bis die Arbeiten fortgeführt werden konnten beziehungsweise bis man mit dem Wiederaufbau der zerstörten Wände beginnen könnte. Als sie in die Peterstraße bogen, stach ihnen das Hotel »Meeresblick« gleich ins Auge: ein hell gestrichener Putzbau, der wie ein gemütliches, ehrwürdiges Gebäude wirkte, in dessen Zimmern es hohe Decken gab, vielleicht sogar mit Stuck verziert. Der Außenanstrich schien ziemlich frisch zu sein, es gab keine witterungsbedingten Schäden wie Schmutz oder Grünspan. Zwei mit Buchsbaum bepflanzte Kübel säumten den überdachten Eingang. Vier Sterne auf einem Messingschild gaben den Standard preis.

Nachdenklich blieben Oda und Christine stehen. Blickten zum Hoteleingang, am Gebäude empor und wandten sich dann um. Zumindest die obere Etage hatte bis zum Wiederaufbau den Blick aufs Meer, allerdings auch auf die halb zerstörte Fassade des Remberg'schen Aparthotel-Komplexes.

»Ist schon ein Motiv, oder? Ob die die vier Sterne halten können?«, fragte Christine.

Oda wusste sofort, was ihre Kollegin meinte. »Keine Ahnung. Mit den Kriterien für die Vergabe von Hotelsternen kenne ich mich nicht aus. Aber ja, das gäbe ein ziemlich gutes Motiv ab. Dumm nur, dass der Visser tot ist.«

»Ja.«

»Ob Remberg das Projekt weiterverfolgt?« Oda hatte nicht nur einmal gesehen, dass Menschen ihre Pläne nach persönlichen Katastrophen über Bord warfen.

»Ich halte ihn nicht für den Typ Mensch, der aufgibt. Zumal an dem Projekt ja eine heftige Finanzierung hängen wird. Sicher gibt es bereits Interessenten oder vielleicht sogar Käufer für die Eigentumswohnungen. Das ist ja hier doch eine sehr exponierte Lage. Erste Reihe, tatsächlich unverbaubar, nein, er wird das zu Ende bringen. Er wird nicht aufgeben.«

»Er könnte verkaufen. Oder rückbauen, wie das Abreißen heutzutage neumodisch genannt wird. Andererseits wird es doch bestimmt Versicherungen geben, die den Schaden tragen«, vermutete Oda, wenngleich sie nicht genau sagen konnte, ob die Haftpflichtversicherung oder die Gebäudefeuerversicherung auch in einem Sabotage-Fall zuständig waren. Oder ob es in so einem Fall gar keine Versicherung gab. Das wäre natürlich der *worst case*. Sie drehte sich wieder zum Hotel um, sah an der Fassade empor und bemerkte einen Mann, der sie hinter einer knapp zur Seite geschobenen Gardine beobachtete.

»Schon heftig. Da investiert man, nur um kurz darauf zu erfahren, dass ein neues Bebauungskonzept genehmigt wird, das all die Investitionen drastisch schmälert«, sagte Christine, die den Mann wohl nicht bemerkt hatte. »Kein Wunder, dass man da fuchsteufelswild wird. Das geht ja schon fast an die Existenz.«

»Na ja. So schlimm wird es schon nicht sein, immerhin liegt das ›Meeresblick‹ weiterhin in zweiter Reihe und damit quasi am Strand«, wiegelte Oda ab. »Das ist ja auch ein Pfund, mit dem man wuchern kann.«

»Aber es hat keinen Meeresblick mehr«, beharrte Christine.

»Dinge ändern sich eben.«

Christine steckte die Zungenspitze zwischen ihre Zähne, dann überlegte sie laut: »Ob die beiden Tönjes' was damit zu tun haben?«

Oda kniff die Augenbrauen zusammen. Sie spürte dabei die steile Falte, die sich auf ihrer Stirn bildete. »Du meinst Bernd und seine Frau?« Sie kratzte sich am Kopf. »Nee. Was soll'n die denn damit zu tun haben?«

»Das kam mir nur grad so in den Sinn. Tjark Visser ist tot. Sie könnten dessen Hotel übernehmen wollen.«

»Dafür brauchen sie doch die Explosion nicht zu veranstalten. Da hätte ein simples Angebot an Vissers Sohn gereicht. Wenn der eh nicht auf der Insel lebt und keine Ahnung vom Hotelbetrieb hat … Der würde sicher mit Kusshand verkaufen. Na ja, wenn die Kredite mit übernommen werden. Aber dazu müssten Bernd und seine Frau doch nicht diesen Zirkus veranstalten. Der sie in den Knast bringt, wenn's rauskommt. Nee, da liegst du falsch. Das glaub ich nicht.« Manchmal kam Christine auf die unglaublichsten Gedanken. Vielleicht hatte das noch mit irgendwelchen Hormonen zu tun. Oda blickte erneut die Fassade empor. Der Mann war fort. »Lass uns lieber zu Remberg gehen«, sagte sie. »Der wird uns auf einige Fragen Antworten geben müssen.«

***

Noch in Arbeitsklamotten öffnete Walter Remberg den Kommissarinnen die Haustür. Bei seiner Rückkehr nach dem elendigen Wasserschippen im Keller der Ferienwohnung hatte Susanne völlig aufgelöst etwas von schwarzen Vögeln und schlimmen Zeichen gefaselt, aber er hatte keine Energie mehr verspürt, ihr zuzuhören. Er würde sich bei der Gemeinde aufs Schärfste beschweren, dass die freiwillige Feuerwehr nicht sofort angerückt war, um auch seinen Keller leer zu pumpen. Man müsse nach Dringlichkeit vorgehen, hatte man ihm am Telefon gesagt. Zwei Zentimeter in einem knapp fünfzehn Quadratmeter großen Raum könne er allein bewältigen, das sei ihm zuzumuten, weil er weder alt noch körperlich eingeschränkt war. Er hatte gekocht vor Wut. Aber zumindest war das Wasser jetzt raus. Das hätte ja sonst schnell angefangen zu stinken.

»Kommen Sie durch«, sagte er müde und schlurfte voran. Auf der Terrasse ließ er sich auf einen Stuhl fallen, setzte die Flasche Mineralwasser, die er zuvor aus dem Kühlschrank genommen hatte, an den Mund, ohne den Polizistinnen etwas anzubieten. Er war ja kein Café. »Was gibt's Neues?« Das Wasser rann gurgelnd seine Kehle hinunter.

»Sie haben uns gegenüber überhaupt nicht erwähnt, dass Sie hier auf der Insel in Tjark Visser einen erbitterten Gegner hatten, was Ihr Aparthotel betrifft«, begann Christine Cordes.

Er wischte sich mit der Hand über den Mund. »Ach, hören Sie auf. Sie machen sich ja lächerlich. Tjark Visser ist tot. Vor Wochen bei einem Segeltörn verstorben. Der kann nichts mit dem Tod meiner Tochter oder der Explosion auf der Baustelle zu tun haben.«

»Er scheint sehr aufgebracht gewesen zu sein und hat damit angegeben, Ihnen zwei Zähne ausgeschlagen zu haben.«

Walter Remberg zog die Lippen zurück, sodass seine Kauleiste sichtbar wurde. Gelangweilt fragte er: »Sehen Sie eine Zahnlücke?« Er setzte die Flasche erneut an.

»Nein«, gab Christine Cordes zu, die Platz nahm und ihren großen Lederblock aus der Tasche zog. Sie würde sicher irgendwann Probleme mit dem Rücken bekommen, wenn sie die Schultern immer nur so einseitig belastete. Die Tasche sah jedenfalls nicht nach Leichtgewicht aus. Auch Oda Wagner setzte sich. »Aber wir haben gehört, Sie haben einen guten Zahnarzt in Oldenburg. Den Sie erst kürzlich konsultiert haben.«

Er nahm sich augenblicklich vor, den Arzt zu wechseln. Diskretion war eine der Grundvoraussetzungen im Umgang mit anderen. Er selbst verhielt sich diskret und erwartete das ebenso von seinen Geschäftspartnern. Und nichts anderes waren Ärzte. Immerhin bezahlte er als Privatpatient mindestens den zweikommadreifachen Satz. »Verschonen Sie mich mit derartigen Spekulationen. Haben Sie nichts anderes? Dann muss ich Sie bitten, zu gehen. Ich habe den ganzen Nachmittag damit verbracht, Wasser aus dem Keller unserer Ferienwohnung zu schippen, weil die freiwillige Feuerwehr sich weigerte, das für mich zu tun, und bin total k. o.«

Irgendetwas an seinen Worten schien die Polizistinnen zu elektrisieren, jedenfalls saßen sie mit einem Mal pfeilgerade.

»Wasser im Keller Ihrer Ferienwohnung?«, fragte Christine Cordes.

»Hab ich gerade gesagt, oder?«

»Eine Ferienwohnung haben Sie bislang überhaupt nicht erwähnt«, rügte Oda Wagner in einem Ton, der ihm den Kamm anschwellen ließ.

»Hören Sie, ich hab eine Menge anderer Dinge um die Ohren, als Sie über die Anzahl und Örtlichkeiten der Immobilien zu unterrichten, die mir gehören.«

Oda Wagner stand auf. »Ich glaube, Sie haben überhaupt nicht verstanden, um was es eigentlich geht.« Ihr Ton wurde schärfer. »Da suchen wir auf der Insel krampfhaft nach einem Ort, an dem Ihre Tochter gefangen gehalten, getötet und womöglich unter Einsatz eines Hochdruckreinigers zur Vernichtung sämtlicher Spuren gesäubert wurde, und Sie erwähnen jetzt einfach mal so nebenbei, dass Sie eine Ferienwohnung besitzen und heute damit beschäftigt waren, Wasser aus dem Keller dieser Wohnung zu schöpfen.« Sie knallte mit der Faust auf den Tisch. »Verdammt noch mal, ist Ihnen eigentlich klar, dass das Wasser gar nicht vom Gewitter, sondern von dem Verbrechen an Ihrer Tochter stammen könnte?«

Bei diesen Worten entgleisten seine Gesichtszüge. Nein. Daran hatte er tatsächlich nicht gedacht.

Mittwoch

Es war beinahe ergreifend, zu sehen, wie zahm die Dohle inzwischen geworden war. Sie kam sogar schon näher, flog nicht mehr davon, wenn er auf sie zutrat. Sie rührte etwas in seinem Herzen, und so hatte er beschlossen, ihr nicht bei lebendigem Leib die Federn auszurupfen, sondern sie vorher schnell und möglichst schmerzfrei zu töten. Obwohl ihn der Gedanke, Susanne Remberg den nackten, lebenden Vogel vors Haus zu setzen, sehr reizte.

Mit einem schnellen Griff packte er das Tier. Es war noch früh, nicht einmal sechs Uhr, aber es war hell, der Himmel wolkenlos und blau, und nur langsam erwachte die Insel, machte sich das Service-Personal in den Hotels daran, die Frühstücksbüfetts für die Gäste vorzubereiten. Er streichelte dem Tier über den Kopf, während er es mit der anderen Hand fest im Griff hatte. Dann lief er hinein. Ging in den Kellerraum, in dem schon Sophia gestorben war. Hier würde es sich wiederholen. Auch die Dohle würde hier ihr Ende finden. Ein letztes Mal streichelte er dem Vogel über den Kopf, dann packte er zu. Es knackte unschön, als die zarte Wirbelsäule brach. Der Kopf sackte zur Seite.

Seine Mundwinkel bogen sich zufrieden nach oben. Der nächste Schritt war eingeleitet. Remberg würde nicht ungestraft davonkommen. Leider war Konstantin, dieser feige Verräter, noch nicht aus den Staaten zurück, aber bestimmt würde er nicht lange bleiben. Vor allem nicht, wenn auch seiner Mutter etwas zustieße.

Bedächtig setzte er sich auf eine der Plastikkisten, die im Raum herumstanden, nahm den toten Vogel und begann, die Federn zu rupfen.

***

»Ich habe das Gefühl, dass wir uns im Kreis drehen«, sagte Christine, als sie am Frühstückstisch saßen. Wieder einmal mussten sie warten, bis Manssen und sein Team die Ferienwohnung und den Keller der Rembergs untersucht hatten.

»Ich glaub auch nicht wirklich, dass die da fündig werden«, gab Oda zu, »aber wir können das ja nun schlecht auslassen.«

»Wir kommen einfach nicht voran, aber irgendetwas muss es da doch geben, verdammt noch mal.« Christine fluchte selten, aber heute war ihr danach. Sie schob den Teller beiseite, auf dem sich noch ein Rest Rührei befand, goss sich eine weitere Tasse Kaffee ein – nach dem ersten Kännchen Tee war sie umgestiegen – und zog ihren Block aus der Tasche. »Lass uns zusammenfassen. Wertek: hat ein Motiv. Er kann es sich nicht erlauben, dass die Aufzeichnungen der Detektei publik werden. Es könnte ihn seine politische Karriere kosten.«

»Von Oertel hätte nur dann ein Motiv, wenn Sophia die Beziehung zum Beispiel im allerletzten Moment beenden wollte. Immerhin läuft die von ihm gekaufte Wohnung im Grundbuch auf ihren Namen«, nahm Oda den Faden auf. »Wenn Sophia Remberg nur einen Teil der egomanen Gene ihres Vaters besitzt, ist ihr durchaus zuzutrauen, dass sie die Wohnung behalten wollte.«

Christine sah sie amüsiert an. »Egomane Gene? Wie kommst du denn zu diesem Ausdruck?« Sofort merkte sie, dass Oda sich auf den Schlips getreten fühlte, denn ihre Kollegin kniff den Mund zusammen und blähte die Nüstern.

»Du brauchst nicht zu denken, du bist die Einzige, die sich mit solchen Begriffen auskennt. Ich werfe damit nur nicht so inflationär herum wie du.«

Diesmal verkniff Christine sich ein Schmunzeln. »So habe ich das doch gar nicht gemeint. Entschuldige. Zurück zu Sophia Remberg. Ich sehe es anders, ich denke, sie hätte von Oertel die Wohnung zurückgegeben, wenn sie sich tatsächlich von ihm hätte trennen wollen, wofür wir keinerlei Hinweise haben. Außerdem hätte sie es sich nicht erlauben können, die Wohnung zu behalten. Von Oertel wäre damit vielleicht an die Öffentlichkeit gegangen, und was das für ihren Ruf als zuverlässige und kompetente Geschäftsfrau bedeutet hätte, ist ja klar.«

»Okay. Wenden wir uns also dem einzigen Punkt zu, von dem wir sicher wissen, dass er zu Konkurrenz zwischen den Verlobten führte: dem Platz im Kader der Olympia-Equipe. Von Oertel war darauf ebenso scharf wie Sophia Remberg. Vielleicht bedeutet so ein Platz ja mehr für einen Reiter, als wir ahnen. Hat ja was mit Renommee zu tun und so. Da ist man sicher stolz, für Deutschland in einem solchen Turnier antreten zu können.« Oda kratzte sich an der Nasenspitze. »Wobei Lemke bereits rausgefunden hat, dass es einen weiteren Konkurrenten gibt, der zumindest von Oertel in nichts nachsteht, im Gegenteil. Vielleicht ist das ein Motiv. Dazu müsste allerdings auch dieser Reiter in allernächster Zeit ums Leben kommen. Was natürlich auch ohne nachzuhelfen vorkommen kann. Bei so einem Vielseitigkeitsritt ist ja schon mancher tödlich verunglückt.«

»Ich hab gar nicht gewusst, dass du ein Faible für die Vielseitigkeitsreiterei hast«, sagte Christine erstaunt.

»Hab ich auch nicht. Ich hab das gegoogelt.« Oda grinste übers ganze Gesicht.

Christine rührte in ihrer Tasse. »Bleibt noch die Sache mit der Ferienwohnung. Für von Oertel wäre es doch viel vorteilhafter gewesen, Sophia wäre erst ein paar Tage oder Wochen *nach* der Eheschließung verstorben. Auf die Art hätte er nicht nur die Wohnung behalten, sondern vielleicht auch aus einer Mitleidsüberlegung her den Platz im Olympia-Kader bekommen. Nein. Von Oertel scheidet in meinen Augen aus.«

Oda begann mit einem neuen Gedanken. »Was ist mit dem Bruder? Der verfügt ebenfalls über die entsprechenden körperlichen Kräfte, und seine Schwester hätte sicher keinen Argwohn verspürt, wenn er sie aufgefordert hätte, mit ihm zu gehen. So als Entführung der Braut. Und dann sind sie in die Ferienwohnung, die Manssens Leute gerade untersuchen.«

»Nee. Wenn Sophia dort umgekommen und auch gereinigt worden wäre, hätte Konstantin das Wasser selbst entfernt«, widersprach Christine.

»Nicht unbedingt. Denk doch mal an das, was Bernd gesagt hat. Dass die Eigentümer der Ferienwohnungen oft wochen- und monatelang nicht hier sind und gar nicht mitkriegen, ob der Keller unter Wasser steht. Vielleicht hat Konstantin darauf gesetzt.«

»Das glaub ich nicht. Denn seine Mutter lebt ja überwiegend hier.«

»Die macht mir aber nicht den Eindruck, als ob sie sich um

irgendwelche Mietobjekte kümmert.« Oda gab so schnell nicht nach. »Außerdem: Eine Eheschließung ohne Ehevertrag hätte für Konstantin zur Folge gehabt, dass nach dem Tod der Eltern nicht nur seine Schwester, sondern nach deren Tod auch sein Schwager erbberechtigt wäre. Dann hätte er teilen müssen. So wäre er gleich beide auf einen Schlag losgeworden. Schwester und Noch-nicht-Schwager, dem er vielleicht sogar die Tat in die Schuhe drücken könnte.«

»Also, erst mal sind die Eltern noch nicht tot«, widersprach Christine. »Und zweitens ist mir das Ganze doch zu abgedreht. Was sind denn das für Überlegungen? Der würde ja dauerhaft in der Psychiatrie bleiben müssen, wenn der wirklich so denkt.«

Oda zuckte gleichgültig mit den Schultern. »Weiß man, wie die Leute ticken? Vielleicht hat er sich von seinen Eltern ein zinsloses Darlehen geliehen und nicht die Absicht, das wieder zurückzuzahlen. Vielleicht spekuliert er darauf, auf Kosten seiner Eltern ein gutes Leben zu führen.«

Christine schüttelte den Kopf. »Nein, ich glaube, da bist du diejenige, die spekuliert. Konstantin hat einen gut dotierten Job in New York, das hat Lemke doch auch überprüft. Der scheidet aus.«

»Lemke hat sich nur darum gekümmert, ob das mit dem Job stimmt und ob Konstantin hier bei der Schufa und dergleichen als Schuldner gemeldet ist. Private Schulden kann er ja gar nicht überprüft haben, ohne richterlichen Beschluss. Aber gut, lassen wir das erst einmal außen vor. Kommen wir zum alten Remberg«, fuhr Oda missmutig fort. »Den können wir genauso von der Liste der Tatverdächtigen streichen. Der hat seine Tochter nie und nimmer umgebracht.«

Die beiden Frauen sahen sich an, jede erblickte die eigene Unzufriedenheit als Spiegel im Gesicht der anderen.

»Es muss um das Bauprojekt gehen.« Dieser Gedanke nahm immer mehr Raum in Christines Kopf ein.

»Aber damit hatte Sophia nichts zu tun«, protestierte Oda.

»Das stimmt zwar, aber Sophias Tod war das perfekte Ablenkungsmanöver. Und es hat geklappt. Wir haben uns auf Sophias Umfeld konzentriert. Sogar noch nach der Explosion auf der Baustelle.« Sie nickte bestätigend. »Vielleicht ging es von Anfang an nur um dieses Bauprojekt.«

Oda sah sie an, als hätte sie nicht alle Tassen im Schrank. »Nur mal als kleine Gedächtnisstütze: Tjark Visser ist tot.«

Christine nickte und biss sich auf die Unterlippe. »Tja. Das ist das Problem.«

***

Wie anders so ein Tier doch aussah, wenn es keine Federn mehr trug. So nackig. Schutzlos und beinahe ein wenig ordinär. Er hatte schon als Kind fasziniert bei Imbissständen beobachtet, wie ganze Hähnchen an Spießen gedreht und gebraten worden waren. Stundenlang hätte er da zugucken können. Und wie es knackte, wenn jemand ein halbes Hähnchen kaufte und der Verkäufer das gebratene Huhn mit der Geflügelschere durchtrennte.

Seine Oma hatte einen Hähnchenbräter aus weißer Keramik benutzt, da wurde das ausgenommene Tier draufgespießt, dass es aussah, als würde ein kopfloses Lebewesen auf einem Pfahl sitzen. Oma hatte den Vogel mit einer Mischung aus Sonnenblumenöl und rosenscharfem Paprikapulver bestrichen und in den Ofen gesetzt. Oft hatte er davorgesessen und beobachtet, wie sich der Vogel durch die heißen Temperaturen veränderte. Wenn er später ein Stück davon auf dem Teller hatte, möglichst mit Pommes aus der Friteuse und ordentlich Ketchup, hatte ihm gerade die kross gebackene Haut besonders gut geschmeckt. Er vermutete, dass seine Oma die Hähnchen aus dem eigenen kleinen Gehege im Garten verwendet und nicht auf andere Vögel zurückgegriffen hatte. Nur manchmal gab es eine von den Tauben, die sein Opa gezüchtet hatte. Ab und zu waren ihm auch fremde zugeflogen. Nicht immer hatte sein Opa dann den entsprechenden Züchter kontaktiert. Die Tauben hatten ihm aber nicht so gut geschmeckt wie die Hähnchen. »Die hat eben zu viele Flugkilometer auf dem Buckel«, hatte Opa es kommentiert, wenn er nicht aufgegessen hatte. »Is nich so schlimm, min Jung.«

Er betrachtete die nackte Dohle. Sie würde keinesfalls als Grillhähnchen durchgehen, dazu war sie zu klein und mager. Die Federn hatte er in einem Eimer aufgefangen. Er stopfte sie in einen Drei-Liter-Gefrierbeutel. Dann lief er hinüber in den Hausmeisterraum. Er wusste, dort gab es lange Zimmermannsnägel, die wie geschaffen waren für das, was er plante.

Niemand kam ihm entgegen. Kein Wunder. Hier unten hielt sich selten jemand auf. Was hätten sie auch hier zu suchen gehabt, wo Strand und Sonne und Sand lockten? Im Hausmeisterraum roch es ein wenig muffig, aber er war ordentlich aufgeräumt. Alles an seinem Platz. Er lächelte. Genauso hielt er es auch. Alles dort, wo es hingehörte.

Er schnappte sich zwei Nägel, einen Hammer und ein dünnes Stück Sperrholz. Dann ging er zurück. Setzte sich, legte das längliche Stück Holz auf seine gespreizten Oberschenkel, damit er sich nicht verletzen konnte. Sorgsam trieb er beide Nägel dicht nebeneinander durch das Holz. Immer noch die Einweg-Handschuhe tragend, spießte er den Vogelkörper auf. Die Nägel waren zwar nicht so lang, dass sie auch den Kopf senkrecht halten konnten, aber die Installation als solche gefiel ihm schon recht gut. Toter Vogel mit hängendem Kopf. Er musste nur überlegen, wie er das mit den Federn arrangierte. Trotzdem es derzeit windstill war, würden sie, leicht wie sie waren, wegfliegen, sollte er sie einfach um sein Kunstwerk streuen. Damit wäre der Effekt verpufft, denn Susanne sollte durchaus registrieren, dass der tote Vogel derjenige sein könnte, der ihr gestern aus der Aschtonne entgegengeflogen war. Sie sollte es so deuten, wie es gemeint war: als weiteres Zeichen. Als Ankündigung, dass noch mehr Schreckliches geschehen würde.

Was sie allerdings bestimmt nicht erkennen würde, war, dass sie selbst im Fokus des Schrecklichen stand. Dass sie sich sogar freiwillig in tödliche Gefahr begeben würde. Er lächelte. Er brauchte kein jahrelanges Psychologiestudium, um zu wissen, wie Menschen reagierten. Wie Susanne reagieren würde. Dazu kannte er sie zu lange und zu gut.

Er nahm sein Kunstwerk und steckte es in die rechteckige Edeka-Einkaufstasche, die von außen aussah wie ein Weidenkorb, aus dem oben Gemüse herausschaute. Die Federn tat er obenauf. Niemand würde auf die Idee kommen, einen genaueren Blick hineinzuwerfen. Jeder Entgegenkommende würde vielmehr lächeln und einen Einkauf für ein leckeres, frisches Mittagessen vermuten.

Er verließ das Gebäude durch den Seitenausgang, stellte die Tasche hinten in den Fahrradkorb und radelte los. Es war für diese Uhrzeit wieder verdammt warm. Ob ein weiteres Gewitter heranzog? Aber dazu war es noch nicht schwül genug. Er fuhr in die Zedeliusstraße und sah freudig überrascht, dass Walter Remberg ihm entgegenradelte. Im Gegensatz zu ihm selbst fuhr Walter kein Nullachtfuffzehn-Rad, sondern ein hochwertiges Hollandrad.

Er winkte Walter zu. »Moin!«

»Moin.« Walter winkte zurück, dann waren sie aneinander vorbei.

Menschen mit Koffern kamen ihm entgegen, zogen ihr Gepäck in Bollerwagen, schulterten Reisetaschen oder rollten die Koffer über die gepflasterte Straße. Wie eine lärmende Welle schwappten sie in der Saison mehrmals täglich vom Bahnhof in den Ort; die Fähre musste vor ungefähr einer halben Stunde am Hafen im Westen angelegt haben. Man bekam tatsächlich das Gefühl, einer Invasion ausgesetzt zu sein, da konnte er die Insulaner gut verstehen, wenn sie sich nach dem Sommertrubel auf mehr Ruhe freuten. Auch er mochte diesen Trubel nicht. Darum bog er lieber in eine Seitenstraße, die zwar einen geringen Umweg bedeutete, aber ihm kam es auf Zeit ja nicht an. Nicht dass er persönlich etwas gegen den Touristenstrom hätte, aber man musste das Schicksal auch nicht unbedingt herausfordern und durch ein plötzlich auf die Straße rennendes Kind oder einen senilen Senioren abrupt zum Anhalten gezwungen werden. Die Mehrzahl der Touristen meinte sowieso, mit der Kurtaxe eine Art Freifahrtschein bezahlt zu haben, das hatte er in all den Jahren festgestellt. Darüber hatten sich die Insulaner schon früher aufgeregt, auch das, was er selbst miterlebt hatte, schien diesen Eindruck zu bestätigen. Die Feriengäste beachteten die Bürgersteige nur der Form halber, lieber liefen sie in Dreier- oder Vierergruppen auf der gepflasterten Straße und regten sich auf, wenn Radfahrer klingelnd um Durchlass baten. Nein, ruhiges Inselleben war etwas anderes. Mit einem wehmütigen Lächeln dachte er an jene Zeit zurück, die er als Jugendlicher hier verlebt hatte.

Als er vor dem Haus der Rembergs hielt, nahm er die Tasche aus dem Fahrradkorb. Einen Moment lang überlegte er, ob er seine Vogelskulptur vor die Tür stellen sollte, entschied sich aber doch dagegen. Er würde durch das Tor rechts neben dem Haus in den Garten gehen. Wo der Schlüssel versteckt war, wusste er. Konstantin hatte es ihm vor Jahren verraten. Da Walter ihm gerade entgegengekommen war und Konstantin in New York weilte, konnte sich nur noch Susanne im Haus aufhalten; der Schwächling Stefan residierte nach wie vor im Strandhotel. Falls er ihr unvermittelt auf der Terrasse gegenüberstand, könnte er behaupten, er sei aus Sorge um sie gekommen. Warum er nicht an der Haustür geklingelt hatte, würde sie nicht fragen.

Ein Fasan huschte über das Gras, als er ums Haus herum in den gepflegten Garten lief, in dem die Rosenstöcke mit wunderbarer Pracht blühten, ebenso wie Heckenrosen, deren Früchte sie als Heranwachsende abgepflückt, aufgebrochen und anderen Kindern als Juckpulver in den Nacken geworfen hatten.

Die Terrasse sah gastfreundlich aus. Die jagdgrünen dicken Kissen luden zum Verweilen rund um den großen ovalen Teakholztisch ein, Blumenschmuck stand neben einem Windlicht auf einem naturfarbenen Läufer.

Eine der beiden Terrassentüren war geöffnet. Er zögerte. Er sollte das Objekt und die Federn auf dem Tisch deponieren und auf dem schnellsten Weg verschwinden, bevor Susanne ihn entdeckte. Dennoch trat er neugierig an die offene Tür. Sie gab den Blick in ein Schlafzimmer frei. Die Betten waren bereits gemacht. Er sah genauer hin. Auf den Nachttischen standen jeweils zwei silbergerahmte Fotos. In einem Konstantin und Sophia, im anderen wechselnd Walter beziehungsweise Susanne. Offenbar waren sie alle an einem Tag aufgenommen worden, die Kleidung der auf den Fotos abgebildeten Personen ließ zumindest darauf schließen.

Er vernahm Geräusche, die zweifelsfrei von einer duschenden Person stammten. Also befand sich das Bad neben dem Schlafzimmer. War ja auch naheliegend. Es brauchte keine große Kombinationsgabe, um zu erahnen, wer da unter der Dusche stand. Susanne. Er wunderte sich über ihre Sorglosigkeit. Einfach die

Schlafzimmerterrassentür offen stehen zu lassen. Dabei war sie gestern doch noch ängstlich gewesen.

Ein Lächeln glitt über sein Gesicht. Besser konnte es gar nicht laufen. Er würde seine Überraschung perfekt inszenieren können. Er nahm den aufgespießten Vogel und stellte ihn in die Mitte des blütenweiß bezogenen Doppelbettes. Dann öffnete er den Beutel mit den schwarzen Federn. Verstreute sie über die Kopfkissen, sodass es aussah, als habe hier ein Kampf stattgefunden. Das Geräusch von laufendem Wasser verstummte. Eilig stopfte er den leeren Gefrierbeutel in die Edeka-Tasche und verließ den Raum. Besorgt sah er noch einmal kurz zurück. Hatte er vielleicht Dreck an den Schuhen gehabt und eine nicht wiedergutzumachende Spur hinterlassen? Erleichtert bemerkte er, dass der naturfarbene Teppich keinen Flecken aufwies.

***

Der weiße Bademantel in XL umhüllte Susanne Rembergs schmale Figur wie eine schützende Bettdecke. Das heiße Wasser, das sie minutenlang über ihren Kopf und den Körper hatte prasseln lassen, hatte ihre verspannten Nackenmuskeln entspannt und ihr einen Anflug von Wärme vermittelt, obwohl sie seit Sonntag permanent fror. Sicher hätte Walter sie gescholten, dass sie den Wasserverbrauch unnötig in die Höhe trieb, aber genau aus diesem Grund war sie erst ins Bad gegangen, als sie hörte, dass Walter das Haus verlassen hatte. Sie nahm sich fest vor, künftig auf getrennten Schlafzimmern zu bestehen. Sie würde nicht weiterhin schlaflose Nächte neben ihm verbringen und ihm beim Schnarchen zuhören.

Mit einem überdimensionalen Badetuch rubbelte sie sich die Haare trocken, wickelte sich das Handtuch so um den Kopf, dass es oben eng anlag, gleichzeitig aber einen Schal über dem Bademantel bildete und ging hinüber ins Schlafzimmer. Der feine Stoff der bodenlangen weißen Gardinen bewegte sich nur leicht im Wind. Links neben der Tür befand sich die Kommode, die ihre Unterwäsche enthielt. Sie hatte die Schubladen ausgetauscht. Die mit der weißen, mit Spitze versehenen fröhlichen Wäsche hatte sie nach unten verbannt. Sie zog einen schmucklosen schwarzen BH und einen ebensolchen Slip heraus, richtete sich auf und entdeckte im üppig gestalteten Spiegel über der Kommode etwas, das sie stutzen ließ.

Sie wagte kaum, sich zu bewegen. Das, was sie sah, gab es nicht. Das musste ein Trugbild sein, so wie die Träume der letzten Nächte erschreckend realitätsgetreu und Angst machend gewesen waren. Und nun erlebte sie derartige Träume sogar am helllichten Tag! Sie musste dringend mit ihrem Psychologen in Westerstede reden. Sicherlich war es Sophias Tod, der das hervorrief, doch dies überschritt alles, was sie noch an emotionalem Schutzwall aufbieten konnte. Sie hatte das Gefühl, an einem Abgrund zu stehen und hinabzufallen. Stand stocksteif. Räusperte sich. Kniff die Augen zusammen. Räusperte sich erneut. Und öffnete die Augen.

Doch das, was sie im Spiegel sah, hatte sich nicht verändert. Wie in Zeitlupe drehte sie sich um. Die Hände schützend über der durch den dicken Bademantel verhüllten Brust verschränkt. Das Bild blieb gleich. Ein nackter Vogel, dem an einigen Stellen schmale Blutrinnsale am Leib hinabgelaufen waren, umgeben von einem Meer schwarzer Federn.

Gellend schrie sie auf.

***

Auf dem Weg zurück pfiff er fröhlich vor sich hin. Immer noch floss der Touristenstrom samt Rollkoffern durch den Ort; seine Aktion hatte keine zehn Minuten gedauert. Beim Bäcker hielt er an, kaufte ein belegtes Brötchen mit ordentlich Remoulade, Salatblatt, Tomate und Käse und einen Kaffee zum Mitnehmen. Die Brötchentüte legte er in die Tasche im Fahrradkorb, in den Kaffee hatte er Milch und drei Stückchen Zucker getan und setzte ihn schon beim Radeln an den Mund. Der kleine Koffeinkick tat gut.

Alles hatte ganz ausgezeichnet geklappt! Das war eindeutig das Zeichen dafür, dass er seine Mission zu Recht ausführte. Andernfalls hätte das Schicksal ihm nicht auch noch die Tür zu Susannes Schlafzimmer geöffnet, sondern ihm Steine in den Weg gelegt. So aber waren alle seine Schritte von schicksalhaftem Wohlwollen begleitet. Er lachte. Wie lange es wohl dauerte, bis Susanne ihn anrief? Wann sie unwissend darum bat, in seine Falle tappen zu dürfen? Ein wohliger Schauer rann seinen Rücken hinunter. Wenn er seine Aufgabe beendet hatte, würde er sich eine Flasche Champagner gönnen. Im Weinkeller seines Vaters befanden sich noch etliche. Darunter ziemlich wertvolle, wie er wusste. Auch wenn sein Vater nicht immer über ausreichend Geld verfügt hatte, es gab gewisse Dinge, die für ihn wichtig gewesen waren. Einen guten Champagner auf Lager zu haben, gehörte dazu. Man wusste ja nie, wann sich ein bedeutender Anlass ergab, den man nur mit Champagner feiern konnte. Auf alles vorbereitet sein, im Negativen wie im Positiven. Sein Vater hatte ihm diese Lebensdevise schon in der Kindheit eingebläut.

Er bog in die Peterstraße ein, als ihm die beiden Kommissarinnen beinahe ins Rad liefen. Er schaffte es gerade noch, den Lenker herumzureißen, wobei Kaffee aus der kleinen Trinköffnung des Bechers auf sein weißes T-Shirt schwappte. Dumme Kühe. Auch sie waren, ohne nach links und rechts zu gucken, auf die Zedeliusstraße gelaufen. Zugegeben, dieser Teil war bereits Fußgängerzone. So hielt er sich zurück, pöbelte sie nicht an, sondern grüßte freundlich. Im nächsten Moment war er an ihnen vorbei.

***

»Unmöglich, diese Radfahrer«, sagte Christine, als sie dem braun gebrannten jungen Mann in kurzen Hosen, Flip-Flops und weißem T-Shirt hinterhersahen, der rücksichtslos durch die Fußgängerzone geradelt war. »Dem sollte man ein ordentliches Verwarngeld verpassen, da könnte ja sonst was passieren, wenn der nicht aufpasst.«

Der Mann hielt beim Hotel »Meeresblick«, stieg einhändig ab – in der anderen Hand hielt er noch den Kaffeebecher – und schob das Rad am Hotel vorbei.

Christine blieb stehen. Nachdenklich sagte sie: »Den habe ich schon mal gesehen.« Sie überlegte krampfhaft. Dann fiel es ihr wieder ein. »Genau! Als wir mit dem Schmidt und seinem Mantrailer auf der Suche nach Sophia waren, da hat er sich mit Konstantin Remberg unterhalten. Und Remberg junior hat ihn mit Namen angesprochen. Olaf. Du, das könnte der Sohn von Tjark Visser sein.« Ihre Augen waren riesengroß, als sie Oda nun ansah. »Und der hätte auch ein Motiv. Ganz bestimmt hätte der auch ein Motiv.«

Die Tür zur Polizeistation war noch nicht ganz hinter ihnen ins Schloss gefallen, da rief Oda Bernd Tönjes zu: »Was kannst du uns über Tjark Vissers Sohn sagen?«

»Hä?« Bernd zuckte zurück, als habe Oda ihn mit einer siebenschwänzigen Katze geschlagen. »Was willste denn von Olaf? Hat der was angestellt?«

»Das wissen wir noch nicht. Es könnte aber sein.« Oda öffnete die Schranke, die den Raum in zwei Bereiche teilte, und stieß fast mit Norbert Siemsen zusammen, der gerade im Begriff war, die Station zu verlassen. Christine schmiss bereits ihre Tasche auf Bernds Schreibtisch.

»Moment mal. Was soll das? Ihr müsst mich auch mal arbeiten lassen. Ich hab echt zu tun. Is Hochsaison! Norbert ist schon wieder im Einsatz, und ich muss mich auch mal um was anderes kümmern als euren Mord und die Explosion. Guckt, hier türmt sich alles. Also blockiert hier mal nicht meinen Schreibtisch.«

»Hast ja recht«, gab Oda nach einem Blick auf die Papierstapel auf Tönjes' Schreibtisch zu. »Aber dennoch bist du der Einzige, der uns auf die Schnelle einiges über den Sohn von diesem Visser sagen kann. Der lebt nicht auf der Insel, sagte deine Frau?«

Bernd legte den Stift beiseite. »Nö. Der ist nach der Schule aufm Festland geblieben. Hat in Esens 'ne Ausbildung als Tischler gemacht. Ab und zu hat er für seine Firma auch schon mal hier auf der Insel gearbeitet. Warum wollt ihr das wissen?«

»Wir vermuten inzwischen, dass das Motiv für den Mord an Sophia Remberg und die Explosion auf der Baustelle ein und dasselbe ist. Dass Sophia sterben musste, um von der eigentlichen Tat, also der Explosion, abzulenken.«

»Aber die Explosion war doch erst, nachdem wir Sophia tot in den Dünen gefunden haben.« Bernd sah sie an, als seien sie ein wenig begriffsstutzig. »Und davon konnte man doch nich ablenken. Das hat doch die ganze Insel mitgekriegt.« Er schüttelte den Kopf.

»Das stimmt zwar«, erklärte Christine nachsichtig, »aber vor dem Hintergrund der Schwere der Tat im Fall Sophia Remberg gilt eine

Explosion auf einer Baustelle, noch dazu zu einem Zeitpunkt, an dem die Baustelle normalerweise verwaist ist, wohl eher als gering. Niemand käme auf die Idee, die an sich kleinere Straftat sei der Grund für das andere Kapitalverbrechen.«

Oda sah, wie Tönjes das erst einmal sacken lassen musste. »Joa. Also, wie gesacht … Olaf ist Tischler in Esens. Der kommt immer mal am Wochenende her. Oder wenn seine Firma hier einen Auftrag hat. Jetzt war er natürlich mehr hier, wo sein Vadder gestorben is. Musste ja die Seebestattung und alles organisieren.«

»Hat er Familie?«

»Wie jetzt? Familie?«

»Frau und Kinder oder so?«

»Nee. Hat er nich. Auch keine feste Partnerin, soviel ich weiß. Jedenfalls hat er noch keine mit auf die Insel gebracht.«

»Deine Frau sagte, sie wisse nicht, was aus dem Hotel wird. Weil Tjarks Sohn keine Ahnung vom Hotelgewerbe hat.«

»Joa. Wenn Beate das sagt, dann stimmt das auch.«

»Mensch, Bernd, streng mal deine grauen Zellen an. Ist der Sohn vom Visser auch so ’ne Schlafpille wie du?« Oda spürte, dass sie sich nur knapp beherrschen konnte.

»Wie? Schlafpille? Hör mal … du fragst was, und ich antworte. Ist das nich genug?«

»Es geht darum, ob auch von Tjarks Sohn Anfeindungen gegen Walter Remberg gekommen sind«, erklärte Christine, was Bernd ja an sich von selbst hätte erfassen müssen, wie Oda meinte. Aber wahrscheinlich erledigte Beate im Alltag das meiste für ihren Mann. Warum Oda in diesem Augenblick das Ehepaar Schäffer aus dem amüsanten Krimiabendprogramm der ARD einfiel, wusste sie allerdings nicht. Zumal Bernd so gar keine Ähnlichkeit mit dem Schauspieler Bjarne Mädel hatte. Sie riss sich zusammen und konzentrierte sich.

»Also, gab’s da was? Immerhin muss auch der Sohn sauer sein, wenn er mitkriegt, dass sein Vater ’ne Menge Geld in die Renovierung des Hotels gesteckt hat und dass da nun ein anderer eines davorsetzt. Das ›Meeresblick‹ gibt es doch schon seit etlichen Jahren?«

»Joa. Das hat ja schon Tjarks Mudder Gretje und vor ihr Tjarks

Opa Edo geführt. Gretje konnte kochen, sach ich euch, wir haben da gern mal als lütte Butscher rumgelungert. Vor allem, wenn die Krüllkuchen gebacken hat.«

»Krüllkuchen.« Christine klang misstrauisch.

»Neujahrsröllchen«, erklärte Oda beiläufig, »du hast sie bei mir auch schon an Silvester gegessen. Mit Schlagsahne gefüllt.«

»Ach so, diese leckeren dünnen, aufgerollten Waffeln mit Anis. Ja. Aber …« Christine räusperte sich. »Wir sind ja nicht hier, um über Kochrezepte zu reden. Es geht um Tjark Vissers Sohn. Und darum, wie der mit der ganzen Situation umgegangen ist.«

»Joa.« Bernd sah ein wenig verständnislos aus der Wäsche.

Oda holte weiter aus: »Mensch, Bernd, nun stell dich doch nicht dösiger an, als du bist. Tjark Visser hat sehr viel Geld in die Renovierung seines Hotels gesteckt. Dann hat er herausgefunden, dass durch die Änderung des Bebauungsplanes ein Projekt genehmigt wird, das seinem ›Meeresblick‹ den Meeresblick nimmt. Er ist stocksauer gewesen, war sogar auf dem Festland und hat Walter Remberg so einen verpult, dass der sich beim Zahnarzt zwei lädierte Zähne instand setzen lassen musste. Dennoch hat Remberg das Projekt nicht aufgegeben, und Tjark Visser hat sich dermaßen in seine Wut hineingesteigert, dass er beim Segeln einen Herzinfarkt erlitt.«

»Joa«, stimmte Bernd zu. »So mach das wohl gewesen sein.«

»Und an dieser Stelle kommt der Visser junior ins Spiel«, führte Christine weiter aus. »Der hat sicher alles hautnah, zumindest in Telefonaten von seinem Vater, mitbekommen. Die Gretje Visser ist ja schon eine Weile tot, wie du selbst gesagt hast, da blieb dem Tjark ja nur der Sohn, um seinem Unmut ungezügelten Lauf zu lassen.« Sie stutzte. »Gibt's eigentlich gar keine Mutter zu dem Olaf?«

»Doch. Die gab's. Aber die ist kurz vor der Jahrtausendwende mit einem Gast abgereist.«

»Ach so. Dann hatte Olaf als konstante Personen in seinem Leben seine Oma und seinen Vater.«

»Na ja. Gretje war ja schon ein büschen sehr tüdelig, als Monika abhaute. Olaf hat seinen Vater bei Gretjes Betreuung unterstützt, zumindest so lange, bis er aufs Festland is. Dann war er aber immer in den Ferien hier. Und wenn's von der Fähre her passte, auch am Wochenende. Den Flieger haben sie sich nicht leisten können.«

»Oder nicht leisten wollen«, warf Oda ein, »denn das Hotel war ja bis vor Kurzem in einer Eins-a-Lage und hat sicher eine Menge Umsatz gebracht.«

»Und ganz ohne hervorragende Umsatz- und Gewinnzahlen, also ohne gute Bilanzen, hätte die Bank keinen höheren Kredit bewilligt«, ergänzte Christine.

»Umsatz sicher. Aber Gewinn?« Bernd zuckte mit den Schultern. »Ich weiß von Beate ja nur, was da monatlich an Einnahmen reinkommt. Die Kosten und alles, was sonst mit dem Hotel zusammenhängt, hat Tjark gemacht. Beate hat ja auch die Kontoauszüge nicht gesehen, nur die Rechnungen ausgedruckt, wenn die Gäste abgereist sind. Und am Monatsende das Blatt mit der Rechnungsausgangsliste. Für den Steuerberater. Der sitzt aber auf dem Festland.«

»Die Finanzen des Hotels der vergangenen Jahre können unsere Kollegen in Wilhelmshaven checken. Das ist jetzt nicht so wichtig. Viel mehr interessiert mich, ob Olaf Visser ein enges Verhältnis zu seinem Vater gehabt hat.«

»Joa. Auf jeden Fall.« Bernd nickte.

Christine nickte ebenfalls. »Gut. Und wenn Olaf dann feststellen musste, dass sein Vater nicht nur aus lauter Wut und Verzweiflung darüber, die Kredite vielleicht nicht mehr in der geplanten Form bedienen zu können, einen Herzinfarkt erlitt, sondern dass ihm nicht mal ein gut gehendes Hotel hinterlassen wird, stattdessen ein bis unters Dach verschuldetes Objekt, das gegebenenfalls sogar einen Stern einbüßt, weil es dank Remberg den Meerblick eingebüßt hat ... Denkst du, Olaf könnte zu Mitteln gegriffen haben, die nicht gesetzeskonform sind?«

»Gesetzeskonform?« Bernd zog grübelnd die Stirn in Falten.

»Mensch. Meinst du, Olaf könnte aus lauter Rache und Wut Sophia umgebracht und die Explosion auf der Baustelle ausgelöst haben?«

»Tja. Ein büschen anders war Olaf schon immer. Keine Ahnung, was in dem seinem Schädel so vor sich geht.«

***

Das war schon wieder ein Zeichen. Mehr noch. Das war eine unverhohlene Drohung. Susannes Gedanken überschlugen sich. Ihr Kreislauf drohte zu versagen. Ihre Knie wurden weich, dennoch blieb sie stocksteif stehen. Dann war ihr Kopf plötzlich leer. Schrie sie noch? Ihr wurde schlecht, aber sie war unfähig, sich zu bewegen. Irgendjemand war hier eingedrungen. Während sie nichts ahnend unter der Dusche stand. Nackt. Die Badezimmertür nicht abgeschlossen. Mit Macht drängte ihr Mageninhalt nach oben, in letzter Sekunde erreichte sie die Toilettenschüssel.

Zitternd kniete sie kurz darauf auf dem naturfarbenen Badezimmerteppich. Was ging hier vor? Erst der Katzenschwanzstummel in ihrem Briefkasten. Dann der Vogel aus der Mülltonne. Nun dies. Sie würgte erneut. Das waren keine Zufälle. Jemand hatte ihre Familie im Visier.

Sophia … und Walter. An ihn traute man sich wohl nicht so recht heran, ihn hatte es lediglich über sein Lieblingsprojekt, sein Aparthotel, getroffen. Susanne lachte hysterisch auf. Vielleicht hatte man ihn damit mehr verletzt, als wenn man ihn körperlich attackiert hätte. Und nun sie. Der Vogel, nein, *die* Vögel … Dieses Tier zumindest hatte keine zweite Chance. War das auch ein Hinweis? Hätten sie die Möglichkeit gehabt, allem zu entgehen, wenn sie die Zeichen rechtzeitig und vor allem korrekt gedeutet hätte? Ihr wurde ganz schwummerig bei diesem Gedanken. Konstantin. War bei Konstantin alles in Ordnung?

Sie rappelte sich hoch, lief zurück ins Schlafzimmer, wo ihr Handy auf dem Nachttisch lag. Sie bräuchte nur eine Taste zu drücken, um zu sehen, wann ihr Sohn das letzte Mal online gewesen war. Doch um es zu erreichen, müsste sie vorbei an dem Furchtbaren, das auf ihrem Bett drapiert worden war.

Der Festnetzanschluss. Sie warf einen Blick nach links zum antiken Sekretär, der ihnen im Schlafzimmer als Ablagefläche diente. Dort war die Festnetzstation installiert. Zögernd machte Susanne mit ausgestrecktem Arm einen Schritt seitwärts. Dann einen zweiten. Die morbide Dekoration auf ihrem Bett im Blick. Und noch einen. Endlich konnte sie den schnurlosen Apparat von der Ladestation ziehen. Automatisch drückte sie die Kurzwahl für Walters Handynummer.

»Was gibt's denn?«, herrschte er sie barsch an. »Du weißt doch, ich bin mitten im Gespräch mit dem Pastor.«

»Der schwarze Vogel«, begann sie weinend.

»Du mit deinem Scheißvogel. Du hast selbst einen!« Er beendete das Gespräch.

Fassungslos starrte sie den Hörer an. Kein Wunder, dass Walter sie für verrückt hielt. Dabei hatte sie diesmal den Beweis in ihrem Schlafzimmer. Oder wusste er davon? War vielleicht sogar er für diese makabere Aktion zuständig? Nutzte er Sophias Tod, um sie auf diese Weise zusätzlich emotional unter Druck zu setzen? Wollte er Beweise dafür, dass sie nicht mehr normal war, und sie in eine Klapse abschieben? Damit er frei für seine Geliebte war? Außer Walter gab es ja niemanden, der Zugang zum Haus hatte, Konstantin war in den Staaten, Sophia tot und das Tor zum Garten stets verschlossen. Ganz ruhig, sagte sie sich. Ganz ruhig. Nach gefühlt bestimmt zehn Minuten hatte sie ihren Puls und die Atmung wieder unter Kontrolle. Dann wählte sie die einzige Nummer, unter der sie sich Hilfe erwartete.

***

Den Polizistinnen hätte er nun nicht unbedingt begegnen müssen. Obwohl … vielleicht war auch das ein Zeichen. Sie waren ihm nur beinahe ins Rad gelaufen, hatten ihn *nur beinahe* zu Fall gebracht. Sofort stieg seine Laune wieder an. Ja. Alles war gut so, wie er es machte. Er schob das Rad am Hotel vorbei zum Unterstellplatz, als sein Handy klingelte. Lächelnd nahm er das Gespräch an, ohne auf das Display zu sehen. Das war Susanne. Keine Frage.

»Froschi. Ich bin's.«

Wie er diesen Spitznamen hasste. Sie war die Einzige, die ihn noch so nannte. Ob sie überhaupt ahnte, wie dieser vermeintliche Kosename, der gar keiner war, entstanden war? Konstantin hatte ihm den Namen verpasst, als sie in den Ferien gemeinsam in der Wildnis der Insel herumgestreunt waren, und nur in der Familie Remberg hatte er sich bis heute gehalten. Niemand sonst wagte es noch, ihn so anzureden. Aber Susanne war zu oberflächlich, um einen tieferen Sinn hinter Dingen zu sehen oder gar nachzufragen.

Sie hatten damals kleine Tiere gefangen. Konstantin, Sophia und er. Mücken hatten sie gefangen. Fliegen. Und Frösche.

»Man kann Frösche mit einem Strohhalm aufpusten, bis sie platzen«, hatte er den beiden Jüngeren verraten, die ihn mit aufgerissenen Augen angestarrt hatten. Damals hatte er sich für so viel schlauer als sie gehalten. Hatte ihnen gezeigt, wie es funktionierte. Dass es funktionierte. Sophia hatte sich angeekelt abgewandt und war weinend davongelaufen, Konstantin jedoch war fasziniert gewesen. Erst als seine Eltern zu wissen verlangten, was Sophia so erschreckt hatte, hatte er behauptet, es ebenfalls widerlich zu finden.

Anfangs hatte er den Spitznamen noch als Auszeichnung empfunden, als jedoch seine Augen im Laufe der kommenden Jahre immer mehr aus den Höhlen traten, war aus der geheimen Auszeichnung ein Spottname geworden. Auch dafür hasste er die selbstgerechte Familie Remberg, denn er war damals sicher gewesen, dass allein dieser Spitzname für seine körperliche Veränderung verantwortlich war. Erst Jahre später hatte er bei einem Arztbesuch erfahren, dass eine Schilddrüsenfehlfunktion die Ursache für seine hervorstechenden Augen war.

»Susanne.« Er tat überrascht. »Ich bin gerade beim Frühstück. Habe eine kleine Radtour raus zum Westen gemacht und mir auf dem Rückweg ein Brötchen und einen Kaffee gegönnt. Man muss das tolle Wetter ja ausnutzen, bevor es wieder aufs Festland und in den Alltag geht.«

»Froschi. Es geht weiter.« Sie klang gehetzt. Panisch.

»Was ist los? Kann ich dir helfen?«

»Er war hier.«

»Wer?«

»Sophias Mörder. Der, der hinter allem steckt. Du hattest recht, der schwarze Vogel in meiner Mülltonne war kein Zufall.«

»Susanne!« Er hörte sie schluchzen.

»Froschi, er hat den schwarzen Vogel getötet, ihm sämtliche Federn ausgerupft und ihn aufgespießt.« Er hörte, wie sie schluckte. »Er hat die Federn um den toten Vogel verteilt. Auf meinem Bett!« Die letzten Worte schrie sie, hatte völlig die Kontrolle über sich verloren.

Er nahm das Brötchen aus dem Fahrradkorb. Trank den letzten Schluck Kaffee, der immer noch warm und süß seine Kehle hinabrann. Die Mülltonne stand offen, er warf den Becher hinein. Fischte das Brötchen aus der Tüte und warf auch die fort. Die Einweghandschuhe hatte er unterwegs in einen Kleidersammlungscontainer geschmissen. Bis man die fand … und ob man sie dann überhaupt den Verbrechen zuordnen würde, die auf der Insel geschehen waren … Man würde sehen. Er nahm es gelassen.

»Hast du schon mit Walter telefoniert? Oder mit der Polizei?«

»Ich hab's versucht. Aber Walter hat mich nicht ausreden lassen und aufgelegt. Der denkt, ich spinne. Ich stehe jetzt auf der Terrasse. Im Bademantel. Mit nassen Haaren.«

Das sah bestimmt ganz apart aus. »Vielleicht solltest du Walter noch mal anrufen. Damit er kommt. Immerhin ist jemand in euer Haus eingedrungen.« Er wusste, das würde sie nicht tun.

»Nein!« Das klang wie ein Aufschrei. »Er wird mir nicht glauben.«

»Aber er wird es doch sehen können, wenn es da ist. Hast du schon Fotos gemacht?« Er selbst hatte ja leider keine Zeit mehr gehabt, sein Kunstwerk festzuhalten, doch Susanne könnte es für ihn tun.

»Nein. Das Handy liegt an der anderen Bettseite. Ich trau mich nicht hin.«

»Aber wenn der Vogel doch tot ist … Geh ruhig, ich bleibe am Apparat.«

»Is gut.« Er hörte sie atmen. Dann sagte sie: »Ich steck das Telefon jetzt in die Bademanteltasche und mach ein Foto. Aber du bleibst dran, ja?«

»Natürlich. Schick es mir am besten per WhatsApp, dann habe ich es auch, falls man dein Handy noch irgendwie manipuliert.«

»Is gut.«

Kurz darauf betrachtete er eine Aufnahme seiner kunstvollen Inszenierung auf dem Telefon.

»Und nun?«, fragte sie.

»Nun lässt du alles, wie es ist, ziehst dich an und kommst her. Ich setze derweil einen Kaffee auf, und dann reden wir darüber, wie du weiter vorgehen solltest. Oder möchtest du lieber einen Tee?«

***

Sie schwiegen alle drei, als Bernd Tönjes zu Ende erzählt hatte. Oda fischte ihr Smartphone aus der Hosentasche. »Ich ruf bei Lemke an. Mal sehen, was er auf die Schnelle über Olaf Visser herausfindet. Bin gleich wieder da.«

»Traust du dem das zu?«, fragte Christine Bernd Tönjes. »Meinst du, der fädelt einen so perfiden Plan ein? Du hast ihn jetzt irgendwie nicht als den perfekten Strategen beschrieben.«

»Tja. Ich weiß das auch nich. Damit kenn ich mich nich aus. Wir haben hier Diebstahl, Ruhestörung, Prügeleien – alles natürlich nur, wenn die Touristen da sind – aber so mit Mord und einer vorsätzlich herbeigeführten Explosion hab ich das in all den Dienstjahren hier nich zu tun gehabt.«

»Nicht ausweichen, bitte.«

»Ach Mensch, ich kenn den Olaf. Das glaub ich nicht. Dazu ist der viel zu sehr Insulaner, um Mörder zu sein.«

Christine verdrehte die Augen, woraufhin Bernd zugab: »Aber natürlich kann man in keinen reingucken. Nur, wenn man da mal genau überlegt, dann hätte er Walter Remberg umbringen müssen. Sophia macht doch keinen Sinn.«

Christine nickte. Es könnte wirklich der perfekte Plan gewesen sein. Keiner von ihnen war auf die Idee gekommen, dass es letztlich um etwas anderes als Sophia ging. Dass Sophia ein Opfer auf dem Altar des Wesentlichen, des großen Bauprojektes gewesen war. Falls ihre Überlegungen tatsächlich zutrafen.

Oda kehrte zurück. »Lemke durchleuchtet Olaf Visser. Auf Anhieb hat er nichts gefunden. Der ist in der Vergangenheit nicht negativ aufgefallen, hat nicht mal Punkte in Flensburg.«

Bei diesen Worten kratzte sich Bernd unbehaglich am Kopf. »Vielleicht guckt ihr mal nach Anzeigen wegen Tierquälerei«, schlug er verlegen vor.

»Tierquälerei? Wie kommst du denn jetzt darauf?« Christine glaubte sich in einem falschen Film. Sie tippte sich an die Stirn. »Da haben wir gerade mehr als eine halbe Stunde über den Visser gesprochen, und du sagst nichts davon, dass da mal was wegen Tierquälerei gewesen sein könnte? Hör mal, es geht hier um Mord!«

»An Menschen. Nich an Fröschen. Um das mal gleich klarzustellen«, verteidigte sich Bernd heftig und verdrehte die Augen. »Also,

Olaf war damals ein Teenager. Und hat im Beisein der Remberg-Kinder Frösche aufgepustet, bis die platzten. Wollte sich wahrscheinlich wichtigmachen. Die kleine Sophia hat das ihrem Vater gepetzt, der dann wiederum hier auf der Polizeistation erschien und es anzeigte. Ich kann mich noch dran erinnern, weil ich da erst ziemlich frisch auf der Insel war. Ich fand das ja 'n büschen übertrieben, dass der Remberg gleich hier auftauchte, ich an seiner Stelle hätte mir den Bengel persönlich vorgeknöpft und dem die Ohren lang gezogen. Aber ich hab's dennoch protokolliert. Muss ja alles ordentlich ablaufen. Ein paar Tage später hab ich Olaf drauf angesprochen, als der mir über den Weg lief. Der meinte, die verwöhnten Remberg-Gören wollten ihn anschwärzen, weil er bei deren komischen Spielen nicht mitspielen wollte, und dass es eigentlich Konstantins Idee gewesen sei, Frösche aufzupusten. Er als Inselkind wisse doch die Natur zu würdigen, aber … nee … irgendwie hab ich das Olaf trotzdem nicht geglaubt. Ihr kennt das sicher, wenn junge Leute was behaupten, dabei aber so schuldbewusst und angreifend zugleich sind. Ich hab das dann aber vergessen. Kam ja auch nix mehr nach. Also nix, dessen man Olaf gezielt beschuldigt hätte. Es verschwand zwar ab und zu mal 'ne Katze, zweien oder dreien wurde auch die Schwanzspitze abgehackt – echt pervers –, aber das ließ sich nicht weiterverfolgen und ist schon lange her. Mir kam nur so zwischendurch mal der Gedanke, er könnte es gewesen sein, weil Remberg das mit den Fröschen angezeigt hatte …« Bernd stockte.

»Ja? Fällt dir noch mehr ein?«, fragte Christine in Bernds schier hörbar ratternde Gedanken hinein.

»Na …« Tönjes fühlte sich ganz klar unwohl. »Also, ich kenn mich mit solchen Sachen ja auch nicht aus … aber ich hab gerade letzte Woche einen Bericht im Fernsehen gesehen. Über Gewaltverbrecher. Da haben sie gesagt, dass Menschen, die in relativ jungen Jahren zu derartigen Taten neigen, solche Dinge auch weiterhin als Kick brauchen. Dass die damit nicht aufhören, sondern eher immer mehr ausprobieren. Da hatten sie einen Vergewaltiger, der zum Schluss zwei Frauen umgebracht hat. Aber …« Bernd zuckte kurz mit den Schultern. »Olaf hat ja niemanden vergewaltigt. Und das mit den Fröschen war doch nur ein Dummejungenstreich.«

»Wie alt war er denn damals genau, kannst du dich noch erinnern?«, hakte Oda nach.

»Ich glaub, fünfzehn.«

»Also nicht mehr wirklich ein kleiner, dummer Junge.«

»Du weißt doch, wie Jungs in dem Alter sind. Die sind noch nicht so weit wie Mädels«, lamentierte Bernd.

»Und das war alles hier auf der Insel«, wiederholte Christine. Bernd nickte. »Aber es wurde kein weiterer Fall von Tierquälerei angezeigt?«

»Nur das mit den Katzenschwänzen. Das aber gegen unbekannt. Ist nie aufgeklärt worden. Ach ja, und dann war da der Rehpinscher eines Touristen, der am Hundestrand abgehauen und nicht wieder aufgetaucht ist …«

»Überfahren werden können die hier ja eigentlich nicht«, feixte Oda.

»Nö.« Bernd zögerte. »Ich will Olaf ja auch nix anhängen. Echt nicht. Aber ein büschen verwundert bin ich jetzt doch. Ich hätte damals fast 'ne Wette drauf abgeschlossen, dass man Olaf mal wegen Tierquälerei drankriegen würde.«

***

In aller Eile zog Susanne Remberg sich an. Verhedderte sich mit dem linken Fuß im Slip und wäre beinahe gefallen. Bloß weg hier. Im Schlafzimmer ließ sie alles, wie es war. Entfernen durfte sie sowieso nichts, aber das war ihr egal. Hauptsache, sie konnte dieser Bedrohung entfliehen. Das Foto hatte sie auf dem Handy. Spontan entschloss sie sich, es Konstantin zu schicken. Als Text schrieb sie: *Es ist anscheinend noch nicht zu Ende. Das war heute auf meinem Bett, als ich aus der Dusche kam. Bin froh, dass es dir gut geht! Bitte bleib in New York, bis ich das Gefühl habe, dass das Grauen hier vorbei ist. Hauptsache, du bist in Sicherheit! Ich hab dich lieb. Kuss, Mama.*

Einen Moment überlegte sie. Sollte sie Walter wie üblich einen Zettel hinlegen? Vielleicht würde er sich Sorgen machen, wenn sie nicht da war. Erst recht, wenn er ins Schlafzimmer ging und die Bescherung dort sah. Hektisch schrieb sie: *Musste raus hier. Mach die Augen auf, dann siehst du, was du mir nicht glauben wolltest.*

Sie legte den Zettel in die Diele und eilte aus dem Haus. Mit zittrigen Bewegungen holte sie das Fahrrad aus dem Schuppen.

***

»Heiko, ich bin's, Oda.« Nach dem Gespräch mit Bernd erschien es ihnen beiden ratsam, die Kollegen in Wilhelmshaven über die neuen Entwicklungen in Kenntnis zu setzen. Während Bernd Tönjes wieder über den auf seinem Schreibtisch aufgelaufenen Papieren brütete, hatten sich Oda und Christine in einen Nebenraum verzogen. »Wir haben gerade noch mal mit Bernd Tönjes gesprochen, der war überrascht, dass es bei Olaf Visser keinen Hinweis auf Tierquälerei gibt.« Kurz erklärte sie die Vorgeschichte. »Sei doch so gut und check mal, ob und, wenn ja, was es in den letzten Jahren an ungeklärten Fällen von Tierquälereien in Ostfriesland gab. Wann die stattfanden und vor allem, wo. Könnte ja sein, dass der Visser dafür verantwortlich ist.«

»Oda. Ungeklärt heißt ungeklärt. Da gibt es keine Tatverdächtigen, sondern nur tote oder gequälte Tiere. Das muss ich dir doch nicht erzählen.« Sie sah förmlich, wie Lemke rügend den Kopf schüttelte.

»Mensch, das weiß ich doch. Aber wenn es solche Fälle gibt, dann brauche ich die Liste der Taten und Orte. Denn Tönjes hat ja nicht unrecht, wenn er sagt, dass Menschen, die mit kleinen Tierquälereien ungeschoren davonkommen, den Kick und die Herausforderung bei immer größeren Tieren suchen könnten. Und wenn es so sein sollte, dass Olaf Visser sich weiterhin an Tieren vergangen hat, aber nie zur Rechenschaft gezogen wurde, gibt das eine super Überleitung zum Mord an Sophia Remberg.«

»Übertreibst du da jetzt nicht ein bisschen?«, fragte Lemke.

»Kerl, ich hab derzeit nichts anderes, an dem ich mich festhalten kann. Wertek ist ein aalglatter Typ, bei dem wir zwar Motive hätten, er verfügt allerdings über ein Alibi, wir jedoch nicht über verwertbare Spuren, und bei von Oertel ist es ähnlich. Wenn ich Christines umständlichem, aber dennoch nachvollziehbarem Ansatz folge, könnte Olaf Visser der Täter sein. Rache für seinen Vater und finanzielle Sorgen. Es sind schon Leute für weniger umgebracht worden.«

***

Auf der kurzen Strecke beruhigte sich Susanne ein wenig. Hier draußen, in der Sonne bei strahlend blauem Himmel, umgeben von fröhlichen Menschen in Urlaubsstimmung, schien alles so utopisch. So, als würde ihr all das Schreckliche gar nicht wirklich passieren, als müsste sie jeden Augenblick aus einem Traum erwachen. In den letzten Monaten hatte sie kaum eine Nacht mit angenehmen Träumen verbracht. Stets war sie gegen vier Uhr nachts schweißgebadet aufgewacht. Die Träume waren so realistisch gewesen, dass sie abends nur noch mit Angst zu Bett gegangen war. Sie hatte ihre Lesegewohnheiten geändert, sich statt der in dieser Landschaft spielenden Kriminalromane heitere Bücher, Liebesgeschichten und historische Romane gekauft, dennoch blieben ihre Träume Angst machend, auch wenn man sie farblich nicht als grauschwarz, sondern durchaus als bunt einstufen konnte. Nie hätte sie gedacht, dass lebhafte bunte Träume Angst auslösen könnten.

Sie stellte das Rad neben dem Eingang ab. Das Schloss klemmte. Ach was, das Rad würde schon nicht geklaut werden. Hier auf der Insel würde man es ja doch schnell wiederfinden. Sie drückte die Tür auf und lief durch die Eingangshalle.

»Susanne.«

»Froschi!« Sie stürzte sich in seine Arme, die Tränen liefen ungehemmt. »Ich hab solche Angst. Es ist noch nicht vorbei. Froschi, er war in meinem Haus. In meinem Schlafzimmer! Es ist so grauenhaft. Allein die Vorstellung, dass er da war. Und dann das, was er gemacht hat. Ich hab solche Angst!«

»Sch…« Beruhigend strich er ihr mit der Hand über den Rücken, und wirklich ebbte das Schluchzen ab. »Jetzt ist ja alles gut. Jetzt bist du hier.« Er hob ihren Kopf, sodass sie ihn ansehen musste. Er roch nach Schweiß. Das war ihr zuvor noch nie bei ihm aufgefallen. »Komm«, sagte er und fasste sie leicht am Ellenbogen. »Lass uns woanders hingehen, wo wir ungestört sind.«

Sie folgte ihm und sah überrascht, dass er die Treppe in den Keller hinunterlief. »In den Keller?«, fragte sie verwundert.

»Ja.« Wortlos ging er voran.

***

Nachdem das Telefonat mit Oda beendet war, brauchte Heiko Lemke lediglich eine halbe Stunde, um herauszufinden, wo es auf dem Gebiet der Ostfriesischen Halbinsel zwischen Emden, Wilhelmshaven und Oldenburg Akten mit unaufgeklärten Fällen von Tierquälerei gab. Erstaunlicherweise waren sowohl die Abstände als auch die Art der Misshandlungen unterschiedlich gewesen, sodass man nicht zwingend von ein und demselben Täter ausging. Es könnten zumindest teilweise Halbwüchsige gewesen sein, die sich beweisen wollten. So war einem Schaf der Hinterlauf gebrochen worden, Ziegen waren betroffen, vier Kühe und zwei Pferde. Tatsächlich gab es kein permanentes Ansteigen in der Größe der Tiere, wie es vielleicht bei einem Einzeltäter zu erwarten gewesen wäre, zwischendurch waren immer mal wieder Tiere eher mittlerer Größe betroffen gewesen. Auch waren es nicht immer Verletzungen durch Klingen, manchmal hatte es stumpfe Gewalt gegeben, die auf Körpereinsatz schließen ließ. Dreimal hatte man die Klingen, mit denen die Tiere schwer bis tödlich verletzt worden waren, auf den Weiden gefunden. Handelsübliche Klingen für Teppichmesser, auf denen selbstredend keine Fingerabdrücke sichergestellt werden konnten. Es ärgerte Heiko Lemke, Oda nicht mehr liefern zu können. Er kam sich ungenügend vor, doch seiner Kollegin schienen seine Auskünfte zu reichen.

***

Walter Remberg stutzte, als er die Haustür unverschlossen vorfand, denn Susannes Rad fehlte im Schuppen, sie musste also fort sein. »Susanne?«, rief er gereizt, doch wie erwartet kam keine Antwort. Diese Frau ging ihm zunehmend auf die Nerven. Er hatte gedacht, sie hier auf Wangerooge weitestgehend aus seinem Leben entfernt zu haben. Hier fühlte sie sich wohl, hier blühte sie auf, hier lebte sie unbekümmert. Ob und wie viel sie trank, was sie mit wem auch immer anstellte, war ihm egal. Die Wangerooger Gerüchteküche schwappte natürlich auch aufs Festland hinüber, dafür sorgten schon allein die Wochenend-Segler, die von Ende März bis Oktober zwischen dem Festland und der Insel pendelten. All das war ihm schnurz. Sollte Susanne hier dem nachgehen, was sie für sich brauchte, er hatte seine eigenen Arrangements. Dennoch erwartete er, dass sie für ihn da war in der wenigen Zeit im Jahr, die er auf der Insel verbrachte. Unter diesen furchtbaren Umständen umso mehr.

Das Gespräch mit dem Pastor, von dem er gerade kam und der die Trauerrede auf Sophia halten würde, hatte Walter Remberg sehr aufgewühlt. Gern hätte er seinen Sohn als Unterstützung dabeigehabt, doch Konstantin hatte ja unbedingt etwas in den Staaten erledigen müssen. Er war einfach keine Führungsperson. Susanne wäre auch keine Unterstützung gewesen, und er hatte vermeiden wollen, dass sie den Pastor mit mütterlichen Gefühlen überschwemmte. Solche Emotionen konnten sich innerhalb der eigenen Familie, innerhalb der eigenen vier Wände abspielen, gehörten aber nicht nach außen. Er hoffte, sie würde sich auf der Trauerfeier zusammenreißen. Da würde es sowieso mehr als genug Gaffer geben. Selbst hier auf der Insel. Wenn ein junger Mensch starb, erwarteten die Leute Tragik und Drama, doch er hatte sich vorgenommen, niemandem dieses Schauspiel zu bieten. Er bedauerte allerdings, dass Lydia, seit fünf Jahren seine polnische Geliebte, ihm in diesen Stunden nicht beistehen konnte. Von ihr erhielt er jene Wärme und Aufmerksamkeit, die Susanne ihm noch nie hatte zuteilwerden lassen.

Als er die Diele durchschritt, bemerkte er den kleinen weißen Zettel und runzelte die Stirn, als er ihn gelesen hatte. Was sollte das denn bedeuten? Sie wurde immer merkwürdiger. In allem und jedem sah sie Zeichen, faselte von schwarzen Vögeln, er musste sie in Westerstede dringend zum Arzt bringen. Das nahm ja inzwischen schon Ausmaße an …

Auf dem Weg in den Schlafzimmertrakt schälte Walter Remberg sich aus seinem Hemd, das ihm am Leib klebte. Wieder gaben sich die Außentemperaturen alle Mühe, die Rekordmarken der letzten Tage zu sprengen. Er warf das Hemd in den Wäschekorb im Badezimmer und öffnete die Schlafzimmertür. Auf seiner Seite des wandfüllenden Schrankes befanden sich neben Hemden und Pullovern auch Poloshirts, die bei diesen Temperaturen angenehmer zu tragen waren. Er hatte jedoch nicht in einem solchen Shirt zum Pastor gehen wollen.

Er war lediglich einen einzigen Schritt in den Raum getreten, als er die Bescherung auf dem Bett entdeckte. Im ersten Augenblick war er sauer. Was hatte Susanne denn nun veranstaltet, um ihn von irgendwelchen Zeichen zu überzeugen? Dann betrachtete er das Zeug genauer. Dabei sah er seinen nackten, faltigen und blassen Oberkörper im Spiegelelement des Einbauschrankes. Kein wirklich attraktiver Anblick. Er riss sich zusammen. Und je genauer er den aufgespießten Vogel auf dem Bett betrachtete, desto kälter wurde ihm, trotz der warmen Temperatur im Raum.

So etwas hätte Susanne nie und nimmer zustande gebracht. So etwas hätte sie schreien und in Panik verfallen lassen. Sein Mund wurde trocken. Deshalb also hatte sie ihn angerufen. Und er hatte sie brutal abgefertigt. Er richtete sich auf. Rieb sich mit der linken Hand über den Mund. Ihm dämmerte, dass Susanne wohl nicht übertrieben hatte. Die schwarzen Vögel waren Zeichen.

Ein kleiner Windhauch versetzte die Gardine in Bewegung. Er trat näher. Die Terrassentür stand offen. Was war hier geschehen?

Er hätte sie nicht so abfertigen dürfen. Es konnte aber ja auch kein Mensch ahnen, dass tatsächlich etwas passiert war. Dass sie bei diesem Anblick in Panik verfiel, konnte er direkt verstehen. Er zog sein Handy aus der Gesäßtasche und drückte die Kurzwahl, die es mit ihrem Handy verband. Statt ihrer Stimme hörte er irgendwo im Haus Susannes Telefon klingeln. Er drehte sich um und lief auf den Flur, aber die Musik erstarb, und er hörte die automatische Klangfolge ihres Mobilfunkanbieters. Er zögerte einen Augenblick. Überlegte, ob es eine Überreaktion sei, wenn er nun die Polizei benachrichtigte. Nein. Er reagierte sachlich, den Fakten entsprechend. Seine Tochter war getötet, sein Bauprojekt in die Luft gejagt worden, und nun gab es den von seinen eigenen Federn umringten aufgespießten nackten Vogel in seinem Schlafzimmer.

Insgeheim leistete er Susanne erneut Abbitte. Das hier war nicht nur ein Zeichen. Das war eine Drohung. Und viel schlimmer: Wo war seine Frau hin? Er drückte am Telefon die Nummer der Polizei.

***

»Wohin gehen wir?«, fragte Susanne, als sie Froschi in den Keller folgte. Die für die Hochsaison typische Geräuschkulisse aus plappernden Menschen, lauten Kindern, lärmenden Inlineskatern oder Skateboards wurde zunehmend leiser. Als wollte er sie aus dieser lauten, gefährlichen Welt in eine ruhigere bringen.

Er sprach nicht, bis er eine schwere Eisentür öffnete. »Hier können wir ungestört reden.« Er ließ ihr den Vortritt, dann jedoch versperrte er die Tür und steckte den Schlüssel in seine Hosentasche.

»Was soll das?« Susanne sah ihn verständnislos an. Sie verschwendete keinen Blick an die Kargheit des Raumes, in dem es außer ein paar Plastikaufbewahrungsboxen und einem Stuhl nichts gab.

»Setz dich«, forderte er sie auf. Sofort schossen ihr die Tränen in die Augen.

»Nein. Ich will hier raus«, widersprach sie weinend. »Lass mich raus. Ich hab solche Angst, und du erlaubst dir einen schlechten Scherz? Ich dachte, wenigstens bei dir finde ich Trost.« Sie schniefte abgekämpft. »Froschi, ich weiß, dass du Überraschungen liebst und es sicher gut meinst und bestimmt gleich ein Tablett mit Kaffee, Keksen und Kerzen hervorzauberst, aber sei mir nicht böse, danach ist mir im Moment nicht. Ich bin einfach fertig. Am Ende. Und es mufft hier so komisch. Lass uns nach oben gehen. Auf die Terrasse in den Schatten. Ich brauch die Wärme. Mir ist seit Sophias Tod so kalt.« Sie trat einen Schritt auf ihn zu, doch er stieß sie in Richtung des Stuhles, dass sie taumelte.

»Setz dich.« Seine Stimme duldete keinen Widerspruch.

Irritiert folgte sie seiner Anweisung. Nahm auf dem ungepolsterten Stuhl Platz. Er ergriff ihre Hand, was ihr in dieser Situation befremdlich vorkam. Vergeblich versuchte sie, ihre Hand zu befreien. »Froschi … bitte …«

Mit einer jähen Bewegung verdrehte er ihren Arm nach hinten. Zog einen Kabelbinder aus seiner Hosentasche, und ehe sie sichs versah, hatte er ihr Handgelenk an dem dünnen Rohr festgezurrt, das an der Wand hinter ihr aufstieg.

»Aua. Das tut weh.« Ihre Angst wich Wut. »Was soll der Mist? Mach mich gefälligst los.«

Er lachte trocken, und erst in diesem Augenblick nahm sie ihre Umgebung wirklich wahr. Kahle, weiß getünchte Wände, von denen an einigen Stellen der Putz abblätterte. Ein altes Holzregal an der einen Seite. Eine nackte Glühbirne hinter einer einfachen Querfassung an der Decke. Kein Fenster. Die Eisentür. Immer noch stand er vor ihr, allerdings so weit entfernt, dass sie ihn weder mit dem freien Arm noch mit den Füßen erreichen konnte. Sie blickte zu ihm auf. Und mit einem Mal war alles sonnenklar.

»Du bist es gewesen«, stellte sie mit einer Ruhe fest, die ihr selbst unnatürlich erschien. »Du hast Sophia getötet, die Baustelle in die Luft gejagt und mir die schwarzen Vögel ins Haus gebracht. Du warst das.«

***

Durch das auf Kipp stehende Fenster schwebte der verlockende Duft frisch gebackener Waffeln herein. Kurz darauf schrie ein Kind. Dann hörte man eine aufgeregte weibliche Stimme: »Markus, hast du das gesehen? Das war eine Möwe. Die hat sich von hinten Eileens Waffel geschnappt. Einfach so geschnappt.« Das Kind heulte lauter, die Mutter versuchte, es zu beruhigen. »Ist ja gut, mein Schatz, ist ja gut.«

Sie mussten auf dem Bürgersteig stehen geblieben sein, zumindest bewegten sich die Stimmen nicht.

Christine stand auf. »Ich mach das Fenster mal zu.« Sie konnte sich nicht konzentrieren, wenn störende Geräusche von außen hereindrangen.

»Och, lass ruhig auf«, gab Oda zurück, »ist doch nett, wenn wir auf diese Art so 'n büschen Insel-Urlaubsfeeling mitkriegen.«

Resigniert setzte Christine sich wieder. Draußen lamentierte die Mutter weiter: »Das liegt nur daran, dass du den Möwen gestern am Strand die Kekse in die Luft gehalten hast.« Eileen heulte noch lauter.

»Wer wollte denn das perfekte Urlaubsfoto mit Möwe?«, blaffte Gatte Markus zurück. »Du doch. Ich hab dir ja gesagt, dass man bei den Biestern vorsichtig sein muss.«

»Aber du hast nicht gesagt, dass die heimtückisch von hinten angeflogen kommen und Kindern das Essen wegschnappen«, keifte die Mutter. Eileen heulte immer noch. »Komm, mein Schatz, Mama kauft dir eine neue Waffel«, hörten sie die Mutter sagen, und langsam entfernten sich die Stimmen. Dafür kam Bernd herein.

»Walter Remberg hat gerade angerufen. Seine Frau ist weg, und auf seinem Bett ist ein nackig gerupfter toter Vogel inmitten von schwarzen Federn platziert. Da müssen wir hin.«

Remberg erwartete sie bereits an der Tür. Obwohl er sich Mühe gab, souverän zu wirken, merkte Christine ihm die Unruhe an. Ohne große Vorrede bat er sie durch die Diele in den Privattrakt. Auch hier heller Teppichboden, der aussah, als würde nie jemand mit Straßenschuhen drüberlaufen. Remberg gab den Weg ins Schlafzimmer frei. Tönjes ließ den beiden Kommissarinnen den Vortritt, und ebenso wie Oda erfasste Christine die Lage auf Anhieb.

»Wo ist Ihre Frau?«, fragte sie.

»Ich weiß es nicht. Sie hat mir einen Zettel in die Diele gelegt, dass sie wegmüsste. Ich würde schon sehen, warum«, antwortete Remberg. »Ich mache mir Sorgen. Sie ist hysterisch und unkontrolliert. Erst gestern hat sie behauptet, ein schwarzer Vogel sei aus der Mülltonne herausgeflogen, hätte dabei ihr Gesicht gestreift und dass das ein weiteres Zeichen sei. Sie war vollkommen aus dem Häuschen. Ich habe ihr nicht geglaubt. Und nun das …« Er wies mit der Hand aufs Bett.

Christine sah ihn wortlos an, Oda jedoch fragte: »Hat sie Sie nicht angerufen? Ich meine, nachdem sie dies hier gesehen hat? Das wäre doch logisch.«

Remberg nickte unglücklich. »Ja, aber da war ich gerade beim Pastor. Wegen der Trauerfeier. Ich dachte, Susanne spinnt mal wieder, und habe sie zurechtgewiesen. Ich konnte doch nicht ahnen, was hier los ist. Susanne sieht in jedem und allem ein Zeichen. Da kann eine Ameise quer laufen, und sie meint, das hat etwas zu bedeuten. Meine Güte … bei allem, was in den letzten Tagen auf mich eingestürmt ist, hatte ich einfach die Nase voll, als sie schon wieder mit einem Vogel anfing.«

»Aber nun ist sie verschwunden. Haben Sie eine Ahnung, wo sie sein könnte?«, fragte Oda. Remberg schüttelte verärgert den Kopf.

»Natürlich nicht, sonst hätte ich Sie ja wohl nicht angerufen.«

Christine wandte sich an Bernd. »Fotografier hier doch mal alles. Ich ruf die Kollegen der Kriminaltechnik an. Die werden sich zwar denken, dass wir denen hier einen bezahlten Urlaub verschaffen wollen, aber es nützt ja nix. Die sollen sich das angucken. Und dann bleibst du hier und achtest darauf, dass niemand reinkommt und die Spurenlage verändert.«

Bernd Tönjes reagierte unwirsch. »Och Mensch. Ihr habt doch gesehen, bei mir aufm Schreibtisch türmen sich die Papierstapel. Und jetzt soll ich hier den Wachmann spielen? Nee, das könnt ihr mit mir nicht machen. Sucht euch wen anders.«

Christine sah ihn scharf an. »Die Kollegen werden sich beeilen, und dann kannst du an deinen Schreibtisch zurück. Hier geht es um mehr als Taschendiebstahl oder so einen Kram.«

Oda ergänzte: »Kapiert?«

Tönjes nickte ergeben.

***

»Ja.« Er sprach nur dieses eine Wort. Nicht mehr. Er wollte sie zappeln lassen, wollte, dass sie selbst darauf kam, was die Ereignisse der vergangenen Tage ausgelöst hatte.

Immer noch sah sie ihn verständnislos an. »Warum?«, fragte sie mit brechender Stimme in diesem leeren Raum, in dem alles Gesprochene einen eigenartigen Widerhall erfuhr.

»Es ging nicht um Sophia«, sagte er mit gelangweilter Stimme. Wie hatte er von Susanne auch erwarten können, dass sie das Ganze erfasste. Dabei hätte sie erfassen *können*, ja, sogar erfassen *müssen*, worum es ging. Spätestens jetzt. Wo sie ihn um Hilfe bittend im Hotel »Meeresblick« aufsuchte und der Blick aufs Meer nicht mehr möglich war. Spätestens da hätte ihr bewusst werden müssen, was ihr Mann seinem Vater und ihm angetan hatte.

»Wenn es nicht um Sophia ging, warum hast du sie dann getötet?«, fragte sie flüsternd.

»Walter hat mir genommen, was mir wichtig war. Meinen Vater. Und Papa mit dem neuen Aparthotel die Existenz.« Er sah sie streng an, sie blickte aus großen, noch ungläubigen Augen zurück. »Darum nehme ich jetzt Walter, was ihm wichtig ist. Erst Sophia. Dann das Bauprojekt. Nun dich. Zum Schluss Konstantin.« Er sah, wie sie schluckte, und versuchte, einen Rest Größe hinzulegen.

»Konstantin kriegst du nicht. Er ist nicht mehr auf der Insel, er ist ja nicht mal mehr in Deutschland.«

Er lächelte milde. »Konstantin wird zurückkommen. Zu Sophias Beerdigung. Spätestens zu deiner.« Gern hätte er ihr jetzt über den Kopf gestrichen, er argwöhnte jedoch, dass sie inzwischen in der Lage war, ihre Kräfte zu mobilisieren und ihn mit den Füßen zu attackieren. Diese peinliche Aktion wollte er ihr und sich selbst ersparen. Außerdem war er durch Sophias unvorhersehbare Aktion gewarnt. Ein zweites Mal wollte er solch ein Desaster nicht erleben.

»Dein Vater ist an einem Herzinfarkt gestorben. Dafür kann Walter nichts. Dafür ausnahmsweise nicht.« Sie sprach leise. »Und euer Hotel hätte doch auch neben dem neuen Komplex bestehen können. Das hat doch mit dem Meerblick nichts zu tun.«

»Das stimmt nicht!«, schrie er. »Papa hat eine Menge Geld in die Renovierung gesteckt! Allein der nachträglich außen installierte Fahrstuhl hat ein Vermögen gekostet! Doch durch Walters Projekt war klar, dass er die Zimmer nicht mehr zu den Preisen vermieten könnte, die er in der Finanzierung zugrunde gelegt hatte. Mein Vater hatte Angst, die Kreditraten nicht mehr in der vereinbarten Höhe bezahlen zu können. Diese Angst hat ihn umgebracht. Walter ist schuld. Und ihr alle müsst dafür zahlen.«

»Warum hast du einen so großen Hass auf uns? Wann hat das angefangen? Wir waren doch immer für dich da.« Wieder liefen ihr die Tränen übers Gesicht. Sie war aber auch eine wehleidige Person.

Er beachtete die Tränen nicht, sondern zog sich eine der Plastiktransportkisten heran. Nicht so weit, dass sie ihn mit Tritten hätte erwischen können, aber dennoch nah genug, um ihr direkt in die Augen sehen zu können. Er wollte auf Augenhöhe mit ihr reden.

»Das ist eine lange Geschichte«, sagte er und griff nach hinten, wo er eine Thermoskanne deponiert hatte. In aller Ruhe goss er Kaffee in den zur Kanne gehörigen Becher. Milch und Zucker hatte er bereits eingerührt. Er trank einen vorsichtigen Schluck – der Kaffee war noch verdammt heiß – und begann mit der Zeit, als er, Konstantin und Sophia in den kleinen Tümpeln der Insel Frösche gefangen und aufgepustet hatten. Bis sie geplatzt waren. »Damals«, erklärte er, »haben wir ein Bündnis geschlossen. Wir drei. Alle für einen. Für immer. Aber deine Kinder haben mich im Stich gelassen.«

Sie schüttelte den Kopf, doch er rief barsch: »Sie haben mich im Stich gelassen! Schlimmer noch: Sie haben mich verpetzt. Und Walter hat mich bei der Polizei denunziert.«

»Sie waren Kinder«, flüsterte Susanne. »Sie hatten Angst vor dem, was du getan hast.«

»Ach Quatsch!«, rief er ungehalten. »Sie haben mich immer wieder angestachelt, genau das zu tun, weil sie sich selbst nicht trauten. Und dann haben sie mich verpetzt. Und dein Mann hat mich bei der Polizei angezeigt.« Er lachte hämisch. »Aber man hat mir nichts nachweisen können. Niemals. In all den Jahren nicht.« Er stand auf. »Und auch jetzt wird man mir nichts nachweisen können.« Er schob die Plastikkiste mit dem Fuß nach hinten. »Bei Sophia nicht. Bei der Baustellenexplosion nicht. Und bei dir nicht.«

»Froschi. Bitte. Vielleicht kann ich ein gutes Wort …« Er ließ sie nicht ausreden.

»Froschi! Weißt du eigentlich, wie sehr ich diesen Namen hasse? Das ist kein Kosename! Deine Kinder haben ihn benutzt, um mich an das zu erinnern, was ich in *ihrem* Auftrag, auf ihren Wunsch hin getan habe. Und dann stachen meine Augen immer weiter aus den Höhlen hervor. Als sei der Spitzname ein Fluch. Ich war das Froschauge, der Aussätzige. Hast du wirklich jemals ernsthaft geglaubt, mir könnte dieser perverse Spitzname gefallen?« Er wandte sich zur Tür. »Denk darüber nach, Susanne, während du hier in der Dunkelheit sitzt.« Er knipste das Licht aus. Nur kurz drang noch ein wenig Tageslicht aus dem Treppenhaus in den Kellerraum. »Vielleicht hilft es dir, wenn du weißt, dass auch Sophia die Nacht vor ihrem Tod in diesem Raum verbracht hat. Du glaubst doch an

Seelenwanderung und Energie und dass so schnell nichts davon verloren geht. Also schärfe deine Sinne. Vielleicht befindet sich die Seele deiner Tochter ja noch in diesem Raum. Vielleicht spricht sie zu dir. Denn hier ist sie gestorben.«

Er hörte sie unkontrolliert schluchzen, als er den Luftschutzkeller von außen verschloss.

***

Aus den Tiefen ihrer überdimensionalen Handtasche fischte Christine ein Paar Einweghandschuhe und zog sie über, bevor sie die Glastür von der Terrasse aus zuzog. Nicht dass eine Katze oder sonst ein Tier ins Zimmer huschte. Bernd Tönjes hatte derweil Norbert Siemsen herzitiert, der sollte statt seiner Wache halten.

Oda setzte sich mit Tönjes und Walter Remberg an den Tisch unter der Markise. Remberg wischte sich mit den Händen übers Gesicht. »Ich versteh das alles nicht«, sagte er tonlos. »Hier geht etwas vor sich, das ich nicht verstehe.«

Christine zog sich die Einmalhandschuhe wieder aus und setzte sich zu ihnen.

Alle vier starrten auf den Zettel, der inzwischen in einer Klarsichthülle auf dem Tisch lag.

»Sie muss maßlos enttäuscht gewesen sein«, vermutete Oda.

Remberg nickte unglücklich. »Ja. Da hatte sie in dieser Sache endlich einen Beweis für ihre Behauptung, und ich habe sie nicht ausreden lassen.«

Bernd räusperte sich. »Habt ihr schon dran gedacht, dass Susanne das selbst gewesen sein könnte?«

»Selbst?« Alle drei blickten ihn überrascht an.

»Na ja. Ich komm deshalb drauf, weil sie doch wohl schon mal von so 'nem Vogel gesprochen hat. Vielleicht wollte sie auf diese Art erreichen, dass man ihr glaubt.«

»Aber was hätte sie davon? Und wo sollte sie einen Vogel herkriegen? Und den dann noch rupfen? Das glaub ich im Leben nicht«, widersprach Oda.

»Tote Vögel findet man ab und zu«, hielt Bernd dagegen. »Vielleicht war einer in ihrem Garten, und sie hat auch das als Zeichen gesehen. Und sich gedacht, da müsse sie ein büschen mehr draus machen, damit es wirklich wie eines wirkt.« So schnell schien er seine Idee nicht aufgeben zu wollen.

Oda sah Remberg an. »Trauen Sie Ihrer Frau das zu?«

»Eigentlich nicht.«

»Wo ist das Telefon?«, fragte Christine.

»Wofür brauchen Sie das denn jetzt?«, wollte Remberg wissen.

»Wir müssen gucken, ob sie vielleicht nach Ihnen noch jemand anderen angerufen hat. Vielleicht finden wir so heraus, wo sie jetzt steckt.« Oda sah ihn auffordernd an. Remberg stand auf. Das weiße Poloshirt, das er locker über der dunklen Jeans trug, gab den Blick auf seinen gerundeten weißen Bauch frei. Heute fehlten ihm die Dynamik und der Schwung, er wirkte um Jahre gealtert. Auch sein Gesicht wirkte wesentlich faltiger und grauer. Er trat ins Wohnzimmer und kam gleich darauf mit einem schnurlosen Apparat zurück. »Hier.«

Oda nahm es entgegen. Geübt ging sie das Menü durch, bis sie zu den Anruflisten kam. »Gibt es noch weitere schnurlose Apparate?«, fragte sie, ohne aufzusehen.

»Ja. Eines noch im Schlafzimmer.«

»Da war keines.« Das hatte Oda gleich registriert, sie hatte zwar die leere Ladestation gesehen, aber kein Telefon. Weder auf der Kommode noch auf den Nachttischen.

»Ich guck mal in der Küche.« Wieder stand Remberg auf. Als er zurückkam, hielt er einen zweiten Apparat sowie ein Handy in der Hand. »Hier. Das zweite Telefon und Susannes Handy.«

Oda nahm ihm beides ab. Zunächst überprüfte sie das Smartphone. Obwohl es durch eine Displaysperre verriegelt war, hatte sie schnell freien Zugang, sie hatte einmal von links unten nach rechts oben gewischt. So machte sie selbst es auch. Sie müsste das dringend ändern, es war ja erschreckend, wie schnell man eine so einfache Sperre lösen konnte. Ein paar Fingertipps weiter wurde sie fündig. Ernst blickte sie hoch. »Ihre Frau hat das bizarre Stillleben sogar fotografiert.«

***

Ertrinken. Das könnte das Richtige für Susanne sein. Es war auf jeden Fall unblutig. Er würde die Leiche so entsorgen wie schon Sophias Kleidungsstücke. Allerdings würde er Susanne natürlich bekleidet lassen. Sie auszuziehen ergäbe keinen Sinn. Im Wasser der Nordsee würden die kleinen Partikel, die seine Kleidung hinterließ, sowieso weggewaschen. Susanne war labil, das wusste jeder, ihre Familie sowieso, also wäre es für niemanden eine große Überraschung, wenn sie vor lauter Trauer um ihre Tochter ins Wasser gegangen war. Der perfekte Plan.

Mit zwei Plastikeimern lief er über den Strand ans Meer. Er hatte Glück, es war Hochwasser. Da musste er nicht weit über das geriffelte Watt laufen, um die Eimer zu füllen. Er wusste, er würde kaum auffallen inmitten der vielen Touristen, die Burgen bauten, zwischen all den Vätern, die Wasser schleppten, damit die Kinder die Burgen und Sandskulpturen besprenkeln und mit Muscheln verzieren konnten.

Susanne würde in Salzwasser ertrinken. Das würde man später in ihrer Lunge finden, und allein Walter würde sich Fragen stellen. Er lächelte breit, als ihm klar wurde, dass er tatsächlich das perfekte Verbrechen begehen würde. Niemand könnte eine Verbindung zu ihm herstellen.

Schnell hatte er beide Eimer gefüllt. Er wollte den zweiten als Reserve haben, für den Fall, dass Susanne zu viel Wasser verschüttete bei ihrem Versuch, sich zu wehren. Er richtete sich bereits wieder auf, als eine Stimme ihm einen gehörigen Schrecken einjagte.

»Hallo, Olaf.«

Entgeistert sah er Jörn Wertek vor sich stehen. Ebenfalls in Shorts gekleidet, mit braun gebrannten Beinen und Flip-Flops an den nackten Füßen trug Jörn jedoch eine noch leere Gießkanne statt Eimern.

»Äh … hallo, Jörn.« Hoffentlich sprach der ihn nicht auf Sophia an. Aber Jörn schien kein Interesse an wirklicher Unterhaltung zu haben. Vielleicht war er auch froh, dass die Kommissarinnen ihn gerade nicht am Wickel hatten. Er wusste, dass Jörn zum Kreis der Verdächtigen in Sophias Fall zählte.

»Biste auch am Burgenbauen?« Jörn lachte. »Ist die reinste Sisyphusarbeit, nicht?«

»Ja, ja«, sagte er knapp. »Ich … ähhh … muss dann jetzt.«

»Ja, tschüss, viel Spaß noch.« Jörn hielt die gelbe Kanne ins Wasser. »Vielleicht sieht man sich ja noch. Bleibst du noch ein paar Tage?«

»Ja, ja. Noch ein paar Tage. Tschüss.« Eilig stapfte er davon. Fast wäre er dabei mit ein paar Ball spielenden Jungs zusammengestoßen, die Manuel Neuer, Arjen Robben und Mesut Özil waren.

Zur Hölle noch mal. Das Zusammentreffen mit Jörn passte gar nicht in seinen Plan. Aber vielleicht war auch das ein Zeichen. Er durfte die Sache nicht hinauszögern. Wer wusste schon, was in den nächsten Stunden geschah? Besser, er brachte es gleich hinter sich. Sterben musste Susanne sowieso. Und je eher sie tot war, desto entspannter konnte er sein.

Er lief die äußere Treppe zum Keller hinunter, schloss auf und stellte die Eimer in den Hausmeisterraum. Er wollte nur ein wenig verschnaufen, bevor er zu Susanne hinüberging.

***

»Könnte Ihre Frau sich mit Stefan von Oertel getroffen haben?«, fragte Christine, während Oda noch die beiden schnurlosen Telefone untersuchte.

»Möglich ist alles«, gab Remberg zu, »vielleicht spenden sie sich gegenseitig Trost. Weichei genug ist er ja.«

»Sie sind nicht gut auf Ihren Fast-Schwiegersohn zu sprechen«, bemerkte Christine. Oda unterbrach das Gespräch.

»Sagt Ihnen eine dieser Nummern was?« Sie las zwei verschiedene Zahlenkombinationen vor, eine Handy- und eine Festnetznummer.

»Nicht so schnell«, forderte Remberg. »Können Sie sehen, wann diese Nummern angerufen haben?«

»Die anrufenden Nummern kann ich zeitlich zuordnen. Aber die ausgehenden Anrufe nicht. Deshalb meine Frage.« Sie wiederholte die Zahlenfolgen.

Bei der ersten nickte Remberg. »Das ist die vom Pastor. Das weiß ich, weil ich die gestern gewählt habe. Hier auf der Insel sind die Nummern ja kurz. Haben teilweise nur drei Ziffern. Zumindest die Alteingesessenen.«

»Und die andere?« Oda wiederholte die Ziffern noch einmal.

Remberg schüttelte den Kopf. »Nein. Tut mir leid. Diese Handynummern sind so lang, die hab ich nicht im Kopf. Die, die ich brauche, habe ich in meinem Handy gespeichert, alle anderen sucht meine Sekretärin heraus.«

»Rufen wir die Nummer also an. Mal sehen, wer sich meldet«, schlug Christine vor.

***

Er wischte sich mit einem Handtuch über den Kopf. Sein Atem ging schwer. Er fühlte sich wie elektrisiert. Kein Wunder, dass er ins Schwitzen kam, immerhin hatte er noch nie einen Menschen getötet. Also nicht bewusst. Bei Sophia war es ja mehr ein Unfall gewesen. Das hatte er sich anders vorgestellt. Jetzt aber würde er Macht über Susanne ausüben. Er allein würde entscheiden, ob sie ihren Kopf noch einmal zum Luftholen aus dem Wasser ziehen oder ob sie gleich ersaufen würde. Ein berauschendes Gefühl. Er schloss die eiserne Tür auf. Schwach fiel Licht in den Raum.

»Olaf?«

Er lächelte. Zum ersten Mal seit Ewigkeiten nannte sie ihn bei seinem richtigen Namen. Zu spät. Wortlos stellte er die beiden Eimer ab. Drehte sich um. Sein Handy begann in der Hosentasche zu klingeln. Er schloss die Tür. Wenn sie zu war, hatte er keinen Empfang mehr. Und nichts konnte so wichtig sein wie das, was er nun zu tun beabsichtigte.

***

»Das war jetzt komisch«, sagte Oda. Ein Rotkehlchen wagte sich keck auf einen der Terrassenstühle vor, als wollte es sie ablenken. Irgendwo wurde ein Rasenmäher angeschmissen, und auf der Straße vor dem Haus rumpelte ein Elektrowagen mit Hänger vorbei, so zumindest hörte es sich an. Die Temperaturen waren inzwischen schon fast wieder hitzerekordverdächtig. Selbst unter der Markise im Schatten bildeten sich Schweißtropfen auf der Stirn der Anwesenden. »Erst hat es ganz normal geklingelt, dann hörte

ich die Mailbox. Hat er wahrscheinlich unterbrochen. Wer weiß, womit der gerade beschäftigt ist.« Sie zuckte mit den Schultern. »War ja auch meine Diensthandynummer. Die wird unterdrückt.«

»Wer war es denn nun?«, wollte Christine wissen.

»Olaf Visser.«

»Olaf Visser? Den hat Susanne Remberg als einen der letzten angerufen?«

»Ja. So sieht es zumindest aus.«

Sie schwiegen einen Moment.

»Olaf hatte ebenso wie Susanne immer schon einen Hang zu so komischem Zeug. Zeichen und so«, sagte Walter Remberg ins Schweigen hinein. »Susanne kam von Anfang an gut mit ihm aus, ich hab allerdings nicht verstanden, was sie an dem so interessant findet. Die Kinder sind schon relativ früh auf Abstand zu ihm gegangen, das hat sich mit den Jahren dann zwar wieder ein wenig angenähert, aber damals …« Er stoppte. »Da war mal was mit Fröschen. Olaf hat Konstantin und Sophia aufgefordert, Frösche, die er gefangen hatte, mit einem Strohhalm aufzupusten, so lange, bis sie platzten. Das war furchtbar für Sophia. Sie kam völlig aufgelöst bei mir an.« Remberg blickte zu Bernd Tönjes. »Sie müssten das doch auch wissen. Ich bin deswegen damals bei Ihnen gewesen in dieser Sache.«

Tönjes nickte. »Ja, ja. Das hab ich den Kommissarinnen auch schon gesagt.«

Aufmerksam sah Oda von einem Mann zum anderen. »Dieser Olaf hat damals also Frösche zu Tode gequält. Und heute finden Sie einen toten, gerupften Vogel in Ihrem Schlafzimmer …«

»Zudem hat Olaf Vissers Vater Tjark Sie wegen Ihres Bauvorhabens heftig attackiert«, ergänzte Christine. »Er hat Ihnen vorgeworfen, ihn ruiniert zu haben.«

»Tjark ist tot«, entgegnete Walter Remberg kühl.

»Aber sein Sohn lebt. Und Ihre Frau hat offensichtlich mit ihm telefoniert, bevor sie das Haus verließ. Ich denke, wir sollten dringend mit ihm sprechen.« Bei diesen Worten schob Oda den Stuhl zurück und stand auf.

Auch Christine hatte es auf einmal eilig. »Wir sollten uns wirklich sputen. Denk doch mal daran, dass Sophias Augen mit Klebeband

bedeckt waren. So macht es Sinn. Sie wurde mit Blick Richtung Meer befestigt, konnte das Meer aber nicht sehen, weil ein anderer ihr das verwehrte. Da haben wir die Verbindung zu Visser. Wir hätten vielleicht schon eher darauf kommen können, wenn wir die verbundenen Augen richtig einzuordnen gewusst hätten.«

Remberg erhob sich nun ebenfalls. »Ich komme mit.« Aus seinen Augen sprühten die Funken.

»Sie bleiben hier.« Odas Stimme ließ keinen Widerspruch zu.

***

Sie konnte nicht sagen, wie lange sie in dem dunklen Kellerraum allein gewesen war. Sie hatte sich tief in sich selbst zurückgezogen, nichts, was ihre äußere Körperhülle betraf, mehr gespürt. Das hatte sie gelernt in den letzten Jahren. Ihre Seele erspüren. Sich zurückziehen aus dem momentanen Geschehen. Als er die Tür öffnete, war sie ins Jetzt zurückgekehrt.

»Olaf?«

Er reagierte nicht, trug zwei Eimer herein. Was hatte er vor? Sein Handy klingelte. Der Ton erstarb, als er die Eisentür schloss. Wahrscheinlich gab es hier gar keinen Empfang, das war auf der Insel sowieso schwierig.

»Hast du deine Tochter in diesem Raum gespürt?«, fragte er, als habe er sie lediglich für eine esoterische Übung allein gelassen.

Sie schüttelte den Kopf.

»Also, ich glaube, sie ist noch hier. Ihre Wut ist noch hier. Sie war sehr wütend, kurz bevor sie starb.« Er lächelte. »Ihr Tod war in dieser Form eigentlich gar nicht geplant. Aber sie hat sich gewehrt. Sie wollte mich besiegen. Und plötzlich hing sie leblos in meinem Arm.« Er zog sich die Plastikkiste heran. Setzte sich. »Das ist nicht schön, weißt du? Wenn jemand stirbt, ohne dass du es wolltest. Ohne dass du es bewusst getan hast.«

Bei diesen Worten schöpfte sie Hoffnung. Er hatte Sophias Tod nicht gewollt. Ebenso wenig würde er ihren Tod wollen. Dafür waren sie sich über all die Jahre zu nah gewesen.

»Wenn ich dir helfen kann, dich unterstützen … Ich kann der Polizei sagen, dass Sophias Tod ein Unfall war.«

Er lachte und sah ein wenig entrückt aus. »Dazu ist es inzwischen zu spät. Außerdem soll Walter doch seine gerechte Strafe bekommen. Erst Sophia. Dann die Baustelle. Nun du.«

»Olaf. Bitte. Wenn du mir etwas antust, schadest du Walter nicht. Im Gegenteil. Du spielst ihm in die Karten. Er wartet doch nur darauf, mich loszuwerden. Seit Jahren schon. Ich bin ein Klotz an seinem Bein. Was meinst du, warum er zugestimmt hat, dass ich so viel Zeit auf der Insel verbringe? Doch nicht, damit es mir hier gut geht. Ich darf so lange hier sein, weil ich ihn drüben dann nicht störe. Wenn du Walter schaden willst, lässt du mich laufen.« Sie erschrak selbst darüber, wie brüchig ihre Stimme klang, aber es war das erste Mal, dass sie das, was sie seit Jahren tief im Inneren wusste, laut aussprach.

Ohne den Kopf zu bewegen, hob er lediglich den Blick. Sah ihr wortlos ins Gesicht. Er grübelt, dachte sie. Er denkt nach. Er versteht, was ich sage. Sie wagte kaum zu atmen.

Er stand auf. Griff einen der beiden Eimer. Stellte ihn so ab, dass er außerhalb ihrer Reichweite, jedoch innerhalb seines Radius war. Dann packte er sie am Nacken. Drückte zu. Sie sank vor Schmerz auf die Knie. Mit dem freien Arm versuchte sie, seinen Griff zu lösen, doch sie hatte keine Chance. Er schob den Eimer näher heran. Sie roch Salzwasser. Er drückte ihr Gesicht hinein.

***

Ziemlich außer Atem kamen Oda, Christine und Bernd Tönjes beim Hotel »Meeresblick« an. Norbert Siemsen war gerade rechtzeitig da gewesen, um bei Walter Remberg zu bleiben.

»Das ist Susannes Rad«, rief Bernd, als er ein Velo sah, dessen Sattel an einen Fliegenpilz erinnerte und an dessen Lenker eine kleine Holzblumenvase mit einem Gänseblümchenstrauß befestigt war. Sofort durchfuhr Adrenalin sie alle drei.

»Dann muss sie hier irgendwo sein.« Christine riss die Tür zum Hotel auf. An der Rezeption war niemand. Sie haute auf die Metallklingel, dass es im ganzen Foyer nur so schepperte.

»Ja doch, nun mal ’n büschen sinnig.« Beate Tönjes kam aus dem Hinterraum und stutzte. »Ach nee, was macht ihr denn hier? Is was passiert?« Sie sah sie neugierig an.

»Wir suchen Susanne Remberg. Und Olaf Visser«, sagte Christine, und Bernd fügte hinzu: »Es geht um Leben und Tod.«

Seine Frau schnaubte. »Um Leben und Tod. Dass du aber auch immer dramatisieren musst.«

»Ich fürchte, Bernd dramatisiert nicht«, sagte Christine beherrscht. »Wo ist Olaf Visser? Und wo Susanne Remberg?«

»Die is nich hier.«

»Doch, ist sie. Ihr Rad steht vor der Tür«, rief Tönjes.

»Was seid ihr denn so aufgedreht? Das ist ja nicht auszuhalten mit euch.« Beate schüttelte den Kopf. »Wie kleine Kinder. Nee, nee. Also, Susanne hab ich hier nich gesehen. Aber wenn ihr Rad hier steht … Keine Ahnung. Vielleicht ist sie bei Olaf im Keller. Der fummelt da in den letzten Tagen mit irgendwas rum. Aber fragt mich nicht, was.«

»Im Keller«, wiederholte Christine.

»Ja, ja. Der hat ja immer schon gern gebastelt.«

»Das wollten wir jetzt nicht wissen«, herrschte Bernd seine Frau an und rief Christine und Oda zu: »Mir nach.«

***

Nicht einmal eine halbe Minute hatte er Susannes Kopf in den Salzwasser-Eimer gedrückt, als es an der Tür hämmerte. Verdammt. Blitzartig überlegte er, was er tun sollte. Sich stumm stellen und Susanne jetzt gleich ersäufen? Sie würden es nicht schaffen, die Tür rechtzeitig von außen zu öffnen. Susanne würde tot sein, bevor sie hereinkamen. Dann hätte er Walter zwar in drei Punkten bestraft, aber was, wenn Susanne recht hatte und ihr Tod für Walter eher eine Befreiung war?

Er riss ihren Kopf aus dem Eimer. Prustend und japsend rang sie nach Luft.

»Schnauze.« Er zerrte an ihren Haaren, bis sie ihm ins Gesicht sehen musste. Es hämmerte weiter an der Tür.

»Herr Visser. Hier spricht die Polizei. Sie haben keine Chance. Geben Sie Frau Remberg frei und machen Sie auf. Wir verschaffen uns sonst mit Gewalt Zutritt.«

Susanne starrte ihn an. »Polizei!«, keuchte sie.

Sein Blick und seine Gedanken flitzten hin und her. Blitze explodierten vor seinen Augen. Sein Hirn schien zu brodeln. Er kannte das. Das passierte ihm jedes Mal, wenn er kurz davor war, ein Tier zu töten. Schon zuckte seine Hand, um Susannes Kopf erneut in den Wassereimer zu drücken.

»Herr Visser. Machen Sie auf.«

Seine Hand führte ein Eigenleben. Drückte Susannes Kopf hinunter.

»Sie machen es nur noch schlimmer. Wenn Sie Susanne Remberg laufen lassen, wirkt sich das strafmildernd für Sie aus. Bei Sophia hat man einen Genickbruch diagnostiziert. Das kann ein Unfall gewesen sein. Geben Sie sich und Susanne Remberg eine Chance.«

Aus dem Wassereimer blubberten Luftblasen. Susanne blieben nur noch wenige Sekunden.

»Also, um es mal so zu sagen: Sie haben es selbst in der Hand, ob und wie lange Sie im Knast sitzen.« Diese weibliche Stimme klang wesentlich lässiger, aber bestimmender. Sie musste der kleinen Dunkelhaarigen gehören. »Lassen Sie uns rein und Susanne Remberg gehen. Dann haben Sie diese Chance. Andernfalls garantiere ich Ihnen, dass man Ihnen im Gefängnis den Arsch aufreißt. Gerade solche Typen wie Sie sind dort sehr gefragt. Und wenn ich an den entsprechenden Stellen ein paar Bemerkungen über Ihre Vorlieben fallen lasse, können Sie sich der regen Aufmerksamkeit Ihrer Mitgefangenen sicher sein.«

Er ließ Susannes Kopf los. Prustend kam sie hoch. Schnappte nach Luft wie ein Fisch auf dem Trockenen. Kalt sah er sie an. »Du hast Glück«, sagte er. »Ich lasse dich leben. Aber nur, wenn du versprichst, im Prozess für mich auszusagen.«

Sie keuchte.

»*Für* mich. Hast du gehört?« Erneut packte er sie am Hals.

»Ja.«

»Gut.« Er lockerte den Griff. »Vergiss das nicht. Denn sonst werde ich vollenden, was ich heute angefangen hab. Egal, wie lange es dauert und wo du dann auch stecken magst. Ich finde dich. Verstanden?«

Sie nickte.

Er stand auf. »Nun regen Sie sich mal nicht so auf«, rief er denen da draußen zu. »Hier ist alles in Ordnung.« Er goss das Salzwasser in ein Ausgussbecken, stapelte die Eimer in einer dunklen Ecke des Raumes und durchtrennte den Kabelbinder. Goss aus der Thermoskanne neuen Kaffee in den Becher und drückte ihn Susanne in die Hand. Zog sie hoch. Den Arm fest um die strauchelnde Susanne gelegt, ging er auf die Eisentür zu. Mit dem üblichen leisen Knarren ging sie auf.

Bernd Tönjes, Christine Cordes und Oda Wagner standen angespannt davor. Er wollte gerade einen lockeren Spruch loslassen, als Susanne neben ihm zusammensackte. Christine Cordes gelang es gerade noch, sie aufzufangen, sodass sie nicht mit voller Wucht auf dem Betonfußboden aufschlug.

»Herr Visser, wir nehmen Sie vorläufig fest wegen des dringenden Verdachts des Mordes an Sophia Remberg. Zudem wegen Freiheitsberaubung von Susanne Remberg«, sagte Oda Wagner ernst, während Christine Cordes und Bernd Tönjes sich um Susanne kümmerten. »Sie können die Aussage verweigern …«

»Ja, ja, ich kenn das ausm Tatort«, sagte er und streckte der Kommissarin die Handgelenke hin. Die sah ihn kurz an, hielt ihre Hand auffordernd Bernd hin, der ihr nach kurzer Irritation seine Handschellen reichte. Als die zuschnappten, hörte sich das gar nicht schön an.

»Das war jetzt aber knapp, oder?«, hörte er Bernd Tönjes fragen, als Oda Wagner ihn aus dem Keller führte.

»Ja«, antwortete Christine Cordes, und ein Lächeln klang aus ihrer Stimme, »aber wir haben es geschafft.«

Nachwort

Die Hintergründe für die Explosion auf der Baustelle entspringen – ebenso wie alle Personen und weiteren Handlungen in diesem Buch – allein meiner Phantasie. Bitte verzeihen Sie, aber bei mir als Krimiautorin und langjährigem Wangerooge-Gast sprudelten sofort die kriminellen Ideen, als ich die Baustelle an der Strandpromenade sah.

Und darum spielt dieser Krimi hier. Auf Wangerooge, der Insel, an die ich seit frühester Kindheit wunderbare Erinnerungen habe. Erinnerungen, die mit Schulausflügen ins Inselheim Rüstringen verbunden sind (ich war damals auf einem reinen Mädchengymnasium, das von Ordensschwestern geleitet wurde) und mit Familienurlauben im Rahmen von Vereinsfreizeiten unseres Judo-Vereins ASV Wilhelmshaven in ebenjenem Inselheim, aber auch in den Hotels »Hanken« und »Gerken« fortgesetzt wurden.

In Sachen Feuerwehreinsatz bedanke ich mich bei Bernd Kubiak, dem Gemeindebrandmeister der freiwilligen Feuerwehr Wangerooge für seine Ausführungen. Auch dem ehemaligen Bürgermeister der Insel Wangerooge, Herrn Holger Kohls, danke ich für seine Unterstützung! Eventuell vorhandene Wangerooge-Fehler gehen natürlich allein auf meine Kappe. ☺

Wenn Sie bei der Lektüre ein wenig den Inselwind, den Inselstrand und die Inselatmosphäre gespürt haben, ist es mir vielleicht gelungen, Ihnen einen Teil »meines« Wangerooge zu zeigen.

Christiane Franke, im Mai 2015

Christiane Franke
MORD UNTER SEGELN
Broschur, 256 Seiten
ISBN 978-3-89705-917-7

»Detaillierter Einblick in die Polizeiarbeit an der ostfriesischen Küste und auf der Insel Langeoog und außerdem viel Lokalkolorit mit liebevollen Schilderungen, die Appetit auf Urlaub dort machen. Flott geschriebener Regionalkrimi mit interessanten Charakteren, die zunehmend an Tiefe gewinnen.« ekz

»Unterhaltsam neben der Krimispannung sind in ihren Büchern immer auch die Schilderungen der norddeutschen Landschaften und die ständigen Kontroversen zwischen der erdverbundenen Oda und der eleganten Christine.« NDR 1 Niedersachsen

Christiane Franke
MORD IM NEBEL
Broschur, 256 Seiten
ISBN 978-3-95451-067-2

»Spannung, die sich durchzieht, steigert, bis ans Ende anhält – mit einem überraschenden Ausgang zu einem brisanten Kriminal-Thema.«
leuchttuerme.de

»Ein solider Regionalkrimi mit norddeutschem Flair und einer gut gebauten Handlung, in dem die Autorin ihre Charaktere weiterentwickelt.« ckz

www.emons-verlag.de